KB052343

시진핑
고전古典으로 인민에게
다가가다

시진핑
고전古典으로 인민에게
다가가다

초판 1쇄 인쇄 2020년 5월 20일
초판 1쇄 발행 2020년 5월 23일
옮 긴 이 김승일(金勝一)
발 행 인 김승일(金勝一)
출 판 사 경지출판사
출판등록 제 2015-000026호

ISBN 979-11-90159-34-0   (038020)

판매 및 공급처 경지출판사

주소: 서울시 도봉구 도봉로117길 5-14   Tel: 02-2268-9410   Fax: 0502-989-9415
블로그: https://blog.naver.com/jojojo4

※ 이 도서의 국립중앙도서관 출판시 도서목록(CIP)은 서지정보유통지원시스템 홈페이지(http://seoji.nl.go.kr)와 국가자료공동목록시스템에서
   이용하실 수 있습니다.

시진핑
고전古典으로 인민에게
다가가다

중공중앙선전부 · 중앙라디오TV본부 제작 | 김승일 옮김

경지출판사
Korea Wisdom China

经典中国国际出版工程
China Classics International

중국공산당 중앙선전부와 CCTV 총국이 공동으로 제작한 스페셜 프로그램 『시진핑, 고전으로 인민에게 다가가다 – 시진핑 총서기의 고전 사용』이 중앙텔레비젼으로 방송 된 후 많은 사람들의 관심 속에서 큰 반향을 불러일으켰다. 첫 방송에서 시청자 수가 4.41억 명으로 집계될 정도였다.

시진핑 시대의 중국적 특색의 사회주의 사상을 심층적으로 학습하고, 전통 경전에 대한 깨달음과 중국문화의 선양을 위해 인민출판사에서는 이 스페셜 프로그램의 내용과 비디오 북(v-Book) 형식으로 출판하게 되었다. 이 가운데 본문의 내용은 내레이션의 대사를 위주로 편집하였고, 화면의 내용은 QR코드를 활용하였다. 이 책에서는 35개의 시진핑 공산당 총서기가 고전문구를 인용한 연설의 음성파일과 동영상파일을 편집하여 구성하였다. 독자는 책의 본문을 읽어나가는 동시에 QR코드를 통해 총서기의 음성파일을 듣고 동영상 화면을 감상할 수가 있다.

인민출판사

2019년 2월

CONTENTS

CONTENTS

"나뭇가지 하나 잎사귀 하나에도
온통 마음을 쏟는다."
(一枝一葉總關情)

제1회
주제

1. 인민이란 무엇인가?
2. 왜 인민을 위해야 하는가?
3. 어떻게 인민을 위할 것인가?

제1회의 내용은 "인민을 중심으로"라는 주제로 세 단락으로 구성되어 있다.

첫 번째는 "인민이란 무엇인가?"라는 주제이다.

주요 내용은 총서기가 인용했던 정판교(鄭板橋)의 『제묵죽도(題墨竹圖)』에 나오는 "관사에 누워 대나무의 사그락거리는 소리 듣는데, 백성들이 고통에 신음하는 소리인가 하였네. 이 몸 비록 작은 고을 낮은 벼슬아치지만, 나뭇가지 하나 잎사귀 하나에도 온통 마음이 쓰인다네.(衙齋臥聽蕭蕭竹, 疑是民間疾苦聲. 些少吾曹州縣吏, 一枝一葉總關情)"라는 시인데, 이를 통해 총서기가 량쟈허(梁家河)에서 한 산시성(陝西省)의 첫 번째로 메탄가스 탱크 건설과 관련된 이야기를 살펴보고, 총서기의 인민을 중심으로 하는 이론과 실천에 대해 이해하고자 한다.

두 번째는 "왜 인민인가?"라는 주제이다.

주요 내용으로는 총서기가 인용했던 "정치의 흥왕(興旺)은 백성의 마음을 따르는데 있고, 정치의 실패는 백성의 마음을 거스르는 데 있다.(政之所興在順民心, 政之所廢在逆民心.)"는 구절을 통해 총서기가 어떻게 '자오위루(焦裕祿)'의 정신을 선양하였는지를 통해 인민들의 행복을 위해 노력했던 가장 큰 정치적 업적에 대해 살펴보고자 한다.

세 번째는 "어떻게 인민들을 위해줄 것인가?"라는 주제이다.

주요 내용으로는 총서기가 인용했던 "백성을 이롭게 하는 일은 실오라기만큼 작아도 반드시 흥성케 해야 하고, 백성을 괴롭히는 일은 털끝만큼 작아도 반드시 없애야 한다.(利民之事, 絲發必興. 厲民之事, 毫末必去.)"라는 구절을 중심으로 '스빠동촌(十八洞村)'의 "정준부빈(精準扶貧, 맞춤형 빈민구제-역자 주)" 관련 이야기를 통해 중국 사회의 주요 모순의 전환에 어떻게 적응해나갈 것이며, 또한 전면적인 샤오캉사회(小康社會, 모든 국민이 안정되고 풍요로운 생활을 누리는 사회-역자 주)의 완성이라는 분투목표를 어떻게 실현해 나갈 것인가 등의 문제를 살펴보고자 한다.

사회: 캉훼이(康輝)

사상 해석: 궈젠닝(郭建寧: 베이징대학 중국적 특색의 사회주의 이론체계 연구 센터 부주임 겸 교수)

경전 해석: 왕리췬(王立群: 허난대학 교수)

초대손님: 장웨이팡(張韋龐: 양자허촌 주민)

경전낭독: 팡량(方亮)

---

1) 자오위루(焦裕祿) : 중국공산당 혁명열사로, 허난성 란고현 서기로 치수사업을 전개하여 토지개량사업을 통해 이 지역 인민들의 부를 창출했고, 자연재해를 극복하게 한 영웅적 인물.

-사회자 캉훼이-

여러분 안녕하십니까? 『백가강단(百家講壇)』 스페셜 시리즈 『시진핑, 고전으로 인민에게 다가가다—시진핑 총서기의 고전 인용』 프로그램을 시청해 주서서 감사합니다. 저는 사회자 캉훼이입니다.

문화적 자신감은 한 국가나 한 민족의 발전에 가장 기본적이고 깊은, 그리고 지속적인 힘의 원천입니다. 우리의 문화적 자신감은 당연히 중화의 우수한 전통문화와 밀접히 연관되어 있습니다. 총서기도 강조한 바 있는 것처럼 새로운 시대를 맞이하여 중화문화를 추진해 나가고 창조적 전환과 창의적 발전을 실현시켜나가야 할 것입니다. 이러한 측면에서 총서기 본인이 먼저 모범을 보인 바 있습니다. 여러분 모두가 깊은 인상을 받으셨을 것으로 생각됩니다만, 총서기의 일련의 담화와 글들, 그것이 치국이나 정치적으로 중대한 문제이든 아니면 국제적 상황 속에서 중국의 원칙과 관점, 그리고 입장을 설명하는 것이든, 또 아니면 기층과 간부들 간의 허심탄회한 대화에서든, 총서기는 항상 중국 경전 속의 빼어난 구절들을 인용하곤 했습니다. 중화의 우수한 전통문화의 정수를 정확하게 해석하고 있을 뿐만 아니라 새로운 시대적 의미를 부여함으로써 새로운 시대의 사상적 불빛을 밝히고 있습니다. 이러한 문장들은 총서기의 소박하고 대중화된 언어와 한데 어우러져 고전 속의 문자들이 살아 숨 쉬게 하고 있습니다.

이번 『백가강단(百家講壇)』 시리즈의 목적은 여러분이 총서기의 주요한 담화와 글 속에 나타나 있는 전고(典故)를 배워보고자 하는 열정을 이끌어내기 위한 것입니다. 매 회 프로그램마다 사상적 의미를 해석해 주기 위해 전문가 한분과 경전 의미에 대한 해석을 위한 전문가 한분을 모시고 여러분과 함께 경전의 의미를 알아보고 평이한 "언어"로 인민들에게 다가가는 총서기의 말씀을 느껴보도록 하겠습니다.

매 회마다 각각 다른 주제가 있습니다만, 이번 프로그램의 주제는 바로 "나뭇가지 하나 잎사귀 하나에 온통 마음이 쓰이네(一枝一葉總關情)"라는 제목으로, "인민을 위하고 인민이 중심이 되어야 한다"는 내용입니다. 인민을 중심으로라고 하는 사상을 견지해 나가는 것, 이것이 총서기가 마음속 깊이 느끼고 있던 자연스러운 사상의 발로라고 하겠습니다. 동시에 그것은 새로운 시진핑 시대의 중국적 특색의 사회주의 이론의 초석이기도 합니다.

그렇다면 "인민을 위한다"는 이 대 주제 아래서 총서기는 어떤 말씀들을 하셨을까요? 이러한 말씀들 속에서 고전 문구들은 치국(治國)도(道)와 문화적 정수(精髓)를 어떻게 표현해 내고 있을까요? 총서기는 또 이러한 내용을 토대로 인민들을 위해 어떻게 구체적으로 몸소 실천하고 있을까요? 이것이 바로 오늘 우리가 이 프로그램을 통해 이해해야 할 내용들입니다.

이제 사상 해석을 맡아주실 베이징 대학 중국적 특색의 사회주의 이론 연구센터의 부주임이신 궈젠닝 교수님을 소개해 드리겠습니다. 뜨거운 박수로 맞아주시기 바랍니다.

−사상 해설자 궈젠닝(郭建寧)−

　여러분 반갑습니다. 중국적 특색의 사회주의는 새로운 시대로 접어 들었습니다. 새로운 시진핑 시대의 중국적 특색의 사회주의 사상은 뚜렷한 특징을 가지고 있습니다. 그것은 바로 중화의 빼어난 전통문화 속에서 치국과 통치의 지혜와 경험을 수용한다는 것입니다. 뿌리를 잊지 않아야 미래를 열어갈 수 있으며, 전통을 계승해야만 혁신이 가능하다는 말입니다. 우수한 중화 전통문화 속에는 "위민(爲民)"과 관련된 많은 훌륭한 글들이 들어 있는데, 총서기는 이를 매우 잘 알고 있을 뿐만 아니라 또 자주 인용하곤 합니다. 그리고 더 중요한 것은 이를 창조적 전환과 혁신적 발전으로 업그레이드시켜 실현해 나가고 있다는 점입니다.

　예를 들어, "모든 국민이 동경하는 행복한 삶은 우리가 분투해야 할 목표입니다."라고 했던 이 말은 2012년 11월 15일 총서기에 선출된 후에 기자들과의 만남에서 했던 말이었습니다.

　19차 당대표회의의 보고서에서 '인민'이라는 이 단어는 모두 203차례나 사용되었습니다. 어려움에 처한 대중은 언제나 총서기의 마음속 근심거리였으며, 인민들이 하루하루 즐거운 생활을 영위해 나가게 하겠다는 것은 그가 지금까지 지켜온 신념이기도 합니다. 총서기의 "위민사상"에 관한 일련의 언급들은 오늘날의 "인민을 중심으로"라는 발전사상에 집중적으로 나타나 있습니다.

이 사상의 내용은 특히 풍부한데, 그 핵심은 대체로 다음의 몇 가지 측면으로 개괄할 수 있습니다. 첫째, '인민'이란 무엇인가?, 둘째, 왜 인민들을 위해야 하는가? 셋째, 어떻게 인민들을 위할 것인가?

자! 그러면 총서기가 어떤 말을 했는지 살펴보도록 하겠습니다.

1. '인민' 이란 무엇인가?

시진핑

청나라 때의 인물 정반차오(鄭板橋)는 화가이자 문학가로 세상에 이름이 잘 알려져 있으며, 허난 판현(河南 範縣)과 산동 웨이현(山東 濰縣)에서 오랫동안 지현(知縣)을 지낸 바 있습니다. 그는 농업과 양잠업을 중시하면서 이재민

들을 구제하였으며, 공무처리가 완전무결하였고, 또 뇌물을 받지 않은 청렴결백한 관리로서 백성들로부터 높은 신망을 받았습니다. 그의 시 중에 "관사에 누워 사그락 거리는 대나무 소리 듣는데, 백성들이 고통에 신음하는 소리인가 하였네. 이 몸 비록 작은 고을 낮은 벼슬아치이지만, 나뭇가지 하나 잎사귀 하나에도 온통 마음이 쓰인다네.(衙齋臥聽蕭蕭竹, 疑是民間疾苦聲. 些少吾曹州縣吏, 一枝一葉總關情.)"라는 구절은 애민(愛民)의 마음을 전해주는 천고의 명구절입니다.

사회자 캉훼이:

　방금 말씀하신 총서기의 연설 내용은 2014년 5월 9일 허난성 란카오 (蘭考)현 상임위원회 위원들의 특집프로그램 민주생활회의에 참가했을 때 했던 연설이었습니다. 이 연설에서 청대 정반차오의 시 한 수를 인용했는데, 이 시는 총서기가 가장 좋아하는 시여서 여러 차례 인용한 바가 있기도 합니다. 그렇다면 왜 총서기는 이 시를 그렇게 좋아하는 것일까요? 이 시에서는 백성을 사랑하는 마음이 어떤 것이고, 어떻게 백성을 위하는 마음의 소리를 노래하고 있을까요? 이어서 경전해석을 맡아주실 전문가이신 허난(河南)대학의 왕리췬 교수를 모시고 이 시에 담긴 의미들을 들어보도록 하겠습니다.

-경연 해석 전문가 왕리췬-

　정반차오는 청나라 때의 유명한 시인이자 학자이면서 유명한 화가 이기도 합니다. 총서기가 인용한 이 시는 정반차오가 산동 웨이현에서 지현으로 있을 당시에 쓴 작품입니다. 이 시의 원제목은 비교적 긴 편인데, 『웨이현 관서에서 대나무 그림을 그려 급제 동기 대중승 포괄에게 보내며(濰縣署中畵竹呈年伯包大中丞括)』라는 제목입니다.

　웨이현은 당시 정반차오가 부임해있던 지역으로, 오늘날의 산동 웨이팡(濰坊)을 말합니다. '서중(署中)'은 바로 현령이 사무를 보는 곳입니다. '화죽(畵竹)'은 정반차오가 유명한 화가이기도 했으며 특히 대나무를 즐겨 그렸는데, 그가 이때 그린 그림이 『풍죽도風竹圖』라는 그림으로, 이 『풍죽도』에 시를 한 수 적어 넣었는데, 이것을 옛날에는 "제화시(題畵詩)"라고 했습니다. "정(呈)"은 '바친다', '올린다'는 뜻입니다. "연백(年伯)"과 관련해서는 두 가지 해석이 있습니다. 그 중 하나는 같은 해에 과거에 급제한 사람 중에서 이 사람들의 윗세대를 가리키는 말이라는 설입니다. 다른 하나는 자기 아버지 세대를 일컫는 말로 같이 진사과에 급제한 아버지 세대의 사람을 일컬어 '연백'이라고 한다는 것입니다. '포(包)'는 이 순무(巡撫)[2]의 성(姓)을 말합니다. '대(大)'자는 존칭이고, '중승(中丞)'은 관직으로 청나라 때는 '순무'와 같은 관직을 가리켜 '중승'이라고 했습니다. 마지막의 '괄(括)'은 이 사람의 이름으로, 즉 이 사람의 성명이 포괄이라는 것입니다. 정반차오가 이 시를 지어서 포괄에게 주었던 것입니다.

"아재와청소소죽(衙齋臥聽蕭蕭竹)"이라는 구절은 관아의 관사 안에서 바깥에서 들려오는 사그락 거리는 대나무소리를 듣는다는 내용으로, '소소(蕭蕭)'는 대나무 잎사귀가 사그락 거리는 소리를 형용한 것입니

---

2) 순무(巡撫) : 명청 시기의 관직을 말하는데, "천하를 순행하며 군민을 위로하고 다스린다(巡行天下, 撫治軍民)" 는 의미이다. 명나라 시기 순무는 6부의 시랑 직을 겸하였으며, 1453년 이후부터는 도찰원의 정관 직함을 겸하기 시작하였다. 명 말에는 1성(省) 혹은 그 일부를 관할하는 지방관으로서 20명을 넘었다. 명나라의 순무는 중앙에서 파견한 관리로서 본질적으로는 중앙관리이다. 목적은 문신으로서 지방에 주둔한 무신을 견제하여 각 성과 각 군진 및 성 내 삼사 사이의 관계를 조화시키고 직권을 통일시켜서 서로 예속하지 못하도록 하고 수평관계의 삼사 사이에 운영이 원활하지 못한 것을 방지하기 위한 것이었다. 청나라 때는 명나라 때의 제도를 답습하였으나 몇 가지 차이가 있다. 먼저 청나라의 순무는 중앙관리가 아니라 총독을 보좌하는 지방 장관직이 되었다. 순무는 포정사, 안찰사, 도지휘사의 상위 관직이 되었으며, 대부분 1개 성(省)에 해당하는 지역을 총괄하게 되었다. 명나라 시기에는 순무의 총괄 범위가 1개의 성을 넘어서거나 미치지 못하는 경우도 있었다.

다. "의시민간질고성(疑是民間疾苦聲)"에서 "의시"라는 두 글자의 사용이 매우 절묘한데, 마치 대나무의 사그락 거리는 소리가 백성들이 신음하는 소리처럼 들린다는 말입니다. "사소오조주현리(些少吾曹州縣吏)"의 셋째 연에서는 자신을 조그마한 지방 고을의 보잘 것 없는 벼슬아치라고 말하고 있습니다. 마지막 구절 "일지일엽총관정(一枝一葉總關情)은 바깥에 있는 대나무의 가지 하나 잎사귀 하나는 보잘 것 없는 것이지만, 그러나 자신의 마음은 그 하나하나에까지 신경이 쓰인다고 말하고 있습니다.

정반차오가 이 시를 지었을 당시 웨이현에는 큰 재해로 어려움을 겪고 있었습니다. 그러면 정반차오는 당시 이재민들의 생활문제를 어떻게 해결했을까요? 정반차오는 기반건설과 토목공사 등을 벌여 백성들과 이재민들을 인력으로 사용하고 그 대가를 지불함으로써 이재민들이 배를 굶는 문제를 해결했습니다. 이 시는 이런 어려운 시기를 보내고 있는 백성들에 대한 깊은 애정을 표현한 것입니다.

사회자 캉훼이:

왕리쥔 교수님의 해설 감사합니다. 이 해설을 통해 우리는 총서기께서 이 시를 인용하신 깊은 의도를 잘 이해할 수 있었습니다.

총서기의 인민에 대한 깊은 관심은 다른 말에서도, 그의 눈빛에서도 알 수가 있습니다. 이처럼 깊은 '위민'의 감정은 어디에서부터 나오는 것일까요? 총서기는 자주 지청(知靑: 지식청년의 준말-역자 주)으로 하방(下放)³되어 7년을 지냈던 산베이(陝北), 량자허(梁家河)에서의 생활을 회상하곤 했는데, "량자허를 우습게 보지마세요. 여기에 아주 큰 배움이 있답니다."라고 말하기도 했습니다.

그렇다면 총서기가 말하는 이 '큰 배움"이란 도대체 무엇일까요? 그에게 이 큰 배움을 전해준 사람은 또 누구일까요? 총서기의 애민(愛民) 감정과 량자허와는 또 어떤 인연이 있는 것일까요? 이에 대해서는 궈젠닝 교수님의 설명을 들어보도록 하겠습니다.

사상 해설자 궈젠닝:

먼저 "무엇이 위민(爲民)인가?"에 대해서 살펴보도록 하겠습니다. '위민'이란 바로 백성들의 일상생활에 관심을 가지는 등 백성들을 중심으로 통치하는 것을 말합니다.

이전에 총서기가 량자허에서 인터뷰하는 것을 본 적이 있습니다. 이 인터뷰에서 그는 "나의 일생에서 가장 큰 도움을 주신 분들을 두 방향으로 나눌 수 있는데, 하나는 혁명 노선배들이고, 다른 하나는 산베이(陝北)의 마을 사람들입니다."라고 말했습니다.

2015년 2월 13일 총서기는 산베이 옌촨(延川)의 량쟈허를 방문하여 동네 분들과 재회하였을 때, 자신은 비록 몸은 량자허를 떠나 있었지만, 마음은 항상 량쟈허에 있었다고 말했습니다. 또 그때마다 자신은 이후 여건이 되고 기회가 주어진다면 반드시 이곳 인민들을 위해 좋

---

3) 하방(下放) : 중앙 또는 상급기관의 권한 또는 인원을 지방 또는 하급기관에 내려 보내는 것을 의미한다. 권한의 하방은 정부의 기능 조정과 관련하여 반복적으로 나타나는 현상이고, 인원의 하방은 주로 정치운동과 관련하여 나타난다. 인원의 하방은 간부의 하방과 청년학생의 상산하향(上山下鄕)으로 구분할 수 있다. 중국에서 하방은 권한의 하방과 간부의 하방만을 가리키며, 청년학생들의 상산하향을 하방으로 부르지 않는다.

은 일을 하겠다고 다짐했었다고 말했습니다.

1974년 그해 시진핑 동지는 산시성에서 첫 번째 메탄가스 탱크를 만든 이후 총 42개의 메탄가스 탱크를 건설했습니다. 이를 통해 현지 인민들의 전기불과 연료 문제를 해결해 주었습니다. 이 메탄가스 탱크는 평판이 매우 좋았고, 또한 효과도 아주 좋았습니다. 이것은 시진핑 동지가 현지 인민들을 위해 했던 많은 일들 중의 하나입니다. 그렇다면 총서기와 량쟈허는 어떤 관계가 있는 것일까요? 그 배경에는 또 어떤 잊을 수 없는 이야기와 사정들이 있는 것일까요? 이러한 의문들에 대해서는 량쟈허의 주민들이 할 말이 가장 많을 것입니다.

사회자 캉훼이:

"오늘 이 촬영 현장에 특별히 량쟈허의 주민인 장웨이팡(張衛龐)씨를 초대했습니다. 큰 박수로 환영해 주시기 바랍니다."

어르신, 반갑습니다.

저희에게 당시 총서기가 량쟈허에서의 인민공사 생산대(揷隊)시절에 거의 1년 동안 어르신 집에서 기숙을 했다고 들었습니다만, 그 때 이야기를 소개주시겠습니까? 지금의 젊은 친구들은 아마도 "따훠(搭伙)"라는 이 말을 잘 모를 텐데요, "따훠"란 바로 식비를 현지 가정에 주고 매일 그 집에서 같이 식사를 하는 것을 말합니다. 어르신께서 젊은 세대들에게 당시 총서기가 어떻게 어르신 댁에서 "따훠"를 하게 되었는지 이야기를 들려주시겠습니까?

-초대 손님 장웨이팡-

"총서기는 매월 40근의 식량을 받았는데, 그 양식을 모두 저희 집에
두고서 저희들과 함께 매 끼니 식사를 같이 했습니다. 1975년 칭화(淸
華)대학에 들어갈 때까지 거의 1년 동안 저희 집에서 식사를 했어요."

사회자 캉훼이:

"총서기께서 당시 대학에 입학하게 되었을 때 마을 주민들이 모두
헤어지는 것을 너무 서운해 했다고 들었습니다만…마을 주민들이 모
두 전송을 했다지요. 어르신은 그 중에서 읍내까지 전송을 했던 분 중
의 한 분이시고…"

초대 손님 장웨이팡:

"아주 서운해 했지요." "총서기께서 량쟈허에서 당 서기를 하고 있을
때, 량쟈허 주민들을 위해 좋은 일을 많이 하셨지요. 특히 농민들에
게 많은 행복을 가져다주는 일들을 하셨기 때문에 농민들 모두가 가
시지 말라고까지 했거든요. 헤어지는 게 아쉬워서 옌촨현의 사진관에
서 기념사진도 찍었답니다. 14명이 십시일반으로 5원이 조금 넘는 돈
을 걷어서요…"

사회자 캉훼이 :

"40여 년이 지났군요… 어르신은 그럼 그 이후에 총서기를 만나신 적이 있으신가요?"

초대 손님 짱웨이팡:

"그 후 만났었지요. 1993년 총서기께서 저희 마을을 방문하셨거든요." 그리고 "2015년에 다시 저희 마을을 방문하셨지요."

사회자 캉훼이:

(만나셨을 때) 무슨 이야기들을 나누셨나요?

초대 손님 짱웨이팡:

요즘 수입원이 뭐냐고 하시면서, 촌민들의 수입원에 큰 관심을 보이셨어요. 저는 지금 10묘(畝)⁴정도의 과수원을 경작하고 있는데, 이 과수원이 저의 주요 수입원이라고 말했습니다. 그러나 돈은 좀 벌었냐면서 저의 과수원을 구경하고 싶다고 하셨어요.

총서기께서는 과거와 크게 변하신 것이 없었어요. 아무리 거친 밥이라도 함께 식사를 하시고, 아무리 가난한 사람이라도 존중하였는데 지금도 마찬가지십니다.

---

4) 무(畝) : 논밭 넓이의 단위인데, 1무는 1단(段)의 10분의 1로 곧 30평으로 약 99.174㎡에 해당한다.

사회자 캉훼이:

맞습니다. 감사합니다.

40여 년이 흘렀어도 량자허에서 지부의 서기를 맡고 계실 때나 당의 총서기를 맡고 계실 때나 국가의 지도자로서의 시진핑 동지는 변함없이 이 황토 땅의 아들이라는 말씀이셨습니다.

그러면 총서기의 '인민을 중심으로'라는 사상에는 또 어떤 중요한 의미들이 있을까요? 함께 살펴보도록 하겠습니다.

2. 왜 인민을 위해야 하는가?

시진핑

"정치의 흥함은 백성들의 마음을 따르는데 있으며, 정치의 망함은 백성들의 마음을 거스르는 데 있다.(政之所興在順民心, 政之所廢在逆民心.)"고 했습니다. 하나의 정당, 하나의 정권의 운명은 결국은 인민들의 마음의 향배에 따라 결정된다는 말입니다.

사회자 캉훼이:

이 내용은 2014년 9월 21일에 총서기께서 중국인민정치협상회의 성립 65주년 기념식에서 한 말씀입니다. 이 말씀에서도 전고를 인용하셨는데, 바로 "정치의 흥함은 백성들의 마음을 따르는 데 있으며, 정치의 망함은 백성들의 마음을 거스르는데 있다."는 구절입니다. 이 말의 출처가 어디며, 또 이 말 속에는 어떤 의미가 숨겨 저 있는지 왕리췬 교수님을 모시고 들어보도록 하겠습니다.

경전 해석자 왕리췬:

이 두 구절은 《관자·목민(管子·牧民)》 편에 나오는 구절입니다. 《관자》는 선진시기 관자의 주장과 문장을 기록해 놓은 책으로, 《사순(四順)》은 그 중의 한 장으로, 여기서 "정치의 흥함은 백성들의 마음을 따르는 데 있으며, 정치의 망함은 백성들의 마음을 거스르는데 있다"고 말하고 있습니다. 핵심은 정권의 흥망성쇠가 결국에는 민심에 의해 결정된다는 말입니다.

《관자》가 말하고 있는 이 이치는 중국 고전시대의 많은 문인들, 특히 그 중에서도 기층의 관리들이면 누구나 알고 있는 구절이었습니다. 저는 여러분에게 《후한서·동회전(後漢書·童灰傳)》에 기록되어 있는 어느 관리의 이야기를 들려드리고자 합니다. 이 관리의 이름이 동회인데, 그는 동한 말년의 인물로 불기현(不其縣)의 현령을 지냈습니다. 《동회전》에서는 "관내가 너무 조용하여 감옥에는 여러 해 동안 죄수가 없었다.(一境淸靜, 牢獄連年無囚)"라고 기록하고 있습니다. 즉, 한 현의 감옥에 몇 년 동안이나 죄수가 없었다는 말인데요, 이는 그리 흔한 일이 아니었습니다. 이 말은 동회가 사회치안을 완전히 장악하고 있었음을 말해주는 것입니다. 어쨌든 동회가 현령으로 재임하고 있을 당시 불기현에 매우 큰 문제가 하나 있었는데, 그것은 바로 호랑이였습니다. 동회가 현령으로 온 이후 여러 방법을 동원하여 호랑이를 산으로 쫓아버렸고, 이 마을은 안정을 찾게 되었습니다. 《후한서》의 저자 범엽(范曄)은 이 이야기에 대해 "정치하는 사람이 민심을 얻으면 집집마다 음악이 울려 퍼진다.(一夫得情, 千室鳴弦)"라는 찬사를 적어놓고 있습니다. "일부득정"이 무슨 뜻일까요? 바로 "훌륭한 관리가 백성들의 사랑을 받게 되면 모든 사람들이 다 기뻐하게 된다"는 말입니다. 정권의 흥망성쇠가 바로 민심에 있으며 민심의 향배는 바로 관리의 행위에 의해 결정된다는 말입니다.

사회자 캉훼이:

왕리췬 교수님의 해설 감사합니다.

옛날의 관원이 했다면, 오늘날의 공산당 간부들도 마땅히 할 수 있을 것입니다. 그러므로 총서기는 각 지방정부에 인민들을 행복하게 할 수 있는 업적을 쌓아 대중들이 바라는 것을 생각하고, 대중들에게 시급한 것을 먼저 시행할 것을 주문하였습니다. 이어서 사상해설을 맡아주신 궈젠닝 교수님을 모시고 총서기의 인민관(人民觀)에 대해 들어보도록 하겠습니다.

사상 해설자 궈젠닝:

왜 백성들을 위해야 할까요? 그것은 "정치의 흥성이 민심을 따르는 데 있고" "인민들을 행복하게 하는 것"이 가장 큰 업적이 되기 때문입니다.

백성들의 마음을 자신의 마음으로 삼고, 인민들의 마음과 서로 이어져 있었던 자오위루(焦裕祿)의 자취는 매우 감동적일 뿐만 아니라, 가장 전형적이고 가장 대표적인 이야기입니다. 자오위루의 업적은 모두들 잘 알고 계실 것입니다. 총서기께서는 당이 전심전력으로 인민들을 위해 복무해야 한다는 종지(宗旨)나 인민을 위한 정치를 해야 하고, 인민을 최고라 받들며 인민이 중심이 되어야 한다는 말을 할 때면 여러 차례 자오위루를 언급하였습니다. 우리 모두 《염노교·자오위루를 기리며(念奴嬌·追思焦裕祿)》라는 작품을 잘 알고 있습니다. 이 작품은 1990년 당시 시진핑 동지가 푸저우(福州)시 서기로 재임하고 있을 때 지은 것입니다. 작품 중의 "살아도 사구에서 살고, 죽어도 사구에서 죽는다(生也沙丘, 死也沙丘)", "관리가 되어 부임을 하면, 그 지역을 잘 살게 만들어야 한다.(爲官一任, 造福一方)"는 구절은 우리 당이 전심전력으로 인민들을 위해 복무해야 한다는 종지를 집중적으로 보여주고 있는 것입니다.

1966년 2월 7일 신화사에서는 무칭(穆靑) 등이 쓴 〈현 서기의 모범－쟈오위루〉라는 장편의 기사를 내보냈습니다. 당시 시진핑은 중학교 1학년이었는데, "사상정치 교육이론" 과목 선생님이 수업시간에 이 〈현 서기의 모범－쟈오위루〉 기사를 읽어 주었다고 합니다. 선생님은 이 기사를 읽는 동안 몇 번을 소리 없이 흐느껴 울었으며, 같은 반 학우들도 모두 눈물을 쏟았다고 합니다. 자오위루 동지의 정신은 당시의 시진핑에게 큰 감동을 주었던 것입니다.

예를 들면, 그가 저쟝에서 근무하고 있을 당시 '저신(哲欣)'이라는 필명으로 사람들이 가장 관심을 갖는 문제들에 대해 짤막한 논평을 232편이나 발표하기도 하였습니다.

총서기는 "인민들을 부유하게 하는 것이 가장 큰 치적이며, 군중들에게 시급한 것을 먼저 처리하고 군중들이 바라는 것을 생각해야만 인민들의 생활이 더욱 행복해질 수 있다"고 말하기도 하였습니다. 모두들 보십시오, 여기서 총서기는 인민들을 행복하게 하는 것이 가장 큰 치적이라고 분명하게 말하고 있다는 사실을 말입니다. 이것이 바로 새로운 시대 중국 공산당원의 치적관이며 인민관이고, 가치관인 것입니다. 여기까지 말씀을 드리고 방청객들께서는 '민생'이란 이 문제에 대해 어떤 생각들을 가지고 계신지 들어 보도록 하겠습니다.

청중:

귀 교수님, 안녕하세요. 저는 베이징 대학의 학생입니다. 올해 졸업을 해야 하기 때문에 저희가 가장 관심을 갖고 있는 문제는 바로 취업입니다. 바로 청년세대의 취업을 말하는 것입니다. 교수님께서는 저희 세대에게 조언이나, 어떤 바라는 새로운 희망 사항 또는 요구 사항이 있으시면 말씀해 주십시요. 감사합니다.

사상 해설자 궈젠닝:

좋습니다. 이 문제는 아주 어려운 문제인 것 같군요. 제 생각엔 이 문제는 질문하신 학생뿐만 아니라 이 자리에 앉아계신 여러 학우들 역시도 졸업을 하게 될 것이고, 그렇기 때문에 매우 관심이 많은 문제가 아닌가 생각합니다. 시간 관계상 한 마디만 하도록 하겠습니다. 제가 드리고 싶은 말씀은 개인의 미래와 운명을 조국의 미래와 운명과 결부시켜서 강병부국 세대가 짊어져야할 응당의 역사적 책임을 담당해야 한다는 것입니다. 민생 업무를 제대로 수행하기 위해서는 반드시 인민들이 만족할 수 있는 서비스형 정부를 건설해야만 합니다. 예를 들면, 어느 부서에서 문제를 제기하면 곧장 달려가 처리하고, 어떤 지역에서 문제를 제기하면 한 번이라도 더 달려가서 대중들의 수고를 들어주고, 간부들은 더 많은 일을 함으로써 인민들이 안심하고 마음을 놓을 수 있도록 해주어야 한다는 것입니다.

2018년 3월 7일 총서기는 제13회 전국인민대표자대회 제1차 회의에서 광동 대표단을 심의할 때 공산당은 인민들을 행복하게 해주어야 한다고 강조하면서, 인민 대중이 행복하지 않다고, 즐겁지 않다고, 만족스럽지 않다고 느끼는 점이 있다면, 우리가 그 방면에서 더욱 더 노력해야 하며, 수단과 방법을 강구하여 인민 대중들의 근심을 없애주어야 한다고 강조하였습니다.

인민의 행복을 가장 큰 치적으로 생각하고 인민 대중의 근심을 해결해 주기 위해 백방으로 노력하는 일, 이것이 우리가 인민을 핵심으로 삼는 발전사상이며, 이것이 우리 인민의 입장이고 인민의 정서인 것입니다. 인민 대중들의 획득감과 행복감, 안정감은 우리의 모든 업무의 성패를 검증하는 최고의 기준인 것입니다.

그렇다면 인민을 핵심으로 삼는 발전사상을 어떻게 우리의 실제 업무에 실현시켜나가야 할까요? 이에 대해 총서기는 어떻게 말씀하셨는지 들어 보도록 하겠습니다.

3. 어떻게 인민을 위할 것인가?

시진핑

"정치의 흥함은 백성들의 마음을 따르는데 있으며, 정치의 망함은 백성들의 마음을 거스리는 데 있다.(政之所興在順民心, 政之所廢在逆民心.)"고 했습니다. 하나의 정당, 하나의 정권의 운명은 결국은 인민들의 마음의 향배에 따라 결정된다는 말입니다.

사회자 캉훼이:

이 말 중에 총서기는 "백성을 이롭게 하는 일은 한 오라기 실이라도 크게 일으켜야 하고, 백성을 괴롭히는 일은 조그마한 터럭이라고 없애야 한다.(利民之事, 絲發必興. 厲民之事, 毫末必去.)"라는 전고를 인용하였습니다. 그 중에서 중국어로 발음이 같은 두 글자 '이로울 이(利)'와 '갈려(厲)'(이 두 글자의 중국어 발음은 '리(lì)'로써 같다.–역자주)는 서로 다른 의미의 글자이기 때문에, 그 결과 또한 완전히 달라집니다. 이 전고는 그 출처가 어디일까요? 또 어떤 깊은 의미들이 숨겨져 있을까요? 경전 해석을 맡아주신 왕리췬 교수님을 모시고 그 이야기를 들어보도록 하겠습니다.

경전 해석자 왕리췬:

이 두 구절은 청대의 유명한 경학가(經學家)인 만사대(萬斯大)의 『주관변비(周官辨非)』라는 책, 그 중에서 「천관(天官)」편에 나오는 내용입니다. "백성들을 이롭게 하는 일은 아무리 사소한 것이라도 크게 해야 하고, 백성들에게 해가 되는 일은 아무리 작은 것이라도 절대 해서는 안 된다."는 말입니다. 즉 하나는 반드시 해야 하는 일이고, 하나는 절대로 해서는 안 된다는 말입니다.

우리는 역사 속에서 아주 유명한 사례를 찾아 볼 수 있습니다. 그 사람은 바로 "일전태수(一錢太守)"라고 불리는 류총(柳寵)입니다. 류총은 백성들을 매우 사랑했던 관리였습니다. 백성들에게 도움이 되는 일은 무엇이든지 했지만, 백성들에게 해가 되는 일은 모두 없애버렸습니다. 그래서 지역주민들에게 아무 큰 사랑을 받았지요.

그가 회계(會稽)지역의 태수로 부임했을 때, 많은 업적을 쌓아 중앙으로 승진해 가게 되었습니다. 그가 떠난다는 소식을 듣고서 머리가 백발이 된 노인 대 여섯 명이 100냥의 돈을 모아 전송하였습니다. 노인들은 류총을 만나서는 "이전의 관리들은 이곳에 부임해 오면 저녁 때마다 밤새도록 개 짖는 소리가 들려오곤 했습니다. 무슨 일이었을까요? 관리들은 밤이 되기만을 기다렸다가 백성들이 쉬고 있었 때 집을 습격하여 백성들을 잡아가고 돈을 요구하고 세금을 거두어갔습니다. 과거의 관리들이 이곳에 부임해 있던 기간 내내 밤마다 개가 짖어댔지만, 당신이 이곳에 부임해 온 몇 년 동안은 그런 개 짖는 소리가 들리지 않았고, 덕분에 백성들의 부담도 크게 줄었습니다. 그러니 이제 당신께서 떠나신다는 소식에 너무 감사했지만 붙잡을 수가 없어서 이렇게 한 푼 두 푼 모아 성의를 표하고자 하는 것입니다."라고 말했습니다. 이에 류총은 매우 감동하면서 받을 수가 없다고 말했습니다. 그는 "당신들의 그런 마음은 받겠지만 이렇게 많은 돈은 받을 수는 없습니다. 그러면 이렇게 하도록 하지요. 제가 한 푼만 받도록 하지요."라고 하면서 1전만을 받았다고 합니다. 이렇게 해서 중국 역사에 그 유명한 '1전 태수' 류총이 탄생하게 된 것입니다. 이 한 푼의 돈이 전심전력을 다해 백성들을 행복하게 해 주었던 것입니다. 이 한 푼의 돈은 곧 탐관오리들이 백성들을 약탈하는 것을 막아 주었다는 것을 의미하는 것입니다. 이 한 푼의 돈이 모든 지역 사람들을 부자로 만들어 주었고, 이 한 푼의 돈이 집집마다 돈이 넘쳐나게 해 주었던 것입니다.

사회자 캉훼이:

　경전 해석을 해주신 왕리췬 교수님 감사합니다. 귀 교수님, 우리는 항상 역사를 거울로 삼아야 한다고 말씀하시곤 했는데, 방금 왕리췬 교수님의 경전 해석 중에서 과거의 역사라는 이 거울 속에서 교수님께서는 어떤 것을 보셨는지요?

사상 해설자 궈젠닝:

역사를 거울로 삼는다는 말은 역사가 거울이라는 말입니다. 그렇기 때문에 우리 젊은이들을 포함한 일반 대중들, 특히 그 중에서도 공산당 간부들은 역사를 배우고 이해해야만 합니다. 수천 년 중화민족의 문명사를 알아야 하고, 공산당의 역사, 중국의 역사를 이해하고 있어야 합니다. 그 속에서 국가통치의 지혜와 경험을 섭취하고 더 좋은 사회와 국가를 만들기 우해 더 훌륭하고 더 많은, 그리고 더 큰 공헌을 해야만 하는 것입니다.

사회자 캉훼이:

총서기는 확실히 나뭇가지 하나 잎사귀 하나에도 온통 마음을 쏟고, 자그마한 일 하나 하나에도 초지일관의 마음을 보여주었습니다.

그렇다면 오늘날 우리가 인민의 행복을 위해 해야 할 중요한 임무는 어떤 것이 있을까요? 이어서 사상 해설을 맡으신 궈젠닝 교수님의 해설을 청해 듣도록 하겠습니다.

사상해설자 궈젠닝:

"어떻게 인민을 위할 것인가?"

그 해답은 바로 인민의 행복을 도모하고 인민에게 이익이 되는 일들을 많이 하는 것입니다. 중국적 특색의 사회주의는 새로운 시대로 접어들었습니다. 중국 사회의 주요 모순은 이미 인민의 이익 증진이라는 행복한 생활의 수요와 불평등 발전 사이의 모순으로 바뀌었습니다. 그렇다면 이 주요 모순의 전환에 어떻게 적응해야 할까요? 현재 가장 중요한 일, 가장 중요하게 처리해야 할 업무는 바로 전면적인 샤오캉 사회의 완성입니다.

전면적 샤오캉 사회의 완성은 총서기가 여러 차례 언급했던 내용입니다. 예를 들어, "실질적 빈곤구제, 진짜 빈곤한 계층을 돕는다(眞扶貧, 扶眞貧)", "맞춤형 빈민 구제와 맞춤형 빈민 탈출(精準扶貧 精準脫貧)", "전면적 샤오캉 사회의 건설 완수는 그 어느 것도 결여되어서는 안 되며, 더불어 부자가 되는 길에서 한 사람도 낙오되어서는 안 된다.(全面建成小康社會一個不能少 共同富裕的路上一個不能掉隊)"고 한 말씀들이 그것입니다. "맞춤형 빈곤 구제"라는 이 개념은 총서기께서 스빠동(十八洞) 마을을 시찰하실 때 처음 정식으로 제기한 것입니다. 총서기는 스빠동 마을에서 "스빠동 마을이 빈곤 구제를 인위적으로 과장하고 미화하거나 특별시 해서는 안 됩니다. 그렇다고 변화가 없어서도 안 됩니다. 스빠동 마을이 빈곤 구제 경험을 공유하고 널리 확산해나가야 합니다."라고 하였습니다.

샤오캉 사회를 완성하느냐 완성하지 못하느냐는 시골마을들에 들려 있습니다. 총서기는 2020년까지 중국의 현행 기준으로 농촌의 빈곤층의 빈곤탈출 실현은 우리들의 엄중한 약속이라고 말한 바 있습니다. 이 말을 하고 난 후 특히 강조했던 네 글자가 바로 "일낙천금(一諾千金: 한 번 한 약속은 천금의 무게와 같다.—역자주)입니다. 2020년이 되면 수천만의 빈곤층이 빈곤에서 탈출하고, 가난한 지역이라는 불명예를 벗게 될 것입니다.

우리 모두가 노력하여 이 중화민족에게 뿐만 아니라 전 세계적으로 큰 의미를 가지는 역사적 위업을 완성해야 할 것입니다.

맞춤형 빈곤 구제, 맞춤형 빈민 탈출, 전면적인 샤오캉사회의 실현은 중국 공산당이 전심전력으로 인민들을 위한 노력에서 집중적으로 드러나고 있으며, 또한 총서기의 "인민을 핵심으로 삼는 발전사상"을 가장 잘 보여주는 것이기도 합니다.

"인민을 중심으로"라는 말은 새로운 시진핑 시대의 중국적 특색의 사회주의사상의 중요한 내용이자 가장 특징적 내용이기도 합니다. 내용적으로 풍부할 뿐만 아니라 사상적으로도 깊이가 있습니다. 그 중에는 또 많은 천금 같은 명언들을 남기고 있기도 합니다. 예를 들면, "인민들에게 의지하여 역사적 위업을 창조해 나가고, 인민들을 인도하여 행복한 생활을 창조해 나가자.(依靠人民創造歷史偉業, 帶領人民創造美好生活)", "인민들의 행복한 생활에 대한 동경이 바로 우리의 분투목표이다.(人民對美好生活的向往就是我們的奮鬥目標)", "인민들을 위해 복을 짓는 것을 가장 큰 정치적 업적으로 삼는다.(以造福人民為最大政績)", "시대는 문제 출제자이고, 우리는 이 문제를 푸는 수험생이며, 인민은 채점자이다.(時代是出卷人, 我們是答卷人, 人民是閱卷人.)" 등이 바로 그것들입니다. 우리는 총서기의 지시를 명심하여 "인민을 핵심으로 삼는 발전사상"을 중국의 개혁개방에, 사회적 실천을 곳곳에 관철시켜 나가야 할 것입니다. 인민을 스승으로 삼고, 인민에게서 배우고, 인민의 기쁨을 우리의 기쁨으로 여기고, 인민의 근심을 우리의 근심으로 삼으며, 영원히 인민 대중과 함께 호흡해 나가며, 운명을 같이하고, 마음과 마음을 이어나가야 할 것입니다. 인민들이 만족할 만한 답안지를 제시할 때에만, 새로운 시대의 행복생활이라는 새로운 한 단락이 완성될 수 있는 것입니다.

사회자 캉훼이:

　사상적 해석과 경전 해석을 맡아 주신 두 분께 감사드립니다. 본 프로그램의 끝으로 총서기께서 인용했었던 고전을 되새기면서 총서기의 새 시대 중국적 특색의 사회주의사상의 독특한 매력을 느껴 보도록 하겠습니다.

-경전 낭독 팡량-

『濰縣署中畵竹呈年伯包大中丞括
(웨이현 관아에서 대나무를 그려 대중승 포괄에게 드리며)』

-정판챠오(鄭板橋) 작

衙齋臥聽蕭蕭竹,
疑是民間疾苦聲.
些少吾曹州縣吏,
一枝一葉總關情.

관사에 누워 사그락 거리는 대나무 소리 듣는데,
백성들이 고통에 신음하는 소리인가 하였네.
이 몸 비록 작은 고을 낮은 벼슬아치이지만,
가지 하나 잎사귀 하나에도 온통 마음이 쓰인다네.

염노교·자오위루를 기리며
(念奴橋·追思焦裕祿)

—시진핑(習近平) 작

魂飛萬里,

盼歸來,

此水此山此地.

百姓誰不愛好官?

把淚焦桐成雨.

生也沙丘,

死也沙丘,

父老生死係.

暮雪朝霜,

毋改英雄意氣!

依然月明如昔,

思君夜夜,

肝膽長如洗.

路漫漫其修遠矣,

兩袖清風來去.

爲官一任,

造福一方,

遂了平生意.

綠我涓滴,

會它千頃澄碧.

혼백이 만 리나 날아가니
돌아오기만을 기다리네,
이 강, 이 산, 이 땅을
좋은 관리와 백성들 그 누가 좋아하지 않으리?
눈물이 비가 되어 자오위루 동지가 심은 오동나무를 적시네.
살아서도 모래 언덕,
죽어서도 모래 언덕,
노인네의 삶과 죽음이 이곳 모래 언덕에 묶여 있구나.
저녁엔 눈 내리고 아침엔 서리 내려도
영웅의 기개는 꺾을 수가 없어라.
밝은 저 달은 예나 지금이나 변함없어
밤새도록 그대 생각에 잠기네.
쓸개와 간 항상 깨끗이 씻은 듯.
길은 질편 거리고 멀어도
두 소맷자락엔 시원한 바람이 불어온다네
관리가 되어 부임하여
백성들을 위해 복을 지어주니
마침내 평생의 뜻을 이루었다네.
나에게 한 방울의 물이라도 준다면
드넓은 들판 맑고 푸르게 만들 수 있으리.

"나라를 다스림에 백성을 근본으로 삼는다."

(治國有常民爲本)

제2회
주제

1. 민생(民生)을 중시한다.
2. 민덕(民德)을 진흥한다.
3. 민심(民心)을 얻어야 한다.

　제2회의 요지는 "인민의 행복한 삶에 대한 동경이 바로 우리들의 분투 목표"임을 설명하는 것이다. 총서기의 연설 중에서 언급했던 "나라를 다스림에는 항상됨(일정함)이 있어야 하나, 백성의 이익을 근본으로 삼아야 한다.(治國有常, 而利民爲本)", "선함을 보게 되면 널리 알리고, 잘못을 보게 되면 고쳐야 한다.(見善則遷, 有過則改)", "물은 배를 뜨게 할 수 있지만, 배를 뒤집을 수도 있다.(水能載舟, 亦能覆舟)" 등의 전고를 취사선택하여 "민생을 중시하고, 민덕을 불러일으키고, 민심을 얻는다."는 세 가지 입장에서 총서기의 사상을 해석하고, "백성들에게 개혁과 발전의 성과를 누리게 하고, 더 많은 실질적인 혜택을 가지게 하며, 더 많은 획득감과 안전감과 행복감을 느끼게 해주며" "덕으로써 백성들을 교화하여 사회주의의 핵심 가치관을 함양케 하고, 실천하게 하며", "인민들이 공산당 집정의 가장 굳건한 기초를 옹호하고 지지하게 하며, 인심의 향배가 중국공산당의 생사존망과 관계되어 있음을 알아야 한다."는 등의 중요한 논술들에 대한 해독을 통해 고대의 인정(仁政)사상과 맑스주의적 대중관에 대한 총서기의 창조적 전환 및 창의적 발전을 보여주고자 한다.

사회: 캉훼이(康輝)

사상 해석: 왕제(王杰: 중공중앙당교 교수)

경전 해석: 자오뚱메이(趙冬梅: 베이징대학 교수)

초대손님: 까오성즈(高生智: 산시성 옌안시 옌촨현 자오쟈허 주민)

경전낭독: 저우웨이똥(周衛東)

-사회자 캉훼이-

여러분 안녕하세요. 『백가강단(百家講壇)』 스페셜 시리즈 『시진핑, 고전으로 인민에게 다가가다-총서기의 고전 인용』을 시청해 주셔서 감사합니다. 저는 사회자 캉훼이입니다.

먼저 오늘 본 프로그램의 방청객으로 와 주신 베이징 중의학 대학과 베이징 항콩항텐(航空航天)대학 학생 여러분을 환영합니다.

중국의 전통문화 중에서, 특히 유가문화에서는 항상 "인(仁)"을 강조합니다. "인"이란 다른 사람을 사랑하는 것입니다. 여기에서 위정자의 백성에 대한 관심이 나오고, 더 나아가서는 인류사회의 발전과정 속에서 사람과 사람 사이의 화합 등과 같은 것들이 나오게 됩니다. 그렇기 때문에 천년이 넘도록 유가문화 속의 "인"사상이나 "인정"사상은 중국 전통적 정치문화의 우수한 기본 요인이 되어 왔던 것입니다.

지금까지 총서기의 국가통치 사상 중에서 전통적 인정사상에 대해서는 많은 창조적 전환과 창의적 발전이 있었습니다. 그래서 오늘 저희가 이번 프로그램의 주제를 "인정(仁政)"이라는 이 두 글자를 중심으로 전개해 보고자 합니다.

오늘 사상 해석을 맡아주신 중공중앙당교의 왕제 교수님을 큰 박수로 맞아주시기 바랍니다.

−사상 해설자 왕제−

중국 공산당의 제18차 전국공산당대표자대회 이후 총서기는 일련의 중요 담화를 발표하였는데, 총서기의 중요 담화를 중화민족의 우수한 전통문화와 결합시켜서 다음의 세 가지 문제에 대해 이야기 해보고자 합니다.

첫째, 민생의 중시

둘째, 민덕의 진흥

셋째, 민심의 획득

먼저 민생의 중요성에 대해서 이야기 해 보도록 하겠습니다.

중국 공산당원의 초심(初心)과 사명은 바로 중국 인민들의 행복과 중화민족의 부흥을 도모함으로써 인민들이 행복한 생활을 영위할 수 있도록 하는 것입니다. 물론 인민들이 행복한 생활을 영위하게 해야 한다는 것은 절대로 빈 소리가 되어서는 안 됩니다. 인민들이 가장 관심이 많고, 가장 현실적이고 가장 실질적인 민생문제에 구체적으로 드러나야 하고, 그러한 것들과 관련된 일련의 제도나 정책, 법률, 법규 등이 구체적으로 실현되고 시행되어야 합니다. 한마디로 인민들이 개혁개방의 성과를 누리게 해야 하며, 인민들이 더 많은 실질적 혜택을 누리게 해야 합니다. 인민들이 더 많은 획득감(獲得感)과 안전함, 행복을 느낄 수 있게 해야 합니다. 총서기께서는 이 '민생'에 대해서 어떻게 말씀하는지 들어 보도록 하겠습니다.

1. 민생(民生)을 중시한다.

시진핑

"나라를 다스림에는 항상성(恒常性)이 있어야 하니, 백성의 이익을 근본으로 삼아야 한다."는 인민을 핵심으로 하는 발전사상은 추상적이거나 형이상학적 개념이 아니며, 단지 구호로만 내뱉거나 사상적 단계에만 머물러 있는 그런 것이 아니라, 경제사회 발전의 각각의 단계에 구체적으로 드러나야 하는 것입니다. 인민의 주체적 지위를 견지하고 인민 대중의 행복한 생활에 대한 동경에 순응하면서 최대한 많은 인민들의 근본적 이익을 끊임없이 실현해나가고 지켜나가고 발전시켜나가야 합니다. 또한 인민을 위한 발전, 인민에 의한 발전이 되도록 해야 하며, 그 발전의 성과 또한 인민들과 함께 향유해야 합니다.

사회자 캉훼이:

　앞에서 살펴본 총서기의 말씀은 2016년 1월 18일 각 성의 지도자급 주요 간부를 대상으로 한 중국공산당 제18차 5중전회(五中全會)의 정신을 학습하기 위한 특별 세미나에서 하셨던 연설 내용입니다. 이 연설에서 총서기께서는 고전을 인용하였는데, 바로 "나라를 다스림에는 항상성(일정함)이 있어야 하니, 백성들의 이익을 근본으로 삼아야 한다.(治國有常, 而利民爲本)"는 그것입니다. 이 말의 의미는 사실 그다지 어려운 내용이 아닙니다. 그러면 이 전고는 그 출처가 어디일까요? 중국의 전통적 정치문화에서 이 말은 또 어떤 중요한 지위를 차지하고 있는 것일까요? 본 회의 경전 해석을 맡아주신 베이징대학의 자오똥메이 교수님께서 해석을 해 주시겠습니다.

－경전 해석자 자오똥메이－

　여러분 안녕하세요? "나라를 다스림에는 항상됨(일정함)이 있어야 하니, 백성들의 이익을 근본으로 삼아야 한다."는 이 내용의 출처는 『회남자·범론훈(淮南子·氾論訓)』입니다.

　이 말의 의미는 매우 분명하고 간단하고 쉽습니다. 바로 백성들의 이익이 가장 근본이라고 하는 나라를 다스리는 원칙을 말하고 있는 것입니다. 백성들을 이롭게 한다는 말은 바로 백성들에게 실질적인 이익이 돌아가야 한다는 말입니다.

　예를 들어, 서한(西漢)시기에 지어진 『사기』나 『전국책』에서 조(趙)나라 무령왕(武靈王)의 "호복기사(胡服騎射)"[5]의 이야기를 서술할 때 "나라를 다스림에는 항상성이 있어야 하니, 백성의 이익을 근본으로 삼아야 한다. 정치적 교화에는 준칙이 있어야 하니, 법령의 시행을 최상으로 삼아야 한다.(治國有常, 而利民爲本. 政敎有經, 而令行爲上.)"라는 이 말을 사용하였습니다. 조나라는 사실 화하(華夏)의 여러 나라 중에서도 비교적 북방에 위치해 있던 나라였습니다. 북쪽에 위치해 있었다는 것은 바로 유목민족들과 뒤섞여 살고 있었다는 것을 의미합니다. 유목민족들은 말 타기에 능했기 때문에 군대의 기동성이 매우 좋았고 매우 강했습니다. 그래서 조나라는 유목민족들과 어울려 살아가면서 항상 피해를 입곤 했던 것입니다. 수차례의 전투에서 연패를 한 후, 조나라의 무령왕은 곧 기마와 활쏘기 기술을 도입하여 자신들의 군대를 기병으로 전환시켰습니다. 기마와 활쏘기 기술의 도입이란 바로 자신들의 사병들에게 말 타기를 배우도록 했던 것입니다. 오늘날로 보면, 그다지 복잡할 것이 없어 보이지요? 그러나 당시에는 이것이 매우 중요한 기술의 도입이었습니다. 말 타기 기술의 도입은 기병의 전체 복식시스템까지 변화시켰습니다. 이것은 화하민족에게 있어서는 큰 문화적 도전이었고, 심리적 도전이었던 것입니다. 그러나 조나라 무령왕은 고심 끝에 "나라를 다스림에는 항상성이 있어야 하니, 바로 백성의 이익을 근본으로 삼아야 한다는 것이다."라고 결심을 하게 되었던 것입니다. 즉 오랑캐의 복식과 말 타기, 활쏘기는 조나라 백성들의 생활을

---

5) 호복기사(胡服騎射) : 오랑캐 복식을 하고 말 타기와 활쏘기를 훈련하는 것.

보장해 줄 것이므로, 백성들에게 이로운 일이므로 다른 많은 어려움들이 있더라도 헤치고 시행해 나가야 한다는 것이었습니다. 이로써 조나라 전체 백성들에게 시행하도록 하였고, 무령왕의 '호복기사' 운동을 적극적으로 전개하게 되었으며, 이에 조나라의 국력은 크게 발전하여 가장 강성한 시대를 맞이하게 되었던 것입니다.

사회자 캉훼이:

  자오둥메이 교수님의 해설 감사합니다. 교수님께서 방금 말씀하셨듯이 "나라를 다스림에 항상성이 있어야 하니, 백성의 이익을 근본으로 삼는다."라는 이 이치는 아주 간단해 보입니다. 그러나 진정으로 이것을 실현한다는 것은 그리 쉬운 일이 아니라는 것을 알 수 있었습니다. 교수님께서 방금 언급하셨던 이 '호복기사'는 확실히 백성들에게 도움이 되는 일이었습니다. 하지만 이것을 실행하기 위해서는 모험이 필요했습니다. 이 일은 오늘날의 전면적인 개혁이 심화될수록 어려움이 많다는 것을 떠올리게 합니다. 이를 위해 우리는 항상 굳은 결심을 하고 모험을 감수해야 한다고 말하고 있는데, 이 말은 인민들을 이롭게 하는 일이 정말이지 쉽지가 않다는 것을 설명해 준다고 하겠습니다.

사상 해설자 왕제:

  그렇습니다. "나라를 다스림에 항상성이 있어야 하고, 백성의 이익을 근본으로 삼아야 한다.(治國有常, 而利民爲本)"는 말을 실행으로 옮기는 일은 정말 많은 노력이 필요합니다. 천 번을 말하고 만 번을 말하는 것보다 실제로 백성들에게 보여주어야 합니다. 구체적으로 실천에 옮기는 것, 이 점이 오늘날에도 우리에게는 매우 중요하다고 생각합니다.

사회자 캉훼이:

　사실 이치는 알기 쉬워도 실천하기란 정말 어렵다는 말씀이십니다. 하지만 진정으로 지각을 하고 있다면, 그 실천이 아무리 어렵다 하더라고 반드시 실천을 해야만 한다는 말씀이기도 하겠습니다.

　『회남자·범론훈(淮南子·氾論訓)』에 나오는 "정치적 교화에는 준칙이 있어야 하니, 법령의 시행을 최상으로 삼아야 한다.(政敎有經, 而令行爲 上.)"는 구절은 어쩌면 무엇이든 실천하기 위해서는 행동력이 필요하다고 말하고 있는 것은 아닐까요?

경전 해석자 자오똥메이:

　그렇습니다. 반드시 실행으로 옮겨야 하고 반드시 행동으로 보여주어야 합니다. 그러나 사실은 여기에는 전제조건이 있습니다. 그것은 바로 정부가 명령을 하달하기 전에 국민들에게 이익이 되는 것인지에 대해 충분한 심사숙고가 필요하며, 마찬가지로 충분한 조사와 연구가 필요하다는 것입니다. 명령이 떨어지면 추진해 나갈 수 있어야 하고, 실제 상황에 부합해야 하며, 지속적으로 추진해 나갈 수 있어야 합니다. 이처럼 하달된 명령이 실행될 때, 이 정부는 국민들의 신뢰를 얻을 수 있는 것입니다.

사회자 캉훼이:

　그렇다면 총서기께서는 정치적 실천 속에서 얼마나 진정성 있게, 또 얼마나 실제적으로 인민들에게 이익이 되는 일들을 추진해 왔을까요? 계속해서 사상 해설을 맡아주신 왕제 교수님을 모시고 설명을 들어보도록 하겠습니다.

사상 해설자 왕제:

"나라를 다스림에 항상성이 있어야 하고, 백성의 이익을 근본으로 삼아야 한다.(治國有常, 而利民爲本)", 이 말이 중국 수 천 년의 역사 동안 관리와 위정자의 경험과 지혜의 총화라고 한다면, 이는 또한 오늘날의 국가 통치에 있어서도 적용되는 중요한 원칙이라고 할 수 있습니다. 수십 년 동안 총서기가 가장 힘써왔으며, 가장 큰 관심을 보여 왔던 문제 중의 하나가 바로 민생문제가 아니었나 생각합니다. 총서기가 겪었던 소소한 일화를 통해서도 이 사실을 알 수 있습니다.

2012년 12월 29일 총서기는 300여 Km를 달려 허베이성 푸핑(阜平)현으로 빈곤구제 개발업무 시찰을 나가, 밤새도록 성⋯시⋯현의 주요 간부들로부터 업무보고를 들었습니다. 그리고 둘째 날 이른 아침부터 총서기는 차가운 날씨에도 불구하고 빈곤 마을 몇 곳을 찾아 빈곤층 주민들을 방문하였습니다. 그가 방문했던 빈곤층 주민의 집 온돌에 앉아 연 수입이 얼마나 되며, 겨울을 나기위한 이불이 있는지, 1년 양식은 부족하지 않은지, 난방용 석탄은 충분한지, 아이들 학교는 얼마나 먼지, 질병 치료에는 어려움이 없는 지 등의 상세한 내용들을 물어보았습니다. 총서기는 매우 상세한 것까지 질문을 하였습니다.

연이어 총서기는 촌 위원회를 방문하고 촌 간부들과 촌민들과 그리고 촌으로 파견 나온 간부들과 함께 빈곤탈출과 부촌 만들기의 방법들을 머리를 맞대고 의논하였습니다.

"샤오캉사회의 실현 여부는 시골마을의 빈곤탈출에 달려 있습니다." 총서기는 전면적인 샤오캉사회 건설의 핵심사항을 매우 강하게 강조하였습니다. "탈 빈곤 해결 프로젝트"는 당대 중국의 최대 민생 프로젝트이자 중국 최대의 "이민(利民), 혜민(惠民), 부민(富民) 프로젝트"입니다. 이 탈 빈곤문제 공략전에서 승리함으로써 빈곤계층과 빈곤지역 이 전 인민들과 함께 샤오캉사회로 진입할 수 있도록 해야 한다는 것 입니다. 방금 민생의 중요성에 대해 이야기하였습니다만, 이어서 민덕 (民德) 진흥에 대해 이야기 해보도록 하겠습니다.

　민덕 진흥을 이야기 하자니, 2천년 이전 중국의 위대한 사상가 중의 한 분이셨던 관자(管子)가 먼저 머리속에 떠오릅니다. 관자는 일찍이 "창고가 가득 차면 예절을 알게 되고, 옷과 먹을 것이 풍족하면 영예 와 치욕을 알게 된다."는 말을 한 적이 있습니다. 이 말은 물질적 풍요 가 한 개인에게서 얼마나 중요한지를 잘 말해주고 있습니다. 배를 굶 주리면서 도덕이니 문명이니 예의니 하는 것들을 논하는 것은 그다지 현실적이지 못합니다. 그러나 물질적 풍요만을 추구하는 것이 한 개인 의 유일한 추구 목표가 되어서는 안 되며, 궁극적인 목표가 되어서는 더더욱 안 됩니다. 백성들에게 있어서 더 중요한 것이 하나 있습니다. 무엇일까요? 백성들에게 인륜이나 도덕적 교화를 실행하기 위해서는 백성들의 전체적인 도적 문명적 소양을 제고해야 한다는 것입니다. 이 사상은 공자에게서 나온 말입니다.

　사실 맹자 또한 이와 유사한 사상을 가지고 있었습니다. 맹자는 백 성들이 부유해지고 난 이후에는 "상과 서의 교육을 엄하게 하고, 효 도와 우애의 의리를 반복하여 가르쳐야 한다.(謹庠序之敎, 申之以孝悌之 義)"라고 하였습니다. 무슨 뜻일까요? 바로 백성들이 경제적으로 부유 해지고 나면 각종 학교를 세워 인륜의 도덕과 효도와 우애 등의 이치 를 반복해서 들도록 해야 하고, 백성들이 실행해 옮길 수 있도록 해야 한다는 말입니다. 맹자는 또 좋은 정령과 좋은 교육을 비교했을 때, 좋은 교육을 하는 것이 민심을 얻기가 더 쉽다고 말했습니다.

그렇다면 백성들에게 무엇을 가르쳐야 할까요? 바로 백성들에게 '덕'을 가르치고, 착함을 가르치고, 염치를, 신뢰를, 자율을, 인륜을 가르쳐야 한다는 것입니다. 백성들의 덕에 관해서 총서기께서는 어떻게 말씀하시는 지 살펴보도록 하겠습니다.

2. 민덕(民德)을 진흥한다.

시진핑

덕을 닦는다는 말은 곧 높고 원대한 뜻을 세운다는 말이며, 또한 풍족함과 평안함을 세운다는 말입니다. 뜻을 세워 조국에 보답하고 인민을 위해 복무하는 것, 이것이 큰 덕이며, 이 큰 덕을 닦아야 대업을 이룩할 수 있습니다. 동시에 소소한 일들도 잘 처리하고, 세세한 부분도 잘 관리하는 것에서 첫 걸음을 내딛어야 합니다. "착한 일을 보면 즉시 배우고, 잘못이 있으면 고친다.(見善則遷, 有過則改.)"라는 말은 공공의 덕과 개인적인 덕을 잘 수양하고 노동을, 근검(勤儉)함을 배워 실천하고 감사할 줄 알고, 남을 도울 줄 알아야 하며, 겸손·양보·관용을 배워야 합니다. 나아가 자성(自省)[6]과 자율을 배워야 합니다.

사회자 캉훼이:

현재 중국은 세계 두 번째의 경제체가 되었습니다. 중국의 발전이

---

6) 자성(自省) : 스스로 반성하는 것.

이 단계에까지 이르렀기에 중국은 국제적으로 대국으로써의 책임을 많이 져야 하는 이 때에 민덕(民德)의 진흥은 더욱 중요해졌습니다. 오늘날 중화의 우수한 전통문화에 뿌리를 두고 사회주의의 핵심적 가치관을 배양하고 실천하는 것, 이것은 새로운 시대에 있어서 민덕교육의 구체적인 표현인 것입니다.

총서기의 이 말은 2014년 5월 4일 베이징대학에서 교수와 학생들과의 좌담회에서 강연한 것입니다. 총서기는 "착한 일을 보면 즉시 배우고, 잘못이 있으면 고친다.(見善則遷, 有過則改.)"는 전고를 인용하였습니다. 이 여덟 글자의 출전은 어디일까요? 그리고 그 품고 있는 의미는 무엇일까요?

경전 해석자 자오똥메이:

"착한 일을 보면 즉시 배우고, 잘못이 있으면 고친다.(見善則遷, 有過則改.)"는 말은 『주역』에 나오는 구절입니다. 『주역』의 64괘 별괘 중의 제42괘의 내용으로 그 원문은 "군자는 착한 일을 즉시 배우고, 잘못이 있으면 고친다.(君子以見善則遷, 有過則改.)"는 내용입니다. 이 원문은 사실은 어떻게 해야 더 좋은 사람이 될 수 있는지 한 인간으로써의 처신과 수신(修身)의 도리를 말하고 있는 것입니다. 오늘날의 입장에서 보면, 어떻게 하는 것이 더 나은 국민이 될 수 있느냐 하는 것입니다. 그것은 바로 자기 자신이 다른 사람보다 부족한 점을 살피고, 다른 사람이 나보다 더 나은 점을 살펴 다른 사람에게서 배워야 한다는 것입니다. 더 좋은 점을 향해 나아가는 것, 그것이 바로 "견선즉천(見善則遷)"입니다. 그렇다면 여러분이 자신의 잘못을 발견했을 때, 또는 어떤 일을 하고서 충분히 만족스럽지 못할 때는 어떻게 해야 할까요?

반드시 바로잡아야 한다는 것입니다. 잘못을 인정하고 바로잡는 것을 두려워하지 않는 것, "착한 일을 보면 즉시 배우고, 잘못이 있으면 고칠 때" 비로소 끊임없이 앞으로 나아 갈 수 있고, 군자(君子)가 될 수 있다는 말입니다. 오늘날의 입장에서 보면 바로 이렇게 할 때 자격이 있는 더 나은 국민이 될 수 있다는 것입니다. 이 여덟 글자는 사실 세 가지 차원의 의미로 구분해 볼 수 있습니다.

첫 번째는 현재에 만족하지 않고 늘 앞으로 나아가야 한다는 의미입니다. "착한 일을 보면 즉시 배우는 일"이든, "자신의 잘못을 고치는 일"이든 이 모든 것이 앞으로 나아가는, 더 나은 곳으로 전진해가는 것이고, 자신을 더 완벽하게 하는 일입니다.

두 번째 차원의 의미는 모든 사람들이 자신을 되돌아보는 시간을 가지고, "일일삼성(一日三省)"의 마음가짐이 필요하다는 것입니다. '반성'은 사실은 자기성찰을 말합니다. 끊임없이 자신을 성찰해 나갈 때 비로소 발전이 있을 수 있는 것입니다.

세 번째 의미는 바로 "착한 일을 보면 즉시 배운다."는 것입니다. 즉 자기 자신보다 더 나은 사람이나 좋은 일을 보게 되면 여러분은 어떤 마음을 가져야 할 까요? 바로 견현사제(見賢思齊)[7]의 마음을 가져야 한다는 것입니다. 그렇기 때문에 우리가 알고 있는 고대의 빼어난 지식인들은 독서를 생명처럼 여기며 책 속의 이치를 자신의 행동으로 옮기고 사회를 위해 사용할 수 있었습니다. 고대의 뛰어난 지식인들은 자신을 되돌아보는 데 뛰어났고, 자신의 잘못을 고치는 데도 용감했습니다. 또한 지행합일(知行合一)의 수준에 이를 수 있었으며, 실천을 통

---

7) 견현사제(見賢思齊) : 어진 사람을 보면 그와 같아지기를 생각하는 것.

해 자신을 끊임없이 담금질하고 끊임없이 발전시켜 나갈 수 있었습니다. 과학기술이나 물질에 있어서도, 지식에 있어서도 오늘날의 우리는 옛 사람들을 비웃을 수 있게 되었습니다. 아니 옛 선조들을 비웃어야 하며, 우리는 옛 사람들보다 더 강해야 합니다. 그러나 정신적인 측면에서 옛 사람들이 가리켰던 발전의 길은 우리가 본받아야 할 것이며, 이는 지금도 시대에 뒤처지지 않는 것입니다.

사회자 캉훼이:

내면의 성찰에 뛰어나고 용기 있게 자신의 잘못을 고친다면 우리는 덕 있는 사람이 될 수 있다는 말씀이셨습니다. 사람은 누구나 행복한 삶을 동경하고 추구하며, 도덕적인 삶을 꿈꾸는 것은 예나 지금이나 똑같습니다. 이른바 도는 사람에게서 멀리 있는 것이 아니며, 덕이 있는 사람은 반드시 이웃이 있기 마련이라는 말입니다. 그렇다면 총서기는 민덕 진흥에 대해 또 어떤 말씀을 했을까요?

사상 해설자 왕제:

"민덕 진흥"을 위해서는 사회주의의 핵심 가치관을 함양하고 실천하는 것이 필요합니다. 덕에는 큰 덕(大德)이 있고, 작은 덕(小德)이 있습니다. (사회주의) 핵심 가치관은 덕의 하나로, 즉 개인의 덕이자 사회적인 덕이고, 국가의 덕이기도 합니다. 한 국가나 민족에게 있어서 가장 지구적이고 가장 광범위하고 가장 심오한 힘은 바로 전 인민이 공감하고 따르고 지켜나가는 사회주의의 핵심 가치관일 것입니다.

2014년 6월 1일 어린이날 전야에 총서기께서는 베이징시 하이디엔(海淀區)구 민족소학교(초등학교)를 방문하여 어린 시절부터 사회주의 핵심 가치관을 함양하고 실천하는 문제에 대해 교사 학생들과 좌담회를 개최하였습니다. 좌담회에서 총서기는 사회주의 핵심 가치관의 함양과 실천을 위해서는 16자를 기억해야 한다고 말했습니다. 이 16자의 내용은 바로 "요구사항을 잊지 말아야 하고, 마음에는 본보기가 있어야 하고, 어려서부터 실천해야 하며, 도움을 받아들여야 한다.(記住要求, 心有榜樣, 從小做起, 接受幫助)"는 것이었습니다. 총서기는 마지막에 "자그마한 덕을 길러야 큰 덕을 완성할 수 있으며, 사회주의 핵심 가치관의 기본 내용을 마음과 머리속에 꼭 기억하고 하고 있어야만 사회주의 핵심 가치관의 씨앗들이 학생들의 마음속에 뿌리를 내리고, 꽃을 피우고, 열매를 맺게 될 것'이라고 당부하였습니다.

세 번째 문제는 민심에 관한 내용입니다. 정치의 길은 민심을 따르는 것이 기본입니다. 인민들의 지지와 옹호를 받기 위해서는 반드시 민심을 얻어야 합니다. 민심이 바로 가장 큰 정치인 것입니다. 민심의 행배가 집권당의 생사존망(生死存亡)을 결정하게 됩니다.

총서기는 민심에 대해 어떤 말씀을 했는지 살펴보도록 하겠습니다.

3. 민심(民心)을 얻어야 한다.

시진핑

"물은 배를 뜨게 할 수 있지만, 또한 배를 뒤집을 수도 있다.(水能載舟, 亦能覆舟.)"는 이 이치를 우리는 반드시 기억해야 합니다. 언제 어디서라도 잊어서는 안 됩니다. 백성들이 하늘이고 백성들이 땅입니다. 인민을 잊어버리고 인민과 멀어지게 되면 우리는 근원 없는 물이요 뿌리 없는 나무에 불과하여 어느 한 가지 일도 이룰 수가 없습니다. 우리는 당의 대중노선을 견지해 나가면서 시종일관 당과 인민 대중과의 관계를 피와 살과 같은 관계로 유지해 나가야 하며, 시종일관 인민대중의 비판과 감독을 받아들여야 합니다. 마음속에는 항상 백성의 고통을 생각하고 가슴 속에는 항상 인민들을 부유하게 할 방법을 품고 있어야만 우리 공산당이 인민 대중의 신임과 옹호를 얻을 수 있고, 우리의 사업도 마르지 않는 힘의 원천을 얻을 수 있는 것입니다.

사회자 캉훼이:

방금 우리가 들었던 총서기의 담화는 2016년 10월 21일 홍군(紅軍)의 대장정 승리 80주년 기념식에서 연설한 것입니다. 당시의 대장정 승리는 인민들의 힘이었습니다. 오늘 우리가 새로운 대장정의 길에 올라서도 여전히 인민들에게 의지해야 합니다. 밑바탕이 인민에게 있고 힘도 인민에게 있습니다. 흥망과 쇄락의 성패 또한 인민에게 있습니다.

총서기는 이 연설에서 "물은 배를 뜨게 할 수 있지만, 또한 배를 뒤집을 수도 있다(水能載舟, 亦能覆舟.)"는 고문 구절을 인용하였습니다. 이 구절은 모두가 너무나도 잘 알고 있는 구절이기도 합니다. 그러나 이 구절이 어디에서 나온 것인지 알고 계신가요? 오늘 스튜디오를 찾아주신 학생 여러분 중에서 누가 알고 계신가요?

청중:

제가 알기로는 당나라 태종 이세민(李世民)이 했던 말로 알고 있습니다.

사회자 캉훼이:

대답 감사합니다. 사실 저분의 수준은 저와 비슷한 것 같네요. 당시 제가 이 문제를 질문 받았을 때 저도 당 태종이 아니면 위징(魏徵)이 했던 말이라도 대답했으니까요. 이 구절의 최초 출현은 당나라 보다 더 이른 시기입니다. 그러면 어디에서 나오는 구절일까요? 경전 해석을 맡아주신 자오똥메이 교수님께 들어보겠습니다.

경전 해석자 자오똥메이:

"물은 배를 뜨게 할 수 있지만, 또한 배를 뒤집을 수도 있다."는 이 구절의 최초 출전은 『순자·왕제(荀子·王制)』편입니다. 그 원문을 보면, "임금은 배고 백성은 물이다. 물은 배를 뜨게 하기도 하고 배를 뒤집기도 한다.(君者, 舟也. 庶人, 水也. 水則載舟, 水則覆舟.)"입니다. 백화(白話)로 해석하면, 군주는 배와 같고 백성들은 물과 같아서 물은 배를 띄우지만 또한 배를 뒤집을 수도 있다는 말입니다.

순자의 이 비유 속에는 민본사상을 포함하고 있습니다. 즉 백성들이 가장 중요하며, 백성들이 한 국가를 통치하는 근본이라는 말입니다. 순자가 물과 배의 비유를 통해 백성과 군주의 관계에 대해 설명하고 있는데, 이 비유는 매우 구체적입니다. 왕조 교체의 역사 속에서 여러 차례 물이 어떻게 배를 뜨게 하고 또 뒤집는지를 보아왔습니다. 수나라를 예로 들면, 수양제(隋煬帝)는 많은 일들을 하였는데, 우리가 아주 멀리 떨어져서 역사적 고도(高度)에서, 독수리의 높이에서 내려다보면, 그것이 적극적이고 의미 있고 가치 있는 일이었다고 생각하게 될 것입니다. 그러나 역사에는 하나의 위도(緯度)만 있는 것은 아닙니다. 역사를 바라 볼 때 항상 독수리의 높이에서 볼 수만은 없습니다. 2천 년, 1천 년의 척도에서도 바라보아야 합니다. 사실 역사를 바라 볼 때 아주 중요한 것은 그 시대 사람들의 삶이라는 척도입니다. 사람들의 삶이라는 척도에서 역사를 바라본다면 수양제가 했던 일들은 수나라의 통치하에 있던 백성들에게 있어서 그렇게나 빠른 리듬의 그렇게나 빠른 속도의, 그렇게나 많은 빈도의 전쟁과 노역은 바로 매우 현실적인 고난을 의미하는 것입니다.

백성들에게는 다른 방법이 없었습니다. 이 때 분노한 백성들은 바로 한 방울 한 방울의 물이 모여서 분노의 파도가 되고, 이러한 거대한 분노의 파도가 결국에는 수나라 정권을 뒤엎은 것입니다. 이것이 우리가 수나라의 멸망 속에서 매우 구체적으로 볼 수 있는 물이 어떻게 배를 뒤집는지의 과정입니다.

수나라 왕조의 멸망 과정을 당태종은 직접 목격하였고, 직접 경험하였습니다. "물이 배를 뒤집을 수 있다"는 수나라의 교훈은 그의 마음속에 매우 생생하게 기억되어 있었습니다. 그는 "물은 배를 뜨게도 하지만 배를 뒤집을 수도 있다"는 이치를 잘 알고 있었던 것입니다.

이 이치는 당태종 그가 자신의 목숨을 건 체험을 통해 체득한 것이었기 때문에 믿었고, 그렇기 때문에 다른 사람의 비판을 받아들일 수 있었던 것입니다.

바로 이 시기의 당태종이 다른 사람의 비판을 귀담아 들었기 때문에 우리가 배웠던 이른바 "정관의 다스림(貞觀之治)"[8]이 있을 수 있었던 것입니다.

"정관의 다스림"에 대해서 많은 사람들은 오해를 하고 있는 것이 있습니다. 바로 "정관의 다스림"이 가능했던 것은 당 왕조가 매우 강성했고, 이미 수나라를 뛰어넘은 상황이었다고 생각하는 것입니다. 사실 당나라의 강성은 그 이후인 "개원성세(開元盛世)" 때에 이르러서였습니다. "정관의 다스림" 시기의 당 왕조의 국력을 살펴보면, 인구수에 있어서나 국고에 저장된 물자에 있어서나 이 시기의 당나라는 수나라 말기에 훨씬 미치지 못했습니다. 그렇다면 왜 "정관의 다스림"을 그리워하고 칭송하는 것일까요? 그 "정관의 다스림"이라는 것이 도대체 어떤 상태를 말하는 것일까요?

『정관정요(貞觀政要)』의 기록을 살펴보도록 하겠습니다. 이 책을 보면 길이 매우 안전했다고 기록되어 있습니다. 즉 여행이 안전했고, 길에는 도적떼가 없었으며, 길을 가로막는 것이 하나도 없었다는 것입니

---

8) 정관의 다스림(貞觀之治) : 627년~649년) 중국 당나라의 2대 황제 태종 이세민의 치세를 일컫는 말이다. 중국 역사상 가장 번영했던 시대 가운데 하나로써, 이때 태종을 보좌했던 재상으로는 위징, 방현령, 장손무기 등이 있었다. 태종은 이들의 보좌를 받으며 밖으로는 돌궐을 제압하는 한편 토번을 회유했으며, 안으로는 조용조(租庸調), 제도와 부병제(府兵制), 균전제(均田制) 등의 제도를 마련하고 과거제를 정비했다. 이로 인해 당의 기틀이 마련되었다. 한편 당 태종 이세민은 신하들이 자유롭게 자신을 비판할 수 있는 분위기를 조성하였으며, 신하들의 건의도 매우 잘 들었는데, 이러한 태도는 비록 이세민이 말년에 실정을 저질렀어도 정관의 치의 빛이 완전히 꺼지지 않게 해 주는 가장 큰 요인이었다.

다. 감옥도 죄인이 없어서 늘 텅 비어있었습니다. 들판에는 소나 양을 방목하였습니다. 사람들이 집을 떠날 때 문을 잠글 필요가 없었습니다. 정관의 시대는 몇 년간 대 풍년이 들었기 때문에 곡식 가격이 매우 저렴했는데, 한 되에 서너 냥 밖에 하지 않았다고 합니다. 집을 나서 여행을 갈 때에는 장안에서 영남(嶺南)까지, 산동에서 대해(大海)까지 가더라도 굳이 식량을 짊어지고 갈 필요가 없었습니다. 도중에 사서 먹을 수가 있었으니까요. 당시는 길을 떠날 때 먹을 양식이나 필요한 물품들을 즉석에서 구매할 수 있었기 때문입니다. 나그네든 여행객이든 산동의 마을을 지나게 되면 마을 사람들이 틀림없이 환대(歡待)를 받았습니다. 또한 그곳을 떠나려 할 때는 가지고 갈 식량까지 싸주었습니다. 이것이 바로 당나라 사람들이 묘사해 놓은 "정관의 다스림" 때의 모습입니다. 만약 국력으로만 따진다면 그렇게 강대하지 않았고, 수나라 말기 때보다도 못했습니다. 그러나 이 "정관의 다스림"은 화합과 안정과 행복의 상징이 되었습니다. 이 시기의 백성들은 푸른 하늘 아래의 고요한 바닷물처럼 당나라 왕조라는 크나큰 배를 물에 뜨게 하고서 앞으로 나아가고 있었습니다. "물이 배를 뜨게 하거나, 배를 뒤집게 하는 것"은 한두 명의 힘으로는 어림도 없습니다. 따라서 백성들이 뭉치게 되면 국가의 흥망을 결정하는 힘이 되는 것입니다.

사회자 캉훼이:

오늘날 우리는 중국공산당의 근본 종지(宗旨)가 바로 온 마음과 온 정성으로 인민을 위해 복무하는 것이며, 인민들로 하여금 행복한 삶을 영위할 수 있도록 하고, 인민의 근심을 해결해주고 민생(民生)을 도모해 주는데 있음을 줄곧 강조하고 있습니다. 그렇다면 어떻게 해야 민심을 얻을 수 있을까요? 민심을 얻는 것과 관련해서 총서기께서는 어떤 중요한 연설을 했을까요? 이어서 사상 해설자이신 왕제 교수님을 모시고 해설을 들어보도록 하겠습니다.

사상 해설자 왕제:

끊임없이 민생을 개선시켜나가야만 민심을 얻을 수 있을 것입니다. 이것은 하나의 변증법입니다. 그렇기 때문에 총서기께서는 인민의 복지를 증진시키고 국민들의 전면적인 발전을 발전의 출발점이자 목적지로 삼아야 한다고 제시하였습니다.

이는 진정(眞情)을 쏟아 붓고 절실한 행동을 보일 때 비로소 민심을 얻을 수 있다는 말입니다. 인민 대중의 인정은 최고의 표창이며, 인민 대중들의 신뢰는 가장 큰 지지입니다. 방청객 한 분이 손을 드셨네요. 어떤 질문이 있으신지, 말씀해 보시죠.

방청객:

왕 교수님, 안녕하세요. 방금 교수님께서 민생문제에 관해서 말씀을 하시면서, 민생을 중요하게 여겨야 한다고 말씀하시고는, 혜민(惠民)정책을 펼쳐서 우리가 행복감을 느낄 수 있게 해주어야 한다고 말씀하셨고, 그러면서 동시에 우리들 역시도 국가의 첨단과학기술 발전을 중시해야 한다고도 하셨습니다. 그렇다면 국가의 첨단과학기술 발전은 우리에게 자부심을 가져다주는 것 이외에 또 민생과 어떤 관계가 있는지요?

사상 해설자 왕제:

　이것은 과학기술과 민생의 관계 문제입니다. 몇 년 전 원격 감지 위성과 통신위성을 쏘아 올릴 때, 이 위성 발사가 우리의 일상생활과 어떤 관계가 있는가 하는 의문이 난무하기도 했습니다. 사실 우리가 일상생활이라고 말하는 것 속에는 누구도 과학기술을 떼어내어 말할 수가 없습니다. 그렇지 않나요? 스마트폰이나 안면인식 기술, 그리고 공유자전거나 전기자동차, 고속열차 이러한 모든 것들이 과학기술의 산물입니다. 우리는 이미 이러한 과학기술이 안겨다 준 편리성을 누리고 있습니다. 그렇기 때문에 첨단과학기술에 대해 자기 눈앞의 일들만을 생각해서는 안 됩니다.

　한마디 덧붙인다면, 시진핑 동지는 기층(基層)에서 일할 때부터 주민들로부터 폭넓은 칭송을 받았다는 사실입니다. 시진핑 동지가 량쟈허(梁家河)인민공사 생산대에 있을 때, 그 중간의 8개월 동안을 다른 마을인 자오자허촌(趙家河村)에서 머물렀습니다. 자오자허촌에서의 8개월 동안 시진핑 동지는 마을의 일상적인 행정업무를 맡았고, 동시에 마을주민들과 함께 제방 공사, 계단식 논 정비, 조림사업 등을 진행했는데, 이러한 실천행동을 통해 시진핑 동지는 주민들에게 아주 깊은 인상을 남겼던 것입니다. 즉 민생을 개선시켜야만 민심을 얻을 수 있다는 말입니다.

사회자 캉훼이:

　그렇습니다. 방금 왕제 교수님께서 말씀하신 것처럼 시진핑 동지께서는 당시에 산베이(陝北)의 자오자허촌에서의 8개월 동안 마을 주민들에게 매우 깊은 인상을 심어 주었습니다. 오늘 여기 스튜디오에 산시성(陝西省), 옌안시(延安市), 옌촨현(延川縣) 자오자허촌의 주민이신 까오성즈(高生智) 어르신을 초대했습니다. 큰 박수로 환영해 주시기 바랍니다.

짜오쟈허촌 지식청년들은 시진핑 동지가 주민들에게 특별한 인상을 심어주었다고 말하고 있는데, 지금까지도 그곳 주민들은 종종 시진핑이라는 베이징에서 온 젊은이에 대해 이야기를 하곤 한다지요? "좋은 젊은이"에 대한 일화를 한 번 더 소개해 주시지요.

초대손님 까오성즈:

예를 들어 이런 이야기를 말씀드리겠습니다. 우리 촌에는 펑쥔더(馮俊德)라는 어르신이 계셨는데, 그 분이 자신의 땅에 잎담배를 조금 심었는데, 그 잎담배를 수레 한 대에 다 실었습니다. 그리고는 혼자서 잎담배를 마을로 옮기려고 했습니다. 하지만 너무 무거워서 힘에 부쳤습니다. 70이 넘으셨으니까요. 이 때 뒤쪽에서 젊은 친구가 한명 다가오더니, "어르신 제가 옮겨다 드리지요"라고 하면서 어르신 손에서 수레를 건네받고는 본인이 끌고 갔지요.

두 사람이 이렇게 천천히 수레를 끌고 가게 되었는데, 이 펑 씨 어르신이 미안해서 "자네가 누군지 모르겠네만…"하고 운을 떼자, 젊은이가 "저는 생산대에 내려온 지식청년이구요, 성이 시 가이고 이름은 진핑이라고 합니다."라고 대답했습니다. 이 때 펑 씨 어르신이 시 씨 성은 매우 드물다고 하시면서, "일반적으로는 모두 그렇게 부르지 않아요. 산뻬이에서 류즈단(劉志丹)과 함께 혁명을 했던 시종쉰(習仲勛)이 시 씨였지요."라고 하자, 젊은이가 "시종쉰은 저의 아버지십니다. 제가 그분 아들이지요"라고 했지요. 그러자 펑 씨 어르신이 "아! 당신이 바로 그 소문난 '좋은 젊은이'군요"라고 말했답니다.

사회자 캉훼이:

아하! 그런 일화로 인해 모두들 알게 되었고, 시진핑 동지가 어디를 가든지 항상 많은 주민들이 지지해주고 옹호해주었던 것이군요. 이처럼 총서기는 처음부터 끝까지 마음속으로 주민들의 일만을 생각했고, 시종일관 주민들의 일을 도와주었기 때문에 민심을 얻을 수 있었던 것이군요. "좋은 젊은이" 일화가 그래서 널리 퍼지게 되었고요.

오늘 특별히 저희들에게 이 일화를 들려주신 까오 어르신께 감사드립니다.

이 이야기가 말해주듯 진심으로 백성들을 위해 일을 하면 국민들에게서 가장 높은 평가를 받을 수 있는 것입니다. 이러한 최고의 평가를 하는 데는 가장 간단한 한 글자를 사용하곤 하는데, 바로 '하오(好)'하는 글자입니다. 이 최고의 평가를 얻는 것은 매우 어려운 일입니다. 총서기께서는 인민들이 옹호하는지 안 하는지, 인민들이 찬성하는지 안 하는지, 인민들이 즐거워하는지 아닌지, 인민들이 응답을 하는지 안 하는지를 통해 업무의 득실을 평가하는 가장 기본적인 기준으로 삼아야 한다고 말했습니다. 그렇다면 오늘날 우리가 어떻게 해야만 우리의 모든 업무에서 이 같은 검증을 이겨낼 수 있을까요? 왕제 교수님께 여쭤보겠습니다.

사상 해설자 왕제:

방금 초대 손님께서 "좋은 젊은이"에 대한 일화를 소개했습니다. 사실 "좋은 젊은이" 일화는 주민들의 내면에서 일어난 시진핑 동지에 대한 소박한 평가라고 할 수 있습니다. 물론 최고의 평가이기도 하지요.

금잔…은잔 하지만 이 모두가 백성들의 칭송만은 못하지요, 금상…
은상도 백성들의 칭찬만 못합니다. 하늘과 땅 사이에는 저울이 있는
데, 그것이 바로 백성들이지요. 인민의 이익은 그 무엇보다도 높으며,
인민이 갈망하는 것이 바로 공산당의 분투 목표입니다. 정부에서 해
야 할 일이 바로 백성들이 행복한 삶을 누리도록 해 주는 일입니다.
시종일관 인민의 입장을 근본 입장으로 여기고 인민의 행복을 근본적
인 사명으로 여기며, 온 마음 온 정성으로 인민을 위해 복무하는 것
을 근본적인 종지로 삼아서 인민들이 행복한 삶을 누리도록 해야만
중화민족의 대 부흥을 실현할 수 있습니다.

사회자 캉훼이:

오늘 사상 해설과 경전 해석을 맡아주시고, 심오한 내용을 알기 쉽
게, 그리고 생동감 있게 설명해 주신 두 분께 감사드립니다. 오늘날 우
리가 앞으로 전진해 나가는 길에서 우리는 여전히 중화민족 오천년 동
안 분투노력하고 축적해 온 이러한 문화적 영양분을 섭취하고 있습니
다. 총서기는 담화나 문장이나 논술 등에서 "나라를 다스림에는 항상
성이 있어야 하며, 백성의 이익을 근본으로 삼아야 한다.(治國有常, 而
利民爲本)"는 말처럼 중국 고대의 애민사상을 자주 언급했습니다. 총서
기의 마음속에는 항상 인민에 대한 걱정이 자리하고 있습니다. 제19
차 전당대회 보고에서는 무려 203차례나 인민을 언급했습니다. 이로
써 '인민'이라는 이 두 글자의 무게감을 짐작해 볼 수가 있습니다. 총
서기의 마음속에서 이 두 글자는 1천 균(鈞: 1균은 30근—역자 주)보다
무겁습니다. 오늘 프로그램을 마치면서 마지막으로 다시 한 번 이러한

고전들을 되새겨 보고, 또 다시 한번 "나라를 다스림에는 항상성이 있어야 하고, 백성의 이익을 근본으로 삼아야 한다."는 이 구절의 사상적 의미와 백성에 대한 마음을 되새겨 봅니다.

-경전 낭독: 주웨이뚱-

『노자(老子)』 중에서

聖人無常心. 以百姓心為心.
성인은 고정된 마음이 없는데, 그 이유는 백성의 마음으로 자신의 마음을 삼기 때문이다.

善者吾善之, 不善者吾亦善之, 德善.
선한 사람도 내가 선하게 대하고, 선하지 않은 사람도 내가 선하게 대한다면, 모두가 선한 사람이 될 것이다.

信者吾信之, 不信者吾亦信之, 德信
신의가 있는 사람을 내가 신의로써 대하고, 신의가 없는 사람도 내가 신의로써 대한다면, 모두가 신의가 있게 될 것이다.

『악양루기(岳陽樓記)』 중에서

－범중엄(范仲淹)

予嘗求古仁人之心, 或異二者之為, 何哉? 不以物喜, 不以己悲, 居廟堂之高, 則憂其民; 處江湖之遠, 則憂其君。是進亦憂, 退亦憂, 然則何時而樂耶? 其必曰: "先天下之憂而憂, 後天下之樂而樂"乎?"

내가 일찍이 옛날 어진 사람의 마음을 헤아려 본적이 있으니, 어진 사람의 마음은 두 가지 마음이 달랐다. 어째서인가? 사물로써 기뻐하지 않고 자신으로 인해 슬퍼하지도 않으며, 조정의 높은 자리에 있으면서도 그 백성들을 걱정한다. 멀리 떨어진 강호에 있으면서는 그 임금을 걱정한다. 이는 나아가서도 걱정하고 물러나서도 걱정하는 것이다. 그러면 언제 즐거워하는가? 성인들은 항상 말하길, "천하 사람들이 근심하는 것을 먼저 근심하고, 천하 사람들이 즐거워하고 난 후에 즐거워한다."라고 했다.

『영매탄(詠煤炭)』

-(명) 우겸(于謙)

"鑿開混沌得烏金,

藏蓄陽和意最深.

爝火燃回春浩浩,

洪爐照破夜沉沉.

鼎彝元賴生成力,

鐵石猶存死後心.

但願蒼生俱飽暖,

不辭辛苦出山林."

혼돈을 파고들어가 검은 금덩이 얻으니,

가장 깊은 곳에 따듯한 햇볕과 깊은 정 감추고 있네.

활활 타오르는 거대한 불꽃은 따스한 봄날로 돌아간 듯,

큰 화로의 화염은 어두운 밤하늘을 밝히 네.

제기를 만들 수 있는 건 활활 타는 석탄의 힘 때문인데,

철석은 석탄이 되어도 여전히 충성스럽구나.

(나 또한) 사람들이 모두 배부르고 따뜻하라고

고생을 마다하지 않고 산림에서 나왔다.

"국가는 덕이 없으면 흥성할 수 없다."

(國無德不興)

제3회
주제

1. 왜 덕을 쌓는 것이 중요한가?
2. 어떠한 덕을 쌓을 것인가?
3. 어떻게 덕을 수양해야 하는가?

  사람됨에는 품덕(品德)이 있어야 하고, 정치에는 관덕(官德)이 있어야 하며, 나라를 다스림에는 모든 사람들이 마음으로의 내면화와 행동으로 보여주는 핵심적 가치관을 가지고 있어야 한다.

  이번 회의 『나라에 덕이 없으면 나라가 흥할 수 없다』편은 덕의 확립을 주제로 한다. 주로 총서기의 '덕'에 관한 설명들을 살펴보고, 총서기가 자주 인용했던 "나라를 지키는 데는 네 가지 큰 벼리가 있으니, 예의염치가 그것이다. '이 네 가지 큰 벼리[9]'가 펼쳐지지 않으면 나라는 곧 망하고 만다.'(國有四維, 禮義廉恥, '四維不張, 國乃滅亡.')", "큰 학문의 도는 밝은 덕을 밝히는 데 있으며, 백성을 새롭게 하는 데 있으며, 지극히 착한 곳에 머무르게 하는데 있다.(大學之道, 在明明德, 在親民, 在止於至善)", "자신을 수양하고 집안을 화목하게 하고 나라를 다스리고 천하를 태평하게 한다.(修身齊家治國平天下)" 등의 고전에서 "덕의 숭상" 즉 "나라에 덕이 없으면 흥할 수 없고, 사람에게 덕이 없으면 홀로 설 수 없다"에서부터 "덕을 밝힌다" 즉 "큰 덕을 밝히고, 공공

---

9) 벼리 : 일이나 글에서 뼈대가 되는 줄거리.

의 덕을 지키며, 개인의 덕을 엄격히 하고 덕을 수양한다."로, 그리고 "권학(勸學), 명변(明辯), 독실(篤實)"로 이어지는 세 가지 차원을 가려내어 총서기의 '덕'에 관한 논술이 중국의 전통적 도덕사상의 계승과 발전임을 통속적이면서도 쉽게 설명하고자 한다.

사회: 캉훼이(康輝)
사상 해석: 아이스린(艾四林, 칭화대학 교수)
경전 해석: 양위(楊雨, 종난(中南)대학 교수)
초대 손님: 취젠우(曲建武, 다롄해사(大連海事)대학 교수)

-사회자 캉훼이-

여러분 안녕하십니까? 『백가강단(百家講壇)』 스페셜 시리즈 『시진핑, 고전으로 인민에게 다가가다-총서기의 고전 인용』 프로그램을 시청해 주셔서 감사합니다. 저는 사회자 캉훼이입니다.

먼저 오늘 스튜디오를 찾아주신 중앙민족대학과 베이징교통대학 학생 여러분 반갑습니다.

이번 프로그램의 주제는 "덕을 쌓는다(立德)"입니다. 중국의 전통문화는 덕을 쌓는 것과 자기 수양을 매우 중요하게 생각합니다. 인재 선발이나 인재 등용 등의 말을 떠올리면 반드시 "덕과 재능의 겸비"를 따지게 되고, 그 중에서도 덕을 최우선으로 합니다. 개인의 행복이나 가정의 화목, 나라의 평안을 이야기 한다면 항상 "덕이 있으면 외롭지 않으며, 반드시 이웃이 있다.(德不孤, 必有隣)"라고 말합니다. 오늘 프로그램에서 우리는 "덕을 쌓는다"라는 이 주제를 중심으로 총서기의 일련의 중요 담화에서 인용했던 고전을 통해 새로운 시대의 덕의 확립과 자기 수양에 대해 배우고 깨우치는 시간을 갖도록 하겠습니다.

그러면 사상 해석을 맡아주실 칭화대학의 아이스린 교수님을 큰 박수로 맞아주시면 감사하겠습니다.

ㅡ사상 해설자 아이스린ㅡ

총서기께서는 덕의 확립 문제를 매우 중요하게 여겼습니다. 왜 덕을 쌓아야 하는가에 대해서 총서기는 "나라에 덕이 없으면 흥할 수가 없고, 사람에게 덕이 없으면 홀로 설 수가 없다"라고 말했습니다. 그러면 어떤 덕을 바로 쌓아야 할까요? 총서기는 "핵심적 가치관은 사실은 일종의 덕, 즉 개인의 덕이며, 또한 큰 덕, 즉 국가의 덕, 사회의 덕"이라고 말씀하셨습니다. 그렇다면 이러한 덕을 어떻게 바로 쌓아야 할까요? 총서기는 "자기 스스로부터 시작하고, 옆 사람에게, 또 작은 일부터 시작해야 한다. 물이 한 방울 한 방울 모이듯이 하여 좋은 사상, 좋은 품덕을 길러 나가야 한다."고 했습니다.

그러면 간단하게 세 가지 측면으로 나누어 말씀드리겠습니다.

먼저 첫 번째 측면은 "왜 덕을 쌓아야 하는가?"라는 문제입니다. 우리가 말하는 "나라에 덕이 없으면 흥하지 못하고, 사람에게 덕이 없으면 홀로 설 수 없다."라는 것은 과연 무슨 뜻일까요?

"나라에 덕이 없으면 흥하지 못 한다"라는 말은 도덕이라고 하는 것이 한 나라, 한 민족, 한 사회에 있어서 매우 중요한 가치와 의미를 가진다는 뜻입니다. 한 나라나 한 민족, 또는 한 사회에는 서로 다른, 각양각색의 가치성향과 가치관이 있고, 어떤 것은 심지어 상호 모순적이어서 충돌하기도 한다는 것을 우리는 잘 알고 있습니다. 예를 들어, 애정 관념이나 금전 관념 등처럼 한 사회가 안정과 조화 …발전을 유지해 나가기 위해서는 반드시 공통의 핵심적 가치관이 필요합니다. 이에 대해 총서기는 "한 민족, 한 국가에 공통의 핵심적 가치관이 없어서 일치된 결론을 내릴 수 없고, 행위의 귀속지가 없다면, 그 민족과 그 국가는 전진해 나갈 수 없다."라고 했습니다.

그러면, "사람에게 덕이 없으면 홀로 설 수 없다"는 말은 또 무슨 의미일까요? 그것은 한 개인의 발전과 진보에 있어서 도덕이 매우 중요한 가치와 의의를 가지고 있다는 말입니다. 지난 2004년 시진핑 동지께서 저장성(浙江省) 서기로 재임해 있을 당시 이 문제에 대해 매우 심도 있는 논의를 진행한 바 있습니다. 총서기는 "사람이면서 덕이 없으면 멀리 갈 수가 없다. 좋은 도덕적 품성과 사상적 수양이 없으면 풍부한 지식이나 심오한 학문도 크게 이룰 수가 없다."라고 했습니다. 옛 선인들께서는 "영원히 사라지지 않는 세 가지 (三不朽)"를 이야기 했는데, 이 삼불후가 바로 "덕을 세우고, 공을 세우며, 말을 세우는 것(立德, 立功, 立言)"입니다. 여기서 우리는 입덕이 첫 번째 임을 알 수 있습니다. 이 입덕은 어떤 일을 하거나 학문을 할 때 이 덕이 가장 기초가 되는 전제적인 역할을 함을 강조하는 것입니다. "나라에 덕이 없으면 흥할 수가 없고, 사람에게 덕이 없으면 홀로 설 수 없다."라는 말에 대해서 총서기는 다음과 같은 매우 훌륭한 연설을 하기도 하였는데, 함께 살펴보도록 하겠습니다.

1. 왜 덕을 쌓는 것이 중요한가?

시진핑

각각의 시대에는 각각의 시대정신이란 것이 있고, 각각의 시대적 가치 관념이 있습니다. 한 나라에는 네 가지 벼리가 있는데, 그것이 바로 '예의염치'입니다. "이 네 가지 벼리가 펼쳐지지 않으면 그 나라는 곧 멸망하고 말 것이다." 이

말은 중국의 옛 선조들의 그 당시의 핵심적 가치관에 대한 인식을 보여주는 말입니다. 오늘날의 중국에서는, 우리의 민족, 우리의 국가에서는 어떤 핵심적 가치관을 지켜 나가야 할까요? 이 문제는 하나의 이념 문제이기도 하면서 또한 실천의 문제이기도 합니다. 우리는 부강, 민주, 문명, 조화를 제창해야 하고, 자유와 평등, 공정함, 그리고 법치를 제창해야 합니다. 또 애국과 경업(敬業), 성신(誠信), 우호를 제창하고 사회주의 핵심가치관을 적극적으로 함양하고 실천해 나가야 합니다. 여기서 부강과 민주, 문명, 조화는 국가적 측면에서의 가치 요구이며, 자유, 평등, 공정, 그리고 법치는 사회적 측면에서의 가치 요구이고, 애국, 경업, 성신, 우호는 국민적 측면에서의 가치 요구입니다. 이러한 개괄은 사실 우리가 어떤 국가, 어떤 사회를 건설하려고 하는지, 그리고 어떤 국민을 배양하려고 하는지 등의 중대 문제에 대해 대답해 주고 있는 것입니다.

사회자 캉훼이:

　위의 내용은 2014년 5월 4일 청년의 날을 맞이하여 총서기가 베이징대학 교수 … 학생 좌담회 때 했던 강연의 일부입니다. 이 강연에서 총서기가 인용한 "네 가지 벼리가 펼쳐지지 않으면 나라는 곧 멸망하고 만다.(四維不張, 國乃滅亡)"라는 구절의 출처는 어디일까요?

　이번 회의 사상 해설을 맡아주신 종난(中南)대학의 양위 교수님을 모시고 설명을 들어보도록 하겠습니다.

-경전 해설자 양위-

　총서기는 고전 전적에서 매우 유명한 "네 가지 벼리가 펼쳐지지 않으면, 나라는 곧 멸망하게 된다.(四維不張, 國乃滅亡)"라는 구절을 인용했습니다. 이 말은 고대의 전적 중 하나인 『관자(管子)』에 실려 있는 구절로, 원문은 "나라에는 네 가지 벼리가 있으니,… 무엇을 네 가지 벼리라고 하는가? 첫째는 예의이고, 둘째는 의리이고, 셋째는 청렴함이고, 넷째는 부끄러움이다.(國有四維… 何謂四維? 一曰禮, 二曰義, 三曰廉, 四曰恥.)"입니다. 그런데, "벼리(維)"라는 것은 물건을 묶는 굵은 밧줄로, 모든 사물을 묶어 고정시키는 것이라는 의미를 가지고 있습니다. "나라에 네 가지 벼리가 있다"는 말은 바로 나라를 다스리는 데에는 "예·의·염·치"라는 네 가지 큰 근본이 있다는 말입니다.

그렇기 때문에 이 네 가지 근본 중에 하나라도 부족하게 되면 나라는 곧바로 위험한 지경으로 빠져들고 만다는 것입니다. 그리고 이 네 가지 근본이 모두 무너지게 되면 국가는 곧 멸망으로 나아가는 궁지에 빠지게 된다는 것입니다. 이것이 바로 "네 가지 벼리가 펼쳐지지 않으면 나라는 곧 망하게 된다."는 말의 본 뜻입니다.

　그렇다면 한 걸음 더 나아가서, '예의'와 '의리'와 '청렴'과 '수치'는 각각 어떤 구체적인 의미를 가지고 있을까요? '예의'라고 하는 것은 바로 한 사회 집단의 구성원으로서 개인이 공통으로 준수해야 할 법률과 규칙, 그리고 도덕적 규범을 말합니다. '의리'는 무슨 의미일까요? 간단하게 말하면, 공평함, 정의라고 할 수 있습니다. 이것은 윤리적 원칙이자 도덕적 품성의 근본이라고 할 수 있습니다. 게다가『관자』에서 말하는 '의리'에는 양보의 의미도 포함되어 있습니다. 다시 말해서 개인적인 욕망을 억제하고 더 많은 기회를 다른 사람에게 양보한다는 의미입니다. '청렴함'은 바로 공정함과 깨끗함, 사치하지 않음, 욕심내지 않음을 의미합니다. 그리고 일체의 추악함과 죄악을 숨기지 않고 공명정대함을 말하는 것입니다. '수치'는 글자 그대로 부끄러워하는 마음으로 사악함과 죄악을 용인하지 않는다는 말입니다. "나라에는 네 가지 벼리가 있다"는 말은 바로 각각의 시대에는 그 시대 별로 받들어야 하는 가치관이 있다는 것을 말합니다. 예의와 의리와 청렴함과 부끄러움은 바로 그 시대에 보편적으로 받들었던 가치관인 것입니다. "네 가지 벼리가 펼쳐지지 않으면 나라는 곧 멸망하게 된다"는 말은 사회적 규범을 준수하고 공평함과 정의를 받들고, 부끄러움을 알고 선행을 베풀고, 청렴결백으로 공무를 집행한다는 의미로, 이것이 바로 국가의 부강과 사회의 태평을 지키는 기본적인 보장이라는 말입니다.

사회자 캉훼이:

오늘 우리가 "왜 덕을 바로 쌓아야 하는가?"라는 주제를 이야기 하는 이유는 덕에는 아주 강력한 정신적 힘이 있기 때문입니다. 현재 우리는 매년 전국에서 도덕적으로 모범을 보이는 자를 선정하고, 감동을 주는 중국인을 선정하는 이유가 바로 이러한 덕의 강력한 정신적 힘을 사회와 개개인의 마음에 전파하기 위해서입니다. 우리가 일상생활을 하는 가운데서 만나는 많은 사람들로부터 이러한 강력한 힘을 느끼고 배울 수 있습니다.

계속해서 아이스린 교수님을 청해서 해설을 들어보도록 하겠습니다.

사상 해설자 아이스린:

강연을 이어가기 전에 먼저 여러 분께 질문을 하나 드리겠습니다. 여러분 마음속의 도덕적 본보기는 어떠한 것입니까? 관중석에서 어떤 분이 대답을 해 주실 수 있을까요?

방청객:

제 생각에 도덕적 본보기는 우리가 이전에 배웠던, 그리고 생활 속에서 만났던 위인만은 아니라고 생각합니다. 더욱 다양한 상황 속에서 우리 주변의 보통 사람들, 평범한 사람들에도 있지 않을까 생각합니다. 이러한 평범한 사람들에게서도 우리가 배워야 할 도덕적 장점이 있기 때문입니다.

사상 해절자 아이스린:

감사합니다. 또 다른 분 중에서 대답해 주실 분?

방청객:

본보기라고 한다면, 제 생각에는 우리 주변에 있다고 생각합니다. 예를 들어 저희 학교에는 자원봉사단이 있는데, 그들은 매년 생활이 어려운 지역의 아이들에게 학교를 보내주고 생활 용품을 지원해줍니다. 제 생각에는 조그마한 촛불이 모든 것을 밝힐 수 있다고 생각합니다.

사상해설자 아이스린:

좋습니다. 두 분 방청객 감사합니다. 답변 모두 훌륭하십니다. 정말로 모든 사람들 마음속에는 도덕적 본보기에 대해 나름의 이해가 있을 수 있다고 봅니다.

제가 여러분께 스승의 덕과 관련된 예를 하나 들어 드리겠습니다. 이 분의 성함은 여러분도 모두 잘 알고 계실 것입니다. 그 분의 성함은 바로 리바오궈(李保國) 동지입니다. 리바오궈 동지는 허베이(河北)농업대학의 교수님으로, 학술연구에 있어서 리 교수님은 "정말 대단하신 분"이십니다. 그러면 그 분의 뛰어난 점은 무엇일까요? 제 생각에는 그분이 인민을 위해서 학문을 해야 한다는 학술연구의 기본, 학술연구의 방향을 견지해 나가신 점이라고 생각합니다.

그는 일 년 내내 타이항산(太行山) 지역에 들어가서 농민들의 요구를 자신의 연구과제로 삼아 타이항산 대지에다 논문을 발표하시고, 그 성과를 농민들에게 돌려주었습니다. 리바오궈 교수님은 자신의 연구 성과를 통해 타이항산 지역의 농업 생산량을 35억 위안(元)으로 증가시킴으로써 이 지역 농민들이 경제와 사회와 생태를 결합하여 빈곤에서 탈출하는 새로운 지평을 개척해주었습니다.

총서기께서는 리바오궈 동지의 사적을 높이 칭송하시면서 "타이항산의 새로운 우공(愚公)"[10]이라고 찬양했습니다. 이 사례를 통해 여러분들께서 도덕적 본보기가 어떠해야 하는 지에 대해 새로운 인식을 하셨을 것이라고 생각합니다.

앞에서 우리는 개인과 국가 두 가지 측면에서 왜 덕의 확립이 필요한지를 이해할 수 있었습니다. 오늘날의 중국 특색의 사회주의 국가인 중국에서는 어떠한 덕을 확립해야 할까요? 총서기께서는 이에 대해서 또 어떤 깊이 있는 논의를 했을까요?

---

10) 우공(愚公) : 어떠한 어려움도 굳센 의지로 밀고 나가면 극복할 수 있으며, 하고자 하는 마음만 먹으면 못 할 일이 없다는 것을 비유하는 "우공이 산을 옮기다.(愚公移山)" 라는 고사를 만들어 낸 주인공.

2. 어떤 덕을 쌓을 것인가?

시진핑

『예기·대학(禮記·大學)』에 이르길, "큰 학문의 도는 밝은 덕을 밝히는 것에 있고, 국민을 새롭게 하는데 있으며, 지극한 선에 머물게 하는데 있다.(大學之道, 在明明德, 在親民, 在止於至善.)"라고 하였습니다. 고금과 동서를 막론하고 교육과 학교의 설립에 관해 많은 사상 유파가 있었고, 이론적 관점도 서로 달랐지만, 교육을 통해서 사회발전에 필요한 인재를 길러내야 한다는 점에서는 모두가 공감을 했습니다. 사회발전에 필요한 인재를 양성한다는 것은, 구체적으로 말하자면, 사회의 발전과 지식의 누적, 문화의 전승, 국가의 존속, 제도의 운영에 필요한 인재를 양성한다는 것입니다. 그러므로 고금과 동서를 막론하고 모든 국가가 자신들의 정치적 요구로 인재를 양성하고, 세계 일류 대학들이 모두 자신들의 국가 발전에 이바지하면서 성장했습니다. 중국의 사회주의 교육은 바로 사회주의의 건설자와 후계자를 양성하는 것입니다.

사회자 캉휘이:

앞의 내용은 2018년 5월 2일 총서기께서 다시 베이징대학을 방문하여 교수⋯ 학생 좌담회에서 연설했던 것입니다. 양위 교수님을 모시고 이 인용구절에 어떤 심오한 학문이 담겨져 있는지를 들어보도록 하겠습니다.

경전해설자 양위:

"대학의 도는 밝은 덕을 밝히는 데 있으며, 백성을 새롭게 하는데 있으며, 지극한 선에 머무르게 하는데 있다."라는 구절은 『예기·대학』 편의 기본 강령입니다. 혹자는 "대인의 학문"이 추구하는 최고의 경지라고 말하기도 합니다. 이른바 "명덕(明德)"이란 바로 밝고 아름다운 덕행을 가리키는데, "명명덕(明明德)"에서 앞의 '명'자는 동사로서 '드러내 보여준다'는 뜻입니다. 그러므로 "명명덕"은 밝고 좋은 덕행을 드러내 보여준다는 의미입니다. "친민(親民)"은 이러한 밝고 아름다운 덕행을 민중들에게 전파해서 몽매함을 없애고 백성들의 지혜를 일깨우고, 그런 후에 다함께 도덕적 수양의 최고 경지로 나아가야 한다는 말로, 다시 말해서 "지극한 선에 머물도록 한다"는 말입니다.

중국 최초의 애국시인인 굴원(屈原)은 초나라의 젊은 인재를 양성하는 임무를 맡기도 했었는데, 그가 맡고 있던 삼려대부(三閭大夫)라는 이 관직은 부분적으로 오늘날의 교육부 장관과 유사한 직능의 관직이었습니다. 지금도 우리는 '선생님'을 부지런한 정원사로 비유하고 청소년을 화원 속의 꽃으로 비유하지 않습니까? 그런데 이러한 비유의 형식을 최초로 사용한 사람이 바로 굴원이었습니다. 그는 자신이 길러낸 청년 학생들을 화원 속에 만개한 향기로운 꽃이나 풀에 비유하였습니다. 예를 들어 난초나 두형(杜衡: 향초의 한 종류-역자 주), 방지(芳芷: 향초의 한 종류-역자 주) 등은 모두 초나라에서만 자라는 꽃과 향초(香草)들입니다. 그리고 굴원 자신 스스로가 화원의 정원사가 되어 화원에서 힘든 일도 마다하지 않고 열심히 꽃과 향초들을 가꾸었습니다. "가지가 크게 자라고 잎이 무성해지길 바라며, 때를 기다려 내가 장차 그것을 베어 쓸 수 있기를 원하네.(冀枝葉之峻茂兮, 願竢時乎

吾將刈)", 이것이 굴원의 가장 큰 바람이었습니다. 그 의미는 향기로운 꽃이나 향기 나는 풀들이 무성하게 자라나 가지와 잎이 무성해지길 기다렸다가 그것들을 베어 국가의 동량으로 쓰길 희망한다는 내용입니다. 그렇다면 이처럼 덕과 재능을 겸비한 젊은 인재들은 또 왜 국가의 미래를 걱정하는 것일까요?

북송(北宋)의 성리학자 주돈이(周敦頤)는 유명한 자신의 글 「애련설(愛蓮說)」에서 "진흙 속에서 자라나서도 물들지 않고, 맑고 출렁이는 물에 씻겼으나 요염하지 않네.(出淤泥而不染, 濯清漣而不妖)"라고 했습니다. 이러한 도덕과 수양의 함양은 사실 굴원이 키운 향기로운 꽃, 향기로운 풀과 같은 인재관과 일맥상통하는 것입니다.

이는 국가가 젊은 인재들을 양성하는 차원에서 말하는 것이라면, 구체적으로 "개개인의 가정에서 우수한 인재를 배양한다"는 측면에서 전형적인 사례를 이야기 해보고자 합니다.

소식(蘇軾)이 어렸을 때, 그의 어머니 정(程) 씨 부인은 자주 직접 소식 형제에게 독서를 시켰습니다. 어느 날 소식의 어머니 정 씨 부인이 동한(東漢)의 역사를 읽고 있을 때 갑자기 자신도 모르게 길게 탄식하게 되었습니다. 소식은 당시 어머니 옆에 있었는데, 어머니가 탄식하는 모습을 보고 어머니 정 씨 부인에게 "만약 아들 소식이 뜻을 세워 범방(范滂) 같은 인물이 되고 싶어 한다면, 어머니께서는 원하시겠습니까?"라고 물었습니다. 그러자 정 씨 부인은 책을 덮고서는, "만약 네가 능히 뜻을 세워 범방같은 사람이 되고자 한다면, 내가 어찌 범방의 어머니 같은 사람이 될 수 없겠느냐?"라고 대답했답니다.

『후한서·범방전(後漢書·范滂傳)』의 기록에 의하면, 범방은 동한시기의 매우 청렴결백한 명신이었습니다. 그러나 그가 생활했던 동한의 한영

제(漢靈帝) 때는 정치가 매우 혼탁하여 정직한 선비들을 제멋대로 죽였습니다. 범방은 주변 사람들에게 누를 끼치지 않기 위해 자수를 결심하였습니다. 범방이 자신의 어머니와 결별하려고 할 때, 그의 어머니에게 이렇게 말했습니다. "이 불효자 아들은 대의를 위해서 죽는 것이고, 죽음으로 옳은 것을 얻을 수 있다면 이 아들은 후회할 것이 없습니다. 그러나 오직 한 가지 미련이 남는 것은 지금 이후로 다시는 어머님의 곁에서 어머님을 봉양할 수 없다는 것입니다."라고 했습니다. 그러자 범방의 어머니는 정의롭고 근엄하게 "네가 선택한 것은 역사 속에 진정으로 이름난 선비들과 이름을 나란히 하는 일이니, 너의 행동은 존경을 받을 만한 것이다. 죽는다 한들 또 무슨 미련이 있겠느냐!"라고 말했습니다.

범방과 그의 어머니의 이 대화에 근거하여 우리는 소식과 소식의 어머니 정 씨 부인의 대화의 의미를 유추해 볼 수 있습니다. 이 대화를 통해 소식의 어린 시절의 포부를 보여주고 있을 뿐만 아니라, 동시에 그의 어머니 정 씨 부인의 기개와 지혜도 엿볼 수 있는 것입니다.

그러므로 "대학의 도는 밝은 덕을 밝히고, 백성을 새롭게 하고, 지극한 선에 머무르게 한다."는 이 구절은 고대에 군자(君子)들이 추구했던 최고의 경지 일 뿐만 아니라, 오늘날 우리의 교육, 우리의 사회적 기풍에 있어서도 여전히 좋은 품덕과 수양을 갖춘 군자가 필요함을 호소하고 있습니다.

사회자 캉훼이:

많은 학교의 교훈(校訓) 중에 덕과 관련된 내용이 많다는 사실을 잘 알고 있습니다. 아이스린 교수님이 근무하시는 칭화(淸華)대학의 교훈은 모두가 잘 아시다 시피 "자강불식, 덕후재물(自强不息, 德厚載物: 하늘은 쉬지 않고 늘 노력하며, 땅은 두터운 덕으로 만물을 포용한다.)"입니다. 그럼 아이스린 교수님을 청해서 칭화대학의 교훈에 있는 '덕'자에 대해 들어 보도록 하는 것이 어떨까요?

사상해설자 아이스린:

좋습니다. 칭화대학의 교훈에는 다음과 같은 의미가 담겨 있습니다. "자강불식"이 말하고자 하는 것은 모든 사람들이 하늘처럼 요원하고 하늘처럼 굳건한 의지가 있어야 한다는 것입니다. "덕후재덕"은 당신의 덕이 하늘과 땅처럼 두터워야 함을 강조하는 말입니다.

사회자 캉훼이:

방금 아이스린 교수님께서 말씀하신 칭화대학의 "자강불식, 후덕재물"이라는 이 교훈은 중국의 어느 문헌에서 나오는 말일까요? 『주역』이 맞나요? 그러나 중국의 다른 기타 전통문화의 학설 중에서도 또한 '덕'자를 강조하고 있음을 볼 수 있습니다. 양위 교수님, 중국의 전통문화에서는 서로 다른 학설, 서로 다른 유파들을 볼 수 있는데, 서로 다른 학설이나 유파에서 말하는 '덕'자에는 어떤 공통점이 있을까요?

경전해설자 양위:

사실 선진(先秦)시기의 제자백가(諸子百家)들은 그들 각자의 핵심적 강령에 대해 언급하고 있는데. 비록 그 강령이 다르기는 하지만, 도덕적 수양을 그 기본적인 전제조건이자 보증수표로 삼고 있습니다. 방금 사회자님께서 말씀하셨듯이, 도가의 대표적 경전인 『도덕경』도 사실은 '도'와 '덕' 이 두 가지를 그 핵심적 강령으로 표방하고 있습니다. 사실 유가사상을 포함해서 제자백가는 모두 다 덕의 확립과 수신(修身)을 강조하였습니다. 묵자의 "겸애(兼愛)"나 "비공(非攻), 그리고 법가 역시도 외재적인 행위규범을 통해 사회 공동체 구성원을 통제하면서, 이러한 외재적 행위규범의 장기적인 금지를 통해서 개인의 도덕적 수양으로 내면화시킬 수 있기를 바랐던 것입니다.

사회자 캉훼이:

그렇군요. 몇 천 년 동안 중국의 문화는 줄곧 '덕' 자를 강조해 오고 있는데, 이 '덕'은 한 국가나 민족, 한 개인에게 있어서 아주 중요한 것으로서 지금까지도 그 영향력을 이어오고 있군요.

총서기께서는 한 개인이 큰 덕을 밝히고 공중도덕을 지키고, 개인의 덕을 엄격히 한다면 그 재능은 적절한 곳에 쓰이게 될 것이라고 말한 바 있습니다. 그렇다면 어떻게 해야 큰 덕을 밝히고 공중도덕을 준수하고 개인의 덕을 엄밀히 할 수 있을까요?

사상 해설자 아이스린:

큰 덕이란 것은 국가의 덕을 말합니다. "큰 덕을 밝힌다"는 말은 각 개개인에게 있어서 뜻을 세워 조국에 보답한다는 말입니다. 황따파(黃大發)는 오랫동안 꿰이저우(貴州) 준의(遵義)의 어느 자그마한 산촌인 차오왕바(草王壩)촌의 공산당 지부 서기를 지냈습니다. 1960년대부터 그는 30년 동안 마을 주민들을 이끌고서 절벽을 깎아 "텐취(天渠)"[11]를 만들어 오랫동안 현지의 물 부족의 역사를 종결시켰습니다. 마을 주민들은 이 "텐취"를 "따파취(大發渠)"라고 부르고 있습니다. 황따파에게서 보이는 나라를 사랑하고 인민들을 위하는 마음이 바로 '큰 덕'인 것입니다.

이어서 두 번째 측면은 바로 "공중도덕을 지킨다(守公德)"입니다. 공덕(公德)은 그 글자에서 알 수 있듯이 바로 공공 영역의 도덕을 말합니다. 공산당원에게 있어서 공중도덕을 지키는 일은 중국공산당의 취지를 실천하는 것이며, 온 마음 한 뜻으로 인민을 위해 복무하는 것을 말합니다.

제가 말한 이 도덕규범의 시대적 본보기로 저의 동료인 다롄해사대학(大連海事大學)의 취젠우(曲建武) 교수를 예로 들겠습니다. 2013년 취젠우 교수는 학생 관련 업무에 대한 열정으로 유명했는데, 갑자기 청장급(廳長級)의 직책을 버리고 따롄해사대학으로 돌아와 평범한 사상 정치이론을 강의하는 교수가 되었습니다.

사회자 캉훼이:

2017년 12월 29일 중국공산당 중앙선전부에서는 취젠우 동지의 업적을 전 사회적으로 홍보 전파하기로 결정한 다음 그에게 "이 시대의 인물(時代楷模)"이라는 '명예칭호'를 수여했습니다. 2018년 3월 1일에는

---

11) 텐취(天渠) : 황따파(黄大发)는 차오왕바(草王坝) 촌의 당서기로, 아주 열악한 자연조건과 심각한 물 부족으로 인해 빈곤에 처해 있는 이곳의 촌락민들을 영도하여, 자력갱생이라는 구호 아래 36년 동안 곡괭이, 빠루, 망치 등 만으로 3개의 큰 산을 돌고, 3곳의 절벽, 3곳의 험난한 길을 관통하는 9,400미터의 수로를 뚫어, 3개 촌락과 10여 곳 촌민들의 생명선인 도랑을 건설했는데, 이 도랑을 '텐취(천거)' 라 한다.

교육부에서도 전국 우수 교사라는 명예칭호를 취젠우 교수에게 수여하였습니다. 오늘 우리는 매우 영광스럽게도 취젠우 교수님을 저희 스튜디오에 초청하였습니다. 뜨거운 박수로 환영해 주시기 바랍니다.

취젠우 교수님 안녕하세요

방금 아이스린 교수님께서 교수님을 소개하시면서, 교수님께서는 그 높은 직위도 포기하시고 학교로 돌아가셔서 선생님이 되셨다고 하셨는데, 이 말은 교수님께서는 퇴직하시고 나시면 아무런 보장도 없다는 말이기도 합니다. 당시 교수님께서는 왜 그런 결정을 하시게 되셨나요?

-초대 손님 취젠우-

저는 1982년 처음 일을 시작했을 땐 일개의 지도원에 불과했습니다. 학생들에게 사상정치이론 수업을 맡았었죠. 오랜 시간을 학생들과 함께 했고, 학생들과는 헤어지기가 너무 아쉬운 감정이 쌓였었죠. 그래서 저는 오랫동안 학교로 돌아가 학생들과 함께할 이 날만을 고대하고 있었습니다.

사회자 캉훼이:

학생들을 향한 마음 속 깊은 곳에서 일어난 이 사랑이 그런 결정을 하시게 했다는 말씀이군요. 대학에서 지도원으로 계시면서 정치사상 이론 과목을 강의한다는 것은 다들 "죽도록 고생만하고 좋은 소리도 못 듣는 일"이라고 말들 하는데, 교수님께서는 그런 말을 들으시면 어떠셨나요?

초대 손님 취젠우:

  제 생각에 교육에 종사하는 사람으로서, 지도원으로서 이치만을 가지고 강의해서는 안 된다고 봅니다. 사상정치 교육은 이론으로 다른 사람을 설득해야 하는 동시에, 정감으로 사람을 감동시켜야 하는 것이기도 합니다. 이것이 바로 본인 스스로가 실천을 통해서 학생들을 이끌어야겠다고 생각하게 된 원인입니다. 학생들에게 어떤 사람이 되라고 교육하고 싶다면, 먼저 당신이 그런 사람이 되어야 하기 때문입니다.

사회자 캉훼이:

  오늘 취젠우 교수님께서 직접 저희 프로그램에 출연해 주셔서 저희들에게 생동감 있는 '덕'의 확립이라는 수업을 전해 주셔서 너무나 감사드립니다.

  방금 아이스린 교수님께서 큰 덕을 밝히고, 공중도덕을 준수해야 한다는 말씀을 하셨는데, 그러면 이어서 우리가 개인의 덕을 어떻게 해야 엄격하게 수양할 수 있는지에 대해 들어 보도록 하겠습니다.

사상해설자 아이스린:

  공중도덕의 준수를 이해하고 나면 또 하나 매우 중요한 문제가 있는데, 그것이 바로 개인의 덕을 엄밀히 하는 문제입니다. 개인의 덕은 간단히 말해서 개인적 영역의 도덕을 말하는 것으로서 개인의 생활 속에서 나타나는 도덕적 기풍이나 품성·습관 등을 일컫는 말입니다. 공산당 당원 간부에게 있어서 엄격한 개인의 덕은 바로 자기 자신의 몸가짐이나 행위를 엄격하게 절제시키는 것으로, "사사로움"을 엄격히 관리한다는 말입니다. 사(私)를 버리고 공(公)을 받들어야 하며, 청렴결백해야 합니다. 개인의 덕 문제에 있어서 공산당 당원 간부는 조금이라도 태만해서는 안 되며, 시종일관 엷은 살얼음 위를 걷는 듯한, 깊은 연못가에 다다른 듯한 경각심을 가지고 있어야 하고, 자각적으로 자신을 정화시켜줄 수 있는 인간관계, 소셜네트워크, 생활권, 친구관계, 사교 관계 등을 정화시켜나가야 하며, 신독(愼獨: 혼자 있을 때에도 삼가고 신중한 것—역자 주)과 신미(愼微: 아주 작은 일도 신중히 처리하는 것—역자 주)를 실천해야만 합니다. 총서기께서 많은 간부들에게 이러한 요구사항을 제기한 것은 업무적 필요성 외에도, 외부의 접대를 피하고 가족과 시간을 보내라는 말입니다. 총서기께서는 정무에 너무나 바쁠 터인데도 왜 당 간부들의 사생활과 개인적인 덕에 관심을 쏟고 있는 것일까요? 사실 당의 간부들에게 있어서 개인의 덕은 개인적인 일이 아니라 당과 정부의 이미지와 연결되어 있기 때문입니다. 개인의 덕은 작은 일이 아니라 개인의 영예와 그 자신의 발전과 연계되어 있기 때문입니다.

이상에서 저는 왜 덕을 쌓아야 하고, 어떠한 덕을 쌓아야 하는지 이 두 가지에 대해 말씀을 드렸습니다. 그렇다면 덕을 수양하는 문제에 대해, 총서기는 어떤 말씀을 하셨을까요?

3. 어떻게 덕을 수양할 것인가?

　중국에서는 예로부터 격물치지(格物致知), 성의정심(誠意正心), 수신제가(修身齊家), 치국평천하(治國平天下) 등을 말해왔습니다. 어떤 의미에서 보면, '격물치지'나 '성의정심', 그리고 '수신'은 개인적 차원의 요구라고 할 수 있으며, '제가'는 사회적 측면에서, '치국평천하'는 국가적 측면에서의 요구라고 할 수 있습니다. 우리가 제기하는 사회주의의 핵심적 가치관은 국가와 사회, 국민의 가치 요구를 하나로 융합한 것으로, 사회주의의 본질적 요구를 보여줄 뿐만 아니라, 중화의 우수한 문화적 전통을 계승하는 것이고, 또한 세계문명의 유익한 성과들을 받아들인 시대정신을 보여주는 것이라 할 수 있습니다.

사회자 캉훼이:

　이 내용은 2014년 5월 4일 총서기가 베이징대학 학생·교수 좌담회에서 했던 연설의 내용입니다. 이 내용 중에서 총서기는 유가문화의 경전적 명언인 "격물, 치지, 성의, 정심, 수신, 제가, 치국, 평천하"를 인용하였습니다. 이것들이 유가의 어떤 경전에서 나오는 말들인지, 양위 교수님을 모시고 말씀을 들어보도록 하겠습니다.

경전 해설자 양위:

　이 말들은 모두 『예기·대학』에 나오는 말들입니다. 물론 이 말들은 간단하게 간추려 놓은 말들입니다. 원문은 상당히 깁니다.

앞에 인용한 "대학의 도는 밝은 덕을 밝히는데 있으며, 백성들을 새롭게 하는 데 있고, 지극한 선에 머물게 하는데 있다"라는 구절에서 '밝은 덕을 밝힌다', '백성을 새롭게 한다', '지극한 선' 등은 도덕적 수양을 추구하는 최고의 경지를 가리키는 말로, 『예기·대학』의 3대 기본 강령이라고 한다면, 여기서 제기하고 있는 '격물', '치지', '성의', '정심', '수신', '제가', '치국', '평천하'는 바로 앞의 3대 기본 강령을 실현하는 여덟 가지의 구체적인 과정으로 다시 말하면 이른바 '팔목(八目)'인 것입니다.

그렇다면, "'격물', '치지', '성의', '정심', '수신', '제가', '치국', '평천하'" 라고 할 때, 이것들이 여덟 단계의 기나긴, 그리고 험난한 과정인 것 같아 보이는데 실제로도 그렇습니다.

제가 예로 들고 싶은 구체적인 인물은 바로 북송시대의 유명한 인물인 범중엄(范仲淹)으로, 5년 동안 공부를 하는 과정에서 그는 모든 학생들 중에서 가장 고생스럽게, 그리고 가장 열심히 했던 학생이었습니다. 27살의 범중엄은 진사과에 급제하여 정식으로 관직생활을 하게 되었습니다. 그리고 그가 관리가 된 후의 첫 번째 사건은 자신의 모친을 자신 곁으로 모셔와 봉양했던 것입니다. 서기 1040년 이때의 범중엄은 이미 50살이 넘었는데, 자신의 인생에서 위기의 순간이었습니다. 물자가 풍부하고 풍경이 수려한 강남에서 날씨도 춥고 여러 가지 상황들이 매우 어려웠던 서북 변방으로 좌천되었습니다. 경주(慶州)에 주둔해 있었던 이 시기에 그는 그 유명한 『어가오(漁家傲)』라는 작품을 지었는데, 이 작품은 적을 제압하고 나라에 보답하고자 했던 자신의 비분강개의 감정을 녹여 놓은 천고(千古)의 절창(絶唱)으로 손꼽힙니다. 사실 우리가 범중엄의 『악양루기(岳陽樓記)』에서 말하고 있는 "세상 사람들이 근심하기에 앞서 먼저 걱정하고, 세상 사람들이 즐거워하고 난 나중에 즐거워한다.(先天下之憂而憂, 後天下之樂而樂)"는 핵심적 정신을 이해한다면, 『어가오』의 "장군의 백발 병사들의 눈물(將軍白髮征夫淚)"이라는 이 구절이 범중엄이 개인의 운명을 걱정하는 어쩔 수 없는 눈물이 아니라, 천하 백성들의 운명을 근심하는 인애와 사랑의 눈물이라는 것을 이해할 수 있을 것입니다.

북송의 명신으로 사실 범중엄은 정치가이자 군사가 …문학가 등의 여러 신분을 가지고 있었습니다. 그가 세상을 떠난 후 송나라의 인종(仁宗)은 그에게 "문정(文正)"이라는 시호를 하사하였습니다.

'문(文)'은 송나라 때 한 개인의 높은 학식에 대한 최고의 평가이며 '정(正)'은 대중들이 한 개인의 도덕적 수양에 대한 최고의 평가입니다. 범중엄의 인생 여정은 아주 전형적으로 "'격물', '치지', '성의', '정심', '수신', '제가', '치국', '평천하'"를 보여주는 전범이라고 저는 생각합니다. 그렇기 때문에 오늘날 우리의 인격 수양과 능력의 배양에 있어서도 여전히 매우 중요한 지도적 의미를 가지고 있다고 할 수 있습니다.

사회자 캉훼이:

중국인에 대한 유가사상의 영향은 매우 깊습니다. 유가는 출세의 마음을 가지고 있는데, 그렇기 때문에 "수신, 제가, 치국, 평천하"는 종종 가문과 나라를 위하는 정감으로 개괄되곤 합니다. 이러한 가문과 나라를 위하는 정감은 또한 개인과 가정, 사회, 국가에 대해 짊어져야 할 부담이기도 합니다. 그러면 우리 개개인 모두가 덕의 수양에서 시작해야 한다고 강조하는지, 어떻게 덕을 닦을 것인지에 대해 아이스린 교수님을 모시고 설명을 들어보도록 하겠습니다.

사상 해설자 아이스린:

덕의 수양에 대해 저는 다음의 몇 가지 점으로 이야기 해 볼까 합니다.

첫 번째는 부지런히 배운다는 근학(勤學)입니다. 근학은 도덕을 갈고 닦는 기본 방법입니다. 그렇다면 어떻게 해야 근학을 실천할 수 있을까요? 개개인의 이해가 모두 다를 것이라고 생각이 됩니다. 제가 보기에는 우리 주변의 도덕적 본보기를 보고 배우는 것이라고 생각됩니다. 제가 여러분께 소개할 이 도덕적 본보기는 정말 대단한 인물입니다.

총서기는 두 번이나 만났던 관계로 그 분을 '이모님'이라고 부르기도 합니다. 아마 여러분들께서도 이 분이 누구신지 눈치 채셨을 겁니다. 이 분은 바로 콩첸전(龔全珍)이십니다. 콩첸전은 중화인민공화국의 개국공신인 간주창(甘祖昌) 장군의 부인이십니다. 1957년 그녀는 남편을 따라 남편의 고향으로 돌아가 농민이 되었습니다. 몇 십 년의 세월 동안 그녀는 보수를 따지지 않고 현지 사람들에게 혁명전통을 이야기해주고 이상에 대한 신념을 이야기해 주었습니다. 그녀는 매우 근검절약하였는데, 한 번도 새로운 옷을 사 입은 적이 없었지만, 흔쾌히 자신의 수입을 쪼개어 빈곤 학생들, 고아나 과부, 노인 등과 같은 도움을 필요로 하는 사람들을 도왔습니다. 지금은 이미 90이 넘었지만 여전히 사회에 관심을 가지고 다른 사람들을 돕고 있습니다. 도덕적 본보기에게 배워야 한다면 마땅히 콩첸전에게서 배워야 할 것입니다.

부지런히 배워야 한다면 우리의 우수한 전통문화에서 배워야 합니다. 중화의 우수한 전통문화는 중화민족의 뿌리입니다. 어떠한 경우라도 중화의 전통문화를 버릴 수는 없습니다. 그렇지 않으면 우리는 뿌리가 없어지고 말 것입니다.

두 번째는 명변(明辯)입니다. 명변은 시시비비, 선악, 아름다움과 추악함을 분명하게 구별해 내고 선택을 하는 것입니다.

이에 대해 총서기는, "젊은이들은 아주 많은 선택의 기로에 직면하게 되는데, 관건은 정확한 세계관과 인생관, 그리고 가치관으로 자신의 선택을 이끌어 나가야 한다. 정확한 세계관과 가치관, 인생관을 가지고 있는 것이 열쇠"라고 고 언급한 적이 있습니다.

이어서 세 번째에 대해서 말씀드리겠습니다. 세 번째는 독실(篤實)입니다. 도는 그냥 앉아서 논할 수 있는 것이 아니며, 덕은 탁상공론으로 닦을 수 있는 것이 아닙니다. 덕의 수양은 실질적인 것부터 시작해야 하며, 작은 것부터 시작해야 한다고 생각합니다. 총서기는 자신의 '인민'이란 이 두 글자에 대한 이해가 16~17세 때 산베이(陝北) 인민공사 생산대에서 노동할 때의 느낌에서 비롯되었다고 말한 적이 있습니다. 그러므로 총서기는 청소년들이 어려서부터 사람노릇을 할 수 있어야 하고, 사람노릇 하는 것을 배워야 하며, 매일 조국을 사랑하는지, 자신이 집체생활을 사랑하는지를 생각해야 하고, 집에서 부모에게 효도를 다하고 있는지, 학교에서는 학우들을 사랑하는지, 그리고 사회에서는 공중도덕을 잘 지키고 있는지를 생각해야 한다고 했습니다. 이렇게 생각하고 생각하면 자신이 매일 하나씩 하나씩 더 많은 일들을 할 수 있게 되는 것입니다. 이렇게 하나씩 하나씩 쌓아나간다면 큰 덕을 길러 나갈 수 있게 되는 것이지요.

도덕 수양은 하루아침에 되는 일이 아닙니다. 하루하루, 한 달 한 달 쌓으며 나가야 되는 것입니다. "아무리 작은 선이라고 해서 행하지

않으면 안 되고, 아무리 작은 악이라고 해서 해서는 안 된다.(勿以善小
而不爲, 勿以惡小而爲之)"는 것입니다. 왜 일까요? 그 다음 구절에 있습
니다. "선행은 쌓아가지 않으면 이름을 이룰 수 없고, 악은 쌓이지 않
으면 몸을 망치지 않는다.(善不積不足以成名, 惡不積不足以滅身)"는 것이
그 이유입니다. 총서기는 여러 차례 이 말을 인용하면서 많은 공산당
간부들에게 아무리 작은 선이라도 항상 실행하고, 아무리 작은 악이
라도 절대 저질러서는 안 된다고 훈계하였던 것입니다.

　도덕의 수양은 꾸준히 견지해 나가는 것이 중요합니다. 마오쩌둥 동
지가 한 사람이 좋은 일을 하는 것은 어렵지 않지만, 일평생을 나쁜
일을 저지르지 않고 좋은 일만 하기는 어렵다고 한 적이 있습니다. 도
덕적으로 고상한 사람이 되기 위해서는 항상 도덕의 수양은 영원히
진행형이며 시종일관 지금 바로 해야 하고, 나부터 해야 한다는 것을
잊어서는 안 되는 것입니다.

　감사합니다.

사회자 캉훼이:

　오늘 사상 해설을 맡아주시고 경전 해설을 맡아주신 두 교수님께
감사드립니다. 근학(勤學), 명변(明辯), 독실(篤實)로 덕을 닦아 나간다
면 나라의 부흥을 걱정할 것이 무엇이며, 한 인간으로 홀로 서지 못할
것을 걱정할 것이 무엇이 있겠습니까? 오늘날 우리는 위대한 새 시
대에 살고 있습니다. 총서기가 요구하신대로 사회주의의 핵심가치관
을 적극적으로 양성해 나가고 실천해 나가는 것, 이것이 바로 오늘날
의 큰 덕일 것입니다. 이러한 큰 덕을 확립하여 중화민족의 위대한 부
흥이라는 "중국의 꿈(中國夢)"을 실현해 나간다면, 우리는 가장 변함없

고 가장 깊숙한 곳의 강력한 힘을 가지게 될 것입니다. 마지막으로 우리 모두 중화의 우수한 전통문화에서 덕의 확립을 말하고 있는 경전 글귀들을 보면서 오늘 프로그램을 마치도록 하겠습니다.

『애련설(愛蓮說)』중에서

－주돈이(周敦頤)

予獨愛蓮之出於泥而不染.

濯淸漣而不夭,

中通外直,

不蔓不枝.

香遠益淸,

亭亭淨植.

可遠觀而不可褻翫焉.

나는 홀로 사랑하노니, 연꽃은 진흙에서 자라도 물들지 않고,

맑은 물결에 씻기어도 요염하지 않음을….

속은 비었음에도 밖은 곧고,

덩굴을 뻗지도 않고 가지도 치지 않으며

멀리 떨어질수록 더욱 맑은 향기 은은하고

곧고 깨끗하게 우뚝 선 자태는

멀리서 바라 볼 수 있으나 함부로 가지고 놀 수는 없네.

제4회

한 나라의 근본은 가정에 있다.
(國之本在家)

제4회
주제

1. 가정의 중요성
2. 가정교육의 중요성
3. 가풍의 중요성

이번 회에서는 총서기의 가풍과 관련된 사상을 집중적으로 살펴보고 총서기가 자주 인용했던 "천하의 근본은 국가에 있으며, 국가의 근본은 가정에 있다.(天下之本在國, 國之本在家, 家之本在身.)", "자식을 사랑한다면, 옳은 방법으로 가르쳐야 한다.(愛子, 敎之以義方)", "자식을 사랑함에 도의(옳은 방법)로써 하지 않는다면, 오히려 해치는 것이 된다.(愛之不以道, 適所以害之也.)", "선을 쌓은 집은 반드시 경사가 넘칠 것이고, 불선을 쌓은 집은 반드시 재앙이 넘칠 것이다.(積善之家, 必有餘慶. 積不善之家, 必有餘殃.)" 등의 전고에서부터 주제를 파고들어가 볼 것입니다. 전문은 가정의 중요성, 가정교육의 중요성에서부터 가풍의 중요성을 이야기함으로써 총서기의 가정에 대한 중시를 두드러지게 보여주고, 나아가 가정의 운명이 국가와 민족의 운명과 밀접하게 연결되어 있음을 설명할 것입니다. 또한 가정교육에서 부모가 응당 말과 행동으로 가르치고 몸소 실천함으로서 자녀의 본보기가 되어야 함을, 그리고 가풍의 좋고 나쁨이 가정의 흥망성쇠와 영욕(榮辱)과 연결되어 있음을 설명할 것입니다. 그리고 가풍이 당풍(黨風), 정풍(政風)과 연결되어 있음을 설명하고자 합니다. 이로써 총서기의 가풍에 대한 언급이 중국 전통문화의 정화를 흡수하고 창조적으로 전화(轉化, 바꾸어서 달리되는 것-역자 주)시키고 혁신적으로 발전시킨 것임을 충분히 보여주게 될 것입니다.

사회: 캉훼이(康輝)
사상해석: 왕제(王杰: 중공중앙당교 교수)
경전해석: 자오똥메이(趙冬梅: 베이징대학 교수)
초대손님: 양훼이란(楊惠蘭: 양산쩌우[楊善洲]의 둘째 딸, 양훼이친[楊惠琴], 양산쩌우의 셋째 딸)
경전낭독: 주웨이똥(朱衛東)

-사회자 캉훼이-

여러분 반갑습니다. 『백가강단(百家講壇)』 스페셜 시리즈 『시진핑, 고전으로 인민에게 다가가다-총서기의 고전 인용』 프로그램을 시청해 주셔서 감사합니다. 저는 사회자 캉훼이입니다.

먼저 오늘 본 스튜디오를 찾아주신 베이징의약대학과 베이징항공항천대학 학우 여러분, 환영합니다.

"천하의 근본은 국가에 있으며, 국가의 근본은 가정에 있다" 이 말은 총서기가 2018년 단체 새해 인사 연설에서 인용한 전고로, 바로 오늘 프로그램의 주제인 가풍(家風)에 관한 것입니다.

중국 "될성부른 나무는 떡잎부터 알아본다.(三岁看大, 七岁看老)"라는 속담이 있습니다. 한 사람의 덕행은 어릴 때부터 배양되는 것이며 가정이 그 가장 기본적인 토양이라는 말입니다. 그리고 국가나 민족의 덕행 역시도 가정이 가장 기본적인 단위라는 말입니다. 우리는 지금 샤오캉사회의 전면적인 건설을 완성해야 하며, 중화민족의 위대한 부흥이라는 "중국의 꿈"을 실현하기 위해 고군분투해야 합니다. 가정의 화목과 조화, 훌륭한 가풍 역시 주제에 포함되어 있습니다. 총서기는 여러 차례 가정과 가정교육, 그리고 가풍의 중요성에 대해 강조하신 바 있습니다. 그러면 오늘의 사상해설자 중공중앙당교의 왕제 교수님을 모셔서 이에 대한 설명을 들어 보도록 하겠습니다.

사상해설자 왕제:

여러분 안녕하세요. 하늘과 땅 사이에 인간으로 태어난 우리는 모두 하늘에서 뚝 떨어진 것이 아닙니다. 모든 사람들은 부모님이 계시고, 부모님이 계시기 때문에 가정이 있는 것입니다.

가정은 한 개인의 집이기도 하지만, 또한 가장 작은 국가이기도 합니다. 한 나라에는 수천수만의 가정이 있습니다. 가정이 있어야 국가가 있을 수 있고, 국가가 있어야 가정이 있을 수 있습니다. 작은 가정들이 이어져 큰 가정이 되고, 국가가 되는 것입니다. 마찬가지로 가정의 일은 또한 우리 개개인의 가정소사일 뿐만 아니라 또한 국가의 일, 사회의 일이기도 합니다. 가정과 국가는 이처럼 "네 안에 내가 있고, 내 안에 네가 있는", 떨어질래야 떨어질 수 없는 그런 관계인 것입니다. 이것이 중국인들이 수천 년 동안 계승해온 고유의 가정과 국가에 대한 정감이자 가정과 국가 논리입니다.

이어서 세 가지 문제로 나누어 이야기 해보도록 하겠습니다. 첫째는 가정의 중요성이고, 둘째는 가정교육의 중요성이며, 셋째는 가풍의 중요성입니다. 그러면 가정의 중요성에 대해서 총서기는 어떻게 말씀하셨는지 살펴보도록 하겠습니다.

1. 가정의 중요성

시진핑

중화민족은 지금까지 가정을 매우 중요하게 생각해 왔습니다. 그래서 "천하의 근본은 국가에 있고, 국가의 근본은 가정에 있다." 따라서 가정이 화목해야 만사가 형통한다고 말합니다. 국가의 부강이나 민족의 부흥은 결국에는 수천수만 가정의 행복으로 나타나게 되며, 억만 인민들의 생활이 향상되는 것으로 나타나게 됩니다. 수천수만 가구가 행복해 할 때, 국가는 비로소 안녕을 누리고, 민족도 비로소 안녕을 누릴 수 있는 것입니다.

사회자 캉훼이:

앞의 이 말은 총서기께서 2018년 설날 단체 새해인사 때 한 말로, 여기서 총서기는 이번 프로그램을 시작하면서 언급했던 "천하의 근본은 국가에 있으며, 국가의 근본은 가정에 있다."라는 구절을 인용했습니다. 그러면 이 구절의 출전은 어디며, 또 어떤 의미를 담고 있을까요?

본 프로그램의 경전해설을 맡아주신 베이징대학의 자오똥메이 교수님을 큰 박수로 맞이해 주시기 바랍니다.

경전 해설자 자오똥메이:

"천하의 근본은 국가에 있고, 국가의 근본은 가정에 있다."는 이 구절은 『맹자』에 나오는 구절입니다. 맹자가 이르길, "사람들이 항상 하는 말이 있으니, 모두가 천하, 국가, 가정을 말한다. 천하의 근본은 국가에 있고, 국가의 근본은 가정에 있으며, 가정의 근본은 자신에게 있다.(人有恒言, 皆曰天下國家. 天下之本在國, 國之本在家, 家之本在身.)"라고 하였습니다. "항언(恒言)"이란 항상 말을 한다는 뜻으로, 항상 천하와 국가의 개개 가정에 있고, 개개 가정의 근본은 모두 우리 개개인에게 있다는 말입니다. 그러므로 개개인이 응당 경외(敬畏)하는 태도로 좋은 사람이 되도록 노력해야 한다는 것입니다. 그런 후에 비로소 화목한 가정을 이룰 수 있고, 가정이 화목해야 국가도 질서가 유지되고, 천하도 비로소 태평하게 된다는 말입니다.

이것은 사실 하나로 연결된, 실천성을 가지고 있는, 행복한 사회를 건설하기 위한 강령입니다. 천하, 국가, 가정에서부터 자기 자신에 이르는 이 가운데 가장 핵심은 자기 자신이 아니라 바로 가정입니다. 왜냐하면 자기 자신도 가정교육을 통해 만들어진 결과이기 때문입니다.

이 대목에서 옛날이야기 하나를 들려 드리겠습니다. 사마광(司馬光)이 항아리를 깨트린 이야기는 모두 들어보셨을 것입니다. 어린 영웅 사마광이 침착하고 용감하게 항아리를 깨트려 친구를 구한 이 이야기는 북송시대부터 지금까지도 회자되고 있는 이야기입니다. 그러나 지금까지 전해져 오는 사마광의 글 중에서 항아리를 깨트려 친구를 구하는 이 영웅적 이야기를 전혀 찾아 볼 수가 없습니다.

그러면 사마광의 글 중에서, 그 자신의 기억 속에서 가장 중요하게 여겼던, 자신의 기억 중에서 가장 인상 깊었던 어린 시절의 일은 무엇이었을까요? 그것은 바로 '푸른 호두'와 관련된 이야기입니다.

당시 사마광은 5~6살 정도로밖에 안 되었는데, 그에게는 자신보다 훨씬 나이가 많은 누나가 있었습니다. 어느 날 두 남매가 함께 놀고 있다가 호두(核桃)를 까서 먹고 싶었습니다. 아시다 시피 호두 껍데기를 까기가 쉽지는 않죠. 사마광과 그의 누나는 한참을 이리해보고 저리해 봤지만 도무지 껍데기를 깔 수가 없었습니다. 누나는 낙심하던 중 일이 있어서 가게 되었죠. 혼자 남은 사마광은 호두를 향해 막 화를 냈습니다. 그때 집안의 나이 많은 하인이 다가왔습니다. 이 늙은 하인은 경험이 많아서 뜨거운 물에 호두를 불려서 껍질을 벗겨 주었습니다. 껍질을 다 벗기고는 늙은 하인은 다른 일을 하러 가고 사마광 혼자 남게 되었습니다. 대 여섯 살짜리 꼬마는 이 푸른 호두를 가지고 놀고 있었지요. 그 때 누나가 돌아와서는 누가 껍질을 까 주었는지를 물었습니다. 이 꼬마 사마광은 의기양양하게 고개를 들고서 자신이 깠다고 말했어요. 그런데 고개를 숙이고 그런 광경을 다 보고 있던 사마광의 아버지가 어린 녀석이 거짓말 하는 것을 보고는 어찌 거짓말을 그리 잘하느냐고 소리를 질렀습니다. 아버지의 고함 소리에 소년은 그만 거짓말을 털어 놓을 수밖에 없었습니다. 이 일은 어린 사마광의 마음에 깊이 남아 있게 되었습니다.

여러 해가 지난 후 사마광은 편지에 이 일을 적어놓았는데, 그 이후로는 한 번도 거짓말이나 허풍을 친 적이 없다고 말했습니다. 즉 거짓말을 하지 않고 착실한 사람이 될 수 있었던 것은 바로 사마광이 아버지의 가르침을 통해 깨우쳤기 때문이었습니다. 성실(誠實)의 '성(誠)' 자에 대해 성년이 된 후 사마광은 매우 깊은 인식을 가지게 되었는데, 그는 "성실함은 반드시 자신의 내면에서 우러러 나와야 한다. 당신의 마음속에 진지하고 성실한 마음이 있어야 당신의 표현을 다른 사람이 느낄 수 있기 때문이다."라고 했습니다. 진지하고 성실한 마음을 근본으로 가장 성실한 태도로 다른 사람을 대하고 자신을 대하고, 자신의 감정을 속이지 않고 용감하게 자신의 관점을 표현하며, 자신의 시상과 원칙을 견지해 나가는 것, 이것이 사마광이 한 평생을 살면서 지켰던 사람됨의 원칙이었습니다.

그리고 그 후 사마광[12]의 한 제자가 학업을 마치고 떠나려 할 때, 사마광에게 자신이 좌우명으로 삼을 만한 것이 있는지를 물었습니다. 사마광은 한참을 생각하다가 반드시 좌우명으로 삼고 싶다면 성실의 '성'자를 좌우명으로 삼으라고 했습니다. 그러나 그 학생은 어떻게 해야 '성'을 실천할 수 있는지를 묻자, 사마광은 거짓말을 하지 않는 것에서부터 시작해야 한다고 말했습니다. 사마광은 일생동안 이 성실을 실천하였으며, 동시에 이 좋은 씨앗을 자신의 학생들에게까지 전파하였습니다. 그리고 이 성실의 씨앗은 사마광이 어린 시절에 푸른 호두를 가지고 놀던 당시 그의 부친에게서 혼이 났을 때 심어진 것이었습

---

12) "사마광이 항아리를 깨다" : 사마광이 7살 때 일이다. 친구들과 뒤뜰에서 놀다가 한 아이가 그만 큰 독에 빠지고 말았다. 항아리가 너무 커서 빠져나오지 못하고 발버둥을 쳤다. 그러자 주변 아이들이 놀라 달아났다. 이때 사마광이 침착하게 돌을 집어 들어 항아리를 향해 던졌다. 그러자 항아리 깨지는 소리와 함께 아이가 무사히 빠져나올 수 있었다. 동네 사람들은 사마광의 지혜가 비범하다며 칭찬하였다. 여기에서 '항아리를 깨서 친구를 구해낸다' 는 '破甕救友(파옹구우)' 라는 말이 유래했다. 항아리보다 친구의 목숨이 더 소중하다는 생각을 한 순간, 주저 없이 돌을 집어 든 사마광의 용기 있는 판단력과 지혜를 잘 보여 주는 이야기이다.

니다. 좋은 가풍으로 인재를 기르고, 좋은 씨앗을 길러내 이 씨앗을 집안에서 더 넓은 곳에 심고, 더 많은 사람들에게 영향을 주고, 그리하여 더욱 조화롭고 더욱 행복한 사회적 기풍을 만들어 나가야 합니다. 이것이 "천하의 근본은 국가에 있고, 국가의 근본은 가정에 있으며, 가정의 근본은 자신에게 있다."는 말의 의미입니다.

사회자 캉훼이:

자오똥메이 교수님의 해설 감사합니다. 좋은 가풍으로 좋은 씨앗을 길러낸다는 이 말이 특히 마음에 와 닿습니다. 우리 모두가 함께 각자의 가풍이 어떠한 것인지 이야기 해 보는 것도 특별한 일이 아닐까 생각합니다.

우선 자오똥메이 교수님을 모시고 교수님 댁의 가풍은 어떠한 지 한 번 들어보도록 하겠습니다.

경전 해설자 자오똥메이:

"정직한 사람이 되어라, 그리고 부귀와 권세에 아부하지 말고, 기개가 있는 사람이 되라." 이것이 저의 부친께서 제게 주신 가르침입니다. 동시에 어머니께서는 다른 사람에게 친절하고 다른 사람의 입장에서 생각하라고 가르치셨습니다. 이런 것들이 제가 저희 아버지 어머니에게서 배운 것들입니다.

사회자 캉훼이:

왕제 교수님의 가풍은 어떠하신가요? 저희들에게 말씀해 주실 수 있나요?

사상 해설자 왕제:

저의 성장과정을 말씀드리자면, 어렸을 때 부모님의 가르침을 생각해 보면, 지금까지 몇 십 년 동안 제 마음 속에서 잊혀 지지 않는 것이 성실한 사람이 되라고 하신 말씀입니다. 그리고 지금 또 하나 생각나는 것이 다른 사람에게 좋은 일을 하고, 다른 사람과 다투지 말라는 말씀입니다.

사회자 캉훼이:

감사합니다. 여기에 앉아 계신 학생 여러분 중에서 본인 집안의 가풍에 대해 이야기 해 줄 사람이 있나요? 저 쪽에 안경 낀 여학생 분.

방청객:

저희 집안의 가풍은 맹자의 영향을 많이 받아서 저희 부모님께서는 어려서부터 다른 사람을 대할 때 겸양과 예로써 대하고, 예의를 알고 규칙을 잘 지키라고 가르치셨습니다.

또 두 번째로는 사람됨이 착실해야 한다는 것입니다. 성실하게 일을 하고, 자기에게 주어진 모든 일들을 착실하게 해 나가라고 말씀하셨습니다.

셋째로는 저희 집에서 지금까지 계승해 나가고 있는 것이 언제나 어떤 상황에서도 선량(善良)함을 잃지 말아야 한다는 것입니다. 다른 사람을 선의로 대하고 자기 자신에게도 선하게 대하라는 말씀입니다.

사회자 캉훼이:

모든 분들이 자기 집안의 가풍을 이야기 할 때 자부심이 존재함을 볼 수 있습니다. 왜냐하면 가풍은 바로 그 가정의 핵심적 가치관이기 때문입니다. 우리들 중 어느 한 사람이라도 근원 없는 샘물, 뿌리 없는 나무는 없습니다.

가풍은 사실 우리 개개인의 인생 방향을 결정해 줍니다. 수천수만 가구의 가풍은 국가와 그 민족, 그 사회의 방향을 결정해 줍니다.

이어서 사상 해설자 왕제 교수님을 모시고 설명을 들어 보도록 하겠습니다.

사상 해설자 왕제:

가정에는 틀림없이 가풍이 있기 마련입니다. 가정이 화목해야 만사가 흥하게 되고 수천수만의 집들이 행복해야 국가도 평온할 수 있고, 민족도 번영할 수 있는 것입니다. 가정의 중요성에 대해 총서기는 두 가지 측면을 말했습니다.

첫째는 가정의 앞날이 국가와 민족의 미래와 긴밀하게 연결되어 있다는 것입니다. 다시 말해서 우리가 어떠한 일을 할 때 단지 자기 자신의 작은 가정만을 생각하고 일을 하지는 않습니다. 하지만 국가라는 더 큰 가정도 생각해야 합니다. 옛날부터 지금까지 많은 귀감이 될 만한 본보기는 우리가 배우고 본받아야 할 가치가 있습니다. 우리의 역사책을 펼쳐 보면 무수한 성현들이 있고, 그들은 모두 "집안을 다스리고 난 후에 나라를 다스리고, 자신의 마음을 바르게 한 뒤라야 비로소 몸을 닦을 수 있다.(家齊而後治國, 正己始可修身)"는 신념을 지켜나가면서 마음속에는 "나라에 도움이 된다면 목숨을 바쳐서라도 감수할 것이고, 화나 복 때문에 그것을 피하지 않는다.(苟利國家生死以, 豈因禍福避趨之)"는 다짐을 품고서 자각적으로 개인과 가정의 운명과 국가와 민족의 운명을 하나로 연결시켜 천지를 감동시키고 사람들의 마음을 뒤흔드는 불후의 시편을 지어 남겼습니다.

혁명전쟁시기 화약 냄새가 진동을 하고 보이는 것이라곤 상처 입은 사람들뿐이었던 이 중화의 대지 위에서도 "어머니가 아들에게 일본을 치라고 가르쳤고, 아내가 남편에게 전장으로 달려가라고 배웅하네(母親教兒打東洋, 妻子送郎上戰場)"와 같은 감동적이면서도 눈물짓게 하는 이야기들이 무수히 많습니다. 마지막 천 조각으로 군장(軍裝)을 만들고, 마지막 한 숟갈의 밥으로 군량(軍糧)을 만들고, 마지막 문짝으로 들 것을 만들고, 마지막 남은 자식을 전장으로 보내야만 했습니다. 그것은 가정을 지키고 나라를 지키기 위해서였으며, "'천하의 흥망성쇠는 필부에게도 책임이 있다"는 애국심을 가장 아름답게 보여주던 시기였습니다.

둘째는 현실 가정들의 꿈을 민족의 꿈속에 녹여 넣었다는 것입니다.

"중국의 꿈"은 저 멀리 있는 것이거나 우리와 아무런 상관이 없는 것이 아닙니다. 마찬가지로 올라가지 못할 정도로 저 높이 걸려 있는 것도 아니고 "거울 속의 꽃, 물속의 달"과 같은 그림의 떡이 아닙니다. "중국의 꿈"은 우리 옆에 있으며 우리 모두의 마음속에 있는 것입니다. 중화민족의 위대한 부흥을 실현하게 되면, 우리 개개인의 가정의 꿈도 현실로 실현될 수 있습니다. 수 천 수만의 가구들이 행복해야 국가가 행복하고 민족이 행복해 집니다. 그러므로 수 천 수만의 가정에게 있어서 자각적으로 가족사랑과 나라사랑을 긴밀하게 하나로 연결시키고 가정의 꿈을 중화민족의 위대한 부흥이라는 꿈속에 녹여 넣어야 합니다. 모두의 마음을 하나로 모으고 하나로 쏟아 부을 때, 중국의 4억이 넘는 가정의 13억 중국인의 지혜와 열정이 하나로 뭉쳐질 때

"두개의 100년"[13]이라는 분투 목표가 실현되고, 중화민족의 위대한 부흥이라는 거대한 힘이 실현될 것입니다.

이어서 총서기의 가정교육에 대한 논술을 살펴보도록 하겠습니다.

2. 가정교육의 중요성

시진핑

옛 사람들은 "자식을 사랑한다면 옳은 방법으로 가르쳐야 한다.(愛子, 敎之以義方)", "자식을 사랑함에 도의(옳은 방법)로 하지 않는다면 오히려 해치는 것이 된다.(愛之不以道, 適所以害之 也.)"라고 하였습니다. 청소년은 가정의 미래이자 희망이며, 또한 국가의 미래이자 희망입니다. 옛 사람들은 자식을 잘못 가르치는 것은 모두 부모의 잘못임을 알고 있었습니다. 마땅히 가정에서는 후손을 가르치는 책임을 져야 합니다. 가장, 특히 부모의 자식에 대한 영향은 매우 커서 종종은 한 사람의 일평생에 영향을 주기도 합니다.

---

13) 두 개의 백년 : "중국공산당 창당 100년"이 되는2021년까지 전면적인 샤오캉사회를 건설하는 것과 "중화인민공화국 성립 100년"이 되는 2049년까지 부강·민주·문명·조화로운 사회주의 현대화 국가건설을 건설한다는 "중국의 꿈(中國夢)"을 달성하는 것을 말한다.

사회자 캉훼이:

앞의 글은 총서기께서 2016년 12월 12일 제1회 전국 문명가정 대표를 접견했을 때 했던 강연의 내용입니다. 여기서 총서기는 두 구절의 고전을 인용하였습니다. 바로 "자식을 사랑한다면 올바른 방법으로 가르쳐야 한다."는 구절과 "자식을 사랑함에 도의(옳은 방법)로 하지 않는다면 오히려 해치는 것이 된다."는 구절이 그것입니다. 이 구절들은 어디에서 나오는 것이며, 어떤 의미를 가지고 있는 것일까요?

경전 해설자 자오똥메이:

"자식을 사랑한다면 올바른 방법으로 가르쳐야 한다.(愛子, 敎之以義方.)"는 구절은 『좌전(左傳)』에 나오는 글로, 여기서 '방(方)'자는 '도(道: 방법, 길)'를 말하며, '의방(義方)'은 '도의(道義)'로서 그 의미는 진정으로 자신의 자식을 사랑한다면 도의로 이끌어야 한다는 말입니다.

"자식을 사랑함에 도의(옳은 방법)로 하지 않는다면, 오히려 해치는 것이 된다.(愛之不以道, 適所以害之也.)"는 당신이 도의(옳은 방법)로써 자식을 이끌지 못한다면, 도의(옳은 방법)로 자식을 사랑하지 않는다면 그것은 오히려 그 자식을 해치는 것이라는 말로, 『자치통감(資治通鑑)』에 나오는 구절입니다.

잘 알고 있다시피, 『좌전』에서부터 『자치통감』에 이르기까지 중간에 1500년이란 시간이 떨어져 있습니다. 그러나 이 두 구절은 동일한 사건에 대해 하나는 긍정으로 또 하나는 부정으로 설명하고 있는데, 이는 바로 자녀를 어떻게 교육시켜야 하는지, 어떤 사랑이 진정을 자식들에게 도움이 되는 부모의 사랑인가를 말하고 있습니다. 이 두 구절의 배후에는 두 가지 인륜의 참극(慘劇)이 숨겨져 있습니다.

『좌전』에서 "자식을 사랑한다면 올바른 방법으로 가르쳐야 한다."는 구절은 위나라 장공(莊公) 시절의 대신이었던 석작(石碏)이 했던 말입니다. 석작은 왜 이런 말을 했을까요? 그 이유는 위나라 장공이 도의(옳은 방법)에 어긋나는 방식으로 자신의 아들 주우(洲吁)를 사랑했기 때문입니다. 주우는 갑옷과 병기 등의 무기를 좋아하였으며, 그 무기들을 가지고 노는 것을 좋아하였습니다. 그래서 주우의 주변에는 많은 망명객들이 모여들었습니다. 눈썰미가 있는 사람이라면 누구나가 주우를 그대로 두면 총애(寵愛)에 의해 거만해져서 태자의 지위를 위협하여 결국에는 위나라의 혼란을 야기하게 될 것임을 알 수 있었습니다. 그래서 용감한 노신(老臣) 석작이 나서서 장공에게 "자식을 사랑한다면 올바른 방법으로 가르쳐야 한다."라고 간언하였습니다. 장공이 진정으로 아들을 사랑한다면, 반드시 도의(옳은 방법)로써 자식을 이끌어야 한다는 말이었습니다. 석작이 "공께서 정말로 장자를 폐하고 동생을 태자로 세우고자 한다면, 이 일을 이렇게 애매모호하게 흘러가게 하지 마시고 지금 당장 결정하셔야 합니다. 만약 이대로 두시면 주우를 망치는 일이 될 것이고, 공께서는 우환을 자처하시는 일이 되고 말 것입니다."라고까지 말했다 그러나 위장공은 겁이 아주 많은 사람이어서 장자를 폐하고 어린 동생을 태자로 옹립하는, 곧 예법을 어기는 이런 일을 할 만한 위인이 못되었기 때문에 계속해서 주우를 총애하였습니다.

위장공의 사랑은 매우 비겁한 사랑으로, 주우는 계속해서 자신의 세력을 키워나갔습니다. 결과는 어떻게 되었을까요? 장공이 죽고 나서 태자가 즉위하였지만, 주우에게 축출당하고 말았습니다. 그럼 주우는 어찌 되었을까요? 그는 편안하게 위나라의 왕 노릇을 할 수 있었을까요? 주우는 위나라 사람들에게 살해당하고 말았습니다. 두 아들 모두 불우한 죽음을 맞이할 수밖에 없었으니, 결국은 아버지였던 위장공의 도의(옳은 방법)에 어긋나는 잘못된 사랑이 이들을 죽음으로 내몰았던 것입니다.

그러나 의미심장한 것은 역사를 보면 위장공 같은 명청한 아버지가 끊이지 않았다는 사실입니다. 그래서 그 다음의 "자식을 사랑함에 도의(옳은 방법)로 하지 않는다면 오히려 해치는 것이 된다."라는 말이 생겨나게 된 것입니다. 위장공 같이 명청한 아버지가 또 누가 있었을까요? 바로 16국시기 후조(後趙)의 통치자 석호(石虎)였습니다. 석호에겐 태자가 있었으니, 그 이름이 석선(石宣)이었습니다. 그러나 석호는 작은 아들 석도(石韜)를 더 사랑했습니다. 그리하여 자식을 너무나도 사랑했던 아버지는 태자 석선과 둘째 아들 속도에게 똑같이 기회를 주어서 두 아들이 돌아가면서 국가의 대사를 처리하도록 하였습니다. 그러고는 자기 자신은 나 몰라라 하고서는 한가로이 즐기기만 하였습니다. 그러나 곧바로 문제가 발생하였으니, 석호의 이 결정에 당시의 대신 신종(申鐘)은 불안함에 수심이 깊어만 갔습니다. 그리하여 신종은 석호에게 "자식을 사랑함에 도의(옳은 방법)로 하지 않는다면 오히려 자식을 해치는 것이 된다."고 말하였습니다. 결과적으로는 결국에는 석선이 석도를 죽이고, 나중에는 석호가 다시 석선을 죽이는, 형이 동생을 죽이고, 아버지가 아들을 죽이게 되었으니 인륜의 참극이 이보다 더 할 수는 없을 것입니다.

왜 "자식을 사랑함에 도의로 하지 않으면 오히려 자식을 해치는 것이 된다."는 이런 비극이 끊임없이 일어나는 것일까요? 그것은 바로 자식을 끔찍이 사랑하는 일은 쉬운 일이지만, "옳은 방법으로 가르치는"

것은 너무나 어렵기 때문입니다. 우선 무엇이 옳은 것이고, 무엇이 "도의의 방법(義方)"인가를 분명하게 구분하고, 그런 다음 분석을 하고 학습을 해야만 무엇이 자식에게 도움이 되는 것인지를 분명하게 알 수 있을 것입니다. 우리는 반드시 배워야만 합니다. 그리고 머리를 굴려서 "자식을 사랑함에 도의(옳은 방법)로써 하지 않으면 오히려 자식을 해치는 것이 된다."는 사실을 분명하게 알아야 합니다. 또한 "가르침의 올바른 방법"을 열심히 공부해서 자식들에게 올바른 사랑을 베풀어야 합니다.

사회자 캉훼이:

네, 자오똥메이 교수님의 해설 감사합니다.

총서기의 강연을 듣고서 인용한 이 두 구절에 숨겨진 뜻을 이해하였습니다. 그리고 사랑에도 공부가 필요하다는 사실을 알게 되었습니다. 특히 자식에 대한 부모의 사랑이 "어떻게 해야 자식의 일생 중 첫 번째 스승이 될 수 있을 것인가?"라는 문제는 많은 고민이 필요해 보입니다.

가정교육의 중요성에 대해 오늘의 사상 해설자 왕제 교수님을 모시고 해설을 들어보도록 하겠습니다.

사상 해설자 왕제:

이어서 두 번째 문제, 가정교육의 중요성에 대해 이야기 해 보겠습니다. 총서기께서는 가정교육의 세 가지 측면을 이야기 한 바 있습니다.

첫 번째 측면은 바로 "가정은 인생의 첫 번째 수업이며, 부모는 아이들의 첫 번째 선생님이다."라는 것입니다. 어떤 가정교육을 받느냐에 따라 그런 자녀로 성장하게 됩니다. 그러므로 가정교육은 부모에게 있어서 좋은 품성과 습관을 자녀들에게 전해주고, 자녀들을 정확한 방향으로 인도해 주어야 하며, 정확한 세계관과 인생관, 그리고 가치관을 확립하도록 해 주어야 합니다. 모든 아이들은 옹알이부터 시작해서 말을 배우고 걸음마부터 시작해서 끊임없이 가정에서의 교육과 영향을 받아들이고, 끊임없이 감화를 받고, 익숙하게 부모의 영향을 받게 됩니다. 『삼자경(三字經)』에 "옥은 다듬지 않으면 그릇이 될 수 없고, 사람은 배우지 않으면 의를 알지 못한다.(玉不琢, 不成器. 人不學, 不知義)"라고 했습니다. 가정 속에서 부모가 자녀들의 모범이자 본보기가 되어야 하며, 말과 행동으로 전하고, 몸소 실천을 통해 자녀들을 교육하고, 자신들의 아이들이 훌륭한 인생을 위한 첫 단추를 잘 끼우고서 인생의 첫걸음을 내디딜 수 있도록 해주어야 합니다. 이것이 첫 번째 문제입니다.

두 번째 측면은 가장이 후대 교육의 책임을 져야 한다는 것입니다. 부모로서 마땅히 자녀를 가르쳐야 합니다. "기르기만 하고 가르치지 않는 것은 어버이의 잘못이다.(養不敎, 父之過)"라고 했습니다. 우리의 전통문화 속에서, 그리고 우리의 역사 속에서 많은 엄격한 가정교육의 실례들을 찾아볼 수 있습니다. 우리가 너무나도 잘 알고 있는 "맹모삼천(孟母三遷: 아들의 교육을 위해 세 번이나 이사를 다녔다는 맹자 어머니의 이야기-역자 주)", "도모퇴어(陶母退魚: 자신의 머리카락을 잘라 자식을 가르치고, 자식의 청렴을 위해 자식이 보내온 말린 물고기를 다시 돌려보냈다는 동한 시대의 명장인 도간(陶侃)의 어머니의 이야기-역자 주)", "악모자자(岳母刺字: 아들 악비의 등에 '진충보국(盡忠報國)'이라는 네 글자를 새겨 아들을 가르쳤다는 악비 어머니의 이야기-역자 주)", "화적교자(畵荻敎子: 집안이 가난하여 억새풀로 글자를 가르쳤다는 북송 때 구양수의 어머니의 이야기-역자 주)" 등은 모두 옛날의 엄격한 가정교육의 전형적인 사례들입니다. 옛날 사람들은 가정교육이 엄격해야 효자가 난다고 했는데, 이 말의 의미 역시 같은 의미입니다.

세 번째 측면은 가정교육은 여러 방면으로 펼쳐질 수 있는데, 그 중 가장 중요한 것은 바로 품덕(品德) 교육입니다. 왜냐하면 부모로서 모두 좋은 품성과 도덕을 자녀들에게 전해주어야 하며, 긍정적 에너지를 전해주어야 하는 것입니다. 좋은 가풍은 한 세대 한 세대를 거쳐 전승되고, 봄날의 빗물이 소리 없이 만물을 적시는 것처럼 자자손손 후대에게 영향을 미치게 됩니다. 그렇다면 가풍에 대해 총서기께서는 또 어떤 말씀을 하셨을까요?

3. 가풍의 중요성

가풍은 사회적 기풍의 중요한 구성 요소입니다. 가정은 단지 우리 몸이 쉬는 곳일 뿐만 아니라, 마음의 귀속 처이기도 합니다. 좋은 가풍은 가업을 일으키고 가족을 화목하게 합니다. 반대로 가
풍이 나쁘면 재앙이 자손에게 미치게 되고 사회를 해치게 됩니다. 바로 이러하기 때문에 "선을 쌓는 집은 반드시 경사가 남음이 있고, 불선을 쌓는 집안은 반드시 재앙이 닥치게 된다.(積善之家, 必有餘慶. 積不善之家, 必有餘殃.)"라고 했습니다. 제갈량이 자식들을 경계하기 위한 격언, 주자의 가훈 등은 모두 가풍을 창달한 좋은 예들입니다. 마오쩌둥(毛澤東), 저우언라이(周恩來), 주더(朱德) 등 혁명세대의 노 선배들은 모두 가풍을 매우 중요하게 여겼습니다.

사회자 캉훼이:

앞의 총서기가 했던 가풍과 관련한 내용은 2016년 12월 12일 제1회 문명가정 대표를 접견했을 당시에 했던 연설 내용입니다. 이 연설에서 총서기는 "선을 쌓는 집은 반드시 경사가 남음이 있고, 불선을 쌓은 집안은 반드시 재앙이 닥치게 된다."는 고전 구절을 인용하였습니다. 이 구절에서는 좋은 가풍의 어떤 이치들을 말하고 있는 것일까요?

경전 해설자 자오똥메이:

"적선지가, 필유여경. 적불선지가, 필유여앙.(積善之家, 必有餘慶. 積不善之家, 必有餘殃.)"이라는 구절은 『주역·곤·문언(周易·坤·文言)』편에 나옵니다. 이 구절의 의미는 사실 매우 쉽습니다. 직역하자면 항상 좋은 일을 하는 가정에는 반드시 많은 복이 올 것이지만, 항상 나쁜 일만 하는 집에는 재앙이 닥치게 된다는 말입니다. "적선"이나 "적불선"에서의 중점은 이 '적(積)'자에 있는데, 바로 '누적하다'라는 뜻입니다. 오늘날의 용어로 말한다면 바로 양적인 변화가 질적인 변화를 촉진시킨다는 말입니다.

"적선지가, 필유여경(積善之家, 必有餘慶)"에서 "여경(餘慶: 남는 경사, 경사가 남아돈다－역자 주)"은 무슨 뜻일까요? 이에 대해서는 생각해 볼 필요가 있습니다. 이 "여경"은, 큰 이치로 말하면 가정은 국가를 위해 인재를 양성해야 한다는 것입니다. 일반적인 보통 사람에게 있어서 이 "여경"은 우선 가정에서 화목한 분위기를 조성해 나가야 한다는 의미입니다. 이 화목한 분위기는 아이들을 건강하게 자라게 해 주고, 어른들은 마음 편안하게 여생을 보낼 수 있게 해 드려야 한다는 것입니다. 이것이 바로 "선을 쌓으면 반드시 남는 경사가 있다."는 의미입니다. 그렇다면 "적불선지가, 필유여앙(積不善之家, 必有餘殃)"에서 "여앙(餘殃: 남는 재앙, 재앙이 남아돈다－역자 주)"은 또 무엇을 말하는 것인가요? 좀 더 범위를 넓혀서 살펴보면, 역사 속에 이러한 비극을 많이 찾아볼 수 있습니다. 어버이를 살해하고 군주를 살해하는 가정이 화목하지 못하여 부자지간이 원수가 되고, 한 울타리 안에서 형제간에 서로 다투고, 아내와 자식과 흩어지는 일들이 허다했습니다. 좁은 범위에서 보면 사소한 모순들이 쌓여가는 가정에서는 모든 구성원들의 일상생활이 즐겁지가 않습니다. 이러한 가정에서 생활하는 사람은 누구라도 근심걱정 속에서 일생을 살게 될 것입니다. 사실 우리는 모두 잘 알고 있습니다. 생명이 얼마나 고귀한 것인가를 말입니다. 가정교육은 은연중에 감회(感懷, 지난 일을 되돌아보고 느껴지는 회포-역자 주)되는 것이지만, 그것은 또한 가장 기초적이고 가장 견고한 것으로, 개개인의 인생 기초를 다져주는 것입니다. 정직하고 선량하고 숭고한 바를 추구하는 부모는 아이들을 적극적이고 진취적인 사람으로 길러낼 것입니다. 그리고 먹고 놀기만 좋아하고, 교활한 수단으로 이익만 추구하는 데만 골몰하는 부모는 아이들이 성취욕이 없다고 나무랄 수가 없을 것입니다. 가풍이 중요하다는 점은 아무리 강조해도 지나치지 않습니다.

사회자 캉훼이:

가풍은 한 가정의 정신적 핵심이며, 핵심적 가치관입니다. 좋은 가풍은 그 가정의 진정한 부동자산이라고도 하는데, 매우 적절한 표현이 아닌가 생각합니다. 수천수만의 가정이 모두 이처럼 좋은 진정한 부동자산을 가지고 있다면, 국가와 민족의 정신세계를 지탱해 나가갈 것입니다. 이는 또한 총서기께서 왜 그렇게 가정의 건설과 가풍을 함양할 것을 중요시 했는지의 이유이기도 합니다.

사상 해설자 왕제:

가풍은 한 세대 한 세대 전승되어 내려 온 것으로, 자녀로서의 처세 원칙이자 행위 습관이며, 한 개인의 정신적 성장의 중요한 원천이기도 합니다.

이어서 가풍의 중요성에 대해 세 가지로 나누어 이야기 해 보도록 하겠습니다.

가풍에 대해 총서기께서는 가풍이 좋아야 가업이 흥하고 가정이 행복하게 된다고 말씀하셨습니다. 역사적으로 보면 오랜 역사를 지닌 명문대가는 그들의 가풍과 가훈으로 청렴한 사람됨, 학문과 순수함과 소박함, 진취성 등의 측면에서 지역과 시공을 뛰어넘는 영원한 가치를 가지고 있습니다. 이러한 가풍과 가훈은 그들의 후손들에게 한 세대 한 세대씩 전승되어져 가고 있습니다.

가풍에 대해서 총서기는 특별히 중국공산당 당원의 가풍을 강조하였습니다. 양산쩌우(楊善洲),[14] 자오위루(焦裕祿), 구원창(谷文昌) 등의 동지들로부터 배워서 좋은 가풍을 세워 가풍의 본보기가 되도록 독려하였던 것입니다.

사회자 캉훼이:

왕제 교수님께서는 총서기가 공산당원들에게 자오위루, 구원창, 양산쩌우 동지에게서 배우고 좋은 홍색(紅色) 가풍을 확립하자고 호소하신 이야기를 해 주셨습니다. 그 중의 양산쩌우 동지는 모두가 너무나 잘 아시겠지만, 그의 숭고한 정신적 풍격은 그의 인민을 위해 일하는 당 간부로서의 모습을 보여주었을 뿐만 아니라, 그의 집안의 가풍을 보여주는 것이기도 합니다. 오늘 현장에 특별히 양산쩌우 동지의 둘째

---

14) 양산저우 : 평생을 윈난(雲南)성 바오산(保山)시 공무원으로 일하다가 1988년에 바오산시 당서기로 퇴직하고서도 보장됐던 연금 여생을 택하기보다는 촌민을 자처해 공익에 헌신했던 인물이다. 특히 그는 퇴직 후 가족과 함께 농촌으로 내려가 20년 이상을 수목 가꾸기에 주력해 마침내 3천 733헥타르에 달하는 수목 농장을 이뤘고, 2009년 4월에 이를 정부에 헌납하는 '공익'을 택해 관심을 샀다.

따님이신 양훼이란(楊惠蘭) 씨와 셋째 따님이신 양훼이친(楊惠琴) 씨를 초대했습니다. 큰 박수로 환영해 주시기 바랍니다.

−초대 손님 양훼이란−

저의 부친께서 저희들에게 남겨주신 가풍에 대해서, 저는 몇 가지 측면에서 살펴보아야 한다고 생각합니다. 아버지께서 일과 가정을 어떻게 생각하셨는지, 권력과 혈육의 정을 어떻게 처리하셨는지를 말입니다. 저는 이렇게 결론을 내렸습니다. 권력에 대해서 아버지께서는 공평무사함으로 대하셨고, 공적인 일을 위해서는 사사로운 정을 잊으셨습니다. 일에 있어서는 항상 고군분투하시고 힘든 일도 참고 견디셨습니다. 가정에 대해서는 청렴결백하셨고, 기꺼이 청빈함을 즐기셨습니다.

사회자 캉훼이:

사실 양훼이란 씨는 방금 우리에게 양씨 집안의 가풍을 말씀해 주셨습니다. 좋은 가풍은 개인의 가정, 대가족(가문이나 친족), 그리고 국가 사이의 관계를 올바르게 설정하는 것입니다. 양산쩌우 서기는 줄곧 대가족, 즉 '집체(集體)'를 자신의 집으로 생각하면서, 다른 사람들이 대가족의 이익을 자신의 가정으로 가져가는 것과는 달리, 대가족을 위해 개인의 돈으로 털어 넣곤 했는데, 이러한 이야기는 너무나도 많습니다. 오늘 양훼이친 씨도 저희에게 일화를 하나 소개해 주시겠답니다.

-초대 손님 양훼이친-

제가 기억하기로 어느 해 막 장마가 시작되었을 때 저희 집의 지붕에 물이 새서 어머니께서는 다급해서 아버지께 돈을 조금 마련해 와서 지붕을 고치자고 하셨습니다. 며칠이 지나 아버지께서 편지와 30위안을 보내오셨는데, 편지에는 "정말로 돈이 없어요. 지금 우리보다 더 가난한 사람들이 너무 많으니, 당신이 깡통이라도 몇 개 사서 우선 이어서 수리를 해봐요. 그래도 정말 안 되면 침대를 다른 곳으로 옮겨 잠시 비를 피해요."라고 적혀 있었습니다. 당시 저는 아버지를 이해할 수가 없었습니다. 지금은 이해하지만. 아버지의 마음속에는 언제나 인민 대중들 밖에 없었어요. 아버지는 우리 가족보다 '집체'를 더 위하셨습니다.

사회자 캉훼이:
사실 한 지방의 서기 집에 비가 새는 지붕을 수리하기 위해 30위안밖에 마련을 하지 못했다고 한다면, 아마도 다른 분들은 믿지 못하실

지 모르겠습니다. 그러나 만약 우리가 양산쩌우 서기가 했던 한 마디를 안다면, 그 분을 더욱 잘 이해할 수 있을 것입니다. 그는 "국가에서 나에게 월급을 주는데, 어떻게 우리 식구들만 생각할 수 있겠는가?"라고 말했었습니다.

그러므로 양산쩌우 동지는 정말로 자신의 자녀들에게, 자신의 후손들에게는 물질적인 재산을 한 푼도 남기지 않았지만, 훌륭한 가풍이라는 아무리 써도 다 쓸 수 없는 소중한 정신적 재산을 남겨 주었습니다.

오늘 이곳을 찾아주서서 양산쩌우 서기의 이야기를 들려주신 두 분께 특별히 감사를 드립니다. 훌륭한 가풍은 영원한 재산입니다. 두 분 정말 감사합니다.

양산쩌우 동지 집안의 가풍은 시공을 뚫고서 기나긴 시간이 지나도 더욱 새로운 의미로 다가옵니다. 그것은 양 씨네 집안 후손들의 홍복(弘福)일 뿐만 아니라 우리 중국, 우리 민족의 정신적 금자탑이라고 할 수 있을 것입니다.

사상 해설자 왕제:

방금 양산쩌우 동지의 두 따님들께서 들려주신 양산쩌우 동지 집안의 가풍에 대해 들어 보았습니다. 사실 총서기 집안의 가풍 역시도 엄격하기로 유명한데, 치신(齊心, 시진핑 총서기의 모친) 동지의 회고록의 기록에 따르면, 당시 국무원 부총리 겸 비서장을 맡고 있던 시종쉰(習仲勛) 동지께서는 업무가 너무나 바쁘셨습니다. 그러나 업무가 아무리 바빠도 그는 더 많은 시간을 내서 자녀들을 돌보았습니다. 그는 이것을 천륜의 즐거움이자 인륜의 즐거움으로 생각했습니다. 매일 저녁

식사를 할 때가 시종쉰 동지에겐 자녀들을 교육할 가장 좋은 시간이었습니다. 시종쉰 동지께선 따로 시간을 내서 자녀들과 일대일로 면담을 하셨는데, 이것을 인륜의 즐거움으로 생각하셨습니다.

여기에 편지 한 통이 있는데, 이 편지는 시진핑 동지께서 2001년 부친의 생신 때 보낸 편지였습니다. 이 편지에는 "아버지의 근검절약으로 요즘 살기가 각박하고, 가정교육의 엄격함 또한 모두가 알고 있습니다. 저희는 어려서부터 이러한 아버지의 교육 아래 근검절약하며 집안을 지키는 습관을 길러 왔기에 참을 수 있습니다. 이는 본보기라고 칭할 수 있는 볼셰비키와 공산당원이 가풍입니다. 이처럼 좋은 가풍은 마땅히 대대손손 전승시켜야 합니다."라고 적혀 있었습니다. 이 편지의 내용을 보면 시진핑 동지께서 기층 간부에서부터 당과 국가의 지도자로 성장할 수 있었던 것이 어려서부터 부모의 말과 행동에서 받았던 영향과 훈도(薰陶, 덕으로써 사람을 감화함—역자 주)의 결과임을 알 수 있습니다.

마지막으로 제가 강조하고 싶은 것은 "충실하고 두터운 품성을 가진 집안은 오랜 동안 쇠락하지 않고, 뛰어난 시나 문장은 오랜 동안 향기롭다.(忠厚傳家家長久 詩書繼世世代香)"라는 말입니다. 가풍은 우리가 어디에서 왔는지를 말해주는 뿌리입니다. 가풍은 우리가 찾아가야 하는 혼입니다. 가풍은 정감이고, 가풍은 오랜 세월동안의 축적이고, 가풍은 신앙입니다. 가풍은 중화문명의 찬란히 빛나는 보석입니다.

사회자 캉훼이:

감사합니다. 오늘 사상 해설과 경전 해설을 맡아 주신 두 분 교수님께서 우리들에게 심오한 내용을 쉽고 생동감 있게 설명해 주셨습니다. 중국인은 종종 "가정과 국가에 대한 정감(家國情懷)"를 말하곤 합니다. 왜일까요? 그 이유는 중화민족의 논리 속에는 가정과 국가는 불가분의 관계라는 공식이 잠재되어 있기 때문입니다. 그러므로 "천하의 근본은 나라에 있고, 나라의 근본은 가정에 있으며, 가정의 근본은 자신에게 있다."고 말하는 것입니다. 총서기가 그렇게 가정의 구성과 가풍의 함양을 중시했던 까닭은 바로 가정이 잘 이루어져야 좋은 사회적 기풍을 확립할 수 있고, 청렴결백한 당풍과 맑고 깨끗한 정풍(政風)을 확립할 수 있다고 생각했기 때문입니다.

새로운 시대로 접어들면서 사람들은 모두 자신의 꿈을 가지고 있으며, 모든 가정 역시도 자신들만의 꿈이 있고, 또한 우리 모두에게는 공통의 "중국의 꿈"이 있습니다. 그것은 우리로 하여금 나라사랑 가족 사랑, 덕을 숭상하고 선을 지향하는 정신적인 힘을 길러 우리 모두의 공동의 "중국의 꿈"의 실현을 위해 분투노력하도록 해주었습니다.

그럼 오늘 프로그램의 마지막으로 모두 함께 경전 속의 옛 시문(詩文)을 감상하면서 다시 한 번 중국인으로서의 가정과 국가에 대한 정감을 느껴보도록 하겠습니다.

-경전 낭독자 주웨이똥-

『삼자경(三字經)』 중에서

玉不琢, 不成器,
人不學, 不知義.
爲人子, 方少時,
親師友, 習禮儀.

옥은 다듬지 않으면, 그릇이 될 수 없고,
사람은 배우지 않으면, 떳떳함을 알지 못한다.
사람의 자식으로 태어나, 어렸을 때는,
스승과 벗과 친하게 지내며, 예의를 익혀야 한다.

『안낙명(安樂銘)』 중에서

— 소순(蘇洵)

人稟天地正气, 原為万物之靈.
家齊而后國治, 正己始可修身.
聖賢千言万語, 無非綱紀人倫.
竭力孝養父母, 劬勞恩似海深.

인간은 하늘과 땅의 바른 기운을 부여받아,
원래부터 만물의 영장이 되었다.
가정이 평온한 후에 나라를 다스리고,
자신이 바르게 함으로써 수신을 시작한다.
성현의 천 마디 만 마디 말 중에,
인륜의 벼리가 아닌 것이 없도다.
힘을 다해 효도하고 부모님을 봉양해야 하니,
수고하신 은혜는 바다와 같이 깊어라.

『赴戍登程口占視家人』 중에서

— 임칙서(林則徐)

力微任重久神疲,
再竭衰庸定不支.
苟利國家生死以,
豈因禍福避趨之.

힘은 미미한데 무거운 책임 맡아 오래도록 정신이 피곤하고,
다시 늙고 재능도 다하여 틀림없이 지켜나가지 못할 터이나,
나라에 이익이 된다면 목숨이라도 바칠 것이거늘,
어찌 화나 복으로 인하여 그것을 피할 손가!

"봄 볕 같은 부모님의 은혜에 보답하자."
(報得三春暉)

제5회
주제

1. 부모님에 대한 효도와 혈육의 정
2. 노인을 존중하고 공경하라.

　본회에서는 효도를 주제로 시진핑 총서기가 언급한 "인자하신 어머니 손엔 실이 들려 길 떠나는 아들의 옷을 짓는다. 먼 길에 해질까 촘촘히 기우시며, 돌아오는 길 늦어질까 걱정하시네. 누가 말했던가? 한마디 풀 같은 자식의 마음, 어찌 춘삼월 봄볕 같은 은혜에 보답할 수 있으랴(慈母手中線, 遊子身上衣. 臨行密密縫, 意恐遲遲歸. 誰言寸草心, 報得三春暉.)"라는 고전 시구를 통해, 효도라는 관점을 통한 중화민족의 효도와 혈육의 정, 그리고 노인에 대한 공경이라는 전통적 미덕(美德)을 이야기하고자 한다. 또한 "내 집 어른을 섬기는 마음으로 다른 집의 어른을 섬긴다.(老吾老以及人之老)"라는 효도 관념을 실천한 시진핑 총서기의 실질적 행동을 통해서 정치 지도자로써 보여준 양로(養老)와 효도(孝道), 그리고 경로(敬老)에 대한 구체적 시책을 통해 노인 요양, 노인 의료 서비스, 노인의 생활, 노인의 즐거움을 실현함으로써 '효도'를 "인민을 위한 서비스"라는 국가적 통치 차원으로 끌어 올리고, 사회주의의 핵심적 가치관에 포함시켰던 홍보교육을 살펴볼 것이다. 그리고 이것이 '효'로 하여금 더 큰 효도, 더 큰 사랑, 더 큰 정의를 체현하게 한 것이며' 또한 효의 미덕에 더욱 풍부한 내용과 신선한 활력을 불어넣어 줌으로써 새 시대 효도 관념의 새로운 경지를 개척한 것임을 이야기할 것이다.

사회: 캉훼이

사상 해설: 왕제(王杰 : 중공중앙당교 교수)

고전 해설: 양위(楊雨: 중난대학 교수)

초대 손님: 허치우룽(賀秋榮: 베이징시 하이디엔(海澱)구 스지췬(四季春)
　　　　　 경로원 원장 대리)

　　　　　 왕윈훙(王雲紅: 베이징시 하이디엔구 스지췬경로원 요양보호
　　　　　 책임자)

−사회자 캉훼이−

　여러분 안녕하십니까? 『백가강단(百家講壇)』 스페셜 시리즈 『시진핑,
고전으로 인민에게 다가가다−시진핑 총서기의 고전 인용』 프로그램을
시청해 주셔서 감사합니다. 저는 사회자 캉훼이입니다.

　우선 오늘 현장을 찾아주신 중앙민주(民族)대학과 베이징 쟈오퉁(交
通)대학 학우 여러분 환영합니다.

　중국인은 항상 "백가지 착한 일 중에서 효가 가장 먼저다"라고 말을
합니다. 그런데 왜 이렇게 효의 중요성을 강조하는 것일까요? 중국문

화 속에서 이는 사람으로서 마땅히 해야 할 천성이기 때문일 것입니다. 그래서 오늘날의 새로운 시대를 맞이하고서도 효도를 말하는 것입니다. 시진핑 총서기께서도 효도와 가족의 화목을 크게 제창하셨습니다. 오늘 본 프로그램에서는 효도를 주제로 시진핑 총서기께서 연설이나 강연에서 인용한 고전을 통해 새 시새의 효도와 혈육의 정, 그리고 경로사상에 대해 느끼고 배우는 시간이 되었으면 합니다.

오늘 사상 해설을 맡아 주신 중공중앙당교의 왕제 교수님을 큰 박수로 환영해 주시기 바랍니다.

-사상 해설자 왕제-

반갑습니다. 이번 회에서 우리는 효도에 대해 이야기 할 것입니다.

시진핑 총서기는 부모에 대한 자신의 효행을 통해 "내 집의 어른을 섬기는 마음으로 다른 집의 어른을 섬긴다.(老吾老以及人之老)"는 관념을 전파하였으며, 또한 19차 당대회 보고에서도 향상심과 경로, 조국과 인민에 대한 충성을 제창하고 고무하기도 했습니다.

'효(孝)'라는 글자에는 세상 모든 자식 된 사람들의 부모님에 대한 효심과 공경의 마음이 담겨 있으며, 사회적으로 노인에 대한 관심과 돌봄의 의미가 나타나 있습니다.

'애(愛)'자에는 수천수만의 부모 된 사람들의 자식에 대한 진실한 감정이 나타나 있으며, 또한 수천수만 자녀들의 부모님의 은혜에 대한 진심어린 보답을 보여주고 있기도 합니다.

효도에 대해 저는 두 가지 측면을 이야기하고자 합니다 .

첫째는 부모님에 대한 효도와 혈육의 정입니다.

둘째는 경로사상입니다.

부모님에 대한 효와 사랑에 대해 시진핑 총서기께서는 어떤 말씀을 하셨을까요?

1. 부모님에 대한 효도와 혈육의 정

시진핑

중화민족은 예로부터 가정을 중요시하였으며, 가족 간의 정을 중요시했습니다. "가정이 화목해야 만사가 흥한다(家和萬事興)"는 말이나 "천륜의 즐거움(天倫之樂)", "노인을 받들고 젊은이를 사랑한다(尊老愛幼)", "현모양처(賢妻良母))", "남편을 도와 자식을 가르친다(相夫敎子)", "근검절약하며 집안을 지켜간다.(勤儉持家)" 등이 모두 이러한 중국인의 관념을 보여주는 것입니다. "인자하신 어머니 손엔 실이 들려 길 떠나는 아들의 옷을 짓는다. 먼 길에 해질까 촘촘히 기우시며, 돌아오는 길 늦어질까 걱정이시네. 뉘라서 말하겠는가? 풀 한 포기와 같은 마음이 석 달 봄볕과 같은 은혜를 갚을 수 있다고.(慈母手中線, 遊子身上衣. 臨行密密縫, 意恐遲遲歸. 誰言寸草心, 報得三春暉.)"라는 시는 당 나라 때 시인 맹교(孟郊)의 『유자음(游子吟)』이란 작품으로, 중국인의 가정에 대한 깊은 잠재의식을 생동감 있게 표현하고 있습니다.

사회자 캉훼이:

앞의 내용은 시진핑 총서기께서 2015년 설날 단체 새해인사에서 연설한 내용입니다. 이 연설에서는 당나라 시인 맹교의 『유자음』을 인용했습니다.

이 시는 남녀노소 모두가 너무나 잘 알고 있는, 유치원 아이들까지 외우는 작품입니다. 그러나 젊은 친구들은, 제 생각에 젊은 시절에는 진정으로 이 시의 의미를 잘 이해하지 못할 것이라고 생각이 듭니다.

오늘 방청석에 계신 학생 여러분 중에서 누가 이 시를 맹교가 몇 살 때 지은 작품인지 아시는 분 계신가요? 저기 여학생.

방청객:

맹교가 젊은 시절에 집을 떠나면서 쓴 것으로 알고 있습니다.

사회자 캉훼이:

젊은 시절에 집을 떠나면서 쓴 작품이다. 여러분도 이 작품이 맹교가 천진난만한 젊은 시절에 쓴 작품이라고 생각하시나요?

제가 정답을 말씀해 드리죠. 이 작품은 맹교가 50살이 되었을 때 쓴 작품입니다. 옛날에는 지천명(知天命)이라고 했던 나이에 그가 어머님의 사랑을 진실 되게 찬양하며 쓴 시입니다.

이 시를 쓸 때 맹교는 어떤 인생 역정을 지냈고, 어떻게 천고의 명작이 되었을까요?

이제 오늘 본 회의 고전 해설을 맡아주신 종난(中南)대학의 양위 교수님을 모시고 해설을 들어보도록 하겠습니다.

-고전 해설자 양위-

시청자 여러분 반갑습니다.

방금 방청객 중의 한 학우께서 이『유자음』이란 작품이 시인이 젊은 시절에 집을 떠나면서 자신의 어머님께 작별인사를 하면서 쓴 작품이라고 말했습니다.

사실 그렇게 대답한 이유는 작품에 대한 느낌에서 말했을 겁니다. 우리의 인생 경험에서 본다면 나름대로의 일리가 있는 답변이라고 생각합니다. 특히 지금 방청석에 앉아 계신 방청객 여러분은 대부분 대학생이고, 게다가 많은 학생들은 외지에서 베이징으로 유학을 온 대학생들입니다. 모두가 처음으로 고향을, 부모님의 곁을 떠나 외지에 와서 공부를 하고 있을 겁니다. 떠나오기 전에 부모님들께서는 뭐 하나라도 잊은 것이 있을까 노심초사 하면서 정성스럽게 짐을 싸주셨을 것입니다. 그렇기 때문에 이『유자음』이란 작품이 젊은 학생이 처음으로 따뜻한 부모님의 품을 떠날 때 쓴 부모님에 감사하는 마음을, 특히 어머니께서 길러주신 은혜를 생각하며 언젠가는 어머니 아버지께 보답할 수 있기를 바라면서 쓴 작품이라고 생각할 수 있습니다.

물론 이것은 우리의 느낌입니다. 그러나 역사적 사실은 우리의 느낌과는 조금 다릅니다. 왜냐하면 이 작품의 작가는 중당(中唐) 시기의 유명한 시인 맹교(孟郊)이기 때문입니다. 맹교는 비록 재능이 매우 뛰어나긴 했지만, 과거시험에서는 오히려 뜻한 바를 이루지 못하고 세월을 보내가다 46세가 되어서야 비로소 진사에 합격했습니다. 잘 알고 계시겠지만, 당나라 때의 과거제도는 진사에 합격을 했다고 곧 바로 관직에 나가는 것이 아니었습니다. 다시 인사부문에 치르는 인재선발 시험을 거쳐야 했고, 또 빈자리가 있는지 없는지, 유명인의 추천이 있는지 없는지, 이런 것들이 모두가 관리가 될 수 있는지 없는지를 판가름하는 필수적 전제조건이었습니다. 그렇기 때문에 맹교는 46세에 진사에 합격한 후 곧 바로 관직에 나갈 수 있는 기회를 얻지 못하고, 4년을 기다렸다가 50살이 되었을 때야 비로소 임명장을 받고 율양(溧陽) 현위(縣尉)로 임명되었습니다. 비록 그다지 본인 뜻대로 된 것은 아니지만, 맹교에게는 큰 근심걱정 없이 생활할 수 있는 관직이었고, 또한 조금 빠듯하기는 해도 가족들을 부양할 수 있는 급여와 녹봉을 받을 수 있었습니다. 그래서 50살이 되는 그 해에 율양현으로 부임해 와 첫 번째로 하고자 했던 일이 바로 고향집으로 달려가 자신의 노모를 율양으로 모시고와 봉양하는 것이었습니다. 그래서 이 『유자음』이란 작품은 맹교가 청년 시절에 노모에게 작별을 고하면서 쓴 작품이 아니라 긴 시간 동안의 이별 후 마침내 노모를 자신 곁으로 모시고 와 언제나 함께할 수 있게 되었을 때 쓴 작품입니다. 그래서 『유자음』에서 "인자하신 어머니 손엔 실이 들려 길 떠나는 아들의 옷을 짓는다. 먼 길에 헤질까 촘촘히 기우시며, 돌아오는 길 늦어질까 걱정이시네. 누가 말했던가, 한 마디 풀 같은 자식의 마음, 어찌 춘삼월 봄볕 같은 은혜에 보답할 수 있으랴"라고 노래한 것입니다.

어머니께서 손수 지어주신 옷을 입는다면, 외지에서 아무리 멀리 간다 해도, 아무리 오랫동안 떠나 있다 해도 고향집을 떠올리기만 하면,

고향집에서 어머니께서 기다리고 계신다고 생각한다면, 그 사람은 안심이 되고 안정이 될 것입니다. 만약 먼 길을 떠나는 나그네에게 노모가 직접 손수 옷을 지어주는 것은 가장 소박한 표현이자 이 모친이 자식을 사랑하는 방식이라고 한다면, 아들의 노모의 사랑에 대한 절실한 감정과 보답은 아마도 어머니의 조건 없는 사랑보다도 더 구하기 어렵고 진귀한 것일 것입니다. 그래서 이 『유자음』의 핵심은 앞의 네 구절이 아니라 뒤의 네 구절, 바로 "뉘라서 말하겠는가? 풀 한 포기와 같은 마음이 석 달 봄볕과 같은 어머니의 은혜를 갚을 수 있다고."에 있다고 할 수 있습니다.

맹교에게 있어서는 "풀 한 포기와 같은 마음이 석 달 봄볕과 같은 어머니의 은혜를 갚을 수 있다고(報得三春暉)"에서 '보(報)'자가 더더욱 귀중하다는 것을 보았을 겁니다. 왜냐하면 제가 앞에서 소개했듯이, 맹교는 46세 때에 겨우 진사에 합격하였고, 50살이 돼서야 말단 벼슬이라도 받았기에 비로소 노모를 자신 곁에 모시고서 생활할 수 있었기 때문입니다. 만약 노모가 그의 곁에서 그를 지지해 주고 격려해 주지 않았다고 한다면 아마 그는 일찌감치 포기하고 말았을 것이라고 생각합니다.

그렇기 때문에 마지막 두 구절 "뉘라서 말하겠는가? 풀 한 포기와 같은 마음이 석 달 봄볕과 같은 어머니의 은혜를 갚을 수 있다고."에는 노모에 대한 더 없이 부끄러운 감정이 담겨있는 것입니다.

물론 한 사람의 어머니로서, 아들의 관직이 얼마나 크고 높은지, 아들이 얼마나 많은 돈을 벌어오는지 등은 중요하지 않을 것입니다. 중요한 것은 함께 있다는 것이겠지요. 그렇기 때문에 어떻게 보답하느냐는 문제에 있어서 형식이 중요한 것이 아니라, 가장 중요한 것은 바로 자식으로서의 이 "한 마디 풀과 같은 마음"이 있느냐 없느냐에 달려 있는 것입니다.

사회자 캉훼이:

그렇군요. 양위 교수님의 말씀 감사합니다.

오늘 우리가 효도에 대해 이야기를 나누고 있는데, 사랑은 타고난 천성(天性)이며 자연적인 속성이기는 하지만, 사랑은 또한 배워야 하는 것이고, 효도도 일종의 사랑이기 때문에 반드시 배워야 하는 것이라는 저의 생각을 다시 되새겨 봅니다. 각각의 시대에는 그 시대만의 정신과 가치관이 있습니다. 이 점에 대해 방청석의 학우 여러분께 질문을 드려보고자 합니다. 여러분 중에서 두 교수님께 질문이 있거나 자신의 생각을 이야기 해 보실 분이 계신가요?

네, 첫 번째 줄에 앉아계신 여 학우님.

방청객:

효도를 말하면, 저는 정말 곤혹스럽습니다. 예를 들어서 저는 얼마 전에 엄마에게 꽤 비싼 신발을 선물해 드린 적이 있는데, 엄마가 제가 돈 쓰는 것이 마음이 쓰이실까봐 싼 신발이라고 말했습니다. 제가 그렇게 말씀드린 것은 엄마를 속인 것일까요? 또 이것이 효도에 위배되는 것일까요? 왕제 교수님께서 대답해 주시면 좋겠습니다.

사상 해설자 왕제:

중국의 유교문화에서는 부모님께 효도를 하라고 이야기하는데, 그것은 물질적인 만족만을 말하는 것은 아닙니다. 그렇기 때문에 공자님께서는 "오늘의 효도하는 사람들은 잘 봉양해드리는 것이라고 말하지만, 개나 말도 모두 먹이를 먹여 준다. 공경하지 않는다면 어찌 개나 말을 기르는 것과 다를 바가 있겠는가!(今之孝者, 是謂能養. 至於犬馬, 皆能有養. 不敬, 何以別乎?)"(『논어·위정(論語·爲政)』편)라고 했던 것입니다. 따라서 부모님께 물질적인 만족만을 주는 것이 효의 전부가 아닙니다. 그것은 작은 효입니다. 그래서 증자(曾子)는 "큰 효는 부모님을 존경하는 것이고, 그 다음은 부모님을 욕되게 하지 않는 것이며, 그 다음이 부모님을 봉양하는 일이다.(大孝尊親, 其次弗辱, 其下能養.)"(『논어·위정(論語·爲政)』편)라고 했습니다. 가장 낮은 수준의 효가 바로 부모님을 물질적으로 봉양하는 것이라는 말입니다. 유가문화에서 어떻게 부모님께 효를 다할 것인가의 문제는 오늘날과 마찬가지로 부모님에게 효도하고 공경하는 방식이 다양할 수 있습니다. 천편일률적으로 같거나 한 가지 모델만 있을 수는 없는 것이지요. 방금 방청객께서 신발 가격이 아주 저렴하다고 한 것이 부모님께서 걱정하실까봐, 부모님께서 돈을 함부로 쓴다고 생각하실까봐서 그랬다고 한다면 그것은 선의의 거짓말이라고 생각됩니다. 선의의 거짓말도 어쩌면 효의 한 가지 표현이 아닐까요?

사회자 캉훼이:

지금 저희들은 효도에 대해 이야기를 하고 있는데요, 우선 효도를 하기 위해서는 이 "한 마디 풀과 같은 마음(一寸草心)"이 있어야 한다고 했는데, 그렇다면 어떻게 "봄날의 따뜻한 햇살에 보답"하느냐가 아마도 우리가 진정으로 일생동안 부단히 배워야 할 내용이 아닌가 생각됩니다.

이어서 왕제 교수님을 모시고 해설을 들어보도록 하겠습니다.

사상 해설자 왕제:

효도는 중화민족의 전통적 미덕입니다. 총서기는 말로 전하는 것도 중요하게 생각했지만, 친히 몸으로 가르치는 것을 더욱 중요하게 생각했습니다. 총서기는 자신이 직접 실천을 하였는데, 그는 부모님에 대한 깊은 사랑을 아주 작고 세세한 일상생활 속에서 보여주었습니다.

몇 차례의 너무나도 평범한 선물을 통해 우리는 총서기가 어떻게 효도를 실천하였는지를 잘 알 수 있습니다.

첫째 선물은 반짇고리입니다. 시진핑 동지께서 산베이(陝北)로 하방(下放)되어 지내던 때인 중학교 시절의 이야기입니다. 생각해 보세요, 어린 아이가 부모님의 품을 떠나서 그렇게 먼 곳에 가서 지내야 한다고 한다면, 엄마 입장에서는 어떻게 걱정이 안 되겠습니까? 이러한 근심걱정을 털어버리기 위해 그의 모친께서는 한 땀 한 땀 아들을 위해 휴대용 반짇고리를 만들었다고 합니다. 이 반짇고리에는 붉은 색의 세 글자가 수놓아져 있었는데, 그것이 바로 "엄마의 마음(娘的心)이라는 세 글자였습니다. 총서기의 어머니께서는 가장 깊고도 가장 사심 없는 사랑을 이 바늘과 실로 수를 놓아 아로새겼으며, 작고 가는 바늘 끝에 자신의 사랑을 녹여 놓았던 것입니다.

청년 지식인이 7년 동안 하방생활을 하는 동안 이 '어머니의 마음'이 시진핑과 함께 했고, 시진핑이라는 청년에게 무궁한 힘을 주어 생산대 시절의 난관들을 하나하나씩 극복해 나갈 수 있게 해주었던 것입니다. 7년간의 청년 지식인 하방생활 동안 시진핑 동지는 이것에 의지하여 성실하게 현지 실정에 맞는 일들을 하면서 한 걸음 한 걸음 어려운 문제들을 헤쳐 나갔습니다. 이 7년 동안 그는 지역민들을 진정으로 대하고, 이상과 신념으로 주민들을 위해 일하고 실질적으로 도움이 되는 일들을 추진하였던 것입니다. 이러한 인생의 신념은 시진핑 동지의 피 속에 스며들어 갔으며, 어머니에 대한 깊은 효심과 사랑은 사회의 모든 노인들에 대한 큰 효도와 큰 사랑으로 승화되었습니다.

둘째 물건은 바로 한 장의 사진입니다. 이 사진은 시진핑 동지께서 모친의 손을 잡고서 공원을 산책하고 있는 사진으로, 모자가 함께 했던 온정의 시간에 대한 기록인 것입니다.

2018년 5월 이 사진은 다시 중앙방송 인터넷 뉴스의 특별기고 「시진핑과 그의 어머니」라는 글에 소개가 되었습니다. 이 특별 기고문이 발표되자 아주 신속하게 각 인터넷 매체들의 헤드라인을 차지하면서 전재(轉載)되었습니다. 완전한 통계는 아니지만 24시간이라는 짧은 시간 동안 인터넷에서 10억이 넘는 사람들이 이 특별기고문을 읽었다고 합니다.

이 기고문과 사진이 그렇게 많은 사람들의 관심을 받고, "좋아요"를 받았던 이유는 아마도 총서기의 어머님에 대한 효심과 사랑이 모든 사람들을 감동시켰기 때문일 것입니다. 이는 어머니에 대한 가장 소박하고도 가장 순수한 사랑입니다.

일상적이고도 온정이 넘치는 사진을 보면 우리는 어떤 생각이 떠오를까요? 또 우리는 무엇을 느낄 수 있을까요? 혹시 스스로에게 반문하거나 가슴에 손을 얹고서 반성하게 될지도 모릅니다.

부모님을 공경하고 효를 다하는 것은 물질적인 만족만을 말하는 것은 아닙니다. 더 중요한 것은 정신적이고 정감적인, 마음으로 그리고 인격적인 부모님에 대한 관심과 사랑과 위안 그리고 존중입니다. 이것을 유교문화에서는 매우 중요시합니다. 그렇기 때문에 총서기께서도 "중화민족은 예로부터 가정을 소중하게 여기고, 가족 간 혈육의 정을 중요하게 여겼다."라고 말했던 것입니다.

시진핑 총서기는 노인에 대한 존중과 공경에 대해서는 또 어떤 이야기를 했을까요?

2. 노인을 존중하고 공경하라.

시진핑

"노인을 받들고 젊은이를 사랑하라(尊老愛幼)", "아내는 어질면 남편은 평안하다.(妻賢夫安)", "어머니는 자애롭고 자식은 효를 다한다.(母慈子孝)", "형은 우애롭고 아우는 공손하다.(兄友弟恭)", "밭 갈고 공부하며 자자손손 이어간다.(耕讀傳家)", "근검절약하며 집안을 지켜간다.(勤儉持家)", "학식과 교양이 있고 예절에 밝다.(知書達禮)", "기율을 준수하고 법을 지킨다.(遵紀守法)", "가정이 화목해야 만사가 흥한다(家和萬事興)"는 말들은 모두가 중화민족의 전통적 미덕으로 중국인들의 마음속에 깊이 새겨져 있으며, 중국인들의 피 속에 녹아 있는, 중화민족을 지탱해주는 끊임없이 활활 타오르고 있는 중요한 정신적 힘이며, 가정문명 건설의 귀중한 정신적 자산입니다.

사회자 캉훼이:

　이 말은 시진핑 총서기가 2016년 12월 12일 제1회 전국 문명가정 대표단을 접견할 때 했던 말입니다. 여기서는 직접적으로 전고의 원문을 인용하지는 않았지만, 대부분이 전고입니다. 총서기는 중화민족의 전통적 미덕을 이야기 하면서 가장 먼저 "노인에 대한 존중(尊老)"을 언급했습니다.

　총서기의 노인 존중이나 경로와 관련된 언급은 전통적 효도와는 어떤 관계가 있을까요? 과거의 어떤 고전이나 역사서에서 그 뿌리를 찾을 수 있을까요? 이어서 양위 교수님을 모시고 이야기를 들어 보도록 하겠습니다.

고전 해설자 양위:

　노인을 존중하고 공경하라는 말은 확실히 중화민족의 우수한 전통 미덕으로, 일찍이 전국시기에 맹자가 했던 "사람들이 어버이를 친히 하고, 어른을 어른으로 대우하면, 천하가 태평해 진다.(人人親其親, 長其長, 而天下平.)"(『맹자·이루상(孟子·離婁上)』편)고 한 말에서 나온 것입니다. 맹자의 말은 사람들이 각자 자신의 어버이를 사랑하고, 나이 많은 어른을 존경하면 천하는 자연히 태평해진다는 의미입니다. 2000년 전에 맹자는 이미 노인에 대한 존중과 공경이 개개인 가정의 일만이 아니라 수천수만 가구와 연계되어 있으며, 사회라는 대 가정 속의 개개인에게 연결되어 있음을 의식하고 있었던 것입니다.

　물론 노인을 존중하고 공경하는 일은 한편으로는 확실히 사회의 책임으로, 사회제도나 양로원 등의 요양기관, 사회의 도덕적 기풍의 완비 등과 같은 방면에서부터 노인의 생활을 보장해 주어야 합니다.

다른 한편으로는 구체적으로 우리 개개인에게 있어서는 우리 주변의 노인들을 어떻게 대우할 것이냐의 문제입니다.

물론 우리 주변의 모든 노인들이 무엇을 말하는 것인지에 대해서는 이 개념이 적어도 세 가지 측면의 의미를 포함하고 있다고 생각합니다.

첫 번째 측면의 의미는 바로 우리가 우리 주변의 모든 노인들을 잘 대해주어야 한다는 것입니다. 이러한 노인들은 물론 우리의 친척, 즉 당신과 직접적인 혈연관계가 있는 부모님이나 할아버지, 할머니, 외할아버지, 외할머니, 그리고 자기 자신과 혈연관계의 친척들을 말합니다. 이 첫 번째 부류는 우리 주변에서 가장 직접적인 관계의 노인들이라고 할 수 있습니다.

두 번째 부류의 노인은 우리의 일상생활 범위 안에 있는 노인들을 말합니다. 예를 들어 우리의 이웃이나 같은 지역공동체에서 생활하고 있는 우리의 도움을 필요로 하는 노인들을 말합니다.

세 번째 부류의 노인은 우리의 일상생활 속에서 직접적인 연관이 없는 노인들입니다. 예들 들어 버스에서 또는 지하철에서 우연히 마주쳐 자리를 양보해 주었던 노인들 또는 길에서 만나 도와주었던 노인들 등으로, 또한 양로원 생활을 하고 있는 노인들도 포함됩니다. 우리는 정기적으로 혹은 부정기적으로 우리의 능력이 미치는 범위 내에서 관심을 가지고 이들을 도와 줄 수가 있습니다.

만약 우리가 우리 주변의 모든 노인들을 『제자규(弟子規)』에서 말하는 것처럼 "모든 사람을 사랑하고 어진 이를 가까이(泛愛衆, 而親仁)" 할 수 있다면, 또 맹자가 말한 것처럼 "어버이를 친히 여기고, 어른을 어른으로 대할(親其親, 長其長)" 수 있다면, 우리의 사회적 관계는 온정과 사랑으로 충만하게 될 것입니다.

이 시점에서 이전에 제가 읽었던, 저에게 특히 깊은 인상을 심어주었던 이야기가 생각나는군요. 이 이야기의 주인공은 삼국시대의 유명한 문학가였던 이밀(李密)이라는 인물입니다. 이밀은 본래 촉한(蜀漢)의 관리였는데, 나중에 촉한이 망하고 난 후, 서진(西晉)의 개국 황제인 무제(武帝), 사마염(司馬炎)이 이밀의 재능과 어진 명성을 듣고서 조서를 내려 그를 서진의 태자의 스승으로 모시고자 했습니다. 진나라 무제의 조서를 받고서 이밀은 뜻밖에 황제가 그에게 보내온 감람(橄欖: 올리브)나무 가지를 거절했습니다. 그렇다면 그가 거절한 이유가 무엇이었을까요? 그는 문학사에서 만고에 길이 빛나는 명작 「진정표(陳情表)」를 남겼습니다. 이 「진정표」에서 그는 진나라 무제의 조서를 거절한 이유를 설명하고 있습니다. 원래 이밀은 어려서 아버지를 잃었고, 그의 어머니는 개가(改嫁)를 했기에 할머니 유 씨 손에서 자랐습니다. 삼국시기에서 위진시기까지는 사회가 특히 혼란했던 시기로, 외로운 노부인이 아직 어린 손자를 데리고 키운다는 것은 너무나도 힘든 일이었음을 우리는 가히 상상해 볼 수 있을 것입니다.

이밀이 이 「진정표」를 쓸 때 조모 유 씨는 이미 96살의 고령이었고, 이밀 자신은 44살의 장년이었습니다. 그래서 그는 「진정표」에서 진나라 무제에게 자신이 황제에게 보답할 나날들은 아주 길지만, 자신의 조모 유 씨와 함께 할 시간이 이미 얼마 남지가 않았기 때문이라고 하였는데, 그 글은 다음과 같습니다. "제가 폐하께 절개를 다할 수 있는 날은 길지만, 조모 유 씨를 봉양하고 보답할 날은 짧습니다. 까마귀와 같은 사사로운 정으로 끝까지 봉양할 수 있기를 비옵니다.(是臣盡節於陛下之日長, 報養劉之日短也. 烏鳥私情, 願乞終養.)" 그는 또 심장에서 우러나오는 진심으로 "신은 조모님이 없었다면 오늘의 제가 있을 수 없었을 것입니다. 조모님도 제가 없었다면 남은 여생을 마치질 못할 것입니다.(臣無祖母, 無以至今日. 祖母無臣, 無以終餘年.)"라고 하였습니다. 조모님의 길러주신 은혜가 없었다면, 자신이 성인으로 자랄 수 없었을 것이고, 자신이 함께하고 지탱해 주지 않았다면, 조모님은 남은 여생을 혼자서 지낼 수 없을 것이라는 말이었습니다. "까마귀의 사사로운 정으로 끝까지 봉양하기를 빕니다."라는 말은 까마귀조차도 자신의 보모를 먹이는데, 어찌 사람으로서 자신의 사랑하는 가족을 버릴 수 있겠느냐는 말입니다.

이「진정표」의 내용은 정말 감동적입니다. 진나라 무제가 이「진정표」를 보고 난 후, 이밀의 간절한 효심에 크게 감동을 받았습니다. 그래서 그는 이밀을 강박하지 않고 오히려 이밀에게 노비 두 사람을 하사하여 같이 노조모를 보살필 수 있게 돕도록 하였습니다. 게다가 군현의 관리들에게 이밀과 조모의 안정된 생활을 보장할 수 있게 생활수당까지 지급하도록 명하였습니다.

이밀이 이「진정표」를 완성하고 1년이 지난 후 조모 유 씨는 세상을 떠났고, 이밀은 또한 조모의 3년 상을 다 마치고 나서야 비로소 진나라 무제의 부름에 응하여 산을 나와 서진의 태자의 스승이 되었습니다. 이밀의 이「진정표」는 또한 효도와 경로사상의 천고의 명문으로 전해지고 있습니다.

이밀의 이 같은 효심, 그가 노인을 받들고 공경했던 이 이야기는 역사적으로 유명했던 효도 이야기를 떠오르게 하는데 바로 "어머니를 위해 누룽지를 남기다(焦飯遺母)"라는 이야기입니다. 이 이야기는 『세설신어·덕행(世說新語·德行)』편에 실려 있는데, 그 내용은 다음과 같습니다.

"위진(魏晉) 시대 때, 진유(陳遺)라는 사람이 있었는데, 그의 어머니가 누룽지를 특히나 좋아하여 진유는 밖에서 관리로 있을 때나 출장을 갈 때도 매번 밥을 다하고 나서 누룽지를 남겨 보따리에 조금씩 모아 두었다. 그러다가 어느 정도 모이면 집으로 돌아가 가져간 누룽지를 모친에게 드렸다. 그 후 손은(孫恩)이라는 해적이 변란을 일으켰는데, 이 때 진유는 보따리마다 누룽지를 가득 모아왔지만, 총망히 군대를 따라 전장으로 가야했기에 집으로 돌아가 노모께 드릴 수가 없었다. 그 후 전쟁에서 패한 후 군대가 해산되고 많은 관병들이 흩어져 산으로 도망가는 바람에 많은 사람들이 굶게 되었다. 그러나 진유에게는 몇 말이나 되는 누룽지가 있었기 때문에 살아남을 수가 있었다."

그래서 사람들은 그의 이 효심이 그를 살려냈다고들 말했던 것입니다. 이는 개인의 자유를 가장 중요시 했던 위진(魏晉) 시대라 하더라도 효도가 여전히 그 시대에 매우 광범위하게 추종되고 있었고, 아름다운 덕행으로 널리 전파되고 있었음을 말해주는 것입니다.

이처럼 내면 깊은 곳에서 우러나오는 노인에 대한 공경의 마음은 완전히 자기 자신을 미뤄내고 다른 사람을 헤아리는 것이며, 사회라는 큰 환경 속에서 좋은 온정이 넘치는 사회적 분위기와 양성 순환을 형성해 나가게 해주는 원천입니다. 앞의 이야기들과 같은 예는 사실 예전부터 지금까지 수없이 많습니다. 이전에 읽었던 "이웃집 늙은이와 함께 마시면 어떠랴, 울타리 너머 불러다 남은 술 다 비웠다네.(肯與鄰翁相對飲, 隔籬呼取盡余杯)"라는 두보(杜甫)의 시구에서는, 시인과 이웃

노인이 화기애애하게 어울려 술을 마시는 장면이 감동적이고, "공경하는 자세로 아버지의 친구 분에게 경의를 표한다.(恰然敬父執)"는 구절까지 읽게 되면 자녀의 효심에 감동을 받게 됩니다. 왜냐하면 이런 자녀는 자신의 부모님뿐만 아니라 자신으로 미루어 다른 사람을 헤아리기 때문에 자기 부모의 친구 분들께도 마찬가지로 예를 다할 것이기 때문입니다. "아이들을 만나도 알아보지 못하고, 웃으며 손님은 어디서 오셨냐고 묻네.(兒童相見不相識, 笑問客從何處來.)"라는 구절을 읽게 되면, 아이들이 낯선 노인네 나그네를 만나도 웃음으로 대하는 아이들에게는 미소가 지어집니다. 『효경(孝經)』에서 이야기 하고 있는 것처럼 "하늘의 본성은 사람을 귀하게 여긴다. 사람의 행위 중에서 효도보다 큰 것(天地之性, 人爲貴. 人之行, 莫大於孝)"은 없습니다. 『효경』의 이 말들은 너무나 통속적인 말이어서 굳이 고문을 백화문으로 번역할 필요조차 없는 우리가 모두 알고 있는 말입니다. 이는 중화민족의 노인에 대한 존중과 공경이라는 우수한 전통미덕을 말하는 것으로, 오늘날까지도 이러한 미덕은 여전히 사라지지 않고 전해져 오고 있습니다.

우리 모두는 언젠가는 늙게 되어 있습니다. 그러므로 우리 주변의 모든 노인들을 공경으로 대하고, 자신으로 미루어 다른 사람을 헤아리고, 우리 한 사람 한 사람이 자신이 할 수 있는 일들을 해 나가야 할 것입니다.

사회자 캉훼이:

그렇습니다. 양위 교수님의 해설 감사합니다. 말씀 중에 "자신의 내면에서 우러러 나오고, 자신으로 미루어 다른 사람을 헤아린다"는 말이 특히 중요하지 않나 생각됩니다.

마음속에 내면화 되어질 때 비로소 외면적 행동으로 표출 될 수 있을 것입니다.

이쯤에서 사회적으로 경로사상을 제창해야 한다는 문제에 관해 방청석의 학생 여러 분 중에 혹시 두 분 교수님께 드릴 질문이나 하고 싶은 말이 있는지 물어보도록 하죠. 저기 남학생.

방청객:

하나 여쭤보고 싶은데요, 오늘날 사람과 사람 사이의 신뢰 부족에 관한 문제인데, 양위 교수님께 여쭤보고 싶습니다. 이 문제에 대해 우리가 어떻게 해야 하는 지, 오늘날의 사회에서는 어떤 신뢰 관계를 만들어나가야 할까요? 노인을 돕는 일이 사회적으로 더 많은 젊은이들의 관심을 얻을 수 있을까요?

고전 해설자 양위:

질문하신 문제는 오늘날의 사회 속에서 모두가 큰 관심을 가지고 있는 정곡을 찌르는 문제인 것 같습니다. 제 개인적으로는 이 문제에 대해 다음과 같이 생각합니다. 방금 질문하신 것처럼 사회적 신뢰 부족과 같은 모순을 해결하기 위해서는 우리가 이야기하고 있는 도덕이든, 아니면 사회적 행위규범이든, 또 아니면 일종의 문화든 간에 모두 제도적 보호와 보장이 있어야만 비로소 좋은 문화나 도덕 또는 미덕이 충분하게 그 효과를 발휘할 수 있고, 자각적으로 선(善)과 미(美)를 추구하는 경향이 생겨날 수 있다고 봅니다. 이것이 우리사회의 신뢰적 여론을 재건할 수 있는 보장이라고 생각합니다. 감사합니다.

사회자 캉훼이:

양위 교수님 답변 감사합니다. 내면에서 우러러 나오고, 자신으로 미루어 다른 사람을 헤아리는 것이 정말 중요한 것 같습니다. 내면에서 노인을 공경하는 마음이 우러러 나올 때 존경받고 도움 받는 노인들도 자신들의 마음 깊은 곳에서 감사의 마음이 우러나올 것이라고 믿습니다. 이것이 당연하고 천지의 대의라고 생각하지만은 않을 것입니다. 우리 모두의 마음속에서 이러한 마음이 우러나오고, 자신으로 미루어 다른 사람을 헤아린다면, 사회 전체의 노인을 존중하고 공경하는 분위기가 하루하루씩, 조금 조금씩 확립되어 나갈 수 있을 것이라 봅니다.

그러면 이어서 왕제 교수님을 모시고 해설을 들어 보도록 하겠습니다.

사상 해설자 왕제:

노인에 대한 존중과 공경은 총서기께서 중화의 우수한 전통문화 중의 효도 관념을 창조적이고 창의적으로 전환 발전시켰습니다. 사람의 자식으로 태어났으니 응당 효를 다해야 하는 것이지요. 집 안에서 효를 다하는 것은 작은 효이고 작은 사랑입니다. 다른 사람에 대해 관심과 사랑을 가지는 것, 세상 백성들의 행복과 이익을 위하는 것, 그것이 큰 효이자 큰 사랑입니다.

『시진핑의 7년 지식인 청년 하방 시절(習近平的七年知青歲月)』이란 책에서는 시진핑 동지의 일화 하나를 싣고 있는데, 여기서 이 일화를 들려드릴까 합니다.

한 번은 시진핑 동지께서 어느 생활이 궁핍한 한 노인이 자신을 알아보자, 시진핑 동지께서는 그 노인을 찾아 자신이 가지고 있던 돈이며 산시(陝西)성의 식량 배급표며, 전국의 식량배급표까지 모두 꺼내 그 궁핍한 노인에게 주었다는 것입니다. 또 자신의 외투를 벗어서 이 노인에게 주었습니다. 한번 생각해 보십시오. 그 시절에 시진핑 동지 자신의 생활도 그다지 풍족하지 못했는데, 자신의 모든 것을 이 궁핍한 노인에게 주었다는 사실은 "경낭상조(傾囊相助: 모든 것을 탈탈 털어 다른 사람을 도와 줌-역자 주)"라고 할 만한 일입니다. 옛 사람들은 "해의추식(解衣推食)"이라고도 하는 데, 자신이 먹을 것을 나눠주고, 자신의 옷을 벗어주는 것 이것을 '경낭상조'라고 하는데, 이것은 일종의 "의로움에 의지하며 재물을 멀리 하는(仗義疏財: 즉 자신의 재물을 내어 의로운 일을 한다는 뜻-역자 주) 일입니다. 시진핑 동지께서 당시에 이렇게 했던 이유는 바로 노인에 대한 공경과 사랑과 도움에서 비롯된 것이었습니다. 외부에서 누군가 이렇게 하도록 시킨 압력도 없었고, 하라고 시킨 사람도 없이 자신의 내면에서 우러나온 행동이었습니다. 그렇기 때문에 오늘날 거꾸로 생각해 보면, 이것이 아마도 타고난 천성이며 사랑일 것입니다. 이러한 관심과 공경이 바로 큰 효이자 큰 의로움이자 큰 사랑인 것입니다.

몇 십 년이 지났지만, 총서기는 여전히 과거와 마찬가지로 노인문제에 대해 관심과 애정을 가지고 계십니다. 그는 여전히 자신이 부모님처럼 노인을 공경하고 애정을 가지고 있습니다. 총서기는 조사 연구중에도 자주 노인들을 찾아가 위문하곤 하였습니다. 전국의 수많은 지역들에는 총서기의 노인 공경 흔적들이 많이 남아있습니다.

사회자 캉훼이:

2013년 12월 28일 시진핑 총서기께서는 베이징시 하이뎬구 쓰지칭

(四季青) 경로원의 노인들을 방문했었는데, 오늘 방청석에 특별히 쓰지칭 경로원의 원장 대리이신 허치우룽(賀秋榮) 선생님과 요양보호 책임자 왕윈홍(王云紅) 선생님 두 분을 초대했습니다. 큰 박수로 환영해 주시기 바랍니다.

총서기께서 2013년 12월 28일에 쓰지칭경로원을 방문한지 벌써 5년의 시간이 흘렀습니다. 그날 상황을 정확하게 기억하고 계신지요, 허 선생님.

-초대 손님 허치우룽-

어제 일처럼 아주 또렷하게 기억하고 있습니다. 그 때 우리는 10여 분의 노인들을 모시고 「양생가(養生歌)」를 낭독할 준비를 하고 있었습니다. 모두들 즐거워하고 있었는데, 그렇게 가까이서 총서기를 뵐 줄은 생각도 못했지요.

사회자 캉훼이:

왕 선생님도 그날 깊은 인상을 받으신 일이 있으신가요?

-초대 손님 왕원홍-

그렇습니다. 그날 저도 현장에 있었는데요, 생생하게 기억하고 있습니다. 당시 총서기께서는 우리원의 노인들이 지내는 방에 들어와서 노인들 옆에 앉으시고는 노인들과 이런 저런 이야기를 나누었습니다. 총서기께서는 아주 친절하게 노인들의 건강과 가족 상황, 그리고 경로원에서 지내는 상황 등을 아주 자세하게 물어보았습니다. 또 노인들의 일주일 식단을 자세하게 보면서 노인들의 건강과 입맛을 만족시키는지도 물어보셨습니다. 특히 무의탁 노인들에게 더 많은 관심을 가져달라고 부탁하였는데, 이런 관심에 노인들은 모두 감격해 했습니다.

사회자 캉훼이:

그런 순간에도 총서기의 노인에 대한 공경과 사랑이 잘 나타났군요. 두 분께서 오늘 출연해 주셔서 정말 감사드립니다.

이어서 왕제 교수님을 모시고 시진핑 총서기의 더 많은 노인 존중과 경로의 사례들을 들어보도록 하겠습니다.

사상 해설자 왕제:

총서기의 노인에 대한 존중과 공경 사례는 매우 많습니다.

2017년 11월 17일 날 총서기가 전국 정신문명건설 시상식에 출석했을 때, 전국의 모범자로 뽑힌 황쉬화(黃旭華), 황따파(黃大發) 두 사람이 비교적 나이가 많은 것을 보고는 두 사람을 첫 번째 줄에 앉게 했습니다.

시진핑 총서기는 몸소 솔선수범하면서 실제적인 행동으로 효를 실천함으로써 경로와 사랑의 사회적 기풍을 형성하는데 앞장서고 귀감이 되었습니다. 즉 사회적으로 큰 파문을 불러일으킨 대형 공익활동인 "가장 아름다운 효심 소년 찾기" 프로그램을 진행했고, 또한 전국 각지에서 "가장 아름다운 며느리", "가장 행복한 가정" 등의 행사를 거행하였는데, 이러한 일화들은 모두 노인의 존중과 경로, 효도와 혈육의 정을 널리 전파하는데 큰 공헌을 했습니다. 이 이야기들은 우리를 감동시키고 우리에게 큰 영향을 주고 있습니다. 이것이 바로 우리 사회의 "긍정 에너지(正能量)"인 것입니다.

이러한 이야기들은 우리에게 오늘날 사회가 하루가 다르게 변화하고 있고, 가족구조에도 큰 변화가 일어나고 있지만, 경로와 효도라는 전통적 미덕을 잃어서는 안 되고, 포기해서도 안 되며, 중화민족의 대지에 깊게 뿌리를 내려야 하는 것임을 알려주고 있습니다.

총서기의 이러한 활동을 적극적으로 제창함으로서 우리민족의 문화적 자신감을 다시 환기시키게 되었으며, 효도라는 전통미덕을 우리사회의 모든 세대에게 전해주게 되었습니다.

동시에 효도는 우리 가족과 관련된 것일 뿐만 아니라 사회 속의 개개인 모두와도 관련되어 있습니다. 총서기는 효도를 널리 선양하여 사회주의 핵심 가치관에 포함시키는 홍보교육을 강화해야 한다고 말했습니다. 중국 공산당 제19차 당 대회 보고에서 총서기는 "인구의 노령화에 적극적으로 대응하여 양로(養老)와 효도, 경로정책의 체계와 사회적 환경을 조성해 나가고, 의료와 요양을 결합하여 노령화 사업과 산업의 발전을 가속화 시켜 나가야 한다."고 지적했습니다.

　이것은 국가 통치의 측면에서 효도와 경로, 양로를 현실에 맞게 실행하고, 『중화인민공화국 노인 권익 보장법』을 실행하여 노인들이 봉양을 받고, 의료 서비스를 누리고, 할 일이 있고, 즐거움을 누릴 수 있도록 하자는 것입니다.

사회자 캉훼이:

　총서기의 새 시대의 효도와 관련된 언급은 본인의 솔선수범과 실천에 잘 드러나 있으며, "내 집 어른을 섬기는 마음으로 다른 집 어른을 섬기는" 큰 효도(大孝), 큰 사랑(大愛), 큰 정의(大義) 속에 잘 드러나 있습니다. 뿐만 아니라 노령화 사업의 발전을 지속적으로 추진해나가는 국가의 구체적인 정책 속에 더욱 잘 나타나 있습니다. 오늘 우리는 효도와 혈육의 온정이라는 두터운 도덕적 자원을 우리들 마음속에 응집하고, 노인에 대한 공경이라는 강력한 도덕적 힘으로 조화사회를 만들어나가야 합니다. 이는 장차 인민의 행복한 생활을 실현하고 중화민족의 위대한 부흥이라는 중국의 꿈을 실현하는데 튼튼한 주춧돌이 될 것입니다.

　마지막으로 중화의 우수한 전통 문화 속에 깃들어 있는 효(孝)와 친(親)과 관련된 고전적 글을 읽으면서 다시 한 번 전통 미덕에 우리의 마음을 흠뻑 적셔 보도록 하겠습니다.

『제자규(弟子規)』 중에서

弟子規, 聖人訓, 首孝悌, 次謹信.
泛愛衆, 而親仁, 有餘力, 則學文.
父母呼, 應勿緩, 父母命, 行勿懶.
父母教, 須敬聽, 父母責, 須順承.

제자규는 성인의 가르침이니,
효도와 우애가 첫 번째이고, 그다음이 근면함과 믿음이다.
모든 사람을 사랑하며, 어진 이를 가까이 하고,
남은 힘이 있으면, 학문에 힘써야 한다.
부모님이 부르면 즉시 대답하고, 미적거려서는 안 되며,
부모님이 명하거든 즉시 행동하고, 게으름을 피워서는 안된다.
부모님이 가르치거든, 공경하며 들어야 하고,
부모님이 나무라거든, 순종하며 받들어야 한다.

"맑은 기운만이 남아 하늘과 땅에 가득하네."
(只留淸氣滿乾坤)

제6회
주제

1. 수신(修身)이란 무엇인가?
2. 왜 수신을 해야 하는가?
3. 어떻게 수신을 할 것인가?

이번 회에서는 "공산당원의 수신(修身)"이라는 주제를 중심으로 세 단락으로 나누어 전개해 나갈 것이다.

첫째, "수신이란 무엇인가?"이다. 주요 내용으로는 시진핑 총서기가 인용한 "어진 사람을 보거든 그와 나란해 지길 생각하고, 어질지 못한 사람을 보거든 그렇지 않은지를 마음으로 스스로를 반성하라.(見賢思齊焉, 見不賢而內自省也.)"라는 구절에서 시작하여 엄격한 자기수양에 대한 이야기를 통해 당을 엄격히 관리하는 필수 수업에서부터 중국 공산당원으로써 끊임없이 당성의 수양을 단련해 나가야 함을 설명한다.

둘째, "왜 수신을 해야 하는가?"이다. 주요 내용으로는 총서기가 인용한 "다른 사람과 함께 함에 완전하기를 구하지 않고, 자신에게는 미치지 못함이 없는지를 살펴라.(與人不求備, 檢身若不及)"라는 구절을 시작점으로 하여, 총서기의 식비 영수증 두 장과 관련된 일화를 통해 공산당원 간부의 엄격한 기율이라는 최종 목적이 인민에게 부끄러움이 없도록 하기 위한 것임을 설명한다.

셋째, "어떻게 수신 할 것인가?"이다. 주요 내용은 총서기가 인용한 "선을 따름은 마치 높은 곳을 오르는 것 같고, 악을 따름은 마치 아래로 떨어지는 것 같다.(從善如等, 從惡如崩)"라는 구절을 시작점으로 하여, 지도자의 모범, 인재등용의 바른 방향, 제도적 보장 등을 이야기함으로써 당원 간부들이 어떻게 수양을 할 것인가를 설명한다. "삼엄삼실(三嚴三實)"의 실천이 전체 업무와 생활 속에 어떻게 관철되도록할 것이냐는 것이다.

사회: 캉훼이(康輝)
사상 해설: 궈젠닝(國建寧, 베이징대학 중국 특색 사회주의 이론체계 연구센터 부주임 및 교수)
고전 해설: 왕리췬(王立群, 허난대학 교수)
초대 손님: 리완쥔(李萬君, 종처창커(中車長客)유한공사 선임기술자)
고전 낭독: 팡량(方亮)

−사회자 캉훼이−

여러분 안녕하십니까? 『백가강단(百家講壇)』 스페셜 시리즈 『시진핑, 고전으로 인민에게 다가가다−시진핑 총서기의 고전 인용』 프로그램을 시청해 주셔서 감사합니다. 저는 사회자 캉훼이입니다.

먼저 오늘 스튜디오를 찾아주신 베이징대학과 베이징이공대학 학생 여러분 반갑습니다.

"다른 이에게 좋은 빛깔 자랑하지마라, 맑은 기운만이 하늘과 땅에 가득하여라.(不要人誇好顏色, 只留淸氣滿乾坤.)" 이 두 구절은 공산당 제19차 전당대회 폐막식에서 시진핑 총서기가 제1회 중공중앙 정치국 상무위원과 함께 내외신 기자들을 만난 자리의 담화에서 인용한 말입니다. 이 시구의 저자는 원나라 때의 화가이자 시인인 왕면(王冕)입니다. 이 작품 속에서 "매화는 항상 빛깔을 뽐내지 않으면서도 사람들의 찬미를 받으며, 그 맑은 향기는 온 세상에 은은히 퍼진다"라고 노래하고 있습니다. 총서기는 인용한 이 두 구절을 통해 마음속에 품고 있는 대국 영도자로서의 자신감을 보여주고 있으며, 또한 열심히, 성실하게 일하는 실용정신을 말하고 있습니다. 동시에 또한 새로운 시대의 중국 공산당원에 대해 엄격하게 자기를 수양해야 하는 높은 수준의 기준을 제기하고 있습니다. 이 옛 시의 두 구절에서 말하고 있는 것이 바로 오늘 프로그램의 주제인 "수신"입니다. 총서기는 수신에 대해 어떤 말을 하였을까요? 또 어떤 고전을 인용했을까요? 이것이 바로 오늘 프로그램에서 우리가 알아볼 내용입니다.

그러면 오늘 사상 해설을 맡아주신 베이징대학 중국 특색 사회주의 이론체계 연구센터의 부주임이신 궈젠닝 교수님을 큰 박수로 맞아주시면 감사하겠습니다.

−사상 해설자 궈젠닝−

여러분 반갑습니다. 중화민족은 특히나 수신(修身)을 중시하는 민족입니다. 중화의 우수한 전통문화 속에서도 또한 수신을 특별히 중시하고 강조하고 있습니다. "수신, 제가(齊家), 치국(治國), 평천하(平天下)"라고 했습니다. 그 중에서 수신을 가장 첫머리에 두고 있습니다. 수신은 오늘날에도 사회생활이나 사회적 실천과 사회 발전에서 특히 중요한 의미를 가진다고 할 수 있습니다.

예를 들어, 중국 공산당 제18차 당대회 이후 "삼엄삼실(三嚴三實)"이라는 특별 교육을 전개했는데, 그 중에서 "엄격한 자기 수양(嚴以修身)"을 가장 앞에 내세우고 있습니다. 좋은 관료가 되기 위해서는 우선 좋은 사람이 되어야 하고, 좋은 사람이 되기 위해서는 먼저 자신을 수양해야 합니다. 고전에서 말하는 수신은 바로 오늘날 우리가 말하는 이상적인 신념, 당성(黨性)의 수양을 의미입니다.

총서기의 이와 관련된 일련의 논술들은 우수한 중화의 전통문화를 계승해야 할뿐만 아니라, 더 중요한 것은 그것이 분명한 시대적 특징, 시대적 요구, 시대적 내함(內含)을 가지고 있다는 점입니다. 그것은 역사와 현실의 유기적 결합이며, 전통과 현대의 변증법적 통일입니다.

오늘 우리가 이야기할 주제는 "수신"으로, 우선 먼저 무엇이 수신인지를 살펴보고, 두 번째로는 그러면 왜 수신이 필요한지를, 세 번째로는 어떻게 수신할 것인지를 살펴보도록 할 것입니다. 먼저 총서기는 무슨 말을 하였는지를 보도록 하겠습니다.

1. 수신(修身)이란 무엇인가?

시진핑

"다른 이에게 좋은 빛깔을 자랑하지마라, 맑은 기운만이 하늘과 땅에 가득하여라.(不要人誇好 顏色, 只留淸氣滿乾坤.)" 라고 했습니다. 당원 간 부들이 도덕적 수양을 강화하는 수단이나 방법은

아주 많습니다. 그 중에서 중요한 것이 자각적으로 중화의 우수한 전통문화에서 영양을 섭취하고, 성실히 인민 대중에게서 배우고, 언 제 어디서나 어진 사람을 보면 그와 같아지길 생각하고, 엄격한 기준 으로 자율(自律)을 강화하고 타율(他律)을 수용하는 것입니다.

사회자 캉훼이:

앞의 총서기의 말씀에서는 "견현사제(見賢思齊)"라는 사자성어를 인 용하고 있습니다. 이 성어는 『논어』에 나오는 구절로, 원문은 "어진 이 를 보면 그와 같아지기를 생각하고, 어질지 못한 이를 보면 자신도 그 러하지 않은지 마음속으로 스스로를 반성하라.(見賢思齊焉, 見不賢而內 自省也.)"입니다. 시진핑 총서기께서는 여러 상황에서 『논어』의 이 구절 을 인용하였는데, 이 구절에는 어떤 숨겨진 뜻이 있을까요? 또 지금 우리가 이야기하고 있는 새 시대 중국공산당원의 "수신"이라는 측면

에서는 무엇을 강조하는 것일까요?

　그러면 오늘 고전 해설을 맡아주신 허난대학의 왕리췬 교수님을 청해 말씀을 들어보도록 하겠습니다.

-고전 해설자 왕리췬-

　총서기께서 인용한 이 구절은 모두들 잘 알고 계시겠지만, 공자가 말한 "어진 이를 보면 그와 같아지기를 생각하고, 어질지 못한 이를 보면 자신도 그러하지 않은지 마음속으로 스스로를 반성하라.(見賢思齊焉, 見不賢而內自省也.)"라는 구절로, 『논어·이인(論語·里仁)』편에 나오며, 도덕적 수양의 문제를 이야기 하고 있습니다.

　'견현사제'가 실제로 강조하고 있는 내용은 수신 과정에서 매우 중요한 기준으로, 바로 어질고 덕 있는 사람과 어깨를 나란히 하고, 그들에게 배운다는 의미입니다. 그렇다면 덕행이 좋지 않은 사람은 어떻게 해야 할까요? 자기 자신에게도 그와 유사한 부분이 있는지 없는지를 반성해야 한다는 것입니다. 그러므로 '견현사제'와 '견불불현이내자성'은 수신 과정에서 매우 중요한 연계고리입니다.

　예를 하나 들어보도록 하지요. 명나라 가정(嘉靖) 5년에 여녕부(汝寧府)에서 있었던 일입니다. 여녕이 어느 곳인지 아시나요? 여녕은 바로 지금의 허난성의 뤼난(汝南)현입니다. 이 지역은 지리적 위치가 매우 중요한 곳으로, 교통의 요지입니다. 당시 여녕현은 이부(吏部)에서 왕여학(王汝學)이라는 사람을 관리로 선발하여 여녕부의 지부(知府: 부의 최고 관리)를 맡도록 하였습니다. 그래서 이 임명 소식을 듣고서 사람들은 매우 기뻐하며, 이부에서 사람을 잘 골랐다며, 진정으로 일을 할 수 있는 사람을 지부로 뽑았다고들 말했습니다. 그러나 어떤 사람은 걱정을 하기도 했는데, 그들은 당시의 조정에는 규정이 하나 있는데, 일을 잘하면 승진을 하고 일을 잘 못하면 강등시킨다는 것이었습니다. 그렇다면 왕여학이 그렇게 일을 잘한다면 여녕부에서 몇 년 있다가 승진해서 다른 곳으로 가버릴 것이고, 그가 떠나고 나면 어떻게 해야 할지가 미리부터 걱정이라는 것입니다. 또 다른 한 사람이 있는데, 이름이 하당(何璫)이라는 사람입니다. 그는 글을 지어 걱정할 필요가 없다고 하면서, 모든 사람들이 어진 사람을 보고 닮으려고 노력한다면, 우리가 어떻게 미래에 신임 여녕부의 지부로 올 사람이 왕여학보다 못하다고 판단할 수 있겠느냐고 하면서, 걱정할 필요가 없고, 새로 부임해 올 지부가 여기서 재임기간 동안 백성들에게 가져다 줄 행복을 누리기만 하면 된다고 하였습니다.

이 이야기는 매우 유명한 이야기이면서 또한 매우 일반적인 이야기로, '견현사제'의 관념이 이미 사람들의 마음속에 깊이 들어와 있었음을 말해주고 있습니다.

사회자 캉훼이:

그렇다면 수신에 대해 우리는 어느 방면에서부터 힘을 써야 할까요? 계속해서 사상해설을 맡아주신 궈젠닝 교수님을 모시고 해설을 들어 보도록 하겠습니다.

사상 해설자 궈젠닝:

우선 수신이 무엇인가에 대해 함께 알아보도록 하겠습니다.

총서기께서는 왜 수신을, 게다가 엄격한 수신을 강조했을까요?

엄격한 수신은 깨끗하고 공정한 당내의 정치적 생태환경을 조성하기 위한 필수 조건입니다.

2018년 3월 10일 시진핑 총서기께서는 제13기 전인대(全人大) 제1차회의 총칭(重慶) 대표단의 심의에 참가하였을 때 정치적 생태는 자연 생태와 마찬가지로 조금만 주의를 기울이지 않아도 오염이 된다고 지적하였습니다. 그리고 일단 문제가 생기게 되면 다시 회복시키고 싶어도 많은 대가를 지불해야만 한다고 지적하였습니다. 이것이 우리가 "사람마다 스스로의 나침판이 있으니, 만 가지 변화의 뿌리는 항상 마음에 있다.(人人自有定盤針, 萬化根源總在心.)"라는 왕양명(王陽明)의 시를 떠올리게 되는 이유입니다. 여기서 말하고 있는 "심(心)"은 양심, 양지(良知)이며, 인품이고 인격입니다. 당성의 수양이나 이상적 신념은 오늘날 공산당원의 심학(心學)이며, 공산당원의 받침판이자 주춧돌입니다. 이 받침판과 주춧돌이 없다면 의지가 약해지고 방향을 잃어버린 채 천지(天地)의 양심을 잃어버리게 될 것이고, 심지어는 학술(學術)이나 심술(心術)의 부정(不正)을 야기하게 될 것입니다. 사람 노릇을 위해서는 먼저 수신이 필요합니다. 우리는 수신을 우리 인생의 첫 번째 요지이자 첫 걸음이라고 여깁니다.

엄격한 자기 수양은 전면적인 "당에 대한 엄격한 관리(從嚴治黨)"를 위한 필수과목입니다. 공산당 18차 당 대회 이후로 전면적인 당의 엄격한 관리 측면에서는 '한번에 "호랑이(대형 부패)"와 "파리(작은 부정)" 때려잡기'(부정부패 척결)나 '무관용(零容忍)', '전 지역 커버(全覆

蓋)', '무사각지대(無死角)', '순시조(巡視組)', '뒤돌아보기(回頭看)' 등과 같은 일련의 새로운 이념과 방법 그리고 새로운 시책들이 시행되었습니다. 이러한 것들을 실행하기 위해 가장 먼저 요구되어지는 것이 바로 자기 수양입니다. 그렇기 때문에 이러한 의미에서 수신은 전면적인 "종엄치당(從嚴治黨)"[15]의 필수과목일 뿐만 아니라 또한 반드시 제대로 배워야 하는 과목인 것입니다.

엄격한 자기 수양은 또한 우리가 사회주의의 핵심 가치관을 양성하고 실천하는 문제에서 반드시 해야 하는 의미를 가지고 있습니다.

여기서 여러분에게 우수한 공산당원 한 분을 소개해 드릴까 합니다. 그의 이름은 리완쥔(李萬君)입니다. 그는 '중국 종처창커 유한공사'의 용접공입니다. 그는 평범한 직장에서 평범하지 않은 빛나는 업적을 창조하였습니다. 초일류 용접기술로 그는 "고속철 용접 명장"이란 칭호를 받았으며, 또한 중앙방송국 2016년 "중국을 감동시킨 인물"로 선정되어 제19차 당 대회의 대표로까지 당선된 전국 우수 공산당원입니다. 30여 년 동안 일하여 얻은 초일류 용접기술로, 그리고 근면 성실함과 조금도 빈틈없는 작업 태도로 자신의 직업정신과 가치 추구를 보여주었고, 대국 장인(匠人)의 시대적 풍모를 펼쳐보였습니다. 리완쥔 명장은 "기술을 가장 높은 수준을 끌어올려 모든 제품을 공예품, 예술품을 만든다고 생각했다"는 명언을 남기기도 했습니다. 이것이 바로 장인정신이며, 공산당원이 평범한 직장에서 당성을 단련하고, 자신을 엄격하게 갈고 닦는다는 좌우명을 보여주는 것이었습니다.

리완쥔 동지께서 오늘 저희 스튜디오에 나와 계신데, 장인정신을 무

---

15) 종엄치당(從嚴治黨) : 당을 엄격하게 관리하는 것.

엇이라고 생각하시는 지 한번 들어 보고 싶습니다.

사회자 캉훼이:

　네, 알겠습니다. 그러면 종처창커 유한공사의 선임 엔지니어이시며, 전국 우수 공산당원이신 리완쥔 선생님을 모시고 용접기에 숨겨진 이야기를 들어 보도록 하겠습니다. 큰 박수로 맞아주시기 바랍니다.

　방금 궈젠닝 교수님께서 이미 명장님의 상황을 소개해 주셨습니다. 리 명장님께서는 모든 용접 제품을 예술품으로 생각한다는 말씀으로도 유명하신데, 오늘 특별히 명장님께서 만드신 예술품 하나를 보여드리기 위해 가지고 오셨다고 들었는데, 저희에게 보여주실 수 있으신가요? 그냥 보기에는 너무나 평범하기 그지없어 보입니다만, 양쪽 끝을 자세히 보면 바늘귀 같은 구멍이 보이는데, 바늘 두 개를 용접한 것이라고 합니다.

　지름이 얼마나 되죠?

-초대 손님 리완쥔-

　직경이 1.8mm입니다. 아주 가늘죠.

사회자 캉훼이:

그러니까 용접할 때 너무 빨라도 안 되고 너무 늦어도 안 된다는 말씀이죠?

초대 손님 리완쥔:

그렇습니다. 불꽃의 끝을 잘 찾아야 하죠. 대략 영점 몇 초 안에 해야 합니다.

사회자 캉훼이:

방금 명장님의 명언에 대해 이야기 했는데, 모든 제품을 예술품으로 여기신다는. 그러나 저희가 알기로는 예술품이라고 하면 모두가 감상하고 모든 사람들이 보도록 전시하는 것이지만, 명장님이 만든 것들은 대부분이 이런 용접 부품이어서 일반인들은 볼 수가 없습니다. 그런데도 왜 자신에게 그렇게 엄격한 기준으로, 심지어는 지나칠 정도의 기준을 요구하시나요?

초대 손님 리완쥔:

왜냐하면, 저는 우리나라 고속철의 전향가(轉向架)[16]를 용접하는데요, 전향가란 고속철의 두 다리와 같은 것이어서 고속철이 운행할 때의 속도와 안전과 연관되어 있습니다. 모두 아시겠지만, 현재 중국의

---

16) 전향가(轉向架) : 고속전철의 아랫부분(底盤)이란 정확하게 말하면 '전향가(轉向架)'를 말하는데, 이는 고속열차의 전체 중량을 견디며 고속운행이 가능하도록 하는 고속열차의 가장 핵심 부품이다. 만약 전향가에 고장이 있는 상태에서 운행한다면 고속 운행 중에 탈선 사고 등이 발생해 대형 인명피해를 야기할 수가 있다.

고속철 속도는 이미 시속 300킬로가 넘습니다. 이 속도는 비행기가 이륙할 때의 속도와 맞먹습니다. 그리고 매일 이 속도로 멈추지 않고 수천 킬로를 운행하므로 1년이면 몇 십만 킬로미터나 됩니다. 그렇기 때문에 용접한 자리 하나하나에 대해서도 매우 엄격한 기준이 요구되는 것입니다. 절대로 그 어떤 결점도 용납할 수가 없다는 말씀이죠. 고속 운행 도중에 아무리 조그마한 용접 잔유물이라도 있게 되면 전체 차량의 안전 운행에 위험이 야기되는 것입니다. 그래서 우리는 장인 정신으로 예술품을 만든다는 생각으로 일을 하고 있습니다. 일종의 책임감이기도 하죠.

사회자 캉훼이:

그렇군요. 오늘 이야기 하고 있는 총서기가 인용했던 "다른 사람에게 아름다운 빛깔을 자랑하지 마라"라는 구절과 마찬가지로. 이것이 대국의 장인이고, 진정한 공산당원의 수양입니다.

감사합니다. 이완쥔 명장님, 앞으로도 일하고 계신 곳에서 계속해서 더 많은 성과 거두시길 바라면서, 우리 중국의 고속철의 속도를 계속해서 높여 주시기 바랍니다. 감사합니다.

영원히 굴복하지 않는 대륙의 장인은 실재 행동으로 공산당원으로서의 사명감을 보여 주었습니다. 우리 주변에는 리완쥔 기능장과 같은 묵묵히 자신의 맡은 바 책임을 다하고 있는 행복한 창조자들이 많이 있습니다. 이처럼 세상에 알려지지 않은 중국 공산당원들이 자신의 자리를 지키고 있습니다.

방금 리완쥔 기능장이 우리에게 들려준 용접기 뒤에 감춰진 이야기는 궈젠닝 교수님이 말씀하신 새로운 시대의 중국 공산당원의 수신이라는 마음공부가 어떠한 것인지를 더욱 잘 느낄 수 있게 해 줍니다. 수신에서 갈고 닦는 것은 바로 마음이며, 가치관이며, 양지(良知)이고 신념임을 알 수 있습니다.

2. 왜 수신을 해야 하는가?

시시각각 당의 헌장으로, 공산당원의 표준으로 자기 자신에게 요구하고, "다른 사람에 대해 완전 무결하길 바라지 말고, 자기 자신에 대해 모자람이 없는가를 살펴야 한다(與人不求備, 檢身若不及.)"는 정신을 가지고 있어야 하며, 시시각각으로 자신을 중시하고, 자신을 반성하며, 스스로를 경계하고 스스로를 격려해야 합니다.

사회자 캉훼이:

앞의 내용은 2013년 6월 28일 시진핑 총서기가 전국조직공작회의에서 했던 말입니다. 여기서 총서기는 "다른 사람에 대해 완전무결하길 바라지 말고, 자기 자신에 대해 모자람이 없는가를 살펴야 한다.(與人不求備, 檢身若不及.)"는 구절을 인용했습니다. 그러면 이 구절의 출전은 어디일까요? 그리고 어떤 의미를 가지고 있는지, 고전 해설자이신 왕리췬 교수님을 모시고 들어보도록 하겠습니다.

고전 해설자 왕리췬:

"다른 사람에 대해 완전무결하길 바라지 말고, 자기 자신에 대해 모자람이 없는가를 살펴야 한다.(與人不求備, 檢身若不及.)"는 이 구절의 출전은 『상서(尚書)』입니다. 그 주요한 의미를 오늘날의 관점에서 말하면, 자신에겐 엄격하게 대하고, 다른 사람에게는 관용으로 대하라는 말입니다. 자기 자신에겐 엄격하고 남에게 관대하기는 수신 과정에서 매우 실천하기 힘든 일입니다.

역사 속의 일화 하나를 예로 들어보도록 하겠습니다. 이 이야기는 『송사·여몽정전(宋史·呂蒙正傳)』에 나옵니다.

여몽정은 고관(高官)으로, 송나라 때에는 매우 유명한 관리였습니다. 그는 참지정사(參知政事)라는 관직에 있었는데, 송나라 때의 참지정사는 곧 부 재상이었습니다. 처음 조정에 나갔을 때 관원들이 큰 소리로 "저 녀석이 정치를 한다고?" 하며 떠들어 대는 소리를 그는 분명히 들었습니다. 그 결과 여몽정은 듣고도 듣지 못한 체하면서 아무 일도 없다는 듯이 앞으로 나아갔습니다. 그와 함께 가던 사람이 어떻게 그런 말을 할 수 있느냐고 화를 내면서 여몽정에게 그 사람의 이름을 물었습니다. 여몽정은 절대 물어보지 말라고 하면서, 물어보게 되면 영원히 그 이름을 잊지 못하게 될 것이지만, 물어보지 않으면 그냥 이렇게 끝날 일이라고 하였습니다. 여몽정은 물어보지 않았고, 그 사람이 누군지도 알지 못한 채 이 일은 그렇게 지나갔습니다.

그러나 이 사건은 널리 퍼져나가게 되었고, 많은 사람들이 여몽정이라는 사람이 매우 관대하다고들 감탄하게 되었습니다. 그래서 이 사소한 일이 『송사·여몽정전』에 기록되게 된 것입니다. 이것이 여몽정이 관대함으로 다른 사람을 대했다는 이야기입니다.

여몽정은 또한 자기 자신에겐 아주 엄격한 사람이었습니다. 참지정사가 되고나서, 부 재상이기에 권력이 아주 컸습니다. 당시 어떤 관원이 그에게 잘 보이기 위해서 청동거울을 여몽정에게 가져다주면서, 그 청동거울은 보물거울이라서 200리 떨어진 곳의 물건을 볼 수 있는데, 이 거울을 바치겠다고 하였습니다. 여몽정은 자신의 얼굴은 비교적 넓어서 쟁반정도의 크기면 되는데, 200리 밖까지 볼 수 있는 거울이 무슨 필요가 있느냐고 하면서 자신은 그렇게 큰 거울이 필요가 없다고 사절하였습니다.

이 두 가지 이야기는 하나는 다른 사람을 관대하게 대하는 것이고, 다른 하나는 자기 자신을 엄격하게 규율한 것입니다. 이 두 가지 사건은 여몽정의 일생에서는 아주 사소한 일이었지만, 『송사·여몽정전』에 기록이 되어 있습니다. 이로써 "다른 사람에 대해 완전무결하길 바라지 말고, 자기 자신에 대해 모자람이 없는가를 살펴야 한다."는 것이 수신 과정에서 매우 얻기 힘든 기준임을 잘 알 수 있을 것입니다. 한 사람이 이 두 가지 자신에겐 엄격하고 남에겐 관대하기를 실행할 수 있다면, 이것은 수신의 가장 높은 경지에 올랐다고 말 할 수 있는 것입니다.

사회자 캉훼이:

왕리췬 교수님 감사합니다. 방금 우리는 왕리췬 교수님께서 총서기께서 인용한 구절에 대한 설명을 아주 진지하게 듣고서 이 구절이 지니고 있는 의미에 대해 깊이 있고 정확하게 이해하게 되었습니다. 또한 정확하게 이해해야만 비로소 실천을 이끌어 낼 수 있고, 만약에 이해에 조그마한 착오라도 있게 되면 오히려 반대로 수신하는데 부정적인 영향을 준다는 것을 알게 되었습니다.

예를 들어, "다른 사람에 대해 완전무결하길 바라지 말라"는 말에 대해 어떤 사람은 "이 말이 우리에게 좋은 사람이 되라고 하는 말이 아니냐?"고 반문할지도 모릅니다. 또 "자기 자신에 대해 모자람이 없는가를 살펴야 한다."는 말에 대해서는 "만약에 완전무결함을 요구한다면, 그것은 실사구시에 맞지 않는 것이 아닌가?"라고 할지도 모릅니다. 궈젠닝 교수님께서는 어떻게 보시는지요? 우리가 엄격함으로 자신을 규율하고 관대함을 다른 사람을 대함에 그 정도를 어떻게 파악해야 할까요?

사상 해설자 궈제닝:

방금 사회자께서 말씀하신 것처럼, 관대함으로 다른 사람을 대하면 원칙을 어기는 결과를 초래하는 걸까요? 호인주의(好人主義: 원칙 없는 좋은 사람되기-역자 주)는? 제 생각에 여기에는 두 가지 문제가 있는데, 엄격함으로 자신을 규제하고, 관대함으로 다른 사람을 대하는 것은 결코 원칙이 필요 없거나 심지어는 마지노선이 없다는 말이 아닙니다. 우리는 원칙을 이야기해야 합니다. 그리고 최저 한계도 있어야 합니다. 이 두 가지 방면은 실천 속에서 통일시켜나가야 합니다. 즉 좋은 의견을 흐르는 물처럼 받아들이고, 관대함으로 다른 사람을 대하면서도 또 원칙을 지켜야만 합니다. 이렇게 할 때에만 비로소 우리 자신은 자신의 맡은 바 임무를 더 잘 할 수가 있습니다.

사회자 캉훼이:

이러한 경사(經史) 고전 속에 나오는 말에 대해 우리는 반드시 새로운 시대적 의미를 부여해아 합니다. 수신에 관해서 우리는 시대적 의미를 어떻게 부여해야 할까요? 이어서 사상 해설을 맡으신 궈젠닝 교수님을 모시고 해설을 들어보도록 하겠습니다.

사상 해설자 궈젠닝:

지금부터 왜 먼저 수신을 해야 하는 지에 대해 이야기해 보도록 하겠습니다.

총서기는 어떻게 몸소 실천하는 본보기를 보이시고, 또 자신에게 엄격하게 요구하였을까요? 저는 두 장의 식사비 영수증을 본 적이 있습니다. 이 두 장의 영수증은 각각 2014년과 2015년의 것이었습니다. 2014년은 허난(河南) 란카오(蘭考)에서, 2015년의 것은 산시(陝西), 옌촨(延川)에서 총서기가 수행원들과 함께 식사하고 지불한 식비 영수증입니다. 영수증에는 지불한 사람, 지불 내용, 상세내역, 금액 등이 모두 분명하고 일목요연하게 적혀 있었습니다. 제가 보기엔 이것이야 말로 총서기가 몸소 행동으로 보여주시고 솔선하여 모범을 보이신 구체적이고 진실 된 모습이 아닌가 합니다.

이제 자신에게 엄격함에 대해 이야기 할 것인데 이것은 전면적인 종엄치당(從嚴治黨)을 통한 당 건설 강화에 있어서 아주 중요한 것입니다. 자신에게 엄격한 것은 종엄치당, 규칙 준수, 기율 준수의 필요조건입니다. 기율과 규칙을 전면에 내세워야 합니다. 그리고 기강은 법보다 엄하므로 기강이 법보다 먼저입니다. 이 때문에 「중화인민공화국 청렴도 자율 준칙(中國共產黨囊廉潔準則)」과 「중국공산당 문책 조례(中國共產黨問責條例)」 등이 탄생된 것입니다.

자신에게 엄격하게 대하는 것, 그것의 핵심은 덕을 확립하고 사람을 바로 세운다는 것입니다. 수신은 사람 노릇을 하는 전제이고, 입덕(立德)은 사람을 바로 세우는 전제조건입니다. 오늘날의 용어로 말하면 바로 간부로서의 자질을 향상시키는 가장 중요한 전제조건이라는 말입니다.

이러한 측면에서 총서기는 구체적인 요구를 제기했습니다. 먼저 그 내용을 살펴보도록 하겠습니다.

3. 어떻게 수신할 것인가?

시진핑

"선행을 하는 것은 산을 오르듯 힘이 들지만, 악행을 저지르는 것은 산이 무너지듯이 한 순간이다(從善如登, 從惡如崩)"라는 이치는 적극적인 인생태도와 양호한 도덕적 품성, 건강한 생활 정취를 시종일관 유지해 준다는 것을 반드시 기억해야 합니다.

사회자 캉훼이:

이 내용은 2013년 5월 4일 5.4청년절 날 총서기께서 각계의 우수 청년들과의 좌담회에서 한 말입니다. 여기서는 "종선여등, 종악여붕(從善如登, 從惡如崩)"이라는 여덟 글자를 인용하셨는데, 이 구절은 어디에서 나오며, 무슨 뜻인지, 고전 해석을 맡아주신 왕리췬 교수님을 모시고 들어보도록 하겠습니다.

고전 해석자 왕리췬:

"종선여등, 종악여붕(從善如登, 從惡如崩)"은 『국어(國語)』에 나오는 말입니다. 이 말은 중국 역사에서 아주 유명한 말이며, 또한 성어(成語)입니다. 그래서 이 말도 고전으로 인정받습니다. 의미는 "선을 행하는 것은 아주 어렵지만 악을 행하기는 아주 쉽다"는 의미를 강조하고 있습니다. 즉 "위로 올라가기는 어렵지만, 아래로 내려오기는 쉽다"는 말입니다. 이 이치에 대해 이야기해 보도록 하겠습니다.

이해를 돕기 위해 역사 속의 이야기를 예로 들어보겠습니다. 『진서(晉書)』에 보면 주처(周處)라는 이름의 사람이 나옵니다. 어느 날 주처가 그의 고향 사람에게 묻기를 "이 마을은 해마다 이렇게 풍년이 드는데, 어째서 당신들은 그렇게 수심에 찬 얼굴을 하고 있나요?"라고 묻자, 그 동향이 대답하길 "우리 마을이 해마다 풍년이 드는 것만 보지 말게나. 우리 마을에는 세 가지 해로움이 있다네. 산 속에는 호랑이가 있고, 물속에는 교룡(蛟龍)이 있으며, 그리고 인간 세상에는 주처 자네가 있지 않나? 이 세 가지 해로움이 없어지지 않으면 천하는 안녕을 얻을 수가 없다네."라고 하였습니다. 주처가 이 말을 듣고서는 "그거야 해결하기 쉽지. 내가 가서 세 가지 해로움을 모두 없애겠네."라고 말했습니다. 그리고 나서 주처는 먼저 산으로 가서 호랑이를 죽였습니다. 무서운 호랑이를 죽이고 나서 주처는 물로 뛰어들어 교룡과 싸우면서 몇 십리를 헤엄쳐 갔습니다. 물속에서 3일 밤낮을 싸웠는데, 그러다 보니 사람들이 보이지 않는 곳까지 흘러가게 되었지요. 그래서 마을 사람들은 모두 주처가 죽었다고 생각하고 징이며 꽹과리를 치면서 폭죽을 터뜨리며 기뻐하였습니다. 3일 밤낮이 지나고 나서 주처가 마을로 돌아왔는데, 보니 마을 사람들이 징이며 꽹과리를 치며 즐거워하고 있어서 무슨 일이냐고 물으니, 사람들이 말하길, "소문에 주처 자네가 죽었다고 하길 래 모두들 기뻐서 징과 꽹과리를 치고 폭죽을 터뜨리며 축하하고 있었다네."라고 하였습니다. 그 제서야 주처는 자기 자신이 진짜 세 가지 해로움 중의 하나라는 사실을 깨닫게 되었습니다. 그리고는 "호랑이도 내가 죽였고, 교룡도 내가 죽였으니, 그렇다면 나 주처도 개과천선해야 마땅할 것 같군 그려."라고 말했답니다. 그는 곧 서진의 도성인 낙양으로 가서 서진에서 가장 유명한 육기(陸機)와 육운(陸雲) 두 명사를 만났습니다. 육기와 육운은 동오(東吳) 사람으로, 주처와는 동향이었습니다. 그러나 찾아갔을 때 육기가 집에 없어서 육운을 찾아 갔습니다. 그리고는 육운에게 말하길, "저처럼 이렇게 다 큰 자도 개과천선 할 수 있을까요?"라고 하자, 육운이 "옛 사람들이 하는 말을 못 들어 보셨소? 아침에 도를 들으면 저녁에 죽어도 좋다(朝聞道, 夕死可矣.)라고 하지 않던가요. 만약에 당신이 아침에 지극한 이치의 명언을 듣고서 저녁에 잘못을 고친다면, 그것은 당신이 악을 버리고 선을 따르는 것이 아니겠습니까?"라고 말했습니다. 주처는 그 이후로 개과천선하여 충성스럽고 용맹한 용사가 되었다고 합니다.

　이 주처의 이야기는 분명한 한 가지 이치를 말해주고 있는데, 선함을 따르는 것은 산을 올라가는 것처럼 어렵지만, 그러나 악을 따르는 것은 산이 한 순간에 무너져 내리는 것처럼 쉬운 일이라는 것입니다. 만약 당신이 정말로 자기 자신의 잘못이나 결함을 바꾸고자 하는 결심이 있다면, 충분히 여러분 자신의 인생 목표를 달성할 수 있다는 말입니다. 이 예는 "선행을 하는 것은 산을 오르듯 힘이 들지만, 악행을 저지르는 것은 산이 무너지듯이 한 순간이다."라는 이치를 아주 잘 설명해 주고 있습니다. 그러나 또한 우리들에게 선과 악, 그리고 올라감

과 내려옴 역시도 일정 조건 아래에서 서로 바뀔 수 있음을 말해주고
있기도 합니다.

사회자 캉훼이:

왕리췬 교수님의 해설 감사합니다.

총서기가 왜 특별히 새 시대의 중국 공산당원은 엄격하게 자신을 갈
고 닦아야 한다고 강조하셨을까요? 그 이유는 새로운 시대에 공산당
은 여태까지 부딪혀 본 적이 없는 시대적 도전에 직면해 있기 때문인
데, 즉 우리는 우리에게 주어진 "두 개의 100년"이라는 분투 목표를
향해 끊임없이 매진해 나가야 하기 때문입니다. 이러한 시대일수록 우
리 모두는 더더욱 자기 자신에게 엄격하게 요구하고, 자신의 이상적
신념을 견고하게 지켜 나가야 하며, 혼자 있을 때도 삼가고(愼獨), 아
주 사소한 일에도 신중해야(愼微) 할 것입니다. 오늘 우리가 수신에 대
해 이야기하면서 무엇을 수양하고, 왜 자기 수양을 해야 하는지를 알
아야 하겠습니다. 이어서 이야기 할 내용은 어떠한 방법으로 수양하
는 것이 엄격한 자기 수양인가 하는 것입니다.

사상 해설을 맡아주신 궈젠닝 교수님을 모시고 말씀을 들어보도록
하겠습니다.

사상 해설자 궈젠닝:

해설을 이어가기 전에 먼저 방청석에 계신 분들과 함께 여러분은
"수신"에 대해 어떻게 이해하고 계신지, 어떤 생각을 가지고 계신지 이
야기를 나눠 보도록 하겠습니다.

방청객:

귀젠닝 교수님, 안녕하세요. 저는 베이징 이공대학 학생입니다. 제가 교수님께 여쭤보고 싶은 것은 새로운 시대라는 배경 아래에서 "수신"에는 어떤 새로운 의미가 있느냐는 것입니다.

사상 해설자 궈젠닝:

고대의 "수신"은 주로 자기 자신을 극복하는 것에서부터 수양하는 것이라고 이야기 하고 있습니다. 그러나 오늘날에 이야기하는 "수신"은 우리의 이상적 신념과 도덕적 정서에 부합하는 것들과 결합되어 있습니다. 이것이 바로 수신이 가지고 있는 새로운 시대의 의미이자, 새로운 시대의 요구라고 할 수 있겠지요. 우리는 "수신"을 전면적인 "종엄치당(從嚴治黨: 공산당에 대한 엄격한 관리)"과 결합시켜야 합니다. 전면적인 "종엄치당"은 영원한 진행형입니다. 그렇다면 우리 개개인의 도덕적 수양 역시도 영원히 끝이 없는 것이겠지요. 우리는 반드시 높은 기준, 엄격한 요구를 가지고 엄격하게 자신을 갈고 닦아야 하고, 덕을 확립하고 인간으로 바로 서야 합니다. 도덕적인 인간이 되고 고상한 사람이 되고, 인민에게 유익한 사람이 되기 위해 우리 모두가 함께 노력해야 합니다.

총서기는 엄격한 자기 수양과 엄격한 자기 규율, 신독(愼獨, 홀로 있을 때도 도리에 어긋나지 않게 하는 것–역자 주), 신미(愼微, 작은 일도 신중하게 처리하는 것–역자 주) 등과 관련된 논술들을 계승 운용하고, 또한 발전시키고 혁신시켜 왔습니다. 우리는 반드시 오늘날의 실천과 결합하여 새로운 시대의 눈높이에서 이해하고 파악해야만 합니다. 그렇다면 어떻게 자기 수양을 해야 할까요?

2018년 1월 5일 총서기는 중국공산당의 제19차 당 대회의 정신을 학습하고 관철시키기 위한 연구 토론반의 개소식에서의 연설에서 지도자급 간부는 "삼엄삼실(三嚴三實)을 실천하여 모든 업무와 생활 속에 관철시키고, 하나의 습관으로 양성하고, 일종의 경지로 승화시켜야 한다"고 언급하였습니다. 이것은 특별히 중국공산당 지도자급 간부들에게 아주 높은 기준을 요구한 것입니다.

첫 번째는 지도자로서의 시범을 중시해야 한다는 것입니다.

두 번째는 인재등용의 발전방향을 중시해야 한다는 것입니다. 공정하고 올바른 사람을 등용하게 되면 좋은 풍조를 형성하고 긍정적 에너지를 응축할 수 있습니다. 반대로 엄격하지도 성실하지도 않은 사람이나 개인적 이익만을 탐하는 사람을 쓰게 되면, 인민들의 마음을 실망시키고 공산당의 풍조를 망치게 된다는 말입니다.

세 번째는 제도적 보장을 실행해야 한다는 것입니다. 최근 여러 해동안의 노력을 통해 특히 중국공산당 제18차 당 대회 이후 당 건설에 박차를 가해 왔습니다. 전면적인 "종엄치당"의 측면에서는 이미 일련의 제도와 규범이 만들어지기도 했습니다. 현재 해야 할 일은 한 걸음 더 나아가 전면적으로 장기적이고 기초를 튼튼히 할 수 있는 규정들을 완비해 나가는 것입니다. 가장 중요한 것은 실천 속에서 구체적으로 실행해나가고, 오랫동안 유지하면서 전면적인 "종엄치당"의 심도 있는 발전을 기해야 한다는 것입니다.

쇠는 두드릴수록 더욱 강해집니다. 중국이 할일을 잘 하는 열쇠는 중국공산당에 있습니다. 중국공산당의 집정능력과 수준은 공산당의 선진성과 순결성에 있으며, 철저한 자기 혁명정신을 발양하고, 칼날을 안으로 돌리는데 용감하며, 용감하게 뼈를 긁어서라도 상처를 치료하고, 전체를 위해 작은 것을 희생하는 데 두려워하지 말아야 합니다. 뛰어난 공산당의 기풍으로 당심(黨心)과 민심(民心)을 응축시켜 청렴한 간부, 청렴한 정부, 투명한 정치를 실행하여 태평성세를 맞이할 수 있도록 해야 할 것입니다.

사회자 캉훼이:

오늘 사상 해설을 맡아주시고, 고전 해설을 맡아서 생동적이고 깊이 있는 해설을 해주셔서 감사드립니다.

옛 사람들은 "그 마음을 닦고, 그 몸을 다스린다. 그런 후에야 천하에 정치를 펼칠 수 있다.(修其心, 治其身, 以後可以爲政於天下)"라고 하였습니다. 오늘날 중국공산당은 중국인민들을 이끌고 새로운 시대의 분투목표를 향해 매진해 나가고 있습니다. 그러기 위해서는 먼저 뿌리를 튼튼히 해야 하며, 그 관건은 바로 엄격한 수신에 있습니다. 이것이 우리 전체 지도자나 간부들이 종신토록 풀어야 할 과제입니다. 총서기는 "다른 이에게 좋은 빛깔을 자랑하지마라, 맑은 기운만이 하늘과 땅에 가득하여라."라는 이 두 구절의 시구를 인용하여 중국공산당원의 자기 수양에 대한 높은 기준을 제기하였습니다. 이는 중국공산당원 모두가 영원히 추구해야할 가치인 것입니다.

오늘 본 프로그램의 마지막에 고전적 고시문의 내용을 되새겨 보면서, 다시 한 번 엄격한 자기 수양의 정수를 우리 모두 깊이 느껴 보시기 바랍니다.

-고전 낭독자 팡량-

『묵매사수(墨梅四首)』 중의 제 3수

– 왕면(王冕)

我家洗硯池頭樹, 個個花開淡墨痕.
不要人夸好顔色, 只留淸氣滿乾坤.

집에서 그림 공부하다 연못가 매화나무 그리 네
송이송이 꽃 핀 곳에 엷은 먹물 흔적
다른 이에게 화려한 빛깔 뽐내지 말게 나
맑은 기운만이 하늘과 땅 사이에 가득하여라.

『영정양을 지나며(過零丁洋)』

- 문천상(文天祥)

辛苦遭逢起一經, 干戈寥落四周星.
山河破碎風飄絮, 身世浮沉雨打萍.
惶恐灘頭說惶恐, 零丁洋裡嘆零丁.
人生自古誰无死, 留取丹心照汗青.

고생스런 때를 만나 경서로 몸을 일으키니
전쟁으로 황량하게 된 지 4년이 지났도다.
산하는 깨어져 바람에 날리는 버들 솜 같고,
이 내 신세 부침하여 비 맞는 부평초 같구나.
황공탄 어귀에서 두려움을 말했더니
영정양 안에서 외로움을 탄식한다.
인생살이 자고로 누군들 죽지 않을 수 있으랴
일편단심 남겨놓아 역사 속에 남기리.

"맑은 기운 만이 하늘과 땅에 남아 있어라."
(絶知此事要躬行)

제7회
주제

1. 실제 행동을 숭상하자
2. 민첩하게 행동하자.
3. 최선을 다해 실천하자.

　중국공산당 제19차 당 대회를 통해 사회주의 현대화 국가의 전면적 건설이라는 새로운 여정이 시작되었다. 새로운 시대에는 새로운 기상이 필요하며, 새로운 행동이 더더욱 요구된다. 실천이 가장 확실한 언어이며, 사업의 성공을 얻을 수 있는 근본적인 보장이다.

　이번 "몸소 실천에 옮겨야 함을 꼭 알아야 한다." 편은 시진핑 총서기의 실천관에 대해 집중적으로 알아 볼 것이다. 시진핑 총서기가 자주 인용했던 "공을 높이 세우는 것은 오직 그 의지에 달려 있고, 업을 넓히는 것은 오직 그 부지런함에 있다.(功崇惟志, 業廣惟勤)" "흙이 쌓여서 산이 되고, 물이 모여서 바다가 된다.(積土而爲山, 積水而爲海.)", "공허한 담론은 나라를 망치고, 실제 행동은 나라를 흥하게 한다.(空談誤國, 實幹興邦)" 등의 전고를 통해 "행동의 숭상-행동이 말보다 낫다"라는 주제에서부터 "민첩한 행동-분명한 분별과 실천력", "힘써 행함-몸소 실천함"이라는 이 세 가지 차원에서 시진핑 총서기의 실천을 독려하는 언술이, 중국의 전통문화 중의 지행합일(知行合一) 정신과 마르크스주의 실천관의 계승이자 발전임을 이해하기 쉽게 설명해 나갈 것이다.

사회: 캉훼이

사상 해설: 아이스린(칭화대학 교수)

고전 해설: 마오페이치(毛佩琦), 중국인민대학 교수

초대 손님: 차이펑휘(蔡鳳輝), 왕젠칭(王建清), 중국 노동관계학원 모범노
동자 본과과정 학생

고전 낭독: 위산(于姍)

-사회자 캉훼이-

여러분 안녕하십니까? 『백가강단(百家講壇)』 스페셜 시리즈 『시진핑,
고전으로 인민에게 다가가다-시진핑 총서기의 고전 인용』 프로그램을
시청해 주셔서 감사합니다. 저는 사회자 캉훼이입니다.

먼저 오늘 스튜디오를 찾아주신 칭화대학과 수도사범대학 학우 여
러분 환영합니다.

오늘 프로그램의 주제는 "독행(篤行)"입니다. '행(行)'이란 무엇일까
요? '행'은 바로 실천을 말합니다. '독행'이란 "끈기 있게 지속한다."는
말로 확고부동한 의지로 실천해 나간다는 의미입니다. "책에서 얻은
지식은 끝내 깊이가 얕으니, 몸소 실천에 옮겨야 함을 꼭 알아야 한
다.(紙上得來終覺淺, 絕知此事要躬行.)"라고 했습니다. 총서기의 실천에 관
해 여러 차례 언급한 바 있는데, 오늘은 우리가 총서기가 인용한 전고

에 대한 풀이를 통해 총서기의 실천관을 배우고 함께 느껴보도록 하겠습니다. 그러면 오늘 사상해설을 맡아주신 칭화대학의 아이스린 교수님을 큰 박수로 맞아주시기 바랍니다.

—사상 해설자 아이스린—

중국 속담에 "귀로 듣는 것보다는 눈으로 보는 것이 낫고, 눈으로 보는 것 보다는 발로 밟아보는 것이 낫다.(耳聞不如目見之, 目見之不如足踐之.)"라는 말이 있습니다. 시진핑 총서기는 여러 차례 이 속담을 인용하시기도 했습니다. 청년 시절에 시진핑 동지는 마르크스의 다른 명언 "한 걸음의 실제 행동이 강령보다 더 중요하다"는 명언도 인용한 적이 있습니다. 모두들 자세히 생각해 보시면, 사실 이 두 구절은 같은 의미로 바로 "행동이 말보다 낫다(行勝於言)"는 것입니다. "행동이 말보다 낫다"는 말은 또한 시진핑 동지의 모교인 칭화대학의 교풍(校風)이기도 합니다. 중국공산당 제18차 당 대회 이후 시진핑 동지는 "행복은 하늘에서 떨어지지 않는다", "소매를 걷어붙이고 힘을 내서 일하자."라고 강조하였습니다. 이러한 말들은 중화의 우수한 전통 문화의 계승이자 발양이며, 또한 마르크스주의의 과학적 실천관의 운용이자 발전이기도 합니다. 이어서 "행동(실천)의 숭상(崇行)", "민첩한 행동(敏行)", "힘써 실천함(力行)"이라는 세 가지 측면으로 나누어 이야기 해보도록 하겠습니다. 우선 "행동의 숭상"을 보도록 하겠습니다. 아마 여러분들도 다 읽어보셨을 것으로 생각됩니다만, 『빈곤 탈출』이라는 책이 있습니다. 이 책은 시진핑 동지가 1992년에 출판한 책으로, 여기에는 시진핑 동지가 푸젠(福建) 닝더(寧德)의 지방위원회 서기로 있을 당시 1988년 9월부터 1990년 5월까지 발표했던 중요 연설과 글들이 실려 있습니다. 20여 년이 지난 지금 다시 이 책을 꺼내 읽어 보면 "실천", "행동" 같은 단어들이 곳곳에서 눈에 띕니다. 이 단어들은 시진핑 총서기가 청년시절에 "행동(실천)"을 얼마나 중요하게 생각했는지를 분명하게 보어주고 있습니다. 이 책 속에는 "나는 행동을 숭상한다. 실천이 인식보다 높은 점은 그것이 행동이기 때문이다."라고 적혀 있습니다. 시진핑 총서기는 왜 이렇게 행동을 중요하게 생각했을까요? 총서기는 어떻게 말하고 있는지 살펴보도록 하겠습니다.

1. 실제 행동을 숭상하자.

시진핑

"공을 높이 세우는 것은 오직 그 의지에 달려 있고, 업을 넓히는 것은 오직 그 부지런함에 있습니다. (功崇惟志, 業廣惟勤)" 우리 중국은 여전히 사회주의의 초보적 발전단계에 머물러 있고 앞으로도 오랫동안 그러할 것입니다. 중국몽을 실현하고 전체 인민들의 더 행복한 생활을 창조하기 위해서는 그 임무가 막중하고 가야 할 길이 아직도 멀기 때문에, 우리 개개인 한 사람 한사람의 지속적인 근면 성실한 노동과 어려움을 참고 견디는 노력이 필요합니다.

사회자 캉휘이:

시진핑 총서기가 한 이 내용은 2013년 3월 17일 제12기 전인대 제1차 회의에서 한 연설의 일부입니다. 이 연설 내용에는 "공업유지, 업광유근"이라는 전고가 인용되었는데, 이것은 오늘날 말하는 독행(篤行)과는 어떤 관계가 있을까요? 이제 이번 프로그램에서 고전 해설을 맡아주실 중국인민대학의 마오페이치 교수님을 큰 박수로 맞아 주시기 바랍니다.

―고전 해설자 마오페이치―

"공을 높이 세우는 것은 오직 그 의지에 달려 있고, 업을 넓히는 것은 오직 그 부지런함에 있다.(功崇惟志, 業廣惟勤)"는 말은 『상서·주서(尙書·周書)』편에 나오는 구절입니다. 『상서』는 중국 유가 고전의 중요한 저작으로 고대의 역사를 기록해 놓은 책입니다. 그 가운데에 "공업유지, 업광유근"이라는 구절이 나오는데, 이 말은 어떠한 상황에서 하고 있는 것일까요? 모두 잘 아시겠지만, 중국 고대에 하상주(夏商周)시대가 있는데, 주 왕조가 상 왕조를 대신하게 되면서 회이(淮夷)를 멸망시키고, 왕도인 풍읍(豐邑)으로 돌아와 주나라 성왕(成王)이 그의 신하들에게 경계의 말을 했는데, 바로 "모든 벼슬살이 하는 나의 관리들이여! 그대들이 이 말하는 바를 공경할 지어다.(凡我有官君子, 欽乃攸

司.)"라고 하였습니다. 이 말이 무슨 뜻일까요? "이 말을 공경할 지어다!"라는 말은 반드시 자신의 직책과 맡은 바 일을 함에 조심하고 삼가야 한다는 말입니다. 그는 또 "그대들 관리들에게 경계하노니, 공을 높이 세우는 것은 오직 그 의지에 달려 있고, 업을 넓히는 것은 오직 그 부지런함에 있다.(戒爾卿士, 功崇惟志, 業廣惟勤.)"라고 했습니다. 즉 큰 공을 세우고자 한다면 반드시 큰 포부를 가지고 있어야 하고, 큰 사업을 성취하고자 한다면 반드시 온 힘을 쏟아 열심히 부지런히 해야 한다는 말입니다.

그러므로 의지(포부)는 대강대강 얼렁뚱땅 넘어가서는 안 되는 것입니다. 반드시 힘든 노력의 대가가 있어야 하고, 또한 독행(篤行)이 필요한 것입니다. 독행이 무엇일까요? 바로 쉬지 않고 끝까지, 그리고 성실하게 견지해 나가라는 말입니다. 노력 없이 끈기 없이 성공을 거둘 수가 없는 것입니다.

사회자 캉훼이:

마오페이치 교수님의 해설 감사합니다. 의지와 근면함. 의지는 방향이고 근면함은 과정입니다. 큰 뜻을 품고 있는 사람들은 위험을 두려워하지 않고, 근면성실하게 노력하는 사람들은 큰 뜻을 이루기 마련입니다. 그렇다면 마오페이치 교수님, 옛날에는 큰 뜻을 품고서 독행으로 그 큰 뜻을 이룬 이야기는 없나요? 저희들에게 들려 주시겠습니까?

고전 해설자 마오페이치:

사실 옛날 사람들 중에도 큰 뜻을 품고서 성공한 사람은 아주 많습니다. 그들은 어려서부터 큰 뜻을 품고 있었습니다. 예를 들면 제갈량(諸葛亮)은 뱃속에 육도(六韜)와 삼략(三略)으로 가득했는데, 그는 천하를 가슴에 품고 있었기 때문에 시시각각 세상을 관찰하고 있었습니다. 그에겐 큰 포부가 있었는데, 바로 자신의 이상을 실현하는 것이었습니다. 많은 사람들이 어려서부터 뜻을 세웠는데, 반딧불로 공부를 한 이야기나 하얀 눈에 비춰 책을 읽었다는 이야기, 정문입설(程門立雪: 정이(程頤)에게 학문을 배우기 위해 집 대문 앞에서 눈을 맞으며 기다리다.)의 이야기 등이 그렇습니다. 좋은 스승을 찾아가 배움을 묻는 이 모든 것들이 어려서부터 뜻을 세웠기 때문입니다. 옛날 성공한 사람들 중에는 한 사람도 어려서부터 마음속에 큰 포부를 가지고 있지 않은 사람은 찾아보기 힘듭니다.

사회자 캉훼이:

포부나 근면함에 대해 방청석에 계신 학우여러분은 어떤 생각을 가지고 계신지, 혹시 교수님께 여쭤보고 싶으신 분 계신가요?

방청객:

교수님께 여쭤보고 싶은 문제가 있는데요, 현재 많은 대학생들 중에는 학업을 게을리 하는 문제가 있습니다. 스스로 학습에 대한 동기가 부족하기 때문이라고 할 수 있을 텐데요, 그래서 교수님께 이 문제의 해답을 여쭤보고 싶습니다. 감사합니다.

사상 해설자 아이스린:

아주 좋은 질문입니다. "업광유근(業廣惟勤)"이라는 말에서 '업(業)'은 우리 대학생들에게 있어서는 공부일 것입니다. 그리고 '근(勤)'은 부지런히 공부를 한다는 말입니다. 우리가 어떤 선택을 해야 할 때 반드시 가치관에 비추어서 선택을 하게 됩니다. 이처럼 학업의 동력도 그곳에서 나옵니다. 배움과 배우지 않음 중에서 당신의 참된 가치관이 지지하는 것은 무엇이겠습니까? 만약 자신의 행복한 미래의 삶을 위해서 공부를 한다고 한다면, 그것은 일부 가정형편이 부유한 학생은 공부를 할 필요가 없다고 할 것입니다. 국가나 민족의 진흥을 위해 공부를 한다고 한다면, 정확한 가치 성향이 생겨나게 됨으로써 학습의 동기도 생겨나게 될 것입니다.

사회자 캉훼이:

아이스린 교수님 감사합니다. 질문하신 학생의 문제를 해결하기 위해서는 사실은 먼저 큰 뜻을 세우고, 그 큰 뜻으로 하여금 우리의 근면함과 노력을 일깨워야 한다는 말씀인 것 같습니다. 이 방면에서 특히 칭화대학의 학우들은 여러분의 선배님인 시진핑 총서기에게서 배우면 될 것입니다. 총서기는 실천정신을 가지고 있는 전략가일 뿐만 아니라, 돈독한 전략적 의지를 가진 실천가이기도 합니다. 그렇기 때문에 많은 논술 중에서 '독행'과 '실천'을 여러 차례 강조하였던 것입니다. 그러면 이어서 아이스린 교수님을 모시고 사상에 대한 해설을 들어보도록 하겠습니다.

사상 해설자 아이스린:

지식이나 인식은 어디에서 오는 것일까요? 지식이나 인식은 '실천'에서 얻어지는 것입니다. 마오쩌둥 동지는 실천에서 참된 지식이 나온다고 했습니다. 시진핑 총서기는 실천을 매우 중시하였으며, 실천이 이론의 근원이라고 강조하였습니다. 이러한 측면에서 총서기는 또한 조사와 연구도 매우 강조하였습니다. 그는 "조사와 연구는 일을 도모하는 기초이며, 성공으로 나아가는 길이다. 조사가 없으면 발언권도 없고, 결정권은 더더욱 없다."라고 말했습니다.

예를 들어, 총서기가 제기한 맞춤형 빈곤탈출은 바로 그 자신이 빈곤지역의 조사 연구를 통해 제기한 이론입니다. 중국공산당 18차 당 대회 이후 총서기는 동에서 서로, 남에서 북으로, 황토고원에서 설원의 고원지대까지 전국의 빈곤 지역을 두루 돌아다니면서 빈곤가정의 의식주 등 여러 방면의 상황을 상세하게 이해하게 되었습니다. 이러한 과정에서 맞춤형 빈곤탈출을 제기하게 되었던 것입니다.

두 번째로 지식의 옳고 그름은 실천 속에 있고, '시행'하는 과정에서 분명해진다는 점입니다. 하나의 이론이나 사상, 그리고 인식이 맞는지 틀린지는 무엇으로 검증할 수 있을까요? 마르크스는 「포이에르바흐에 관한 테제」라는 글에서 이 문제에 대해 매우 명확한 답변을 제시하였는데, 하나의 이론이 진리인지의 여부는 사회적 실천을 통해서만 검증이 가능하다고 하였습니다.

공산당의 제18차 당 대회 이래로 총서기는 우리의 업무는 모두 실천을 통해 인민과 역사의 검증을 견디어 낼 수 있어야 한다고 명확하게 제기했습니다. 한 간부의 집정능력은 실천을 통해서 나타나게 되며, 집정 수준은 실천을 통해서 검증해야 하는 것입니다.

세 번째는 능력은 '실행' 과정에서만, 즉 실천 과정을 통해서만 향상될 수 있다는 점입니다. 일찍이 시진핑 동지는 저장성 성위원회 서기를 맡은 적이 있는데, 그 때 이 문제에 대해 매우 깊이 있게 논의를 한 바 있습니다. 그는 후방의 간부 양성을 거론하면서, 후방의 간부들을 온실 속에서 길러내어서는 안 되며, 험난한 자리, 복잡한 환경 속에서 단련시키고, 성장시키고, 또한 감별해 내야 한다고 하였습니다. 량자허(梁家河)에서 청년 시진핑은 거름 푸기, 농사, 둑쌓기 등 무슨 일이든 가리지 않고 했습니다. 그래서 그곳 주민들의 눈에는 시진핑이 어려움을 감내할 줄 아는 좋은 젊은이로 인식되었습니다. 비록 많은 고생을 하였지만, 총서기는 지난날을 회억하면서, "그 때의 경험들이 나에게는 많은 것을 가져다주었다."라고 말했던 것입니다. 방금 세 가지 측면에서 총서기가 왜 그렇게 행동과 실천을 숭상했는지에 대해 말씀드렸습니다. 이어서 민첩한 행동(敏行)에 대해 살펴보도록 하겠습니다. 어떻게 해야 성공적인 실천, 성공적인 행동이 될 수 있는 것인지, 총서기는 어떻게 말했는지에 대해 살펴보도록 하겠습니다.

2. 민첩하게 행동하자.

시진핑

"흙이 쌓여서 산이 되고, 물이 모여서 바다가 된다.(積土而爲山, 積水而爲海)" 행복과 아름다운 미래는 저절로 나타나는 것이 아니다. 성공은 용감하게 행동하는 사람의 것입니다. 개방을 견지하 여 함께 이익을 얻고, 변혁과 혁신에 용감하며, 인류 운명공동체 건설이라는 목표를 향해 끊임없이 매진하면서 아시아와 세계의 아름다운 미래를 함께 창조해 나가야 합니다.

사회자 캉훼이:

이 내용은 시진핑 총서기가 2008년 아시아보아포럼 개막식 연설에서 했던 말입니다. 이 연설에서 "적토이위산, 적수이위해(積土而爲山, 積水而爲海)"라는 구절을 인용하였는데, 이 '적(積)'자가 말하고 있는 것이 바로 '독행(篤行)'입니다. 어떻게 해야 이 구절의 의미를 정확하게 이해할 수 있을까요?

고전 해설자 마오페이치:

"적토이위산, 적수이위해"라는 구절은 『순자·유효(荀子·儒效)』에 나옵니다. 글자의 의미로 보면, "적토이위산, 적수이위해"는 "산이 아무리 높다 하여도 한 줌 한 줌의 흙들이 쌓여서 만들어진 것이고, 바다가 아무리 깊다 하여도 한 방울 한 방울의 물들이 모여서 이루어진 것"이라는 말입니다. 우선, 이 말은 아무리 위대한 사람이든 아니면 평범한 사람이든 모두가 부단히 노력한다면 원대한 목표를 달성할 수 있다는 뜻입니다.

두 번째는 어떤 일을 할 때 처음부터 끝까지 한결 같이 잘해야 한다고들 말합니다. "흙이 쌓여서 산이 되고, 물이 모여서 바다가 된다"고 하면, 흙을 쌓고 쌓고 쌓다가 그만두면 산이 될 수 있을까요? 물을 모으고 모으고 모으다가 그만 두면 그 물이 바다가 될 수 있을까요? 될 수가 없을 것입니다.

『전국책·진책(戰國策·秦策)』에는 우리가 잘 알고 있는 "한 걸음 한 걸음이 쌓이지 않으면 천리에 이를 수 없고, 작은 물줄기가 모이지 않으면 강이나 바다가 될 수 없다.… 나무를 자르다가 버려두면 썩은 나무도 자를 수 없고, 자르다가 포기기하지 않으면 쇠나 돌이라도 자를 수 있다.(不積蹊步, 無以至千里. 不積小流, 無以成江海.… 鍥而舍之, 朽木不折, 鍥而不捨, 金石可鏤.)"라는 구절이 있습니다. 이 구절의 내용은 아주 뛰어납니다. 당신 앞에 아무리 큰 어려움이 있다고 하더라도 당신이 포기하지 않고 끝까지 노력해 나간다면, 당신이 나아가는 방향이 정확하다고 한다면 결국에는 당신의 목표를 실현할 수 있을 것이며, 강과 바다도 한 방울 한 방울의 물이 쌓여야 하고, 아무리 높은 산이라도 한 줌 한 줌의 흙이 쌓여야 한다는 말입니다. 그러므로 아무리 위대한 사업이라도 하나하나에서부터 시작해야 하는 것입니다.

사회자 캉훼이:

"적토이위산, 적수이위해"에서 '적(積)'자가 의미하는 것은 '독행(篤行)'이며, 이것은 또한 독행이 객관적인 규율을 존중해야 함을 제시해주는 것이라고 말씀해 주셨습니다.

총서기는 연설에서 이 유가문화의 고전적 명언을 인용하면서 또한 성공의 실천이 한 번에 이루어질 수 없으며, 수고로움을 대가로 지불해야 하고, 또한 지혜를 대가로 지불해야 한다고 강조하였습니다.

그렇다면 새로운 시대에 우리는 어떻게 해야 진정한 독행을 실천할 수 있을까요? 어떤 규칙들을 존중해야 할까요?

사상 해설자 아이스린:

행동이라고 해서 맹목적적인 행동이 아니며, 실천이라고 해도 맹목적인 실천은 아닙니다. 그렇다면 어떻게 해야 제대로 할 수 있을까요?

첫째, 잘 하기 위해서는 오랫동안 공을 들여야 합니다. 우리는 늘 "첫 술에 배부르겠는가?"라는 말을 하곤 합니다. 성공적인 실천은 바로 포기하기 않고 끝까지 견지해 나가는 것을 말합니다. 그렇기 때문에 총서기는 분초를 다투는 열정이 있어야 하는 것 이외에도 오래가는 강인성도 있어야 한다고 강조하였습니다. 총서기는 산시(山西)성 여우위(右玉)현에서 사막개조사업 이야기를 인용하며 이 점을 설명했습니다. 산시성 여우위현은 마오우쑤(毛烏素) 사막의 천연적인 풍구(風口)지대에 위치해 있는 불모지대였습니다. 신 중국 성립 이후 첫 번째 현 위원회 서기는 대중을 이끌고 인공조림을 통한 사막개조사업을 전개하기 시작했습니다. 그 뒤 이 목표를 따라, 이 청사진에 따라 불모지대를 변방의 녹색지대로 탈바꿈시켰습니다.

시진핑 총서기께서는 이 이야기를 인용하여 공산당 간부들에게 좋은 청사진이 과학적이고, 합리적이고, 실제에 부합하고, 인민들의 바람에 부합하기만 한다면, 이어달리기에서 바통을 이어받듯이 하나씩 하나씩 처리해 나가면 된다고 말했습니다.

둘째는 잘 하기 위해서는 대중들에게 의지해야 한다는 것입니다. 여러분도 모두 들어 보신 적이 있을 것입니다. "한 사람은 빨리 갈 수 있지만, 많은 사람이 함께 가면 더 멀리 갈 수 있다."는 속담을 말입니다. 실천은 한 개인의 활동이 아니라 군중의 활동이며, 사회적 실천입니다. 어떤 한 개인의 힘으로는 큰일을 이룰 수가 없습니다. 그렇기 때문에 시진핑 총서기는 공산당 간부들에게 자신들의 능력을 향상시킬 것을 강조하였습니다. 방법은 어디에 있을까요? 방법은 바로 대중들에게 있었습니다. 1984년 시진핑 동지는 허베이(河北)성 정딩(正定)현 현 위원회 서기를 맡고 있을 때, 정딩현 현 위원회와 현 인민대표, 현 정부, 현의 정치협상회의 등 4대 기구에 편지를 보냈습니다. 시진핑 동지는 관공서의 권위주의를 바꾸고 기층으로 인민들 속으로 들어가 조사하고 연구해야 하며, 대중을 스승으로 삼아야 하며, 대중들에게서 활력의 근원을 찾을 것을 제기했습니다. 그리고는 현지의 간부들에게 매년 1/3의 시간을 할애하여 기층으로 들어가 조사와 연구를 할 것을 요구하였습니다. 시진핑 동지께서 현 위원회 서기로 재임하고 있을 때, 현의 모든 마을을 돌아보았고, 그래서 문제를 정확하게 찾아냄으로써 적절한 시책을 펼칠 수 있었으며, 그리하여 현지의 경제와 사회는 매우 빠르게 발전할 수 있었습니다.

셋째는 잘 하기 위해서는 열심히 해야 한다는 것입니다. 근면 성실한 노동은 중화민족의 표식으로, 소위 "학업은 힘쓰면 정진되고 놀면 황폐해 지는(業精於勤, 荒於嬉)"것입니다.

2018년 5.1 노동절이 다가왔을 때, 시진핑 총서기는 중국노동관계학원의 모범 노동자 본과반의 학생들에게 답장을 보내, 노동은 가장 영광스럽고 숭고하고 위대하고 가장 아름다운 것이라고 하였습니다.

사회자 캉훼이:

방금 아이스린 교수님께서 말씀하셨습니다만, 5.1 노동절 전야에 시진핑 총서기께서 중국노동관계학원의 모범 노동자 본과반의 학생들에게 답장을 보내 그들을 격려했었습니다. 중국노동관계학원의 모범 노동자 본과반 학생이신 차이펑훼이(蔡鳳輝), 왕젠칭(王建淸) 두 분을 큰 박수로 환영해 주시기 바랍니다.

두 분 안녕하세요. 이 분이 차이펑후이 씨로 전국 5.1 노동자상의 수상자이십니다. 그녀는 베이징 환경위생공정집단유한공사 톈안먼(天安門) 프로젝트의 인공조(人工組) 조장이시자, 환경미화원이십니다. 이 분은 왕젠칭 씨로, 그는 동펑(東風)자동차공사 상용차 유한공사 총장

배창(總裝配廠) 검사조 "왕도반(王濤班)"의 반장이십니다.

방금 총서기가 모범 노동자 본과반의 학생들에게 답장을 보냈던 이야기를 하였습니다. 모든 학생들이 답장을 받는 그 순간에 어떤 심정이었는지 묻는 다면 모두들 너무나 감동했다고 대답하실 것입니다. 그러면 여성 동지의 감동은 더욱 강렬하지 않으셨는지요?

−초대 손님 차이펑후이−

총서기의 답장을 받았을 때 저는 너무나 감격했습니다. 모범 노동자반의 일원으로서 환경위행공정그룹의 환경미화원으로서 저는 제가 마땅히 해야 할 일을 했다고 생각하지만, 당과 국가에서 저에게 이렇게나 높고 이렇게나 영광스러운 명예를 주시고, 또 40살이 넘어 저의 대학생의 꿈을 이루게 해주었습니다. 저는 지금의 이 기회를 소중하게 여기고 총서기님의 분부를 깊이 새겨 열심히 공부하여 저 자신의 열정과 추진력과 탐구심으로 더 많은 사람들을 격려하도록 하겠습니다.

사회자 캉훼이:

모두들 아시다 시피 톈안먼(天安門)은 많은 사람들이 모여드는 곳이기 때문에, 그들의 하루 업무 시간은 아마도 상상을 불허할 정도로 길고 힘들 것입니다. 그러므로 그들의 업무에서 이 같은 열정은 우리들도 충분히 볼 수 있었습니다. 그러나 조장님께서 일을 하실 때 이러한 추진력과 탐구심은 또 어떻게 더 잘 체현하셨습니까?

초대 손님 차이펑후이:

2012년 3월 당시 저는 120명을 데리고서 톈안먼을 걸어 다니면서 일을 하는데, 7일 동안 일을 하고나니 발바닥 전체에 물집이 다 잡혔습니다. 일이 끝나고 나서 저는 생각을 해 봤죠. 어떻게 하면 저희 조원들이 힘도 덜 들면서 더욱 깨끗하게 일을 할 수 있을까 하구요. 한 번은 창와이(廠外)병원을 가게 되었는데 가는 도중에 삼륜 자전거를 보게 되었습니다. 그 때 이 삼륜차를 천안문광장에서 사용하면 좋겠다는 생각이 들었습니다. 그 뒤에 저는 삼륜차를 조금 개조했습니다. 뒤칸에다 어떻게 하면 집게와 쓰레기를 실을 수 있을까, 청소 도구들을 어떻게 자전거에 실을 수 있을까 해서지요. 그래서 지금은 우리가 힘을 덜 들고 또 더욱 힘을 아끼고도 효율은 더욱 높아졌습니다.

사회자 캉훼이:

왕 반장님은 자동차, 특히 자동차 부품을 만드는 노동자라고 소개를 해드렸는데, 차이 조장님께서는 자신의 업무 수행 과정에서 얼마나 열심히 일을 하시고, 또 어떻게 능률적으로 일을 하고 계신지를 소개해 주셨습니다. 왕 반장님 은 업무수행 과정에서 항상 머리를 써야 하지 않았는지요?

−초대 손님 왕젠칭−

저희가 만든 차량은 트럭이든 자가용이든 모두 수 만개의 부품으로 만들어집니다. 이 업종에 종사하는 노동자로서 저는 이 업종에 이름을 지었습니다. "고객 체험사"라고요. 저희들은 이 수 만개의 부품들을 조립하여 자동차를 만들 때 고객의 입장에서 진지하게 하나하나를 연구합니다. 고객들께서 이 차량을 구매하실 때 가장 좋은 승차감을 느낄 수 있도록, 마음을 놓고 운전을 하실 수 있도록 말입니다. 노동자라도 가장 우수한 노동자가 되어야지요.

사회자 캉훼이:

정말 훌륭한 한 마디를 주셨네요. 노동자라도 가장 우수한 노동자가 되어야 한다는 말씀 잘 새겨듣겠습니다.

총서기가 중국노동관계학원 모범 노동자 본과반 학생들에게 보내신 답장에는 특히 깊은 인상을 주는 두 구절이 있었습니다. "사회주의는 실제 행동으로써 만들어낸 것이다."라는 말과 "새로운 시대 역시도 실제 행동으로 만들어 낼 것이다."라는 이 두 마디 역시도 '독행'에 대한 가장 좋은 설득이자 호소일 것입니다. 그럼 이제 '독행'에 관한 말씀을 살펴보도록 하겠습니다.

3. 최선을 다해 실천하자.

　중화민족의 위대한 부흥의 실현을 위해 분투하는 이 역사적 임무는 영광스럽고도 막중한 것이며, 우리 중국인 한 세대 한 세대가 끊임없이 함께 노력해나가야 할 것입니다. 그렇기 때문에 "공허한 담론은 나라를 망치고, 실제 행동은 나라를 흥하게 한다.(空談誤國, 實干興邦.)"라고 말하는 것입니다. 우리 세대의 공산당원은 옛 사람들의 업적을 이어받아 계승하고 미래를 창조해 나가야 하며, 중국 공산당을 새롭게 건설하여 전국의 모든 민족 인민들을 단결시켜 나가야 합니다. 우리는 중국을 좋은 국가로 만들어 중화민족을 발전시켜나가야 하며, 지속적이고 확고부동하게 중화민족의 위대한 부흥이라는 이 역사적 목표를 향해 용감하게 전진해 나가야 합니다.

사회자 캉훼이:

　이 말은 시진핑 총서기께서 2012년 11월 29일 "부흥의 길(復興之路)" 전람회를 참관하면서 하신 말씀입니다. "공허한 담론은 나라를 망치고 실재 행동은 나라를 흥하게 합니다." 여기서 총서기께서는 고전 명언을 교묘하게 운용하셨습니다. 이 구절의 전고는 어디에서 나온 것일까요? 마오페이치 교수님을 모시고 해설을 들어보도록 하겠습니다.

고전 해설자 마오페이치:

"공허한 담론은 나라를 망치고, 실재 행동은 나라를 흥하게 한다."
는 이 구절은 명나라 말기, 청나라 초기의 유명한 사상가인 고염무(顧
炎武)의 『일지록(日知錄)』에 나옵니다. 『일지록』에서는 "옛날의 청담은
노자 장자를 논했지만, 오늘날의 청담은 공자 맹자를 논한다. …밝은
마음으로 본성을 본다는 공허한 말은 자신을 닦고 다른 사람을 다스
리는 실학으로 대신하고, 팔 다리가 게으르면 만사가 거짓이 되고, 발
톱과 이빨이 없어지면 사방의 나라들이 어지러워진다. 신주가 뒤집어
지면 종묘사직이 폐허가 된다.(昔之淸談談老壯, 今之淸談談孔孟 …以明心見
性之空言, 代修己治人之實學, 股肱惰而萬事荒, 爪牙亡而四國亂, 神州蕩覆, 宗
社丘墟.)"라고 하였습니다.

"옛날의 청담은 노자와 장자를 논하였다."는 말은 그가 위진 남북조
(魏晉南北朝) 시기의 청담의 풍격을 말하는 것이다. 노장의 담론과 현
학의 담론은 전혀 실재에 부합되지 않는 것이었습니다. 모든 국가 경
제와 국민 생활의 일들에 대해서는 전혀 거론조차 하지 않았습니다.

"오늘날의 청담은 공자와 맹자를 논한다."는 말은 공자와 맹자 이후
의 학문의 체계는 이학(理學)과 심학(心學)의 체계가 형성되었습니다.
송나라 이후의 이학과 심학에서는 전문적으로 성(性)과 명(命)에 대해
논하는 사람들이 있어서 인간의 내면으로 파고들어가 진리를 탐구하
고 답을 찾고자 했습니다. 그들은 이미 또 다른 현학이 되면서 실학
(實學)을 버렸습니다. 그 결과는 어떠했을까요? "팔 다리가 게을러져
만사가 거짓이(股肱惰而萬事荒)" 되었습니다. 고굉(股肱)은 허벅지와 팔
로, 사람의 가장 중요한 신체이며, 국가로 따지면 고굉은 나라의 대신
(大臣)으로 국정 방침을 장악하고 있는 사람입니다. "팔 다리가 게을

러져 만사가 거짓되다"는 말은 국가의 대신이 실질적인 일을 하지 않고 청담만 늘어놓으니 모든 국가의 정무가 황폐해진다는 말입니다. "발톱과 이빨이 없어지면 사방의 나라가 혼란에 빠진다.(爪牙亡而四國亂)"는 말은 구체적으로 각 급의 업무 책임자들이 구체적인 일을 하지 않는다는 말입니다. "사국난(四國亂)"은 각 지방의 정치도 황폐해진다는 뜻입니다. "신주가 뒤집히면 종묘와 사직이 폐허가 된다.(神州蕩覆, 宗社丘墟.)"는 말은 최후의 결과로 국가가 멸망하고 만다는 것입니다.

이 말은 고염무가 한 말로, 고염무 자신은 명나라 말기에서 청나라 초기에 살았던 인물입니다. 그는 직접 명나라의 멸망과 같은 참극을 목격하였기 때문에 그는 왜 명나라가 멸망할 수밖에 없었는지를 되돌아보게 되었고, 그 결론이 명나라가 멸망한 가장 중요한 원인은 바로 모두가 청담을 숭상했기 때문이라는 것이었습니다. 그래서 청담으로 나라를 망치는 일이 바로 천고(千古)의 교훈으로 여겼습니다. 실질적인 일을 하는 것이 나라를 흥하게 한다고 보았습니다.

사회자 캉훼이:

어떤 시대든 모두 말로만 떠들고 행동으로 실천하지 못하는 사람은 필요가 없을 것입니다. 우리는 새로운 시대에 중대한 역사적 사명을 짊어지고 있습니다. 시진핑 총서기께서는 이미 실질적인 이행이라는 이 이치를 매우 분명하게 말씀하셨습니다.

그러면 이어서 아이스린 교수님을 모시고서 시진핑 총서기의 실질적 이행과 관련된 말씀을 들어보도록 하겠습니다.

사상 해설자 아이스린:

확실히 "공허한 담론은 나라를 망치고, 실제 행동은 나라를 흥하게" 합니다. "행동"이 없이는 모든 것이 "공허한 담론"일 뿐이며, 모든 것이 유토피아에 불과합니다. 힘써 행하는 것, 이것을 시진핑 총서기의 세 마디로 이야기 해 보도록 하겠습니다.

첫 번째는 "사회주의는 실제 행동으로 만들어 낸 것이다."라는 말입니다. 사회주의 전대미문의 사업으로, 우리는 책 속에서 사회주의를 찾아 낼 수 없고, 이론이나 논리 속에서 사회주의를 추론해 낼 수 없습니다. 그렇다면 무엇에 의지해야 할까요? 바로 실제의 행동입니다. 『우리 마을의 젊은이들(我們村裏的年輕人)』이란 영화가 있습니다. 이 영화는 20세기 50년대에 만든 영화로, 그 삽입곡 중에 "앵두는 너무 맛있지만 앵두나무는 너무 키우기가 어렵네, 힘들게 공을 들이지 않으면 꽃이 피지 않는다네. 행복은 하늘에서 그냥 떨어지지 않는 것, 사회주의는 그저 기다리고만 있을 수 없는 것.…" 가사가 있습니다. 시진핑 총서기께서는 여러 차례 이 노래 가사를 인용하셨습니다. 이 가사는 전국의 수많은 공산당 간부들에게 사회주의는 실제 행동을 만들어 내는 것이지 그저 앉아서 기다리면 되는 것이 아니라는 사실을 경고하셨습니다.

두 번째는 "새로운 시대 역시도 실제 행동으로 만들어 내는 것"이라는 말입니다. 중국 공산당 제19차 당 대회에서는 오랜 장기간의 노력을 통해 중국적 특색의 사회주의가 새로운 시대로 진입했음을 지적하였습니다. 새로운 시대는 중화민족의 위대한 부흥을 힘써 실현하는 시대이며, 전면적으로 중국을 부강하고 민주적이고 문명화되고 조화롭고 행복한 사회주의 현대화 강국으로 건설해 가는 시대입니다. 지금 현재는 역사적으로 그 어느 시대보다 중화민족의 위대한 부흥의 실현에 가까이 다가가 있습니다. 우리는 이 목표를 실현할 자신감이 있으며, 더더욱 실현할 능력도 가지고 있습니다.

그러나 미래에 우리는 또한 많은 도전에 직면하게 될 것이고, 우리는 수많은 어려움을 극복해나가야 할 것입니다. 그렇기 때문에 총서기께서 중화민족의 위대한 부흥은 가볍게 징이나 꽹과리를 치면서 실현할 수 있는 것이 결코 아니며, 중화민족의 위대한 부흥이라는 "중국의 꿈"의 실현이 가까워지면 가까워질수록 우리는 해이해져서는 안 되며, 더욱 노력해야 하고 모두가 소매를 걷어붙이고서 힘을 내야 합니다. 새로운 시대에는 무수한 실제 행동가가 필요합니다. 시진핑 총서기께서는 이러한 새로운 시대의 가장 큰 실재 행동가이십니다. 업무 수행 중에 시진핑 총서기께서는 행동지상주의를, '바로 처리'를 제창하셨습니다. '바로 처리(馬上就辦)'에 관한 일화가 하나 있습니다. 1991년 당시 푸저우(福州)시 시위원회 서기를 맡고 있던 시진핑은 푸저우시정부의 업무 효율을 겨냥해서 마웨이(馬尾) 경제개발구의 일을 바로 처리할 것을 제기하였습니다. 그 후 "바로 처리" 네 글자는 푸저우시위원회의 뜰에 걸리게 되었고, 많은 간부들이 용감하게, 재빠르게 행동함으로써 업무 효율을 향상시키도록 일깨워주었습니다.

세 번째는 "청춘은 고군분투를 위한 것이다."라는 말입니다.

여러분은 청춘시절에 무엇을 위해 분투하였나요?

방청객 1:

저는 대학교 3학년 때 친구와 함께 수력발전소에 한 달 동안 실습을 갔었던 기억이 납니다. 그 한 달 동안 저희들은 수력발전소의 직원 분들과 함께 출근하고 퇴근하고, 함께 밥 먹고 휴식을 취하였습니다. 줄곧 현장에서 근무했기 때문에 여러 조건들이 비교적 힘들었습니다. 그러나 많은 것을 얻기도 했었답니다.

방청객 2:

저는 이전에 변방의 군인이었는데, 설상고원 시장(西藏)에서 2년을 복무했습니다. 부대에서의 생활은 사실 저에게 인내뿐만 아니라 고군분투도 가르쳐 주었습니다. 제대를 하고 학교로 돌아와 학생 신분이 된 후에는 공부를 위해 분투하고 있습니다. 졸업 후에는 조국이 가장 필요로 하는 곳에서 일하고 싶습니다.

사상 해설자 아이스린:

그렇습니다. 사람에게 청춘시절은 한 번밖에 없습니다. 모든 세대의 청년들은 자기 인생의 기회와 사명이 있습니다. 여러분 젊은 세대의 기회와 사명은 또 어떤 것일까요? 시진핑 총서기께서는 이렇게 말씀하셨습니다. 여러분 젊은 세대의 기회와 사명은 바로 중회민족의 위대한 부흥이라는 중국몽의 실현을 위해 분투하는 것이며, 이것이 여러분에게 가장 큰 기회이자 가장 큰 시험이기도 하다고.

지금의 젊은 세대는 우리의 새 시대를 우리와 동행하고 있습니다. 지금 20여 살의 청년들은 2020년 중국이 전면적인 소강사회(小康社會)를 완성하게 될 즈음에는 아직 30살이 안됩니다. 2035년, 중국이 현대화를 실현하게 될 즈음이면 그들은 40살 정도밖에 되질 않습니다. 2050년, 즉 21세기 중반 중국이 부강하고 민주적이고 문명화되고 조화롭고 아름다운 사회주의 현대화 강국을 완성하게 되는 때가 되면 겨우 50여 살이 됩니다. 그렇기 때문에 현재의 젊은이들은 "두 개의 이백년(兩個二百年)"이라는 분투 목표 실현의 전 과정에 참여하게 됩니다. 그러므로 여러분은 이러한 분투가 우리 세대의 선택이었음을 기억하셔야 합니다. 우리는 분투를 선택했고, 고생을 선택했고 미래의 수확을 선택하였습니다.

세계의 발전사를 살펴보면, 위대한 사상가나 과학자, 정치가들의 중요한 성과는 종종 그들의 청춘시대에 만들어졌음을 알 수 있습니다. 『공산당 선언』을 발표했을 때 마르크스는 겨우 30살이었으며, 엥겔스는 28살이었습니다. 뉴턴, 라이프니츠가 미적분을 발명했을 때는 겨우 22살, 28살이었습니다. 시진핑 총서기께서는 이러한 사례들을 통해 우리의 젊은 세대에게 분투를 결심하고 새로운 시대의 개시자, 분투자, 헌신자가 되어야 합니다. 이 새로운 시대의 방황자, 방관자가 되어서는 안 됩니다.

새로운 시대는 고군분투자의 시대이며, 분투는 고생스러운 것이며, 분투는 곡절이며, 분투는 장기적인 것입니다. 그러나 분투는 행복한 것이기도 합니다.

사회자 캉훼이:

이번 프로그램의 사상 해설과 고전 해설을 맡아서 해설을 해주셔서 감사합니다. 시진핑 총서기께서는 성공의 배후에는 언제나 고난과 노력이 있으며 작은 일이라도 큰 일로 여기며 한 걸음 한 걸음의 발자국으로 앞으로 전진해 나간다는 말씀을 하신 적이 있습니다. 한 방울 한 방울의 물이 바위를 뚫을 수 있습니다. 굳은 의지로 참고 견디어 나간다면, 수없이 꺾여도 결코 굽히지 않는다면 성공은 반드시 저 앞에서 당신을 기다리고 있을 것입니다.

　마지막으로 중화의 우수한 전통문화 속의 독행과 관련된 고전적 문장을 되새기면서 고금의 고군분투하며 전진해 가는 정신적인 힘을 다시 한번 느껴보시기 바랍니다.

-고전 낭독 위산-

「겨울밤에 독서하다가 아들 율에게(冬夜讀書示子聿)」

- 육유(陸游)

古人學問無遺力,
少壯工夫老始成.
紙上得來終覺淺,
絶知此事要躬行.

옛 사람들 배움 물음에 온 힘을 다하셨고,
젊어서 공부하여 늙어서야 겨우 이루었네.
책에서 얻는 것 결국에는 너무 얕음을 깨달으니
공부는 실천이 중요하다는 것 깊이 알아라.

「권학편(勸學篇)」 중에서

故不積跬步, 無以至千里.
不積小流, 無以成江海.
騏驥一躍, 不能十步.
駑馬十駕, 功在不舍.
鍥而舍之, 朽木不折.
鍥而不舍, 金石可鏤.

그런 까닭에 반걸음이라도 쌓이지 않으면 천리길에 이를 수 없고,
작은 물줄기가 모이지 않으면 강과 바다를 이루어지지 않는다.
천리마도 한 번 뛰어서는 천리를 달리지 못하고
둔한 말이도 열흘을 달리면 그 공은 포기하지 않음에 있는 것이다.
나무를 자르다가 버려두면 썩은 나무도 자를 수 없고,
자르다가 포기기하지 않으면 쇠나 돌이라도 자를 수 있다.

"뱃속에 시와 글이 가득하니
기운이 절로 빛나네."
(腹有詩書氣自華)

제8회
주제

1. '배움'이란 무엇인가?
2. 무엇을 배울 것인가?
3. 어떻게 공부할 것인가?

　공부는 시진핑의 새로운 시대의 중국적 특색의 사회주의 사상을 구성하는 "황금열쇠"이자 시진핑 총서기가 줄곧 제창해 오며 몸소 실천해온 중요한 습관이기도 하다. 이번 "뱃속에 시와 글이 가득하니 기운이 절로 빛나네" 편에서는 세 가지로 나누어 시진핑 총서기의 "권학"과 관련된 사상을 살펴보게 될 것이다. 첫 번째 부분은 "배움은 활대와 같고 재주는 화살촉과 같다.(學如弓弩, 才如箭鏃)"라는 전고에서부터 파고들어가 "배움은 인생 성장의 사다리"임을 중점으로 "무엇을 배울 것인가?"의 문제를 설명할 것이다. 두 번째 부분에서는 "혼자 공부하고 친구가 없으면 고루하고 견문이 좁아지게 된다.(獨學而無友, 則孤陋而寡聞.)"라는 전고에 기초하여 "마르크스주의이론 저작과 각종 지식 서적과 우수한 전통문화 서적" 등의 방면에서 "무엇을 배울 것인가?"에 대해 설명할 것이다. 세 번째 부분에서는 "넓게 배우고, 깊이 묻고, 신중하게 생각하고, 명확하게 판별하고 독실하게 행한다.(博學之, 審問之, 愼思之, 明辯之, 篤行之.)"라는 전고에서부터 이야기를 시작하여 "학문(學)과 쓰임(用)의 결합, 지행합일"을 중점으로 "어떻게 배울 것인가?"라는 문제에 대해 설명할 것이다.

사회자: 캉훼이

사상 해설자: 쉬촨(徐川: 난징(南京)항공항천대학 마르크스주의학원 당
총지부 서기)

고전 해설자: 멍만(蒙曼: 중양민주(中央民族) 교수)

초대 손님: 왕쉔핑(王憲平: 산시(陝西)성 예촨(延川)현 공안국 퇴직 간부,
과거 량쟈허 주민)

고전 낭독자: 리단단(李丹丹)

—사회자 캉훼이—

여러분 안녕하십니까? 『백가강단(百家講壇)』 스페셜 시리즈 『시진핑,
고전으로 인민에게 다가가다-시진핑 총서기의 고전 인용』 프로그램을
시청해 주셔서 감사합니다. 저는 사회자 캉훼이입니다.

먼저 오늘 스튜디오를 찾아주신 베이징공상대학과 베이징외국어대
학의 학우 여러분 환영합니다.

젊은 친구들이면 모두가 너무나도 잘 알고 계실 2년 전의 인터넷 유
행어가 하나 있습니다. 바로 "기질을 중요하게 봐야지!(主要看氣質)"이
그것입니다. 그러면 어떤 기질이 가장 좋은 기질일까요? 북송의 대문
호 소식(蘇軾) 소동파의 시 중에 "뱃속에 시와 글이 가득하니 기운이
절로 빛나네.(腹有詩書氣自華)"라는 구절이 있습니다. 한 사람이 시와

글을 많이 읽으면 그 재능, 그 기질이 자연스럽게 드러나게 되어, 다른 사람과 달라진다는 것이다. 소동파의 이 시는 시진핑 총서기께서 여러 차례 인용했었습니다. 그리고 시진핑 본인 역시도 "뱃속에 시와 글이 가득하니 기운이 절로 빛나는" 가장 좋은 대변인이라고 할 수 있을 것입니다. 그는 공부를 매우 중시하였으며, 학습형 정당, 학습형 사회 건설을 아주 중요시 하였습니다. 오늘 우리 프로그램의 주제가 "학습" 입니다. 학습에 관해 시진핑 총서기께서는 어떤 중요한 말씀을 하셨을까요? 그 속에 어떤 **빼어난** 전고를 인용하고 있을까요? 오늘 두 분 교수님의 해설을 들으면서 시진핑 총서기의 깊이 있는 사상을 배워보도록 하겠습니다. 그러면 오늘 사상 해설을 맡아주신 난징대학 항공항천대학 마르크스주의학원 당총지부 서기 쉬촨 교수님을 뜨거운 박수로 환영해 주시기 바랍니다.

−사상 해설자 쉬촨−

여러분 안녕하십니까?

독서와 학습은 시진핑 총서기께서 여러 해 동안의 일관된 습관으로, "저는 취미가 많은데, 가장 좋아하는 취미가 바로 독서입니다. 독서는 이미 제 생활의 일부가 되었습니다."라고 말씀하셨습니다. 우리는 "뱃속에 시와 글이 가득하니 기운이 절로 빛나 네"라고 말하곤 합니다. 이 말은 총서기께서 여러 차례 인용한 적이 있으며 그 본인이 인용했던 여러 고전 명언들 중에서 이 구절을 가장 좋아했습니다.

학습은 시진핑 총서기의 새로운 시대의 중국적 특색의 사회주의 사상을 해석하는 가장 좋은 열쇠이며, 또한 총서기의 개인적 매력을 해독하는 가장 좋은 관측 시점이기도 합니다. 독서와 학습에 관해 시진핑 총서기의 연설은 전체적으로 세 가지 방면의 큰 문제를 포함하고 있습니다. 바로 '왜 배워야 하는가?'와 '무엇을 배울 것인가?' 그리고 어떻게 공부할 것인가? 입니다. 그러면 이 세 가지 문제 중에서 먼저 "왜 배워야 하는가?"의 문제를 이야기 해 보도록 하겠습니다.

먼저 총서기께서는 어떻게 말씀하시는지 보도록 하겠습니다.

1. '배움'이란 무엇인가?

시진핑

학습은 성장하고 나아가는 계단이며, 실천은 능력을 향상시키는 지름길입니다. 청년들의 자질과 능력은 "중국의 꿈"을 실현하는 과정에 직접적으로 영향을 미칩니다. 옛 사람들이 말씀하시길, "배움은 활과 같고, 재주는 화살촉과 같다.(學如弓弩, 才如箭鏃)"고 했습니다. 이 말은 학문의 토대는 활에 비유할 수 있고, 재능은 화살촉에 비유할 수 있으므로 두터운 식견으로 인도하면 재능이 더욱 잘 발휘될 수 있다는 말입니다. 청년들은 학습의 황금시대로, 공부를 가장 중요한 임무로 삼아야 하고 일종의 책임, 정신적 추구, 생활방식으로 삼아야 합니다. 꿈은 공부에서 시작되고 사업은 재능에 의지하여 성취할 수 있다는 관념을 확립해 나가야 합니다. 성실한 공부는 청년들의 머나먼 항해의 동력이 되어야 하며, 본능을 성장시키는 젊은 청춘이 분투하는 에너지가 되어야 합니다.

사회자 캉훼이:

이것은 시진핑 총서기께서 2013년 5월 4일 각계의 우수 청년 대표들과의 좌담회에서 하신 말씀입니다. 5.4 청년의 날을 맞이하여 각계의 우수 청년 대표들에게 시진핑 총서기께서는 청년들에게 왜 공부가 중요하며, 왜 열심히 공부를 해야하는 지에 대해 중점적으로 말씀을 하셨습니다. 이 말씀 가운데에 "학여궁노, 재여전촉(學如弓弩, 才如箭鏃)"

여덟 글자를 인용하셨습니다. 이 여덟 글자는 어디에 실려 있는 구절일까요? 어떤 의미를 가지고 있을까요? 또 어떤 변증법적 사고를 보여주는 것일까요? 그럼 오늘 고전 해설을 맡아주신 중앙민족대학의 멍만 교수님을 모시고 해설을 들어보도록 하겠습니다.

-고전 해설자 멍만-

반갑습니다.

"학여궁노, 재여전촉"은 청나라 때의 문학가인 원매(袁枚)의 『속시품·상식(續詩品·尙識)』편에 나오는 구절입니다. 『속시품』은 시를 어떻게 쓸 것인가를 이야기하고 있는 책으로, 그 중에 「상식」편은 재능과 공부, 인식이라는 이 세 가지 사이의 관계에 대해 논하고 있습니다. 조금 더 완전하게 풀어쓰면 바로 "학여궁노, 재여전촉. 식이영지, 방능중호(學如弓弩, 才如箭鏃. 識以領之, 方能中鵠)"라는 구절입니다. 무슨 뜻일까요? 학문은 활과 같아서 힘을 써야 한다는 말입니다. 그럼 재능은 무엇과 같을까요? 재능은 바로 화살촉과 같아서 과녁을 꿰뚫는 것입니다. 활과 화살촉만 있으면 과녁을 명중시킬 수 있을까요? 아닙니다. 방향을 정해야 합니다. 방향은 무엇일까요? 바로 식견입니다. 식견으로 이끌고 활시위를 당기고 그런 후에 화살을 쏘아야 과녁을 꿰뚫을 수 있는 것입니다. 그래야 한 번에 목표물을 명중시킬 수 있는 것입니다. 그러므로 한마디로 표현하자면, 바로 식견으로 인도하고 학식을 바탕으로 할 때 재능이 비로소 날카로움을 발휘할 수 있다는 말입니다.

시진핑 총서기께서 하신 말씀은 원문의 앞부분으로, 재능과 학식과의 관계를 말씀하신 것입니다. 재능과 학식의 관계는 중국 고대에는 매우 중요한 관계로, 많은 사람들이 이 문제를 논하였습니다. 시를 지었던 원매뿐만 아니라 역사를 썼던 당나라의 유명한 역사가 유지기(劉知幾) 역시도 이 재주와 학식과의 관계에 대해 논한 바 있습니다.

유지기는 어떻게 말하고 있을까요? 그는 학식만 있고 재능이 없으면 좋은 땅이 백 경(頃)이 있다 한들 곡식을 심을 수 없고 경작을 할 수 없는 것과 같아서 결국에는 양식을 거둘 수 없고 돈도 벌 수 없다고 말합니다. 그럼 재능은 있는데, 학식이 없으면 어떨까요? 재능은 있는데, 학식이 없는 것은 좋은 목수로서의 재능은 있으나 집을 지을 나무가 없고, 도끼도 없어서 결국에는 집을 지을 수 없는 것과 같다는 것입니다. 다시 말하면, 재능과 학식은 상호보완적 관계로, 어느 하나라도 결여되어서는 안 된다는 말입니다.

젊은이들은 쉽게 재능만을 중요시하고 재능만 믿고 경거망동하는 습관이 들어 푸대접을 견디지 못하고 착실하게 하나하나 쌓아나가는 것을 좋아하지 않습니다. 그러나 모두들 반드시 알아야 할 것은 재주만으로는 큰일을 이룰 수 없다는 사실입니다. 예를 하나 들어 보겠습니다. 학생 여러분들도 아마도 유명한 왕안석(王安石)의 「상중영(傷仲永)」이라는 작품을 모두 배웠을 것입니다. 중영(仲永)이 다섯 살에 시를 지었으니, 그의 재능이 뛰어남은 말할 필요도 없는 천재라고 말할 수 있습니다. 그러나 그 부친이 천부적 재능을 너무 미신하여 공부를

시키지 않아서 학문과 수양을 증진시키질 못했습니다. 결국에 중영의 천재성은 뿌리 없는 나무, 근원 없는 물이 되어 재능은 점점 사라져갔고, 어른이 되었을 때는 그저 평범한 군중에 불과하게 되었습니다.

반대의 예로 이백(李白)이 있습니다. 이백은 뭐라고 불리지요? "유배당한 신선(謫仙人)"이라고 하지 않나요? "유배당한 신선" 이백이 천부적인 재능을 가지고 있었음은 의심의 여지가 없습니다. 그러나 모두들 반드시 아셔야 할 것이 이백은 성실하게 공부를 하였다는 사실입니다. 무슨 책을 읽었을까요? 자기 자신이 말하길 "다섯 살에 육갑(六甲)을 외웠고, 열 살에 제자백가를 보았다"고 했습니다. 착실한 공부를 기초로 하여 자유분방한 천부적 재능을 더함으로써 "붓이 닿으면 비바람이 놀라고, 시가 완성되면 귀신이 운다.(筆落驚風雨, 詩成泣鬼神.)"와 같은 빼어난 시구를 쓸 수 있었으며, 이것이 바로 재능과 학식이 완벽하게 결합된 예라고 할 수 있습니다.

다시 원매의 비유로 돌아가서, 원매는 재능은 화살촉이라고 했습니다. 화살촉은 뾰족하고 날카로워서 모두들 그 힘을 중요하게 여깁니다. 그러나 기억하셔야 할 것은 화살이 얼마나 멀리 날아갈 수 있느냐 하는 것은 무엇에 의해서 결정이 되느냐는 것입니다. 화살촉의 뾰족한 정도뿐만이 아니라 더욱 중요한 것은 활의 강도입니다. 강한 활이 있으면 그 화살은 더욱 멀리 날아갈 수 있습니다.

옛 중국인들은 "사람은 나면서부터 알지는 못한다(人非生而知之者)"라고 하였습니다. 이 세상에서 절대적 의미의 천재는 없습니다. 그렇기 때문에 우리는 열심히 공부를 해야 하고, 평생 공부를 해야 합니다. 시진핑 총서기께서 말씀하신 것처럼 공부를 책임으로 여기고, 공부를 생활태도로 여기며, 공부를 정신적 추구로 여겨야 합니다. 이렇게 할

때 우리의 아름다운 인생이 비로소 심후한 학식과 교양으로 항해를
이어나갈 수 있을 것입니다.

사회자 캉훼이:

멍만 교수님의 해설 감사합니다.

방금 멍만 교수님께서 재능과 학식의 관계에 대해 말씀해 주셨습니다. 절대다수의 사람들이 천재가 아님을 우리는 반드시 인정해야 합니다. 우리들의 화살촉은 날카로움이 전혀 없기는 하지만 우리가 노력하여 이 활의 시위를 더욱 강하게 당긴다면 화살은 힘있게 날아갈 것입니다. 무협소설에서 내공이 심후한 고수가 날리는 꽃잎이나 나뭇잎이나 날이 없는 무딘 칼처럼.

이러한 측면에서 총서기께서는 더욱 훌륭한 말씀을 하였습니다. 계속해서 쉬촨 교수님을 모시고 해설을 들어보도록 하겠습니다.

사상 해설자 쉬촨:

왜 공부를 해야 하는가에 관해서 시진핑 총서기께서는 의미심장한 네 마디로 풀이하셨으며, 왜 공부를 해야 하는지, 공부의 의미를 파악하기 위한 네 가지 차원을 제시하셨습니다. 그는 공부는 세대 간에 문명을 전승하는 길이며, 인생 성장의 계단이고 공고한 당 관리의 기초이며, 국가 흥성의 요체라고 말했습니다. 이 네 가지 차원은 그 차가 매우 풍부하고 시각 또한 전면적입니다. 그 중에서 "세대 간 문명 전승의 길"과 "공고한 당 관리의 기초", "국가 흥망의 요체"라는 말은 거시적 시각으로 인류 문명과 정당, 국가의 차원에서 풀이한 것입니다. 반면에 "인생 성장의 계단"이란 말은 개인적 시각에서의 풀이입니

다. 우선 먼저 공부가 "인생 성장의 계단"이란 말을 어떻게 이해해야 하는 지에 대해 이야기 해보도록 하겠습니다.

시진핑 총서기께서는 일찍이 현대인의 재능과 학문에 관한 이론을 제기한 적이 있는데 이것을 "축전지 이론"이라고 합니다. 무슨 뜻이냐 하면 현대인의 재능에는 일평생에 한 번만 충전하는 시대는 이미 지나갔기 때문에 우리는 높은 효능의 축전지가 되어서 부단히, 지속적으로 충전을 해야만 끊임없이 계속해서 에너지를 방출할 수 있다는 말입니다.

량쟈허에서의 일화들은 아주 많은데, 오늘 그 중의 하나를 들려드리겠습니다. 1969년 초에 량쟈허에 15명의 베이징에서 하방해서 온 지식인 청년들을 찾아왔습니다. 량쟈허의 주민들은 열정적으로 이들 지식인 청년들을 도와 짐을 나르고 물건들을 들어다 날랐습니다. 평소에도 잔머리가 잘 돌아가는 마을의 젊은이 중 하나가 보기에 조금 작아 보이는 갈색 상자를 집어 들었는데, 결국은 조금 씩 조금 씩 뒤처지게 되었습니다. 도중에 잠시 쉬는 시간에 그는 다른 사람들의 상자를 들어 보고는 자신의 상자보다 가볍다는 사실을 알게 되고는 후회가 되었습니다. 당시 그는 다른 사람에게 베이징의 지식인 청년들의 상자에는 금은보화가 들어있는 것은 아닐까라고 속닥거리기도 했습니다. 그 상자에는 금은보화가 아니라 값을 따질 수 없는 보배가, 바로 상자가득 책이 들어있었던 것입니다. 그리고 이 상자의 주인이 바로 당시 아직 만 16세가 되지 않았던 시진핑 총서기이었습니다.

사회자 캉훼이:

쉬촨 교수님께서 방금 시진핑 총서기께서 당시에 량쟈허에 있을 때의 일화를 하나 소개해 주셨습니다. 오늘 저희 프로그램에 특별히 당시 이 소소한 일화의 증인께서 나와 주셨습니다. 산시(陝西)성 예찬현 공안국의 퇴직 간부이신, 당시 량쟈허의 주민이셨던 왕쉔핑 선생님을 큰 박수로 맞아주시기 바랍니다.

안녕하세요. 반갑습니다.

그 때 당시에 시진핑 총서기 등의 베이징에서 온 지식인 청년들이 량쟈허에 도착했을 때 마을 사람들이 마중을 갔었다고 했는데, 어르신도 함께 가셨나요?

−초대 손님 왕쉔핑−

저도 갔었습니다.

사회자 캉훼이:

살짝 여쭙고 싶은데, 그 상자들 중에서가 가장 가벼운 상자가 어르신 것이었나요?

초대 손님 왕쉔핑:

아닙니다. 아닙니다.

사회자 캉훼이:

  량쟈허의 주민들께서 지금 당시 시진핑 총서기께서 마을에서 지냈던 7년을 회상하면 모두들 특히 책보기를 좋아하고 공부를 좋아했다고 기억하신다고 들었습니다. 그 때 당시 매일 매일 농사일을 하고 모두들 많이 피곤했을 텐데 언제 책을 보았습니까?

초대 손님 왕쉔핑:

  시진핑 총서기께서는 낮에는 산에 올라가서 일을 하고 돌아오면 주로 저녁에 저녁밥을 먹고 난 이후에 야오동(窯洞, 토굴집)에서 석유등을 켜놓고서 그 아래에서 책을 보고 공부를 했습니다. 당시에 석유등은 그다지 밝지가 않고 아주 작았고, 조금 키우면 그을음이 아주 많이 났습니다. 그래서 저녁에 책을 보고 그 다음 날 일어나면 콧구멍과 눈썹이 전부 새까맣게 변했습니다.

사회자 캉훼이:

  매일 아침이면 "포청천처럼 새까만 얼굴"을 보셨겠네요.

초대 손님 왕쉔핑:

  매일 아침 그를 보면 완전히 새까맣게 그을음에 그을려 있었지요.

사회자 캉훼이:

  그는 무슨 책을 봤습니까? 어르신께서도 그 작은 상자 안에 어떤 책들이 들어 있었는지 보셨나요?

초대 손님 왕쉔핑:

봤지요. 그가 가져왔던 책들 중에서는 정치서 역사서도 있었고 경제서도 있었습니다. 그리고 외국의 유명한 책들도 있었고, 중국의 명저들, 예를 들면 『뤼쉰전집』도 있었고, 『요재지이』도 있었습니다.

사회자 캉훼이:

이후에 제가 듣기로 시진핑 총서기께서는 량쟈허에서 문맹퇴치 반을 운영하기도 했다고 하던데, 맞습니까?

초대 손님 왕쉔핑:

그랬죠. 그가 공부하는 것을 격려해 준 덕분에. 당시 그는 저희 량쟈허 마을의 문화 수준이 너무 낮고, 글자를 아는 사람이 몇 안되는 것을 알게 되었습니다. 그리고 이러한 상황을 알고 나서는 문맹퇴치 반을 운영하자고 제의를 했어요. 시진핑 총서기께서는 여러 가지 많은 방법들을 생각하셨는데, 그는 "명함"을 아주 간단하게 만들었는데, 특히 기억자도 모르는 사람들에게 한자로 "일, 이, 삼, 사, 오, 육, 칠, 팔, 구, 십(一二三四五六七八九十)" 이런 것에서부터 시작해서 나중에는 "어른과 어린아이(大人小孩)", "동서남북", "당신과 나와 그(你我他)" 이런 간단한 상용자들을 주민들에게 한 글자씩, 한 글자씩 가르쳤습니다. 마지막에 그가 이런 "학습반"을 만든 후 우리 마을의 문화수준이 다른 마을보다, 주위의 마을들보다 더 높아졌지요.

사회자 캉훼이:

사실은 글자를 알게되었기 때문에 문화가 있게 되었고, 공부를 했기 때문에 눈이 떠지게 되었던 것이지요.

초대 손님 왕쉔핑:

맞습니다. 맞습니다.

사회자 캉훼이:

방금 어르신께서 반복해서 말씀하시길, 시진핑 총서기께서 량쟈허에서 그렇게 공부를 해서 마을 젊은이들에게도 큰 영향을 주었다고 하셨는데, 어르신도 그때는 젊으셨을 텐데, 어르신께도 큰 영향을 주셨는지요?

초대 손님 왕쉔핑:

그렇습니다. 시진핑 총서기께서는 저에게도 아주 큰 영향을 주셨습니다. 왜냐하면 저희 두 사람은 자주 이야기를 나누었는데, 이야기를 나누기 위해 그의 방에 갈 때면 항상 저에게 "헤이즈, 우리 같은 젊은 사람들이 책도 안보고 공부도 안 하면 지식을 쌓을 수가 없어서 앞으로 사회에 진출하면 아주 힘들거야."라고 말하곤 했습니다.

사회자 캉훼이:

'헤이즈'가 어르신의 별명이었나 보네요. 그렇습니까? 시진핑 총서기께서는 어르신을 '헤이즈'라고 불렀나요?

초대 손님 왕쉔핑:

왜냐하면 그때의 저는 피부가 비교적 검은 편이어서 마을 사람들이 모두 저를 '헤이즈'라고 불렀거든요. 시진핑 총서기께서는 생산대에 오고 나서부터 지금까지도 저를 한번도 '왕쉔핑'이라고 부르지 않고 항상 '헤이즈', '헤이즈'라고 부릅니다.

사회자 캉훼이:

오늘 특별한 물건을 가지고 오셨네요. 바로 이 책과 공책이죠.

이것들이 당시 시진핑 총서기께서 어르신께 주신 것인가요?

그렇습니다. 시진핑 총서기께서 저에게 준 것입니다. 이 노트는 매우 정교하게 만든 것이네요.

초대 손님 왕쉔핑:

이 공책은 한 번은 제가 그의 야오동에서 그의 책을 뒤적이고 있었는데, 그러다가 이 공책을 보게 되었습니다. 그러자 그가 "헤이즈, 마음에 들면 내가 줄게."라고 하더군요. 그래서 저는 "이렇게 좋은 노트를 내가 어떻게 좋아하지 않겠냐?"라고 했죠. 그러자 "좋아한다니 네가 가져."라고 하더군요.

사회자 캉훼이:

그리고 공책 표지에는 "학습"이라는 두 글자가 쓰여 있네요.

그리고 이 책, 당시 많은 사람들이 모두 이 책 『마오주석 시사(毛主席詩詞)』를 가지고 있었죠.

초대 손님 왕쉔핑:

네. 노트 위에는 "학습"이라는 두 글자가 쓰여 있습니다. 이 책은 제가 일을 시작하고 나서 집으로 돌아와서 그의 방에 가서 책을 보다가 이런 저런 이야기를 나누었습니다. 그 때 그가 상자에서 이『마오주석 시사』라는 책을 꺼내더니, "헤이즈, 가질래? 가지고 싶으면 이『마오주석 시사』너에게 줄테니 다시 한 번 봐."라고 하길래, "좋지, 왜 싫겠니? 나도 이런 것들 좋아해."라고 했지요. 그래서 총서기가 저에게 주셨답니다.

사회자 캉훼이:

어르신께선 지금 젊은이들에게, 량쟈허의 젊은이들에게 자주 시진핑 총서기께서 당시에 그렇게 공부를 좋아했다는 일화를 이야기해 주고 계신다지요?

초대 손님 왕쉔핑:

저는 이미 퇴직을 했는데, 집이 현 정부 소재지 안에 있어요. 그래도 자주 량쟈허로 갑니다. 마을로 가서는 저녁에 특별한 일이 없으면 젊은이들과 함께, 저와 같은 연배의 사람들과 함께 당시 시진핑 총서기께서 마을에서 지냈던 나날들을, 어려움 속에서도 분투했던 7년의 시간을 끊임없이 공부를 했던 그 7년을 회상하곤 합니다. 사람들끼리 이런 저런 시시비비를 따지다가도 모두들 시진핑 총서기께서는 량쟈허에서의 7년 동안 정말 고생을 하셨고, 진지하게 공부를 하셔서 저희 량쟈허의 남녀노소 모든 사람들에게 너무나 큰 영향을 주셨으며, 저희의 귀감이 되셨다고 말합니다.

사회자 캉훼이:

오늘 저희 프로그램에 이렇게 출연해 주셔서 감사드립니다. 그리고 여러 해 동안 젊은이들에게 시진핑 총서기의 공부와 관련된 일화를 말씀해 주셔서 감사드립니다. 이 두 권의 소중한 선물도 잘 보관하셔서 더 많은 젊은이들에게 공부의 중요성을 전해주시기 바랍니다.

초대 손님 왕쉔핑:

꼭 그렇게 하도록 하겠습니다.

사회자 캉훼이:

시진핑 총서기께서 학습에 대한 태도는 지식이 없음을 부끄러워 하는 태도였습니다. 또한 바로 이러한 지식을 갈구하는 태도는 지금까지도 그를 지지하면서 량쟈허에서부터 지금까지 그 때의 초심을 잃지 않게 해 주고 있습니다. 이어서 쉬촨 교수님을 모시고 해설을 들어보도록 하겠습니다.

사상 해설자 쉬촨:

량쟈허에서의 7년 동안의 지식인 청년 생활은 시진핑 동지의 재능을 단련시켜주었을 뿐만 아니라 동시에 그의 풍부한 학식을 채워주었고, 이는 그가 이후에 대학에 입학하고자 하는 결심을 하게 해 주었습니다. 이처럼 꾸준한 학습과 흔들림 없는 열정을 통한 독서와 공부는 시진핑 동지의 운명을 바꾸어 놓았습니다.

1975년 시진핑 총서기께서는 칭화대학에 입학하여 화공과 기본유기 합성 전공을 공부하면서 대학 4년의 생활을 보냈습니다.

대학 졸업 후 시진핑 동지는 직업전선에 뛰어들었습니다. 허베이(河北), 정딩(正定), 푸젠(福建), 샤먼(廈門), 닝더(寧德) 등의 지방에 가 있을 때나 아니면 이후에 푸젠, 저장, 상하이 등에서 정무를 맡고나서든, 그리고 이후에 중국 공산당과 중국의 지도자가 되고나서도 독서하고 공부하는 습관은 지금까지도 시진핑과 함께하고 있으며, 공부는 시진핑 동지의 "인생 성장의 계단"이 되었습니다.

공산당 제18차 당 대회 이후 중공 중앙의 총서기, 국가주석, 중앙군사위원회 주석 직을 맡게 된 시진핑 동지는 국정운영과 공산당의 업무로 더욱 바빠졌습니다. 비록 매일같이 업무에 바쁜 일정을 보내고 있지만, 그러나 독서하고 공부하는 습관은 지금도 변함이 없습니다.

시진핑 총서기의 성장 과정의 경험은 우리들을 끊임없이 격려하고 일깨워주고 있습니다. 소년이든 노년이든, 개인이든 정당이든, 대중이든 간부든, 자기 수양이든 세상 구제든 간에 공부는 너무나도 중요한 것입니다. '우리 한 사람 한 사람은 모두 열심히 공부하여 하루하루 나아가야 하며, 생명이 다하는 날까지 공부를 놓아서는 안 된다'라고 간단하게 개괄해 볼 수 있을 것입니다. 앞에서 우리는 "왜 공부를 해야 하는가?"라는 문제에 대해 이야기를 하였습니다. 그 다음은 "무엇을 배울 것인가?"라는 문제입니다. 모두 잘 아시겠지만, 인류의 지식은 바다처럼 넓고, 읽어야 할 책도 너무나 많습니다. 모든 직업에서 모든 영역에서 다 읽을 수 없는 양의 책들이 있고 다 배울 수 없는 지식들이 있습니다. 우리는 조용히 앉아서 공부를 하고 싶은 때도 많습니다. 이럴 때면 우리는 무엇을 배워야 하고, 어디서부터 공부를 해야 하는지 모를 때가 많습니다. 이러한 문제의식을 가지고, 먼저 총서기께서는 어떤 말씀을 하셨는지 살펴보도록 하겠습니다.

2. 무엇을 배울 것인가?

시진핑

　문명은 서로 교류하기 때문에 다채로우며, 서로 귀감이 되기 때문에 풍부한 것입니다.

　"혼자 공부하고 친구가 없으면 고루하고 견문이 좁아지게 된다.(獨學而無友, 則孤陋而寡聞.)"라고 했습니다. 인류 사회가 창조한 각종 문명에 대해, 그것이 고대의 중화문명이나 그리스 문명, 로마문명, 이집트 문명, 메소포타미아 문명, 인도문명 등이든 아니면 현대의 아시아 문명, 아프리카 문명, 유럽 문명, 미주 문명, 태평양 문명 등이든 간에 우리는 배우고 귀감으로 삼는 태도를 가져야 하며, 적극적으로 그 속의 유익한 내용들을 수용하여 인류가 창조한 일체의 문명 중의 우수한 문화적 유전자를 당대 문화에 적응시키고, 현대사회와 조화시켜 나가야 합니다. 시공을 뛰어넘고 국가를 뛰어넘는, 영원한 매력을 가지고 있고, 당대의 가지를 가진 우수한 문화 정신을 더욱 발전시켜 나가야 합니다.

사회자 캉훼이:

　이 말은 2014년 9월 24일 시진핑 총서기께서 공자 탄신 2565주년을 맞이하여 개최된 국제학술심포지엄 겸 국제 유학 연합회 제25회 회원 대회 개막식 연설에서 했던 말입니다. 이 연설에서 총서기께서는 "혼자 공부하고 친구가 없으면 고루하고 견문이 좁아지게 된다.(獨學而無友, 則孤陋而寡聞.)"라는 옛 사람들의 말씀을 인용하였습니다. 이 말은 우리에게 너무나도 익숙한 "고루과문"이라는 성어가 들어가 있기도 합니다. 총서기께서 인용한 이 구절의 출전은 어디일까요? 멍만 교수님을 모시고 이야기를 들어보도록 하겠습니다.

고전 해설자 멍만:

"혼자 공부하고 친구가 없으면 고루하고 견문이 좁아지게 된다."란 이 구절은 『예기·학기(禮記·學記)』편에 나옵니다. 「학기」라는 이 편장은 전문적으로 교육의 문제를 거론하고 있습니다. 비단 교육의 문제를 거론하고 있을 뿐만 아니라 '어떻게 하는 것이 공부를 잘하는 것이고, 어떤 것이 공부를 잘 하지 못하는 것인가'라는 화제와 연결되어 있기도 합니다. 「학기」편의 내용 중에서 어떻게 공부하는 것이 공부를 제대로 하지 못하는 것인가에 대해 이야기하면서 6가지 가능성을 언급하였는데, 그 중의 하나가 바로 "혼자 공부하고 친구가 없으면 고루하고 견문이 좁아지게 된다."라는 이것입니다.

"독학(獨學)"이라고 했는데, 무엇이 "독학"일까요? 독학은 말 그대로 혼자서 공부하는 것으로, 친구와 함께 서로 토론하고 궁리하는 과정이 없으면, 어떤 결과를 야기하게 될까요? 두 가지 결과를 초래하게 됩니다.

첫 번째는 고루(孤陋)함, 즉 식견이 천박해지는 것이고, 두 번째는 과문(寡聞), 즉 식견이 넓지 못하게 되는 것입니다 .

학식이 천박하고 식견이 넓지 못하면 우물 안의 개구리가 되기 쉽습니다. 항상 제자리걸음만 하게 되고, 자기가 세상에서 제일인줄 착각에 빠지기 쉽습니다. 그리하여 결국에는 발전이 없게 되겠지요. 그러면 어떻게 해야 이 문제를 해결할 수 있을까요? 방법은 아주 쉽습니다. 바로 많은 친구들을 사귀고 여러 사람의 의견을 하나로 모으면 되지 않을까요?

그러므로 우리가 소위 말하는 친구를 많이 사귀라는 말은 친구를 아무렇게나 사귀라는 말이 아니라, 공자가 말했던 정직한 벗(友直), 진실 된 벗(友諒), 그리고 식견이 많은 벗(友多聞)과 같은 삼익우(三益友)처럼 유익한 벗을 많이 사귀라는 말입니다. 정식한 사람과 친구가 되고 믿음이 있는 사람과 친구가 되고, 식견이 넓은 사람과 친구가 되면 당신의 시야도 넓어지게 되고, 마음도 열리게 되어 더욱 발전할 수 있게 된다는 것입니다.

우리가 사는 지금은 인터넷 시대로 접어들었습니다. 우리가 다른 사람에게서 배우고자 한다면 당나라 승려가 인도로 불경을 가지러 가는 길에 81번의 어려움을 겪을 필요가 없습니다. 지금의 우리는 배우고 싶으면 너무나도 쉽게 배울 수가 있습니다. 바로 이러하기 때문에 우리는 이 시대가 우리에게 준 기회를 소중히 여겨야 하는 것입니다. 생각해 보십시오. 인터넷이 이렇게 발달하였으니, 인터넷 게임을 즐기기 보다는 많은 사람들의 생각을 소통하고, 전 세계 사람들과 친구를 맺고, 전 세계의 문명과 친구가 되고, 친구가 되는 과정에서 끊임없이 배우고 끊임없이 성장해 나가는 것, 이것이 바로 이 시대가 준 기회를 저버리지 않는 것이며, 또한 시진핑 총서기의 기대를 저버리지 않는 것이기도 합니다.

사회자 캉훼이:

멍만 교수님의 해설 감사합니다. 너무 생동감 있게 풀이를 해주셨습니다. 특히 인터넷으로 게임만 할 것이 아니라 많은 사람들과 소통하라는 말씀이 가슴에 와 닿습니다. 사실, 많은 사람들과 생각을 소통하지 못한다면 인터넷 게임도 불가능하지 않을까요? 그 어떤 혁신과 창조도 모두 학습이라는 이 과정을 통해서 획득되는 것입니다.

"무엇을 배울 것인가"에 관해 시진핑 총서기께서는 우리에게 세 가지의 참고 방향을 제시해 주셨습니다. 계속해서 쉬촨 교수님의 해설을 들어보도록 하겠습니다.

사상 해설자 쉬촨:

시진핑 총서기께서는 독서와 학습에 관해 세 가지 참고 방향을 제시하셨는데, 바로 첫 번째가 마르크스주의 이론 저작이고 두 번째가 업무에 필요한 각종 지식 서적이며, 세 번째가 동서고금, 특히 중국의 우수한 전통문화 전적입니다.

이 세 가지 방향을 세 마디로 요약하면, "정반성(定盤星)을 든든히 하고, 금강석 송곳을 단련하며 집안의 가보를 지킨다."라고 할 수 있을 것입니다.

먼저 첫 번째 '정반성을 든든히 한다.'라는 것부터 살펴보도록 하겠습니다.

정반성이 가리키는 것은 이상적 신념으로, 목표를 확실하게 설정하고 마음과 생각을 하나로 하고 마음에 딴 생각이 없도록 하는 것을 말합니다. 총서기께서는 마르크스주의 고전적 이론 저작을 열심히 공부하고 연구할 것을 여러 차례 반복하여 강조하였습니다. 왜냐하면 인류의 사상사에서 보면, 과학성과 진실성의 영향력과 전파의 측면에서 마르크스주의처럼 높이 도달한 이론이 없었으며, 또한 그 어떤 학설도 마르크스주의처럼 세계에 큰 영향을 주고 세계를 변화시키지 못했기 때문입니다. 이어서 두 번째 "금강석 송곳을 단련한다."라는 구절을 살펴보겠습니다. 우리는 종종 "금강석 송곳이 없으면 도자기 수리하는 일을 할 수 없다.(沒有金剛鑽, 不攬瓷器活.)"라는 말을 하곤 합니다. 그러나 만약에 도자기를 수리를 해야 하거나, 어쩔 수 없이 도자기 수리하는 일에 종사해야 한다면 반드시 금강석 송곳이 있어야 합니다. 우리가 책을 쓸 때가 되면 비로소 책 본 것이 적은 것을 후회하곤 하는데, 그렇다면 왜 아직 쓸 때가 되지 않았을 때 열심히 읽지는 않을까요? 2013년 12월 31일부터 지금까지 시진핑 동지께서는 국가주석의 신분으로 연속해서 5년 동안 매년 신년사를 발표했는데, 매체를 통해 총서기께서 신년 축사를 발표할 때 뒤쪽의 큰 책꽂이를 보셨을 것입니다. 매체에서 정리한 통계를 보면, 뒤에 놓여있던 책꽂이의 책들은 정치, 경제, 문학, 역사, 과학 교양서 등등의 분야를 아우르는 책들이라고 합니다. 우리가 볼 수 있었던 책의 제목들도 『시경』, 『송사선(宋詞選)』, 『루쉰 전집』, 『라오스(老舍) 전집』, 『리비히 문선』, 『21세기 자본론』, 『항일전쟁』 등등이 있었습니다. 그렇기 때문에 사실 이 책꽂이에 꽂혀있는 책들의 제목에서도 총서기께서 얼마나 열심히 동서고금의 많은 민족의 지혜를 섭취하여 이것들을 국정운영과 공산당 운영의 탁월한 식견으로 변화시켰는지를 알 수 있습니다.

　마지막 세 번째 "집안의 가보를 지킨다."라는 구절을 살펴보도록 하겠습니다. 이른바 "집안의 가보"는 바로 고전, 원전을 읽는 것을 말하며, 오랫동안 반복적으로 가치 있다고 검증된 책들을 읽는 것을 말합니다. 어떤 친구는 왜 고전을 읽어야 하느냐고 물을 수 있을 것입니다. 그 이유는 고전은 역사의 선택이며, 시간의 침전물이며, 대중들의 전형적 본보기이기 때문입니다. 고전은 우리의 사회생활과 문화의 일부분이 되어 있기도 사회의 세상만사를 해독하고 이해하는 열쇠이기도 합니다. 중화의 우수한 전통문화는 시진핑 총서기의 새 시대 중국적 특색의 사회주의 사상의 중요한 원천 중의 하나이며, 또한 총서기자신의 다채로운 언어의 매력을 펼쳐 보일 수 있는 분야이기도 하다고 할 수 있습니다. 여러분들께서도 생각해 보시면, "다른 이에게 좋은 빛깔 자랑하지마라, 맑은 기운만이 하늘과 땅에 가득하여라.(不要人誇好顏色, 只留淸氣滿乾坤.)"라는 구절은 대국의 정당으로써의 자신감을 드러내 보여주고 있으며 조용하면서도 분명하게 깨어있는 침착함을 보여주고 있습니다. 이러한 것들이 표현하고 있는 것은 일에 매진하고자 하는 결심인 것입니다. 또 "바람을 타고 떠나가 먼 하늘 만리를 날아 곧바로 아래로 조국 산천을 내려다보리라.(乘風好去, 長空萬裡, 直下山河.)"라는 구절은 광대한 청년이 사회주의 건설의 바람을 타고서조국에서 청춘의 꿈을 띄워 올리는 영웅호걸의 웅지(雄志)를 그려내고 있습니다. 시나 사를 자유재로 골라 전고로 사용하고 있으니, 가히 총서기께서는 자신의 실천을 통해 스스로가 우수한 전통문화의 대변인역할을 하고 계신다고 할 수 있을 것입니다.

그렇기 때문에 만약 여러분이 무엇을 배워야 할지 모르시겠다면 총서기의 추천을 들어보시면 아마 어떻게 해야 할지 분명하게 알 수 있을 것입니다.

공부는 차근차근 해나가야 하며, 한 걸음 한 걸음 신중해야 합니다. 공부는 방법이 매우 중요한데, 이에 대해서는 "어떻게 공부할 것인가?"라는 다음 주제에서 살펴보도록 하겠습니다. 방법이 옳지 못하면헛수고를 하게 되고 학습의 적극성이 손상되어 학습 능률에 영향을미칠 수밖에 없습니다.

그렇다면 학습 방법에 대해서 시진핑 총서기께서는 어떤 말씀을 하셨는지 한 번 보도록 하겠습니다.

3. 어떻게 공부할 것인가?

도는 가만히 앉아서 논해서는 안 되며, 덕은 입으로만 말해서는 안 되는 것입니다. 실질적인 곳에 힘을 쏟고 지행합일을 위해 노력할 때 사회주의의 핵심적 가치관은 비로소 안으로는 사 람들의 정신적 추구로 내면화될 수 있고, 밖으로는 자각적인 행동으로 외면화 될 수 있습니다. 『예기』에서는 "넓게 배우고, 깊이 묻고, 신중하게 생각하고, 명확하게 판별하고 독실하게 행한다.(博學之, 審問之, 愼思之, 明辯之, 篤行之.)"라고 했습니다. 어떤 사람은 "성인은 노력하는 보통사람이며, 보통사람은 노력하기 싫어하는 성인이다."라고 말합니다. 젊음은 좋은 기회가 있으니, 관건은 한 걸음 한 걸음 내딛어야 하고, 기초를 튼튼히 다지며, 꾸준히 노력하는 것입니다. 마음이 들뜨고 조급해지거나 조삼모사(朝三暮四)하게 되면 한 분야를 배우면 다른 분야를 버려야하고, 한 업종에 종사하면 다른 업종을 포기해야 합니다. 그렇기 때문에 공부든 창업이든 모두 한 쪽을 피해야 하는 것입니다.

사회자 캉훼이:

위의 단락은 2014년 5월 4일 시진핑 총서기께서 베이징대학에서의 교수-학생 좌담회에서 했던 말입니다. 청년 학생들 앞에서 시진핑 총서기께서는 차근차근 학생들을 가르치는 좋은 선생님 같았습니다. 그는 학생들에게 어떻게 하면 효과적인 학습방법을 찾아 가장 큰 정도로 학습 효과를 높일 수 있는지에 대해 말씀하셨습니다. 그리고 이 때 『예기』에 나오는 "넓게 배우고, 깊이 묻고, 신중하게 생각하고, 명확하게 판별하고 독실하게 행한다."는 구절을 인용하셨습니다. 이 구절에서 이야기 하고 있는 것은 다섯 가지의 학습 방법이자 공부의 다섯 단계라고 할 수 있습니다. 그러면 멍만 교수님을 모시고 해설을 들어보도록 하겠습니다.

경전 해설자 멍만:

"넓게 배우고, 깊이 묻고, 신중하게 생각하고, 명확하게 판별하고 독실하게 행한다."는 이 짤막한 다섯 구절은 『예기·중용(禮記·中庸)』편에 나옵니다. 『중용』편은 공자의 손자인 자사(子思)의 작품으로, 유가의 인성 수양에 대해 이야기 하고 있습니다.

시진핑 총서기께서 말씀하신 내용은 사실은 '치학(治學)'의 문제를 말하고 있는 것입니다. '학문을 다스린다(治學)'에서 어떻게 다스린다는 것일까요? 바로 박학(博學), 심문(審問), 신사(愼思), 명변(明辯), 독행(篤行)으로 다스린다는 말입니다. 이것이 무슨 뜻일까요? 이른바 박학이란 폭넓게 배운다는 말이고, 심문은 자세하게 따져 묻는다는 말이며, 신사는 열심히 사색하고 신중하게 사고한다는 말이고, 명변은 분명하게 분별한다는 말이며, 이른바 독행은 정성스럽게 실천한다는 말입니다. 이 다섯 구절이 바로 공부를 하는 다섯 단계이며 또한 학습의 다섯 가지 층차입니다. 그리고 이것들은 피차간에 상호 보완적 관계를 가지고 있습니다.

사실, 자세히 생각해 보면 이 다섯 가지 학습 방법은 학문의 방법만이 아닙니다. 인생의 오묘한 이치이기도 합니다. 의견이 분분하고 복잡다단한 세계에 직면해 있는 우리들 개개인에게 사실은 박학, 심문, 신사, 명변의 지혜가 있어야만 진리를 발견할 수 있을 것입니다. 진리를 발견한 후에는 또 생활에 투신하는 열정이, 이념을 실천하는 열정이 있어야만 이 진리를 실천할 수가 있고, 이 사회를 바꿔나갈 수 있는 것입니다. 이것이 바로 시진핑 총서기께서 청년들에게 바라는 기대이며, 이 시대에 바라는 기대입니다.

사회자 캉훼이:

멍만 교수님의 해설 감사합니다.

우리는 종종 "장인이 일을 잘하려면 먼저 그 연장을 날카롭게 해야 한다.(工欲善其事, 必先利其器.)"라고 말하곤 합니다. 공부에 대해서 우리가 찾아야 할 "도구"가 바로 학습 방법, 효율적인 학습 방법이지 않나 생각합니다.

학습 방법에 대해 시진핑 총서기께서는 또 어떤 말씀을 하셨는지, 다시 사상 해설을 맡아주신 쉬촨 교수님을 모시고 해설을 들어보도록 하겠습니다.

사상 해설자 쉬촨:

방금 멍만 교수님의 해설은 저에게 많은 영감을 주었습니다. 그 영감들을 나누기 전에 먼저 방청석에 계신 분들과 공부 방법에 대해 이야기를 해 보고 싶네요.

방청객:

교수님 안녕하세요. 저는 베이징외국어대학 영어학원 학생입니다 저는 제가 생각하는 "배움(學)과 질문(問), 사고(思), 분별(辨)"에 대한 짧은 견해를 말씀드리고 싶습니다.

저희 영어학원에는 특별한 과정이 있습니다. "Critical Thinking"이라고 하는데요, 바로 비판적 사유라는 뜻입니다. 이 수업에서 저희들은 항상 변론을 합니다. 학생들 간의 변론을 하기도 하고 학생과 선생님과 변론을 하기도 합니다. 이러한 변론 과정에서 저희들은 내적으로 추구하고 사색하고 또 밖으로 자신들의 생각을 표현합니다. 이렇게 해서 마지막에는 글에 대한 공감에 이르게 됩니다. 제 생각에는 이러한 과정이 사람을 매우 즐겁게 해주는 것 같습니다. 사실 "배우고 묻고 사색하고 변별하는" 이 네 가지 방법 역시도 이러한 과정 속에 관철되어 있다고 생각합니다.

사상 해설자 쉬찬:

감사합니다. 아주 좋은 말씀입니다.

그러면 이어서 학습 방법에 대해 총서기께서는 우리들에게 어떤 건의를 하시고 인도하시는지 살펴보도록 하겠습니다.

시진핑 총서기께서 추천하신 공부의 최고 경지는 "많은 사람들 속에서 그대 찾아 천백번을 헤매다가 홀연히 돌아보니, 그대는 희미한 등불 아래 있군요.(眾里尋他千百度, 驀然回首, 那人卻在, 燈火闌珊處.)"라는 시구입니다. 그렇다면 어떻게 이런 최고 경지에 도달할 수 있을까요? 총서기께서는 구체적인 단계도 제시해 주셨습니다.

그것을 여덟 글자로 개괄해 보면, 바로 "학용결합, 지행합일(學用結合, 知行合一: 배움과 쓰임을 결합하고, 지식과 행동을 하나로 통일한다.)"입니다. 총서기께서 말씀하신 이 여덟 글자를 어떻게 이해해야 할까요? 함께 배움과 쓰임을 결합시킨 전형적인 본보기라 할 수 있는 과학자에게서 그 해답을 찾아보도록 하겠습니다. 그 사람은 바로 중국 중의과대학 연구원인 투요요(屠呦呦)라는 분입니다.

1967년 제 3세계 국가들을 지원하기 위해, 중국 남방에 퍼져있던 전염병 말라리아를 없애기 위해 마오쩌둥 주석과 저우은라이 총리가 군수사업 프로젝트라는 이름으로 전담팀을 꾸려 말라리아 신약을 연구하게 하였습니다. 1969년, 39세의 투요요도 이 프로젝트에 참여하게 되었습니다. 1971년 연말에 투요요는 아르테미시닌(artemisinin)에서 축출한 물질이 말라리아원충을 100% 억제하는 효과가 있음을 발견하였습니다. 1981년 중국에서 세계 보건기구 회의가 개최되었고, 이 회의에서 아르테미시닌의 세계적인 공헌을 높이 평가하였습니다.

당시 프랑스 기자 한명이 투요요에게 처음에 이 연구는 전쟁 때문이었는데 지금은 아르테미시닌으로 사람들의 목숨을 구하게 되었는데, 어떤 생각이 드느냐고 물었습니다.

투요요는 "매우 기쁩니다. 의약개발 연구원의 한 사람으로서 우리가 인류의 건강을 위해 복무해야 합니다."라고 대답했습니다. 투요요의 목표는 아주 간단했습니다. 배움은 쓰임을 위한 것이고, 쓰임은 배움을 더욱 촉진시키는 이것이 바로 배움과 쓰임의 결합이자 지행합일인 것입니다. 배우길 열망하고, 열심히 배우고, 배워 할 수 있어야 하며, 배움을 습득하고, 배움을 집대성하고, 배움을 즐겨야 하며, 배워서 믿고, 배워서 사고하고 배워서 행동해야 하는 것입니다.

감사합니다.

사회자 캉훼이:

오늘 프로그램의 사상 해설자와 고전 해설자의 깊이 있고 생동감 넘지는 강연 감사드립니다.

"뱃속에 시와 글이 가득하면 기운이 절로 빛난다."고 했습니다. 오늘 방청석에 앉아계신 학생 여러분께서는 오늘 이 수업을 듣고 나서 자질이 일취월장하였을 것으로 믿습니다.

우리는 이처럼 위대한 새 시대에 살고 있습니다. 중화민족의 발전 또한 중대한 역사적 전환기를 마지하고 있습니다. 우리 청년들은 발전해 나가고 공산당의 간부들도 발전해 나고, 중국 공산당도 발전해 나고 중국과 중화민족도 발전해 나가기 위해서는 반드시 공부하는 풍조를 크게 불러일으켜야 합니다. 차근차근 공부하여 중화민족의 위대한 부흥을 실현할 "중국의 꿈"을 위해 튼실한 발전의 길을 닦아야 할 것입니다.

본 프로그램의 마지막 코너로, 모두 함께 고전의 명작을 복습해보도록 하겠습니다. 우리에게 있어서 이 또한 좋은 공부라고 생각됩니다.

『동전과 헤어지며(和董傳留別)』중에서

－소식(蘇軾)

麤繪大布裹生涯,
腹有詩書氣自華.
厭伴老儒烹瓠葉,
强隨擧子踏槐花.

거친 비단과 큰 베로 일생을 감쌌지만
뱃속에 시와 글이 가득하니 기운이 절로 빛나네.
늙은 선비와 짝을 지어 박 잎사귀 삶는 것 물려서
억지로 과거 보는 사람들을 따라 회화나무 꽃을 밟았다네.

『속시품(續詩品)』 중에서

－원매(袁枚)

學如弓弩, 才如箭鏃.
識以領之, 方能中鵠

배움은 활과 같고
재능은 화살촉과 같으니
학식으로 이끌면
능히 과녁을 꿰뚤을 수 있다네.

『청옥안·원소절 저녁(靑玉案·元夕)』

－신기질(辛棄疾)

東風夜放花千樹,
更吹落, 星如雨.
寶馬雕車香滿路.
鳳簫聲動,
玉壺光轉,
一夜魚龍舞.

蛾兒雪柳黃金縷,
笑語盈盈暗香去.

眾裡尋他千百度,
驀然回首,
那人卻在,
燈火闌珊處.

봄 바람이 밤 중 꽃을 천 나무에다 피워대고
또 온 하늘 불어날려 별들이 쏟아져 내리는 듯.
값진 말 화려한 수레는 향기 온 길에 뿌리고
풍소 가락 울려대니
옥 등잔의 불빛은 빙글빙글
밤새도록 어룡무를 추네.

초승달 눈썹에 눈버들 금실로 휘감싼 미인
웃음섞인 말소리에 은은한 향기 풍기네
많은 사람들 속에서 그대 찾아 천백번을 헤매이다
홀연히 고개돌려 보니
그대는
희미한 등불 아래 있군요.

제9회

"제멋대로 자란 대나무는 만 그루라도
반드시 잘라야 한다."

(惡竹應須斬萬竿)

제9회
주제

1. 감히 '부패'를 저지르지 못하게 해야 한다.
2. '부패'를 저질러서는 안 된다.
3. '부패'를 저지를 생각도 하지말자

  청렴결백은 중국 공산당의 정치적 본바탕이며, "부패 반대 …청렴 제창"은 중국 공산당의 생명선이다. "제멋대로 자란 대나무는 만 그루라도 잘라내야 한다.(惡竹應須斬萬竿)"는 말처럼 깨끗한 정치를 주제로 시진핑 총서기가 인용했던 "어린 소나무는 일천 척 높이로 뻗지 못함을 한스러워 하고, 제멋대로 자란 대나무는 만 그루라도 잘라내야 한다.(新松恨不高千尺, 惡竹應須斬萬竿)", "해로움을 잘 없애는 사람은 먼저 그 근본을 살피고, 병을 잘 치료하는 사람은 먼저 그 근원을 끊는다.(善除害者察其本, 善理疾者絶其源.)", "마음은 자그마한 이익의 유혹에 흔들리지 않고, 눈은 오색의 유혹에 현혹되지 않는다.(心不動於微利之誘, 目不眩於五色之惑.)" 등의 전고를 통해 총서기의 청렴한 당풍 건설(黨風廉政)과 반부패 투쟁의 중요 사상을 설명하고, 감히 부패를 저지르지 못하게(不敢腐) 하는 목표의 초보적 실현에서부터 부패를 저지를 수 없도록(不能腐) 법망을 더욱 튼튼히 하고, 부패를 생각하지 못하도록(不想腐) 하는 제방의 건설이라는 이 세 가지 방면에서 공산당 제18차 당대회 이후의 당풍염정(黨風廉政) 건설과 반부패 투쟁이 취득한 큰 성취를 반영하고, 당 내부의 정치적 기풍의 변화와 당 내부의 정치

적 생태환경의 호전, 그리고 공산당 집권의 기초와 대중적 기반의 공
고화라는 생동적인 장면들을 펼쳐 보여 줄 것이다.

사회: 캉훼이

사상 해설: 황이빙(黃一兵: 중앙 공산당 역사와 문헌 연구소 연구원)

고전 해설: 자오뚱메이(趙冬梅: 베이징대학 교수)

초대 손님: 장수짜오(張素釗: 허베이성 스쟈쭹시 시위원회 연구실 부주임)

고전 낭동: 위산(于姍)

−사회자 캉훼이−

여러분 안녕하십니까? 『백가강단(百家講壇)』 스페셜 시리즈 『시진핑,
고전으로 인민에게 다가가다−시진핑 총서기의 고전 인용』 프로그램을
시청해 주셔서 감사합니다. 저는 사회자 캉훼이입니다.

먼저 오늘 스튜디오를 찾아주신 칭화대학과 중앙민족대학의 학생
여러분 환영합니다.

중국공산당 제18차 당 대회 이래로 시진핑 총서기는 당과 국가의 생
사존망이라는 관점에서 대대적인 당풍염정 건설과 반부패 투쟁을 추
진하여 중국공산당의 기풍과 정부의 기풍, 그리고 공산당 간부의 태
도, 사회적 풍조가 모두 크게 변화하였습니다. "부패 척결과 청렴 제

창(反腐倡廉)"에 관해 총서기는 많은 중요한 언급들을 하였는데, 이러한 말씀들 가운데 예를 들면 "부패가 있으면 반드시 처벌할 것이고, 탐욕이 있으면 반드시 숙청할 것이다"는 등과 같이 부패 인사들의 간담을 서늘하게 한 언사도 하였습니다. 또 "'호랑이(老虎)'와 '파리(蒼蠅)' 함께 때려잡기("老虎" "蒼蠅"一起打)"와 같은 통속적인 언사도 하여 인민들에게서 큰 박수를 받기도 했습니다. 동시에 "어린 소나무는 일천 척 높이를 뻗지 못함을 한스러워 하고, 제멋대로 자란 대나무는 만 그루라도 잘라내야 한다.(新松恨不高千尺, 惡竹應須斬萬竿)"와 같은 고대 선현들의 지혜가 응축된 고전 명구들을 많이 인용하기도 했습니다. 이러한 언사들은 공산당의 정풍과 기강확립, 반부패와 청렴 제창의 굳은 결심들을 말해 주고 있는 것이며, 또한 인민과 역사에 대한 책임과 그에 대한 엄중한 약속이기도 합니다.

오늘 본 프로그램의 주제는 "염정(廉政: 청렴한 정치)"입니다. 총서기의 중요한 언사들 중에서 인용한 고전에 대한 해설을 통해 새 시대의 염정사상을 배우고 느껴볼 수 있을 것입니다.

오늘 사상 해설을 맡아주신 중앙 공산당사와 문헌 연구원의 황이빙 연구원을 큰 박수로 환영해 주시기 바랍니다.

─사상 해설자 황이빙─

여러분 반갑습니다. 오늘 저는 총서기의 염정과 관련된 일련의 중요 말씀을 가지고 여러분과 이야기를 나누고자 합니다.

모두들 아시겠지만 총서기는 청렴한 정치의 확립과 관련하여 많은 훌륭한 연설들을 하였습니다. 예를 들면, "권력은 제도라는 새장 속에 가둬두어야 한다.(把權力關進制度的籠子裏.)"나 "'호랑이'와 '파리' 함께 때려잡기" 등과 같은 주제로 말이지요. 이들 외에 총서기의 청렴한 정치 확립과 관련된 다른 말씀을 아시는 분 계신가요?

방청객:

교수님 안녕하세요. 저는 중앙민족대학 마르크스주의철학을 전공하고 있는 천궈웨이(陳國偉)라고 합니다. 저는 두 개를 기억하고 있는데요, 하나는 "쇠를 단련하려면 자신부터 단단해야 한다.(打鐵必須自身硬)"는 것이고, 다른 하나는 "깨끗한 사람이 되고, 깨끗하게 일을 하고, 공명정대한 관리가 되자.(清清白白做人, 乾乾净净做事, 坦坦蕩蕩爲官.)라는 말입니다.

사상 해설자 황이빙:

잘 말씀해 주셨습니다. 그리고 보니 이러한 말들은 여러분들이 말씀하시는 것처럼 명언들이어서 이미 사람들의 마음속에 깊이 심어져 있는 것 같습니다. 공산당 제18차 당 대회 이래로 시진핑 동지를 핵심으로 하는 공산당 중앙위원회의 공고한 지도 아래 공산당의 당풍염정 건설과 반부패 투쟁은 새로운 성과들을 거두었으며, 새로운 발전을 보였습니다. 공산당의 부패 억제 업무는 감히 부패를 저지르지 못하게 하고, 부패를 저지를 수 없게 하고, 부패를 생각하지 못하게 하는 방향으로 전개되고 있습니다. 이것이 현상과 근본을 동시에 다스리는 (標本兼治) 길입니다. 오늘 우리는 "감히 부패를 저지르지 못하게 하고, 부패를 저지를 수 없게 하고, 부패를 생각하지 못하게 한다"는 방향에서 총서기께서는 어떻게 말했는지, 또 어떻게 실행했는지를 살펴보도록 하겠습니다. 먼저 감히 부패를 저지를 수없는 사회적 분위기를 만들어야 한다는 것입니다. 공산당 제18차 당 대회가 폐막된 지 22일이 지나 "부패와의 전쟁(打老虎)" 첫 번째 싸움이 시작되었습니다. 이 첫 번째 싸움을 시작으로 사람들은 이번 "부패와의 전쟁"은 그 강도가 다르다는 것을 느낄 수 있었습니다.

이번 "부패와의 전쟁"은 보기 드물게 과거와는 다른, 즉각적으로 소식을 발표하는 새로운 방식을 사용하여 조직의 조사가 끝나고 난 후 곧바로 발표가 되었습니다. 이는 사람들의 생각을 완전히 벗어난 일이었으며, 또한 부패 인사들에게 강한 두려움을 안겨 주었고, 이는 또한 공산당의 제18차 당 대회 이후의 반부패 투쟁의 첫 번째 특징을 두드러지게 보여주었는데, 먼저 감히 부패를 저지르지 못하게 하는 목표를 실현함으로써 강력한 반부패와의 첫 싸움을 시작한 것입니다.

사실 약간의 경계와 두려움을 가지는 것은 그다지 나쁜 일이 아닙니다. 옛 말에 이르길, "관리가 약간의 두려움을 가지고 있으면 업적을 이룰 수 있다. 권력을 자기 마음대로 휘두르지 않고, 공경하고 두려워한다면 모름지기 성공할 수가 있다.(官有所畏, 業有所成. 用權不能任性, 敬畏方得始終.)라고 했습니다. 총서기는 이 문제를 아주 중요시하였으며, 매우 무겁게 말했습니다.

그럼 총서기가 어떻게 말했는지 보도록 하겠습니다.

1. 감히 부패를 저지르지 못하게 해야 한다.

"어린 소나무는 일천 척 높이로 뻗지 못함을 한스러워 하고, 제멋대로 자란 대나무는 만 그루라도 잘라내야 한다.(新松恨不高千尺, 惡竹應須斬萬竿)"고 했습니다. 만약 악을 제거하는 데 최선을 다하지 않는다면 바람이 풀잎에 스치기만 해도 흔들거리면 사그라진 재가 다시 타오르게 되고, 한 번 패했다가 다시 세력을 회복하여 정치적 생태환경을 악화시킬 뿐만 아니라, 당심(黨心)과 민심(民心)을 심각하게 훼손하게 될 것입니다. 그러므로 종엄치당(從嚴治黨)의 군령장(軍令杖)은 아무 때나 내세울 수 없는 것입니다. 말을 내뱉으면 반드시 실행을 해야 합니다.

사회자 캉훼이:

　이 내용은 총서기가 제18기 중앙기율검찰위원회 제6차 전체회의에서 한 말씀으로 매우 무게감이 있고 심각함이 들어 있습니다. 총서기가 강조한 것은 반부패에는 금지구역이 없이 전체를 뒤덮어야 하고 절대 용인해 주어서는 안 된다는 것입니다.

　말씀 중에 총서기는 두보(杜甫)의 시구 두 구절을 인용하였습니다. 바로 "어린 소나무는 일천 척 높이로 뻗지 못함을 한스러워 하고, 제멋대로 자란 대나무는 만 그루라도 잘라내야 한다.(新松恨不高千尺, 惡竹應須斬萬竿)"는 구절입니다. 이 두 구절에 대해 이번 프로그램의 경전 해설자이신 베이징대학의 자오똥메이 교수님의 해설을 들어보도록 하겠습니다.

경전 해설자 자오똥메이:

　"어린 소나무는 일천 척 높이로 뻗지 못함을 한스러워 하고, 제멋대로 자란 대나무는 만 그루라도 잘라내야 한다."라는 이 두 구절은 두보의 『장차 청두의 초당에 가려다가 도중에 시를 지어 먼저 엄정공에게 보내다.(將赴成都草堂途中有作先寄嚴鄭公五首)』라는 시의 네 번째 구입니다. 엄정공은 바로 엄무(嚴武)를 말하며 엄무는 명신(名臣)의 아들입니다. 두보와 엄무는 친구 사이인데, 그가 청두(成都)를 떠나 외지에서 떠돌다가 훗날 엄무가 청두로 돌아와 정사천(政四川)에 머문다는 소식을 듣고, 두보도 외지에서 청두로 돌아가게 되었습니다. 이 시는 이때 두보가 돌아가는 도중에 쓴 시입니다.

　두보는 다시 청두로 돌아가 생활하는 것을 매우 동경해왔었는데, 이 연작시에서 자신이 청두에 돌아간 후 집안을 다시 건사하고 새로운 생활을 하고자 하는 믿음과 결심을 표현하고 있습니다. 이 때 그는 초당을 떠난 지 이미 3년이 되었었는데, 두보는 3년이 지난 지금 청두의 초당은 이미 다 허물어졌을 거라고 생각했는데, 두보는 무엇을 염려하고 있었을까요? 바로 자신의 손으로 직접 심은 네그루의 작은 소나무였습니다. 그는 이 네그루의 작은 소나무가 키가 천척이나 자랐기를 희망했었지요. 청두라는 지역은 습해서 대나무가 많아 자라는데, 이 대나무는 신경을 쓰지 않아도 아무데서나 잘 자라고 아무데서나 뿌리를 내린다는 것을 생각했습니다. 두보는 이 대나무가 작은 소나무가 자라는 데 방해가 되지는 않을까 하고 걱정을 했던 것입니다. 만약에 그렇다면 아무리 많은 대나무라도 모두 베어버려야 할 것이라고 생각했던 거지요. 여기까지 생각이 미치자 두보는 강렬한 애증(愛憎)이 생겨나게 되었고, 그래서 이 시에서 "어린 소나무는 일천 척 높이로 뻗지 못함을 한스러워 하고, 제멋대로 자란 대나무는 만 그루라도 잘라내야 한다."라고 쓴 것입니다.

따라서 이 두 구절의 시구는 "악을 제거하는 데 최선을 다 하겠다"는 결심을 나타낸 것이라고 할 수 있겠지요. 이를 비유적으로 작은 소나무들이 튼튼하게 자라도록 하기 위해서는 반드시 제멋대로 자라난 나쁜 대나무들을 제거해야 한다는 식으로 그 의미를 표현하고 있는 것이라고 할 수 있습니다. 사실 이는 관료사회의 풍조를 비유한 것입니다. 부패나 태만한 풍조를 바로잡지 않으면 청렴하고 효율적인 기풍은 확립하기가 어려운 것입니다. 이 대목에서 옛날이야기를 하나 들려드리겠습니다. 북송(北宋)이 건국되고 80년이 지난 후, 사실 당시에는 이미 오래된 폐단들이 만연해 있었는데, 대부분의 관료들은 모두 대충 세월만 보내고 있었습니다. 이러한 관리들은 받아야 할 녹봉(祿俸)

은 하나도 빠지지 않고 다 챙기면서도 또 받아서는 안 되는 것까지 모두 받으면서도 실질적인 일은 하나도 하지 않았습니다. 그래서 관료사회 전체의 풍조가 사람은 많아도 일을 제대로 하는 사람은 없었습니다. 당시의 식견 있는 선비들은 개혁을 통해서 부적합한 관리들, 특히 지도자급의 관리들을 관료사회에서 몰아내야 한다는 의견을 제기했습니다. 이는 사실 모두가 역사책에서 배웠던 "경력혁신(慶歷革新)"[17]이라는 개혁운동이었습니다.

당시 개혁을 이끌었던 인물은 바로 부 재상이었던 범중엄(范仲淹)과 추밀부사(樞密副使) 부필(富弼)이었습니다. 범중엄과 부필 등은 먼저 로(路: 북송시기의 행정구역–역자 주) 급의 간부들을 청산하기로 결정했습니다. 송 왕조의 "로"는 대체로 지금의 성(省)에 해당하는 행정구역으로, 성보다는 조금 작습니다. 범중엄은 개봉(開封)에서 '로' 급 간부들의 인명부를 손에 넣고 심사를 하였습니다. 그는 하나하나 읽어 내려가다가 부적합 판정의 관리 이름이 나오면 붓으로 그 이름에 표시를 하였습니다. 부필은 옆에서 보고 있었는데, 갑자기 그가 "당신의 표시는 아주 간단하군요. 붓을 가볍게 휘두르기만 하면 되니까요. 그러나 이 표시로 그 집안은 눈물바다가 되겠지요."라고 말하자, 범중엄이 이 말을 듣고서는 붓을 멈추고 고개를 들어 부필을 쳐다보면서 엄숙하게 "한 집안의 눈물바다와 한 '로'의 백성들의 눈물바다를 비교하면 어느 것이 더 엄중한가요?"라고 말했습니다. 개혁파가 굳게 지켰던 것은 "제멋대로 자란 대나무는 만 그루라도 베어버려야 한다."는 결심

---

17) 경력혁신(慶歷革新) : 경력慶歷 3년(1043) 구양수, 범중엄, 한기(韓琦), 부필(富弼)등이 경력 연간에 신정(新政)을 추진하여 행정·군사·과거제 등의 개혁을 주장했던 개혁운동.

이었습니다. 그러나 너무나 안타깝게도 그 개혁은 결국은 성공을 거두지 못하였습니다. "어린 소나무는 일천 척 높이로 뻗지 못함을 한스러워 하고, 제멋대로 자란 대나무는 만 그루라도 잘라내야 한다"는 말처럼, 악을 제거하기 위해 최선을 다하는 것이 어찌 그렇게 쉬운 일이었겠습니까?

사회자 캉훼이:

그렇군요. 자오똥메이 교수님의 해설 감사합니다.

악을 제거하는 데 최선을 다하는 것이 그렇게 쉬운 일일까요? 당연히 쉽지 않습니다. 역사 속의 역대 왕조들도 이 일을 성공시키기에는 너무나 어려웠습니다. 그러나 악을 제거하는데 최선을 다하지 않으면 그 후환은 끝이 없는 것입니다. 그렇기 때문에 아무리 어렵다고 해도 해야만 하는 것이며, 또한 끊임없이 꾸준히 해나가겠다는 이런 결심이 있어야 하는 것입니다.

총서기가 두보의 이 두 구절의 시구를 인용했던 것은 사실 이러한 결심을 표현한 것이라고 하겠습니다. 이처럼 반부패의 첫 번째 추진력은 우리의 결심에서부터 시작된다고 할 수 있을 겁니다. 그렇다면 이러한 결심은 도대체 어디에서 나오는 것일까요? 황이빙 연구원님을 모시고 해설을 들어보겠습니다.

사상 해설자 황이빙:

이 결심은 어디서 나온 것일까요? 이 반부패의 결심은 도대체 어디서 나오는 것일까요? 많은 사람들이 이 문제에 대해 논의를 하였습니다. 사실상 이 결심은 당과 국가의 미래 운명에 대한 책임감에서 나오는 것이며 인민대중에 대한 깨끗한 마음에서 비롯되는 것입니다. 여기서 시진핑 동지에 관한 일화를 하나 들려드리겠습니다. 이 일은 30년 전 푸젠 닝더(寧德)에서 일어난 일입니다.

당시 푸젠 닝더는 낙후된 지역이었지만, 그러나 이 낙후된 지역이 오히려 "낙후되지 않은" 현상을 가지고 있었는데, 바로 지방의 간부들이 기율을 어기고 규정을 어기고서 부동산 건설에 열을 올리고 있다는 것이었습니다. 이곳의 부동산 건설비용은 걸핏하면 십 수만 위안, 심지어는 수 십 만 위안에 달했습니다. 그 때 푸젠성 전체의 노동자의 월 평균 임금은 1,400 위안에 불과했는데, 돈은 도대체 어디서 나온 것일까요? 또 물자들은 어디서 나온 것일까요? 그게 다 부패로 인해 생겨났던 것입니다. 이러한 부동산 건설 풍조는 갈수록 격렬해져 갔고, 인민 대중들은 이러한 왜곡된 풍조를 바로잡을 수 있을지에 대한 믿음을 잃어버렸습니다.

그러나 1989년 이러한 상황에 변화가 생겼습니다. 바로 그 해 신년이 되기 전에 현지의 각급 지도자들은 회의 개최에 관한 통보를 받게 되었습니다. 이 기간에 회의를 한다는 것이 사람들 마음속에서는 이상하다는 느낌이 들었습니다. 이 회의를 주재했던 사람이 바로 닝더 지역 위원회 서기로 부임해 온 지 얼마 되지 않은 시진핑이었습니다.

현지의 간부들은 마음속으로 이 새로 부임해온 지역위원회 서기가 평소에는 매우 친절하여 사람들과 친해 보였지만, 그날 회의석상에서는 엄숙한 얼굴을 하고 있으면서 말도 하지 않고 침묵만 지키고 있는 시진핑 동지를 보게 되었습니다. 부동산 문제를 토론하기 시작하자, 많은 간부들은 이 문제가 어제 오늘 생긴 문제가 아니라 이미 오래전부터 있던 문제라서 많은 현지의 간부들이 관련되어 있기 때문에 모든 것이 사실이라고 하더라도 새로 부임해 온 서기는 관여하지 말아야 한다는 등의 말들이 많았습니다.

그리고 또 어떤 간부는 관리하기가 너무나 어렵다고 하면서, 또 많은 사람이 어기면 법으로 처벌하기가 어렵다고 말하지는 않았지만, 토지를 점유하고 부동산을 건설하는 이러한 사람들은 모두가 동료인 셈이어서, 당신도 다른 사람의 건물과 토지를 받게 되면 틀림없이 다른 사람에게 미움을 살 수 밖에 없다는 논조였습니다. 그냥 묵인하자거나 다른 사람에게 책임을 전가하고 무원칙적으로 이해하고 넘어가는 분위기 속에서 젊은 시진핑 동지는 탁자를 탁 치면서 일어나더니 "맞습니다. 토지를 점하고 건물을 짓는 간부 분들이 적지는 않지만, 많은 전체 간부의 숫자에 비하면 여전히 소수에 불과합니다. 200만이 넘는 구 전체 인민 대중들의 숫자에 비하면 그들은 더욱더 소수입니다."라고 말하면서, 토지점령 부동산 건설문제는 반드시 해결해야 하며, 또한 회의가 열린 당일부로 건설되고 있는 간부들의 개인 소유 건물을 전부 동결하고, 전면적인 조사에 착수하기로 결정하였습니다. 그 후 『인민일보』에서는 닝더 지역의 이 부동산 청산의 폭풍을 기획 보도하였는데, 그 기사 제목이 "좋은 일을 하여 민심을 얻다"였습니다.

시진핑 동지가 저장(浙江)에서 근무하고 있을 때도 마찬가지로 강력한 반부패 청산을 두드러지게 부각시켰습니다. 중국공산당과 국가의 최고 지도자가 된 후에도 엄준하고 복잡한 반부패 투쟁의 형세에 직면한 시진핑 총서기는 강력한 통제와 압력 기조를 유지하고 절대 용인 불가의 태도로 부패를 처벌하고 부패 현상이 만연해가는 형세를 억제시켰습니다. 몇 년 동안의 수많은 노력으로 감히 부패를 저지르지 못하게 하는 목표를 실현함과 동시에 당의 기풍을 쇄신하는데 힘을 쏟

앉습니다.

그럼 이제 "부패를 저질러서는 안 된다"는 말에 대해 살펴보도록 하겠습니다. 당의 기풍과 청렴한 정치 건설과 반부패 투쟁 과정에서 "표면적인 증상에 대한 해결로 근본적인 해결을 위한 시간을 번다."는 주장이 출현하였습니다. 강력한 반부패 정책은 표면적 증상에 대한 해결에 두려움을 주었습니다. 그렇다면 반부패의 뿌리는 어디에 있는 것일까요? "뿌리"는 우선 제도의 건설을 가리키고 있습니다. 그럼 총서기는 어떻게 말했는지 살펴보도록 하겠습니다.

2. 부패를 저질러서는 안 된다.

시진핑

"해로움을 잘 없애는 사람은 먼저 그 근본을 살피고, 병을 잘 치료하는 사람은 먼저 그 근원을 끊는다.(善除害者察其本, 善理疾者絕其源.)" 라고 했습니다. 우리 공산당이 장기적으로 집권 해 오면서 거대한 정치적 우세를 점하고 있기도 하지만, 또한 엄준한 도전에 직면해 있기도 합니다. 그렇기 때문에 반드시 당의 각 조직과 인민의 힘으로 당의 건설과 관리, 감독을 끊임없이 강화하고 개선해 나가야 합니다.

사회자 캉훼이:

이 내용은 2015년 6월 26일 시진핑 총서기께서 제18기 중공중앙 정치국의 제24차 집단학습 때 반부패 청렴 제창을 위한 법규와 제도건설에 대해 언급하면서 하신 말씀입니다. 총서기께서는 크고 핵심적인 부패 사건들을 통해 그처럼 수습이 어려운 지경까지 가게 된 이유 중의 중요한 원인이 바로 영역적 체제와 시스템이 건전하지 못했기 때문이라고 지적하였습니다. 제도에 근거하여 어떻게 효율적으로 부패를 방지할 것인가는 여전히 우리들이 직면해 있는 중대한 과제입니다.

시진핑 총서기께서는 이 말씀을 하면서 "해로움을 잘 없애는 사람은 먼저 그 근본을 살피고, 병을 잘 치료하는 사람은 먼저 그 근원을 끊는다."는 고전 전고를 인용하였습니다. 이 구절의 출전은 어디일까요? 오늘날 반부패와 청렴 제창을 강화해나가는 법규와 제도건설에는 또 어떤 참고할 만한 의미를 가지고 있을까요? 자오똥메이 교수님을 청해서 해설을 들어보도록 하겠습니다.

경전 해설자 자오똥메이:

"해로움을 잘 없애는 사람은 먼저 그 근본을 살피고, 병을 잘 치료하는 사람은 먼저 그 근원을 끊는다."는 말은 당나라 때 백거이(白居易)의 『책림(策林)』에 나오는 구절입니다. 『책림』은 어떤 책일까요? 『책림』은 '대책(對策)의 숲' 혹은 '대책 모음집'이라고 할 수 있습니다. 바꿔 말해서 『책림』은 사실 당시 당나라가 직면해 있던 정치, 군사, 그리고 경제 문제들에 대한 백거이의 생각과 건의를 적어 놓은 것입니다.

"해로움을 잘 없애는 사람은 먼저 그 근본을 살피고, 병을 잘 치료하는 사람은 먼저 그 근원을 끊는다."는 구절의 의미는 매우 간단합니다. 바로 재해의 근원을 찾을 수 있는 사람이 진정으로 재해를 없앨 수 있는 사람이며, 병의 근원을 찾아 그 병의 근원을 없앨 수 있는 의사가 비로소 진정으로 병을 치료할 수 있는 좋은 의사라는 의미입니다. 그렇다면 여기서 백거이가 황제에게 제시하고자 했던 국가가 직면해야 하는 문제를 처리하거나 국가가 직면해야 하는 어려움을 해결할때 가장 핵심적인 것은 바로 근본부터 뜯어고쳐야 한다는 것이었습니다. 문제 해결은 그 근본적인 원인을 찾는 데서부터 시작해야 한다는것입니다.

사회자 캉훼이:

그렇군요. 자오똥메이 교수님의 해설 감사합니다.

백거이의 『책림』에 나오는 이 두 구절은 중국식 철학, 중국식 지혜로 충만해 있습니다. 중의학에서 병의 치료는 머리가 아프다고 머리를치료하거나 다리가 아프다고 다리를 치료하는 것이 아니라, 반드시 환자의 병세를 보고 듣고 묻고 맥을 집어보고서 병의 근원을 찾아서 그근원을 없앰으로서 현상과 근원을 동시에 치료하는 것입니다. 반부패, 청렴 제창의 지엽과 근본의 동시 치료에 있어서, 방금 황이빙 연구원께서도 말씀하셨듯이, 근본의 치료는 먼저 제도의 건설에서부터시작되어야 합니다.

제도의 건설에 관해 총서기는 모두가 너무나 잘 알고 계신 "권력을제도라는 새장 속에 가두어야 한다"는 명언을 말하기도 했습니다. 그렇다면 어떻게 해야 권력을 제도라는 새장 속에 진정으로 가둘 수 있을까요? 황이빙 연구원의 해설을 계속해서 들어보도록 하겠습니다.

사상 해설자 황이빙:

"권력을 제도라는 새장 속에 가두기" 위해서는 첫 번째로 효율적인제도라는 새장을 만들어야 합니다. 다른 한편으로는 강력한 집행력이 있어야 겠지요. 이 두 가지가 유기적으로 결합되어질 때 "권력을 제도라는 새장 속에 가두는" 영향이 비로소 나타나게 될 것입니다. 제도가 부패한 영향도 드러나게 될 것입니다. 총서기는 시종 제도의 부패를 매우 중요하게 생각하였기 때문에 제도의 건설을 매우 중요하게 생각했던 것입니다. 이미 35년 전에 정딩(正定)현위원회 서기를 맡은 지 얼마 되지 않았던 시진핑 동지는 간부들의 태도를 개선하기 위한 규정을 제정하고, 현지 간부의 태도 문제에 존재하고 있던 여러 문제들을 겨냥하여 요구사항을 제기하고, 그에 맞는 제도를 만들어 큰 반향을 불러일으켰었습니다. 정딩현위원회의 기풍 확립을 위한 이러한 활동과 시책들에 대해서는 지금까지도 많은 사람들의 마음속에 생생하게 기억이 되고 있습니다. 이러한 상황에 대해 잘 알고 계시는 분을 한 분 모시고 이야기를 들어보겠습니다.

사회자 캉훼이:

　황이빙 연구원께서 말씀하신 당시의 상황을 잘 알고 계신 이분은 바로 허베이성 스쟈좡시(石家庄市) 시위원회 연수실의 부주임이신 장수자오(張素釗) 동지이십니다. 오늘 특별히 저희 프로그램을 방문해 주셨습니다. 뜨거운 박수로 환영해 주시기 바랍니다.

　장수자오 동지께서 종사하시는 업무가 바로 당시 총서기가 허베이 정딩현에서 일할 때 자료에 대한 정리와 총서기의 새 시대 중국적 특색의 사회주의 사상의 초기형성에 대한 정딩현에서의 실천에 대한 연구입니다. 방금 지난 1980년대 초에 정딩현에서는 간부의 기풍 강화를 위한 몇 가지 규정들이 만들어졌다고 말씀을 드렸습니다. 30여 년 전 당시 주임님은 일 시작한 지 얼마 안 되셨지요?

초대 손님 장수자오:

그렇습니다. 당시에 저는 직장생활을 한 지 2년밖에 되질 않았습니다. 2014년 총서기가 정딩에서 계실 때 중요한 자료들을 수집 정리하면서 당시의 여섯 개 규정이 어떻게 만들어지게 되었는지를 잘 알고 있습니다.

1980년대 초에 정딩에서는 과감한 개혁개방이 시작되고 있었습니다. 그러나 개혁개방의 과정에서 다른 지역들과는 달리 부정부패에 대한 대중의 강렬한 항의가 있었습니다. 바로 국가 간부들이 규정을 어기고 건물들을 짓고 나누어 가지는 일이 비일비재했기 때문입니다. 이 때문에 농민들이 일할 땅을 잃게 되었고, 어떤 촌의 간부는 집체의 재산을 사사로이 가져가기도 했으며, 또 어떤 공산당 간부는 기강이 해이해져서 자기가 할 일이 아니라고 서로 미루고 다투고 했습니다. 이러한 문제들을 겨냥하여 대중들의 의론이 분분했을 뿐만 아니라 강력하게 불만을 토로하기도 했습니다. 그리하여 시진핑 동지가 이를 주의 깊게 살펴보게 되었던 것입니다. 그는 현위원회 서기로 부임한 지 30여 일이 되어서 지도자급 간부와 현의 직속 부분의 의견을 수렴한 후 1983년 12월 6일 현위원회 상무위원회를 개최하여 연구와 토론을 거친 다음 『중국 공산당 정딩현 현위원회의 당 간부의 기풍 개선을 위한 몇 가지 규정(中共正定縣委關於改進領導作風的幾項規定)』을 통과시켰습니다. 이 규정들의 내용은 이러했습니다. 첫째는 "전체 국면을 총괄하여 큰 사건을 장악한다."는 것이었고, 둘째는 "관료주의 풍조를 반대하고 업무의 효율을 중시한다."는 것이었으며, 셋째는 "전체 구성원(一斑人)의 단결을 도모하고, 현위원회 지도자 그룹의 통일성을 옹호한다."는 것이었으며, 넷째는 "몸을 바쳐 규칙을 준수하고, 부정한 풍조를 하지 않는다."는 것이었으며, 다섯째는 "학습을 강화하고 지도자로서의 수준을 끊임없이 향상시켜 나간다."였으며 여섯째는 "웅장한 이상과 포부를 세우고 4개의 현대화를 위해 선봉이 되어 우수한 성과들을 창출한다."는 것이었습니다.

이 여섯 가지의 규정들은 시의 적절하게 정딩현의 당풍·정풍(政風)·민풍(民風), 그리고 사회 풍조의 전환을 촉진시켰고, 또한 정딩의 경제발전을 촉진시켰습니다.

사회자 캉훼이:

당시 정딩현에서 나온 간부들의 기풍을 개선하기 위한 여섯 개 규정의 출현에서부터 총서기 이후의 일련의 정치적 실천에 이르기까지, 공산당 제18차 당 대회 이후 여덟 개의 규정이 출현하기까지 반부패 청렴 제창의 제도건설은 지속적으로 개선되었습니다. 이 과정들에서 우리는 하나로 연결되어져 내려온 일관성을 찾아 볼 수가 있습니다. 이처럼 총서기는 반부패 청렴 제창에 대해 줄곧 심사숙고하고 지속적으로 인식하면서 실천을 견지해 왔던 것입니다.

사상 해설자 황이빙:

그렇습니다. 사회자님께서 말씀하신 것처럼 총서기께서는 반부패 제도를 일관되게 중요시하였습니다.

공산당 제18차 당 대회 이래 시진핑 동지를 핵심으로 하는 공산당 중앙위원회의 확고부동한 지도하에서 일련의 인사관리, 사업관리, 물자관리, 재정관리 등의 제도가 만들어지게 되었습니다. 공산당 내부의 법규와 제도가 집중적으로 등장하고 제정 되고 반포됨으로서 공산당의 제도적 체계성이 갈수록 개선되었으며, 또한 제도라는 새장은 더욱 조밀해졌습니다. 이로써 당풍염정(黨風廉政) 건설과 반부패 투쟁은 부단히 '표본겸치(標本兼治: 지엽과 뿌리의 동시 치료-역자 주)'의 새로운 경지를 향해 매진해 가고 있는 것입니다.

마지막으로 "부패를 저지를 생각도 하지말자"는 것에 대해 살펴보도록 하겠습니다. 고대 중국에서는 수신(修身), 제가(齊家), 치국(治國), 평천하(平天下)를 항상 숭상하였습니다. 그 중 수신이 첫 번째였습니다. 공산당원은 자기 자신에 대한 예속을 더욱 강화하고, 자아를 수양하고, 자율적인 청렴의 본보기가 되도록 노력해야 합니다.

그럼 총서기는 어떤 말을 했는지 살펴보도록 하겠습니다.

3. 부패를 저지를 생각도 하지말자.

시진핑

간부들의 당성 수양과 사상적 각오, 도덕 수준은 입당 연수에 따라 저절로 제고되는 것이 아니며, 또한 직무의 승진에 따라 저절로 높아지는 것이 아니라, 평생의 노력이 필요합니다. 좋은 간부가 되고자 한다면 끊임없이 주관 세계를 개조하고 당성의 수양을 강화하고 품격을 도야해 나가야 합니다. "마음은 자그마한 이익의 유혹에 흔들리지 않고, 눈은 오색의 유혹에 현혹되지 않아야 한다(心不動於微利之誘, 目不眩於五色之惑.)"는 것입니다. 즉 사람으로서 성실해야 하고, 성실하게 일을 하며, 청렴한 관료가 되어야 한다는 말입니다.

사회자 캉훼이:

이것은 2013년 6월 28일 시진핑 총서기가 전국 조직공작회의에서 연설한 내용의 일부입니다. 조직공작은 인재를 선발하고 인재를 등용하는 것으로 근원부터 뛰어난 간부의 청렴을 매우 중요시해야 하는 것입니다. 훌륭한 간부는 응당 어떤 기준을 갖추어야 할까요? 총서기는 이 연설에서 고전을 응용하여 "마음은 자그마한 이익의 유혹에 흔들리지 않고, 눈은 오색의 유혹에 현혹되지 않아야 한다."고 했습니다. 이 두 구절은 어디서 나온 것일까요? 또 이것은 어떤 기준이자 요구사항일까요? 자오똥메이 교수님께 해설을 들어보도록 하겠습니다.

경전 해설자 자오똥메이:

"마음은 자그마한 이익의 유혹에 흔들리지 않고, 눈은 오색의 유혹에 현혹되지 않는다.(心不動於微利之誘)"는 두 구절은 한 구절씩 나누어 살펴보아야 합니다. 먼저 앞 구절을 보면, "심부동어미리지유"라고 했는데, 여기서 "미리(微利)"가 무엇일까요? "미리"는 사소한 이익을 말합니다. 공자는 "빨리 하고자 하지 말고, 작은 이익에 한 눈을 팔지 마라. 빨리 하고자 하면 오히려 도달하지 못하게 되고, 작은 이익에 한 눈을 팔면 곧 큰일을 이루지 못하게 된다.(無欲速, 無見小利. 欲速, 則不達; 見小利, 則大事不成.)"라고 했습니다. 공자가 말하고 있는 것은 바로 여러분이 사물의 정상적인 발전 규율을 존중하고, 동시에 작은 이익을 탐하지 말아야 한다는 말입니다. 작은 이익을 탐하는 사람은 원대한 목표를 이룰 수가 없다는 말입니다.

그럼 두 번째 구절에 대해 살펴보면, "목불현어오색지혹(目不眩於五色之惑)"라고 했습니다. "오색"이 무엇일까요? "오색"의 전고는 노자의 『도덕경』으로, "다섯 가지 아름다운 색깔은 사람의 눈을 멀게 하고, 다섯 가지 아름다운 소리는 사람의 귀를 먹게 하며, 다섯 가지 맛있는 맛은 사람의 입맛을 버리게 한다. (五色令人目盲, 五音令人耳聾, 五味令人口爽.)"라고 했습니다. 그 의미는 보기 좋고, 듣기 좋고, 맛있는 것들은 지나치게 섭취하게 되면 오히려 우리의 시력과 청력을 상하게 하고, 우리 몸을 뚱뚱하게 만들어 버린다는 말입니다. 그러므로 우리는 표면에 드러나 있는 것들에게 현혹되지 말아야 하며, 미혹되지 말아야 한다는 말입니다. 이것이 사실은 옛 사람들이 말했던 "신미(愼微: 사소한 것이라도 삼가야 한다-역자 주)"입니다.

  "신미"는 중국 전통 사대부들이 매우 중요시 했던 수신의 방법이자 처세(處世) 원칙이었습니다. 우리 모두가 잘 알고 있는 포증(包拯, 포청천[包靑天])을 예로 들어 보겠습니다. 역사상의 포증은 매우 보기 드문 청백리이자 훌륭한 관리였고, 효자였으며 또한 충신이었습니다. 포증이 자신의 마음 속 포부를 설명한 시(明志詩)는 지금까지도 많은 사람들이 외우고 있습니다. 이 시에서 포청천은 "맑은 마음은 다스림의 근본이요, 곧고 바른 도는 자기 자신을 도모함이며, 빼어난 나무는 마침내 집의 동량이 되고, 정순한 강철은 갈고리로 쓰이지 않는 법이다.(淸心爲治本, 直道是身謀. 秀幹終成棟, 精鋼不作鉤.)"라고 하였습니다. 포증은 관리로서 평생을 정도를 걸으며 실천하였습니다.

  그렇다면 포증의 이러한 매력적인 인격은 어떻게 길러진 것일까요? 그는 진정으로 "신미"를 실천하면서 작은 이익을 욕심내지 않고, 자기 자신에게 작은 것 하나라도 매우 엄격했기 때문입니다. 포증이 아직 진사과에 급제하지 못했을 때, 포증과 이 씨 성을 가진 동학(同學) 두 사람은 고향 노주(盧州)의 어느 절에서 같이 공부를 하였습니다.

이 절 부근에는 큰 부자가 살고 있었는데, 이 부자는 늘 이 두 서생이 자기 집 앞을 지나가는 것을 보았습니다. 그는 이 두 사람이 모두 학문이 뛰어나기 때문에 장차 틀림없이 큰 뜻을 이룰 것임을 알고 있었습니다. 그래서 그 부자는 이 두 사람을 친구로 사귀고 싶어서 종종 자신의 집으로 초대를 하였지만 이 두 사람은 한사코 사양을 하였습니다. 그 뒤 어느 날 이 부자는 절치부심한 나머지 자신의 집에 술자리를 준비해 놓고서 사람을 보내 포증과 이 씨 성의 서생을 초청하였습니다. 그렇게나 극진하게 초대하니 감히 거절을 하기가 어려워, 이씨 성의 친구는 세수를 하고 옷을 갈아입고 갈 준비를 하였습니다. 그러나 이 때 포증은 그 친구를 막으며, 가서는 안 된다고 말했습니다.

포증은 왜 가서는 안 된다고 말을 했을까요? 포증은 "우리 둘은 모두 서생이니 언젠가는 관리가 될 것인데, 오늘 이 부자가 우리를 초대한다고 가서 거나하게 얻어먹고, 또 그 부자의 호의를 받으면, 장차 우리가 관리가 되어 고향으로 돌아오게 되면 이 부자가 잘못을 저질러도 우리에게 도움을 청할 것이고, 그러면 우리는 외면하면서 우리의 원칙을 지켜나가기가 어려워 질 것이네."라고 말했습니다. 이 씨 성의 친구가 이 말을 듣고 나서는 너무나 일리 있는 말이기에 부자의 초대에 가지 않았습니다. 훗날 포증과 이 이 씨 성의 친구는 정말로 자신들의 고향인 노주의 지방관이 되었습니다. 고대에는 자신의 본적지에 부임하지 않는 제도가 있음을 알고 계실 것입니다. 그럼에도 포증과 이 친구가 자신들의 고향으로 부임해 온 이유는 이들이 일을 너무 잘해서 황제의 신임을 얻었기 때문에 고향 땅에 부임해 올 수 있었던 것입니다. 이 두 사람이 고향으로 부임해 와서 노주를 다스릴 때 모두 인정(人情)에 이끌리지 않고 일들을 잘 처리하였습니다.

만약 그 때 부자의 초대에 응하여 식사 대접을 받고 선물(뇌물)을 받았더라면 한 끼가 두 끼가 되었을 것이고 그랬다면 그 다음 번엔 더 많은 것을 받았을 것입니다. 그들이 과거에 급제한 이후 금의환향하였다면, 이 두 사람에게 있어서 그 부자는 큰 은인이라고 할 수 있을 것입니다. 그리하여 이 부자가 인정으로 부탁을 하게 되면 포증과 이 씨 성의 친구는 부자의 체면을 외면할 수 없었을 것이고, 그러면 정도를 걸어갈 수 없었을 것입니다.

이 이야기를 남송(南宋)의 대 유학자인 주희(朱熹, 주자)가 특히 중시하였는데, 왜냐하면 주희 역시도 지방 관직을 지낸 적이 있었기 때문에 그 이해(利害) 관계를 너무나 잘 알고 있었기 때문입니다. 주희는 포증과 이 씨 성의 동학 두 사람의 이야기를 통해 학생들을 가르쳤는데, 반드시 자신의 욕망을 극복해야 하고, 하지 말아야 할 것이 있으며, 원대한 포부가 있어야 하며, 어떤 일을 하든지 반드시 그 결과를 고려해야 한다는 것이었습니다. 이렇게 할 때에만 여러분들도 "마음은 자그마한 이익의 유혹에 흔들리지 않고, 눈은 오색의 유혹에 현혹되지 않게 된다"가 될 것입니다.

사회자 캉훼이:

자오똥메이 교수님의 해설 감사합니다.

특히 방금 자오똥메이 교수님께서 들려주신 주신 포증과 그의 친구의 이야기는 우리 학생들이 더 진지하게 들었던 것 같습니다. 혹시 방청석의 학생분들 중에서 교수님께 드릴 질문이나 하시고 싶은 말씀이 있으신 분 계신가요?

방청객:

두 분 교수님의 해설이 너무 좋았습니다. 들으면서 저도 저 자신을 떠올려 보았습니다. 저는 공산당원입니다. 당원으로서, 간부로서 청렴함을 유지해야 할 것입니다. 그러나 이렇게 하려면 일반 대중들도 마찬가지로 자신에 대해 엄격한 요구가 필요하다고 생각합니다. 그렇기 때문에 보통사람으로서 어떻게 해야 자신 주변의 유혹들에 대해 현혹되지 않을 수 있을지 자오똥메이 교수님께 여쭙고 싶습니다.

사상 해설자 자오똥메이:

사실 당원이든 간부든, 아니면 일반 대중이든 우리의 일상생활 속에서 유혹은 당신이 높은 자리에 있다고 해서 있는 것은 아닙니다. 모든 사람들이 다 유혹에 부딪히게 됩니다. 그렇다는 것은 사실 우리에게 평소에 자기 자신에게 더욱 엄격할 것을 요구하는 것입니다. 그렇게 되면 자그마한 이익에 흔들리지 않을 것이고, 큰 일이 닥쳤을 때 차분하게 마음을 가라앉힐 수 있고, 본분을 지킬 수 있을 것입니다.

사회자 캉훼이:

자오똥메이 교수님 감사합니다.

모든 사람들이 신미로써 자기 자신의 수양을 강화해 나가야 할 것입니다. 당원이든 지도자급의 간부는 더더욱 그렇고요.

"마음은 자그마한 이익의 유혹에 흔들리지 않고, 눈은 오색의 유혹에 현혹되지 않는다."는 이 두 구절은 총서기가 2013년 전국 조직공작회의 이외에도 2018년 제13기 전국인민대표대회 제1차 회의에서도 말했던 구절입니다. 또 다시 이 전고를 인용한 이유는 총서기가 다시 한

번 공산당원과 공산당 간부들을 일깨우기 위한 것이었습니다. 반드시 자율(自律)과 자성(自省)이 있어야 하며 또한 스스로를 점검하고 끊임없이 자기 자신을 방비하는 이러한 능력을 갖추어야 함을 일깨운 것입니다. 그렇다면 어떻게 하는 것이 진정으로 자신을 견고한 금강불패의 몸으로 단련시킬 수 있는 것일까요? 황이빙 연구원을 모시고 그 해답을 들어보도록 하겠습니다.

사상 해설자 황이빙:

고상한 사상과 정조, 좋은 품행과 도덕규범, 그것은 오랜 실천과정에서 단련되어지고 만들어지는 것입니다. 시진핑 총서기의 정치 생애를 되돌아보면, 허베이에서 푸젠으로, 저장에서 상하이로, 그리고 다시 베이징으로 오는 과정 속에서 시종 일관되게 관철시켜 온 것이 바로 청렴과 자율입니다.

총서기가 정딩현에 있을 때, 현위원회와 현 정부에는 짚차가 두 대 있었지만 그는 거의 타지를 않았습니다. 그는 항상 자신의 자전거를 타고서 마을들을 돌아다니며 조사하고 연구하였습니다.

총서기의 정딩현에서의 세월은 많은 사람들의 마음속에 1년 내내 항상 낡은 군복을 입고 천으로 만든 국방색 신발을 신고서, 마을들을 돌며 조사연구를 할 때는 녹색의 크로스백을 메고서 급하지도 느리지도 않는 온화한 말투의 시진핑 동지의 모습으로 남아 있습니다. 그렇기 때문에 그의 동료들은 모두 중앙기관에서 온 사람이 기층의 간부보다 더 소박하다고 말들을 했습니다. 총서기는 후에 중국 공산당원은 자기 생활의 소소한 일들만을 생각해서는 안 된다고 말한 적이 있습니다. 생활 속의 사소한 일들에 신경을 많이 쓰게 되면 전심전력으로 인민들을 위해 일을 할 수가 없어진다는 것이었습니다. 옛날 사람들이 "역대로 어진 사람들의 나라와 집안을 살펴보니, 근검함으로 성공하고 사치로 망한다.(歷覽前賢國與家, 成由勤儉破由奢.)"고 말했습니다. 자기 통제와 자기 경계, 본분의 준수는 시종 사상적 수양의 높은 경지를 지켜주면서 또한 "부패를 생각하지 않는" 방어벽을 만드는 필수 조건입니다. 공산당원은 응당 더 높은 기준을 자신에게 요구해야 합니다. 엄격한 자기수양과 엄격한 권력의 사용, 엄격한 자기 규율을 통해 공산당원의 고상한 품격과 청렴함과 절개를 지켜나가야 합니다. 그래야만 진정으로 "부패를 생각하지 않는" 사상적 기초를 공고히 할 수 있습니다.

사회자 캉훼이:

오늘 사상 해설과 경전 해설을 맡아주신 두 교수님의 해설 감사합니다. 중국 공산당 제18차 당 대회 이래 전면적인 종엄치당(從嚴治黨)과 당풍염정(黨風廉政), 그리고 반부패 투쟁을 통해 견실한 성과들을 거두었습니다. 그러나 우리는 반부패와 청렴 제창은 임무가 막중하고 갈 길이 멀며, 영원한 진행형이라는 사실을 잘 알고 있습니다. 그렇기 때문에 확고부동하게 꾸준히 걸어가야 할 것입니다. 제멋대로 자란 대나무가 만 그루라 해도 베어야만 새로운 소나무가 일천 척의 높이로 자랄 수 있기 때문입니다.

이번 프로그램의 대미와 함께 중화의 우수한 전통문화 속의 청렴과 관련된 고전을 읽으면서 다시 한 번 맑은 바람과 바른 기운이 가져다주는 믿음과 결심을 느껴보시기 바랍니다.

-경전 낭독 위산-

『영사이수(詠史二首)』 중의 제2수

– 이상은(李商隱)

歷覽前賢國與家, 成由勤儉破由奢.
何須琥珀方爲枕, 豈得眞珠始是車.
遠去不逢靑海馬, 力窮難拔蜀山蛇.
幾人曾預南薰曲, 終古蒼梧哭翠華.

역대로 이전의 어진 이들의 나라와 집안을 살펴보니
근면함으로 성공하고 사치함으로 망했구나.
굳이 호박이라야 베개가 될 수 있으며,
어찌 진주가 있어야만 수레라고 할까
운이 떠나가니 청해의 말을 만나지 못하고
힘이 다하니 촉산의 뱀을 잡아 뽑기 어려워라.
몇 사람이나 남훈곡을 같이 불러보았던가
영원토록 창오산에서 비취새 깃털 깃발에 통곡한다.

『서단주군제벽(書端州郡齋壁)』

－ 포증(包拯)

清心为治本, 直道是身謀.
秀幹終成棟, 精鋼不作鉤.
倉充鼠雀喜, 草盡兔狐愁.
先哲有遺訓, 毋貽來者羞.

깨끗한 마음은 다스림의 근본이요,
바른 길은 자기 몸을 지키는 꾀로다.
빼어난 줄기는 마침내 동량이 되고,
정순한 강철은 갈고리가 되지 않으리.
창고가 차면 쥐와 참새가 좋아하고
풀이 다하면 토끼와 여우가 시름한다.
선대 철인들의 유훈이 있으니,
후세에 부끄러움 전하지 말지어다.

제10회

"천하의 다스림은 인재에게 달려 있다."
(天下之治在人才)

제10회
주제

1. 어떤 사람이 '인재'인가?
2. 어떻게 인재를 길러낼 것인가?
3. 인재를 어떻게 중용할 것인가?

    이번 회에서는 시진핑 총서기의 인재관을 "어떤 사람이 인재인가?", "어떻게 인재를 길러낼 것인가?", "인재를 어떻게 중용할 것인가?"라는 세 부분으로 나누어 설명하고자 한다.

    첫 번째 부분은 어떤 사람이 인재인지, 즉 인재에 대한 기준 문제를 제시하고 있다. 인재 선발은 도덕성과 재능의 겸비 중에서 덕을 우선으로 해야 한다고 했다. 총서기가 인용한 고전 중에 "재주라고 하는 것은 덕의 밑천이요, 덕은 재주의 통솔자이다.(才者, 德之資也. 德者, 才之帥也.)"라는 구절이 있는데, 총서기는 이것 외에 더 나아가 애국과 애민, 이상과 신념, 실천과 자발성, 개혁과 혁신, 책임과 감당이라는 이 다섯 쌍의 기준을 가지고 인재를 선발해야 한다고 설명했다.

    두 번째 부분은 인재를 어떻게 양성할 것인가의 문제를 제시했다. 시진핑 총서기가 인용한 고전 중에서 "재상은 주부에서 나오고, 맹장은 병졸에서 나온다.(宰相起於州部, 猛士起於卒伍.)"라는 구절을 통해 인재 양성은 독서·학습과 불가분의 관계이며, 단련과도 불가분의 관계이며, 인재가 성장해 나갈 수 있는 좋은 환경과 분위기를 조성해 나가야 함을 설명했다.

세 번째 부분에서는 인재를 어떻게 중용할 것인가의 문제를 제시하고 있다. 총서기가 인용한 고전 중에 "대저 특별한 공을 세우고자 한다면, 반드시 비상한 사람이 있어야 한다.(蓋有非常之功, 必待非常之人.)"는 구절을 가지고 정확한 인재 활용의 발전 방향을 견지하면서, 장점으로 단점을 숨기고, 격식에 얽매이지 않는다는 세 가지 인재 등용의 요소에 대해 설명했다.

사회: 캉훼이

사상 해설: 왕제(중공중앙당교 교수)

경전 해설: 캉쩐(康震: 베이징사범대학 교수)

초대 손님: 자용훼이(賈永輝, 허베이성 정딩현 도서관 직원)

경전 낭송: 위팡(于芳)

-사회자 캉훼이-

여러분 안녕하십니까? 『백가강단(百家講壇)』 스페셜 시리즈 『시진핑, 고전으로 인민에게 다가가다-시진핑 총서기의 고전 인용』 프로그램을 시청해 주셔서 감사합니다. 저는 사회자 캉훼이입니다.

먼저 오늘 스튜디오를 찾아주신 베이징과학기술대학과 중국인민대학 학생 여러분 반갑습니다.

중국의 수많은 고전 문헌들 중에서 "세상을 잘 다스리는 것은 인재에게 달려 있다. (致天下之治者在人才)", "공은 재주로 이루고, 사업은 재주로 말미암아 넓어진다.(功以才成, 業由才廣.)"는 구절처럼 '인재'를 언급하고 있는 고전 구절은 아주 많습니다. 그리고 이러한 구절들이 이야기 하고 있는 도리는 모두 하나입니다. 인재는 국가를 다스리는 기초이며, 사업 성패의 관건이라는 것입니다.

인재에 관해 시진핑 총서기는 많은 언급을 했으며, 이렇게 언급한 내용들 중에는 매우 빼어난 고전 구절이 많았습니다. 우리는 총서기의 이러한 고전 인용을 통해 총서기의 인재관을 엿볼 수가 있습니다.

그럼 오늘 사상 해설을 맡아주실 중공중앙당교(中共中央黨校)의 왕제 교수님을 큰 박수로 맞아 주시기 바랍니다.

-사상 해설자 왕제-

여러분 반갑습니다.

그럼 이번 회에서는 "어진이의 등용(用賢)"에 대해 말씀드리겠습니다. "세상을 잘 다스리는 것은 인재에게 달려 있다."거나 "정치의 핵심은 오직 인재를 얻는데 있다.(爲政之要, 惟在得人.)"라고 말합니다. 여기서는 인재의 중요성에 대해 말하고 있습니다. 중국의 전통문화에서는 수백 년 동안 지켜온 아주 훌륭한 전통이 하나 있는데, 바로 인재를 존중한다는 것입니다. 인재 존중의 이 전통은 중국문화의 시작과 끝을 관통하고 있습니다.

중국공산당의 제18차 당 대회 이후 총서기는 인재에 대해 수차례 언급을 하였는데, "강력한 국력은 인재에게 달려 있다", "인재 자원은 공산당의 집권과 국가 부흥의 가장 근본이 되는 자원이다", "강력한 인재의식을 확립하고 인재 찾기를 갈구해야 하며, 인재를 발견하면 보배를 얻은 듯해야 하고, 인재를 추천함에는 격식에 구애됨이 없어야 하고, 인재를 활용할 때는 그 재능을 다 발휘할 수 있게 해야 한다." 는 말들은 총서기의 강력한 인재의식을 잘 보여주고 있습니다.

이번 회에서 저는 다음의 세 가지를 이야기 하고자 합니다.

첫째, 인재란 무엇인가?
둘째, 인재를 어떻게 양성할 것인가?
셋째, 인재를 어떻게 중용할 것인가?

그럼 먼저, 첫 번째, '인재란 무엇인가?'에 대해 이야기 해 보겠습니다. 새로운 시대를 맞이하여 어떤 한 사람이 인재인지 아닌지에 대해 판단할 때 어떤 기준이 있어야 할까요? 이 점과 관련하여 총서기는 어떻게 말하고 있는지 살펴보도록 하겠습니다.

1. 어떤 사람이 '인재'인가?

"재능은 덕의 자원이요, 덕은 재능의 통솔자이다.(才者, 德之資也. 德者, 才之帥也)"라고 했습니다. 인재의 양성은 반드시 인품의 함양과 재능 교육을 통일시켜 나가는 과정이며, 이것이 교육의 근본입니다. 인간은 덕이 없이 홀로 설 수 없다고 했으니, 인재 교육의 근본은 바로 이 덕을 세우는 데 있는 것입니다. 이것이 인재 양성의 변증법인 것입니다.

사회자 캉훼이:

이 내용은 2018년 5월 2일 "5.4 청년의 날" 전야에 총서기가 베이징대학의 교수·학생 좌담회에 참석해서 한 말입니다. 이 내용 중에는 총서기가 인재 양성의 변증법에 대해 언급한 것이 있는데, 사실 여기서 이야기 하고 있는 것은 인재인지 아닌지를 어떻게 판별하는지에 대한 기준을 말하고 있습니다. 이 내용 속에는 시진핑 총서기가 인용한 "재능은 덕의 자원이요, 덕은 재능의 통솔자이다."라는 고전 구절이 들어 있습니다. 그러면 이 구절의 출전은 어디일까요? 또 시진핑 총서기의 인재관(人才觀)에 있어서 이 말은 어떤 영향을 주었을까요? 그럼 이번 회의 경전 해설자이신 베이징사범대학의 캉쩐 교수님을 모시도록 하겠습니다. 큰 박수로 환영해 주시기 바랍니다.

—경전 해설자 캉쩐—

여러분 안녕하세요. "재능은 덕의 자원이요, 덕은 재능의 통솔자이다."라는 이 두 구절은『자치통감·주기(資治通鑑·周紀)』편에 나옵니다. 모두 잘 아시겠지만,『자치통감』은 북송 시기 역사가인 사마광(司馬光)이 주관하여 편찬한 책입니다. 이 두 구절의 표면적 의미는 무엇일까요? 바로 덕행, 품덕이 재능의 통솔자이며, 재능이나 재주는 덕행을 보조하는 요소라는 말입니다. 이 둘의 관계는 제가 말씀을 드리면 모두들 다 명확하게 아실 것입니다.

어쩌면 여러분들께서 사마광이『자치통감·주기』편에서 왜 이 두 구절을 이야기 했느냐고 물으실지 모르겠습니다. 이와 관련해서는 일화가 있는데, 이 일화의 결과는 그다지 해피엔딩은 아닙니다.

춘추시기에 지선자(智宣子)라는 대부(大夫)가 있었는데, 그는 자신의 후계자를 찾아서 지(智) 씨 집안의 가업을 잇게 하고 싶었습니다. 그런데 누구를 선택했을까요? 그가 선택한 사람은 바로 지요(智瑤)라는 사람이었는데, 자신의 생각으로는 이 지요가 매우 뛰어나 보였습니다. 그러나 자신의 집안에 지과(智果)라는 사람이 있었는데 결사코 반대를 했던 것입니다. 왜 반대를 하였을까요? 지과에게는 나름의 이유가 있었습니다. 그는 이 사람이 재주가 출중하고 다섯 가지 빼어난 점을 가지고 있다고 말했습니다. 그 첫 번째 장점은 덩치가 크고 용맹했으며,

얼굴도 잘 생기고 매우 영민하기까지 하다는 점이었고, 두 번째는 재주와 기예를 두루 갖추고 있었다는 점이었습니다. 그리고 세 번째 장점은 말 타기와 활쏘기에도 뛰어나 말 위에서의 싸움기술과 활쏘기에 아주 능했다는 점이었습니다. 네 번째는 무엇이었을까요? 네 번째는 바로 결단력이 있었다는 점입니다. 또 하나가 있었는데, 바로 말을 아주 잘했다는 것입니다. 이 다섯 가지 장점들은 모두들 들으면 바로 아셨겠지만 이 정도면 거의 완벽했으니, 계승자가 되지 못할 이유가 뭐가 있겠습니까? 하지만 지과는 그래도 한사코 반대를 했는데, 이 지요라는 사람이 비록 이렇게 뛰어난 다섯 가지 장점을 가지고 있었지만, 그에게는 가장 큰 단점이 하나 있었는데, 이 단점 하나가 다섯 가지 장점을 모두 덮어버린다고 말했습니다. 그렇다면 그 단점이란 것이 무엇이었을까요? 바로 이 지요라는 사람은 인애(仁愛)의 마음이 없었기 때문에 도덕적으로 결함이 있다는 것이었습니다. 지과는 지선자에게 그가 당신의 계승자가 되어 지 씨 가문의 사업을 이어받게 되면 멸문의 재앙이 닥칠 것이라고 경고하였습니다.

아니나 다를까, 이 사람은 탐욕스럽고 어질지 못했습니다. 탐욕스럽고도 인애의 마음이 없었습니다. 그래서 그가 지 씨 집안의 가업을 이어받기는 했지만 오히려 지 씨 가문은 멸문의 화를 당하는 결과를 맞이하고 말았습니다.

그래서 사마광은 『자치통감·주기』에 이 이야기를 실을 때 이 말을 했던 것입니다. 사마광의 『자치통감』에서는 이 이야기를 어떻게 평가하고 있을까요? 지요는 왜 멸문의 화를 당하게 되었을까요? 바로 그의 재주가 그의 도덕적 성품을 뛰어넘었기 때문이었던 것입니다. 다시 말해서 그의 이 도덕적 품성이 그의 재능을 통솔하였기 때문에 문제를 일으키게 되었던 것입니다. 사실 사마광은 세상 사람들에게 경고하고 있는 것입니다. 일반인은 어떤 것이 재능이고 도덕적 품성이 어떤 것인지를 잘 구분하기 어려워서 이 두 가지를 하나로 혼동해서 이해하고 있었습니다. 어쨌듯 어떤 한 사람이 어질고 재능이 있다고 생각되면 그 사람은 아주 능력 있는 사람이라고 생각하는 것입니다. 사마광은 이는 서로 다른 두 가지 일로, 도덕적 품성은 도덕적 품성이고 재주는 재주일 뿐, 재주는 도덕적 품성의 보조이고 도덕적 품성은 재능의 통솔자라고 말하고 있습니다. 바로 이 두 구절이 여기에서 나온 것입니다. 사마광은 여기에서 시작해서 더 나아가 다시 일련의 논의들을 제기했는데, 이는 매우 중요한 것이었습니다. 그는 재주와 도덕적 품성을 모두 갖춘 사람을 성인(聖人)이라고 했으며, 재주도 없고 도덕적 품성도 갖추지 못한 사람은 당연히 어리석은 사람이며, 도덕적 품성을 갖추었으나 재능이 없는 사람은 군자라고 부를 수 있다고 했습니다. 그럼 재주는 있으나 도덕적 품성을 갖추지 못한 사람은 무엇이라고 부를까요? 바로 소인배입니다. 모두 이제 분명하게 아실 것입니다. 사마광에게 있어서 재주는 매우 중요한 것이기는 하지만 도덕적 성품이 더욱 중요했으며, 도덕적 품성과 재주를 모두 갖춤에 있어서는 도덕적 품성이 더 먼저였던 것입니다.

사마광은 위대한 역사가였을 뿐만 아니라 본인 스스로는 또한 위대한 정치가였습니다. 당시 송나라 철종(哲宗), 원우(元祐) 연간에 그는 재상의 직책을 맡고 있었는데, 한 사람을 등용하게 됩니다. 바로 유안세(劉安世)로 그는 비서성(秘書省)에서 일을 했습니다. 사마광은 왜 유안세를 등용했을까요? 유안세가 부임하고 나서 사마광이 유안세를 찾아와 담소를 나누다가 유안세에게 왜 자기를 등용했는지 아느냐고 물었습니다. 유안세는 자기가 어떻게 알겠느냐고 하면서, 자신은 항상 본분을 지키며 한 번도 연줄을 댄 적이 없다고 말했습니다. 이에 사마광은 바로 연줄을 찾지 않은 그 점이 마음에 들었다고 하면서, 자신이 처음에 조정으로부터 파면되어 한가롭게 지내고 있을 때는 삼일이 멀다하고 찾아와 이런 저런 문제들을 토론하고 하더니, 자신이 재상이 되고나서는 자신을 찾아오는 것은 말할 것도 없고 편지도 한 통 없었다고 말했습니다. 바로 이러한 점을 통해서 유안세가 도덕적 성품을 갖춘, 도덕적 품행이 바른 사람이란 것을 알 수 있었다는 것입니다.

게다가 그가 재능이 있었음은 말할 필요가 없죠. 그래서 사마광은 자신의 『자치통감』에서 도덕적 품성과 재능의 관계에 대해 매우 분명하게 이야기하고 있을 뿐만 아니라 이 역사 속 이야기를 끌어들여 우리들에게 교훈을 주고 있는 것입니다. 또한 동시에 자기 자신 역시도 몸소 실천함으로서 후세 사람들의 본보기가 되었던 것입니다.

사회자 캉훼이:

방금 캉쩐 교수님께서 사마광의 『자치통감』 속의 도덕적 품성과 재능과의 관계에 대한 분석과 어떤 사람이 성인이고, 어떤 사람이 어리석은 사람이며, 또 어떤 사람을 군자라고 하고, 어떤 사람을 소인배라고 하는지를 말씀해 주셨습니다. 사실 사마광이 이야기 하고 있는 것이 한 사람의 도덕적 품성과 재능 사이의 관계에 대한 척도인 것 같습니다. 왕제 교수님께서는 이 도덕적 품성과 재능 사이의 이러한 변증법적 관계에 대해 어떻게 생각하시는지요?

사상 해설자 왕제:

방금 중국문화에서는 도덕을 매우 중요시 하며, 시종일관 도덕의 가치를 가장 중요하게 여긴다고 말씀을 드렸습니다. 옛 사람들은 도덕적 품성과 재능과의 관계에 대해 많은 비유를 하였습니다. 어떤 사람은 도덕적 품성을 "물의 근원이자 나무의 뿌리"로, 재능을 "물결이요 나무의 잎사귀"라고 비유하기도 하였으며, 또 어떤 사람은 도덕은 "한 집안의 주인"이고 재능은 "그 집의 하인"이라고 비유하기도 하였는데, 이러한 비유들은 모두 매우 형상적이고 생동적입니다. 사실, 이러한 비유들이 설명하고 있는 것은 도덕과 재능에 있어서는 덕이 더 중요하다는 것입니다.

사회자 캉훼이:

덕이 재능의 통솔자이고 재능보다 덕이 먼저라고 한다면, 또 다른 새로운 문제가 하나 출현하게 되는데, 바로 우리가 한 사람의 재능을 알아보았을 때, 어떻게 이 사람이 도덕적 품성까지도 겸비하고 있는지를 알 수 있느냐는 것입니다. 이 문제에 대해서 캉쩐 교수님의 해석을 들어보도록 하겠습니다.

경전 해설자 캉쩐:

무엇이 도덕인지 가장 근본적인 점은 한 사람의 가치 추구에 있으며, 한 사람의 사상적 품성에, 한 사람으로써 세상과 타인과 사물을 바라보는 태도와 관점에 있다고 생각합니다. 우리가 한 사람을 관찰할 때 사상적으로 맞는지 안 맞는지, 올바른 길을 가고 있는지는 바로 사람을 대하고 사물을 대하는, 그리고 세상을 바라보는 시선과 관점과 태도가 올바른지에 달려있는 것입니다.

사회자 캉훼이:

사실 캉쩐 교수님께서 말씀하신 것은 매우 중요한 시대적 과제입니다. 오늘날까지 줄곧 도덕적 품성과 재능의 겸비에 있어서 덕을 우선으로 한다는 것은 여전히 인재 선발과 등용에 있어서 매우 중요한 기준입니다.

계속해서 왕제 교수님을 모시고 해설을 들어보도록 하겠습니다.

사상 해설자 왕제:

총서기의 인재에 관한 일련의 중요한 말들에 대한 학습을 통해 우리는 다음과 같은 중요한 다섯 가지를 알 수 있습니다.

첫 번째는 애국애민입니다.

첸쉐선(錢學森)은 일찍이 미국에서 유학을 했는데, 그가 미국에서 있을 때 아주 좋은 대우를 받았습니다. 그러나 신중국 성립 이후 그는 여러 가지 어려움에 봉착했지만 이를 뚫고서 조국의 품으로 돌아왔습니다. 우리는 과학은 국경이 없다고 말하지만, 과학자는 자신의 조국이 있습니다. 그렇기 때문에 첸쉐선에게서 우리는 조국의 은혜에 보답하고자 하는 간절한 마음과 조국에 보답하고자 하는 짙은 정서를 느낄 수 있는 것입니다.

두 번째는 이상과 신념입니다.

젊은 시절의 저우언라이(周恩來)는 제국주의가 중국을 침략하고 중국인을 학살하고 중화문명을 파괴하는 것을 보고서 "중화의 굴기를 위해 공부"하겠다는 숭고한 이상을 세우게 되었다고 합니다. 그렇기 때문에 오늘날의 우리 한 사람 한 사람에게 사업을 성취하고자 한다면 반드시 원대한 이상과 목표를 세워야 할 것이며, 그렇지 않으면 어떤 일도 이룰 수 없을 것이라고 말해주고 있습니다.

세 번째는 실천과 자발성입니다.

탁상공론은 나를 망치고 말 것이지만, 실천은 나라를 부흥시킬 것입니다. 태항산(太行山)의 "새로운 우공(愚公)"으로 불렸던 리바오궈(李保國)는 사람들에게 "농민 교수"라고 불리기도 하였는데, 그는 허베이 농업대학의 교수로, 평소에도 학생들을 가르쳐야 하고 연구도 해야 했으며 업무 또한 매우 바빴습니다. 그러나 그는 자기 자신의 일생을 인민들을 위해 바쳤습니다.

통계에 의하면 35년 동안 과학기술 교육에 참여했던 사람들 만해도 9만 명이 넘었으며, 그가 교육한 횟수만 해도 800차례가 넘었다고 합니다. 많은 사람들이 원래는 아무런 기술도 없었고, 또 이해도 못했지만, 그에게서 교육을 받고 나서는 기술자가 되었습니다. 사실 리바오궈는 바로 자신의 진정한 재능과 견실한 학식, 실천 정신으로 사람들의 마음속에 금자탑을 세웠던 것입니다.

네 번째는 개혁과 혁신입니다.

중국문화에서는 "진실로 하루가 새로웠다면 날마다 날마다 새롭게 하고, 또 날로 새롭게 하라(苟日新, 日日新, 又日新.)", "궁하면 변하게 되고, 변하면 통하게 되고, 통하면 오래간다.(窮則變, 變則通, 通則久.)" 등과 같은 말들을 합니다. 사실 개혁과 혁신의 중요성을 말하고 있는 말들입니다. 총서기도 "오직 개혁하는 사람만이 나아가게 되고, 오직 혁신하는 사람만이 강하게 되며, 오직 개혁하고 혁신 하는 사람이 승리하게 된다."라고 말했는데, 이 모든 것들이 개혁과 혁신의 중요성을 강조한 것입니다. "세계 잡종강세수도(雜種强勢水稻)의 아버지"라고 불리는 위안룽핑(袁隆平)은 오늘날의 개혁과 혁신의 전형이자 모범이라고 할 수 있을 것입니다. 위안룽핑은 몇 십 년 동안 벼 육종 기술을 연구해오면서 높은 수확량과 안정적 생산을 할 수 있는 벼 품종을 개발하여 중국의 식량안전에 헤아릴 수 없는 크나큰 공헌을 하였습니다. 바로 이러한 개혁과 혁신으로 인해 그는 끊임없이 앞으로 나아갈 수 있었던 것입니다.

마지막 다섯 번째는 책임과 감당입니다.

총서기는 "대담할수록 더 많은 일을 할 수 있고, 책임을 질수록 더 많은 성취를 얻을 수 있다."라고 말했습니다.

1980년대 시진핑 동지가 허베이 정딩현으로 부임해 왔을 때, 명성도 윗사람의 눈치도 아랑곳하지 않으면서 실사구시 정신으로 정딩의 경제발전을 위해 좋은 기초를 착실히 다져 나갔습니다. 시진핑 동지가 보기에 정딩현의 발전에 도움이 되는 일이라면 아무리 어려운 일이라도 마다하지 않고 하였으며, 게다가 훌륭하게 처리하기까지 했습니다. 이러한 것들이 바로 책임을 지고 감당하는 태도를 잘 보여주는 것입니다. 방금 제가 다섯 가지의 측면에서 총서기의 인재와 관련된 언급의 중요한 측면을 말씀드렸습니다.

"한 해의 계획으로는 곡식을 심는 것보다 좋은 것이 없고, 10년의 계획으로는 나무를 심는 것보다 나은 것이 없으며, 평생의 계획으로는 사람을 기르는 것 보다 훌륭한 것이 없다.(一年之計, 莫如樹谷. 十年之計, 莫如樹木. 終身之計. 莫如樹人.)"라고 했습니다. 인재는 저절로 만들어지지 않습니다. 인재는 필요에 따라 양성해야 하는 것입니다. 우리가 어떠한 인재를 양성해야 하는지, 세상의 영재를 얻어 등용해야 하는 실현하고자 하는 목표는 무엇일까요? 총서기는 이에 대해 또 어떤 말을 했는지를 보도록 하겠습니다.

2. 어떻게 인재를 길러낼 것인가?

시진핑

역대 왕조들은 모두 현(縣) 급 관원의 선발과 임용을 매우 중요하게 생각했습니다. 옛 사람들은 일찍이 "재상은 주와 부에서 나오고 맹장은 병졸에서 나온다.(宰相起於州部, 猛士起於卒伍)"라는 역사적 현상을 찾아냈습니다. 역사적으로 많은 유명 인사나 뜻 있는 선비들이 관리가 되어 정치를 함에 있어서 대부분 현령에서부터 시작하였습니다.

사회자 캉훼이:

방금 소개한 내용은 2015년 1월 12일에 시진핑 총서기가 중앙당교(中央黨校)의 현위원회 서기 연수반의 반원들과의 좌담회 때 한 말입니다. 이 연설에서 총서기는 "재상은 주와 부에서 나오고 맹장은 병졸에서 나온다."는 고전 구절을 인용하였습니다. 이에 대해 캉쩐 교수님을 모시고 설명을 들어보도록 하겠습니다.

경전 해설자 캉쩐:

"재상은 주와 부에서 나오고 맹장은 병졸에서 나온다"는 이 구절은

『한비자·현학(韓非子·顯學)』편에 나오는데 한비자가 한 말입니다. "주부(州部)"가 무엇일까요? 바로 고대의 기층 행정단위를 말합니다. 그럼 "졸오(卒伍)"는 무슨 말일까요? 바로 군대 조직의 기층 단위입니다. 이 두 구절의 의미는 바로 재상이 되고 싶다면 반드시 먼저 주와 부와 같은 기층에서부터 시작해야 된다는 말입니다. 당신이 장수가 되고 싶다면 먼저 부장(副將), 소장(小將)의 일을 할 줄 알아야 하며, 심지어는 분대(班)장에서부터, 소대(排)장, 중대(連)장, 대대(營)장으로 한 단계 한 단계씩 밟아 올라가야 한다는 것입니다.

인재의 성장, 간부의 성장은 한 층 한 층 건물을 짓는 것과 마찬가지입니다. 아무리 높은 건물이라도 땅에서부터 시작해야 하며, 기초가 매우 중요합니다. 기초가 탄탄하지 못하면 건물이 높으면 높을수록 더 빨리 무너지고 말 것입니다.

사회자 캉훼이:

캉쩐 교수님의 해설 감사합니다. 무릇 큰일을 이루고자 하는 사람은 반드시 밑바닥에서부터 시작해야 한다는 이것이 총서기가 인재양성에 있어서 매우 중요하게 여기는 부분입니다.

저는 방청석에 앉아계신 학생 분들과 이야기를 나눠보고 싶은데요, 예를 들어 지금 현재의 당신이 어느 작은 마을에서 촌의 간부를 맡게 된다면, 그곳에 도착 한 후 가장 먼저 어떤 일을 하고 싶으신가요? 어떤 학우가 이야기해 주실까요?

방청객 1:

저는 중국런민(人民)대학 맑스주의학원에 재학중인 쉬리더(許立德)이라고 합니다. 방금 사회자님께서 만약 촌 간부로 임명이 된다면 가장 먼저 어떤 일을 하고 싶으냐고 물으셨는데, 저는 먼저 그곳의 지형에 대해 이해를 할 것입니다. 개혁개방 때 "부자가 되고 싶으면 먼저 새로 길을 닦아라"라고 했듯이, 저는 먼저 그 마을에 대해, 교통 상황에 대해 총체적으로 파악을 해야 마을 주민들이 부유해 질 수 있다고 생각하기 때문입니다. 만약 마을에 빈곤가정이 있다면 그들을 빈곤에서 탈출시켜야 지금의 맞춤형 빈곤탈출을 실현할 수 있다고 생각합니다.

방청객 2:

저는 중국런민대학 관리학원의 샤오옌(肖艶)이라고 합니다. 봄 방학 때 저희 학교에서는 총서기께서 지식청년으로 있었던 량쟈허로 가서 연구조사를 했었습니다. 우리가 량쟈허에 도착했을 때 "지식청년우물(知青井)"을 발견했는데, 당시 량쟈허라는 이 지역은 식수공급이 좋지 못해서 시진핑 주석이 주민들과 함께 이 우물을 팠다고 들었습니다.

그리고 또 저희들은 시진핑 주석이 당시 량쟈허의 에너지문제가 심각한 상황임을 발견하고는 당시 산시(陝西)성에서 가장 먼저 메탄가스 저장탱크를 만들었다는 사실을 알게 되었습니다. 당시 산시성에는 아직 이런 기술적 조건을 갖추고 있지 못했기 때문에 멀리 쓰촨(四川)성의 미엔양(綿陽)이라는 곳까지 가서 메탄가스 저장탱크 만드는 방법을 배워서 돌아와 량쟈허의 주민들과 함께 이 메탄가스 저장탱크를 완성했다는 사실을 알게 되었습니다. 지식청년우물과 메탄가스 저장탱크이 두 가지는 현지 주민들의 생활환경을 획기적으로 향상시켰습니다. 그렇기 때문에 만약에 제가 촌의 간부가 된다면 저는 먼저 실천을 통해 대중들 속으로 들어갈 것입니다.

그런 후 그들이 진정으로 필요로 하는 것이 무엇인지를 이해할 것입니다.

사회자 캉훼이:

감사합니다. 방금 여학생이 시진핑 총서기가 량쟈허에서 생산대(揷隊)로 있을 당시에 했던 일들을 이야기해 주었습니다. 총서기 자신도 인생에서 처음으로 배운 것들은 모두 량쟈허에서 얻은 것들이고, 량쟈허는 큰 배움을 얻은 곳이라고 말한 적이 있습니다. 이 큰 배움이 무엇인지는 우리 모두 알 수 있습니다. 사실 중국 인민들의 생활이 어떠한지를 이해하고, 기층을 이해하고 대중을 이해해야 하는 것이 바로 그것입니다. 그러므로 젊은 친구들이 진정으로 기층으로 내려가 중국을 이해하기를 희망합니다.

총서기는 인재 양성에 대해 많은 중요한 말들을 하였습니다. 왕제 교수님을 모시고 이에 대해서 설명을 들어보도록 하겠습니다.

사상 해설자 왕제:

기층의 경험을 이야기하면, 저는 노자의 "아름드리 나무도 붓털 같은 새싹에서 자라나고, 구층 높이의 누대도 삼태기 흙을 쌓는 것에서 시작하며, 천리길도 발 아래에서 시작된다.(合抱之木, 生於毫末. 九層之臺, 起於累土. 千里之行, 始於足下.)"는 구절이 생각납니다. 아무리 높고 높은 빌딩이라고 땅에서부터 시작하기 마련입니다. 땅이 기초입니다. 기초가 부실하면 땅도 산도 흔들릴 수 밖에 없습니다.

인재양성에 대해서 저는 세 가지를 말씀드리겠습니다.

첫째는 인재는 공부를 통해서 만들어진다는 점입니다. 2012년 11월 총서기는 공부에 관한 일화를 말한 적이 있습니다. 어느 날 한 젊은이가 집에서 펜을 들고 무엇인가를 열심히 적고 있었는데, 알고 보니 번역을 하고 있었습니다. 그런데 그의 모친이 아들이 너무 피곤해 하는 것을 보고서는 쫑즈(粽子: 조릿대로 싸서 찐 찹쌀밥-역자 주)와 흑설탕을 준비하여 아들에게 조금 있다 쫑즈를 먹을 때 흑설탕에 찍어서 먹으라고 일렀습니다. 아들은 알겠다고 대답을 했지요. 조금 있다가 그 어머니가 문을 열고 들어와서는 쫑즈를 먹었냐고 묻자 아들은 아들이 고개를 돌렸는데, 아들의 입 주위가 온통 검게 변해 있었던 것입니다. 아들은 흑설탕을 찍어먹는다는 것이 흑설탕이 아니라 옆에 있던 먹물에 쫑즈를 찍어 먹었던 것입니다. 그래서 온 입가가 검게 변해 있었던 것이죠. 이 때 그 어머니가 아들에게 입 주위가 왜 그렇게 시커멓게 되었는지를 묻자 그때서야 아들은 먹물을 잘못 찍어 먹은 사실을 깨달았습니다.

중국 최초의 『공산당선언』의 번역본이 바로 이 청년이 번역한 것입니다. 이 청년의 이름은 바로 천왕따오(陳望道)였습니다. 그리하여 "진리의 맛은 매우 달콤하다."는 말을 남기게 되었습니다. 이처럼 인재의 성장은 독서와 불가분의 관계가 있다는 것입니다.

두 번째는 인재는 단련을 통해서 만들어진다는 것입니다.

실천은 일하는 능력을 성장시켜주고, 경험 속에서 인재가 나온다는 말입니다. 많은 기층조직은 언제나 인재를 배양하는 비옥한 땅입니다. 예나 지금이나 큰 사업을 이루는 사람은 거의 모두가 기층에서 일을 했던 경험을 가지고 있는 사람들입니다.

방금 방청석의 학우기 말했던, 인민들이 무엇을 생각하는지, 인민들이 무엇을 필요로 하는지를 안다면, 인민들의 생각하고 바라는 것을 안다면 정책의 결정은 과학적이고도 정확할 것이며, 문제들에 대해서도 전면적이고 주도면밀하게 살필 수 있을 것입니다. 그러므로 총서기 자신이 몇 십 년 동안의 성장 경험을 통하여 이 점을 증명했음을 잘 알 수 있습니다. 기층에서 일했던 경험이 있다면 문제를 사고하고 결정할 때 인민의 정서를 이해하고 민생과 소통하고 국가의 상황을 이해할 수 있을 것입니다.

세 번째는 인재가 성장할 수 있는 좋은 환경과 분위기를 조성해야 한다는 것입니다.

총서기는 "환경이 좋아야만 인재들이 모이게 되고 사업이 흥성하게 된다. 환경이 좋지 못하면 인재들이 흩어지고 사업은 쇠락하고 만다."라고 말했습니다. 이는 인재의 환경에 대해 한 말로 인재 양성에 있어서 매우 중요한 문제입니다.

1980년대 초기 시진핑 동지가 허베이 정딩으로 발령을 받아 갔을 당시 현의 문화관 부관장으로 많은 소설을 쓰기도 했고 또 그 소설로 상을 받기도 한 자따산(賈大山)이라고 하는 사람이 있었습니다. 그래서 시진핑 동지는 이 사람에 대해 매우 많은 관심을 가지고 있었습니다. 그래서 정딩에 도착한 후 가장 먼저 찾아간 사람이 바로 이 자따산이었습니다. 시진핑 동지는 정딩에 있을 당시 현지의 환경에서 자따산과 같은 인재들을 위해 좋은 인재 양성의 환경을 만들기 시작했던 것이지요.

사회자 캉훼이:

네, 왕제 교수님 감사합니다. 방금 왕제 교수님께서 1980년대 초 시진핑 동지께서 허베이 정딩에 부임해 있을 당시 자따산과의 일화를 통해 인재를 알아보고 또 인재를 중용했던 이야기를 해 주셨습니다. 자따산은 1980년대 중국 단편소설계에서는 이름 있는 뛰어난 작가였습니다. 자따산은 그 뒤에 정딩현의 문화국 국장을 역임함으로써 작가에서 기층의 문화사업 간부로 변신하기도 했습니다. 이 직책에서 그는 많은 일들을 했는데, 심지어는 그가 이 기층의 문화사업 간부 직위에 있을 때의 영향력은 작가로서의 영향력보다 훨씬 컸다고 말씀드릴 수 있습니다. 그리고 이 이야기는 인재를 알아보고 중용했던 당시 정딩현의 서기였던 시진핑 동지와 밀접한 관계를 가지고 있습니다.

매우 유감스럽게도 자따산 동지는 1997년에 병으로 세상을 떠났습니다. 오늘 저희 스튜디오에 그 분의 아들이신 자용훼이(賈永輝) 씨를 모셨습니다. 큰 박수로 환영해 주시기 바랍니다.

자용훼이 씨는 지금 허베이성 정딩현 도서관에서 일을 하고 계신데, 평소에는 사람들이 모두들 자 선생님으로 부른다고 합니다. 오늘 방청석에 앉아 있는 젊은 친구들에게는 선생님의 부친이신 자따산이라는 이름이 그렇게 귀에 익지는 않을 것 같은데요, 그래서 선생님께서 자따산이라는 분이 어떤 사람이었는지 소개를 해주시면 좋을 것 같습니다.

초대 손님 자용훼이:

저의 부친은 아주 겸손하고 조용한 분이셨습니다. 길을 걸어가실 때에도 항상 벽 쪽으로 붙어서 머리를 숙이고 걸어가곤 하셨지요. 다른 사람들이 부친에게 작가라고 말하면 그렇다고 말하시면서 다른 사람들보다, 주변의 사람들 보다 책을 몇 권 더 읽었고, 평소에 글자를 몇 글자 더 아는 정도라고 말씀하실 정도로 매우 겸손한 분이셨습니다.

사회자 캉훼이:

　방금 왕제 교수님께서도 말씀하셨지만, 총서기가 정딩에서 처음으로 방문하신 분이 바로 자따산 선생님이었고, 정말 얻기 어려운 인재임을 알아본 총서기는 자따산 선생님을 문화관 부관장에서 문화국 국장이라는 직책으로 중용했습니다.

초대 손님 자용훼이:

　시진핑 서기가 두세 번 권하는 바람에 마지못해 수락한 자 선생님은 부임한 후에 창산(常山)영화관을 새로 지으시고, 대비각(大悲閣)을 복원하시고, 또 능소탑(凌霄塔), 개원사(開元寺), 종루(鍾樓)등 많은 유명한 문화재들을 복원하셨습니다.

사회자 캉훼이:

　시진핑 동지가 뚝심 있게 자따산 선생님을 그 자리에 앉히셨는지를 더욱 잘 이해하게 되었습니다. 다시 말해서 총서기는 그를 얻기 힘든 인재임을 알아보았기에 가능했던 것인데, 이는 또한 인재를 중용하는 사람의 안목과 뚝심 그리고 도량을 잘 보여주는 것이기도 합니다.

　이처럼 총서기가 인재를 알아보고 중용했다는 점에 대해서는 많은 중요한 사상과 논술이 있습니다. 이에 대해 왕제 교수님을 모시고 이야기를 들어보도록 하겠습니다.

사상해설자 왕제:

　인재의 중용이 적절한지, 과학적인지, 합리적인지는 인재 중용의 성패와 관계되어집니다. 오늘날 우리가 어떻게 인재를 활용해야 할까요?

온 세상의 인재들을 모이게 하여 중용하겠다는 목표를 실현하고, 온 세계의 인재들이 중국으로 모여들어 자유롭게 경쟁하는 새로운 국면을 조성해 나갈 수 있을까요? 이에 대한 총서기의 말을 들어보도록 하겠습니다.

3. 인재를 어떻게 활용할 것인가?

시진핑

"대저 특별한 공을 세우고자 한다면 반드시 비상한 사람이 있어야 한다.(蓋有非常之功, 必待非常之人.)"라고 했습니다. 사람은 과학기술 혁신의 가장 관건적인 요소입니다. 혁신적 사업으로 혁신 적인 인재를 불러 모아야 합니다. 인재를 존중하는 것이 바로 중화민족의 오랜 전통입니다.

사회자 캉훼이:

이 내용은 시진핑 총서기가 2014년 6월 9일 중국과학원과 중국공정원 두 원의 원사(院士)대회에서 한 연설 내용입니다. 이 연설에서 그는 "대저 특별한 공을 세우고자 한다면 반드시 비상한 사람이 있어야 한다."는 고전 구절을 인용하였습니다. 무엇이 "비상한 공(非常之功)"이고 무엇이 "비상한 사람(非常之人)"일까요? 캉쩐 교수님을 모시고 해설을 들어보도록 하겠습니다.

경전 해설자 캉쩐:

  "대저 특별한 공을 세우고자 한다면 반드시 비상한 사람이 있어야 한다."는 이 구절은 한나라 때의 역사가인 반고(班固)의 『한서·무제기(漢書·武帝紀)』편에 나오는 구절입니다. 그렇다면 이 두 구절의 배경은 무엇일까요? 한나라 무제 원봉(元封) 5년, 그러니까 서기 106년 때의 일입니다. 한 무제가 각 주군(州郡)에 인재를 추천하라는 조서를 내렸습니다. 그럼 어떤 인재를 추천하라고 했을까요? 바로 "대저 특별한 공을 세우고자 한다면 반드시 비상한 사람이 있어야 한다."는 것이었습니다. 평범하지 않은 위대한 업적을 이루기 위해서는 반드시 평범하지 않은 위대한 사람이 있어야 하고 그런 사람을 기다리고 의지해야 한다는 것이었습니다.

  이 두 구절은 사실은 유래가 있습니다. 원봉 5년 이전의 20여 년간, 사마상여(司馬相如)는 모두들 다 잘 아시죠. 서한(西漢)시기의 유명한 문학가이자 한부(漢賦) 작가이기도 하죠. 그가 한무제에게 서남쪽 변방지역의 방어문제에 대해 상소를 올렸습니다. 이 상소에서 그는 다섯 가지 "비상함"을 거론했습니다. 이 다섯 가지 "비상함"이 무엇일까요? 바로 "대저 세상에는 반드시 비상한 사람이 있어야 하며, 그런 연후에야 비상한 일이 있게 된다. 비상한 일이 있은 연후에야 비상한 공이 있게 된다. 비상함이란 보래 평범한 것과는 다른 것이다.(蓋世必有非常之人, 然後有非常之事. 然后有非常之事. 有非常之事, 然后有非常之功. 非常者, 固常人之所異也.)"입니다. 무슨 뜻일까요? 대업을 성취하기 위해서는 평범하지 않은 사람이 있어야 한다는 말입니다. 이 다섯 가지 "비상함"이 한무제의 관심을 끌었던 것입니다. 20년 후 이 일련의 "비상함"을 앞에서 말한 "대저 특별한 공을 세우고자 한다면 반드시 비상한 사람이 있어야 한다."는 구절로 개괄한 것입니다.

사회자 캉훼이:

캉쩐 교수님의 해설 감사합니다. "대저 특별한 공을 세우고자 한다면 반드시 비상한 사람이 있어야 한다."는 말은 역사 속의 그 어떤 시대보다 오늘날의 우리에게 더 가까운 말로, 더욱 굳건한 신념과 능력을 갖추고서 중화민족의 위대한 부흥이라는 목표를 실현해야 할 것입니다. 우리가 세우고자 하는 것은 불세출의 비상한 공이기에 더 많은 비상한 사람들이 필요합니다. 인재를 어떻게 중용하는 것이 좋은지에 관해서 왕제 교수님을 모시고 해설을 들어보도록 하겠습니다.

사상 해설자 왕제:

우리가 앞에서 어떤 사람이 인재이고, 인재는 어떻게 양성해야 하는지를 이야기 하였습니다. 지금은 세 번째 인재를 어떻게 활용할 것인가에 관한 이야기입니다. 저는 인재를 어떻게 활용할 것인가의 문제에 대해 역시 세 가지 점을 이야기해 보고자 합니다.

첫째는 인재 활용의 정확한 방향성을 유지해야 한다는 점입니다. 시진핑 총서기는 인재활용 방향이 가장 중요하고 가장 기본이며 가장 유용하다고 했습니다. 군현이 잘 다스려지면 천하가 평안하게 됩니다. 그래서 총서기는 현위원회 서기 그룹의 확립을 매우 중요하게 여겼습니다. 2015년 중앙에서는 102명의 현위원회 서기들에 대해 표창을 하였고, 그 후 일부 현위원회 서기들이 더 높은 자리로 승진하기도 하였는데, 랴오쥔버(廖俊波)도 그 중 한 명이었습니다. 그는 마음으로 대중들에게 관심을 쏟고 많은 당원 간부들을 이끌고서 자신의 몸을 던져

일을 하며 실천하였습니다. 그는 사람됨이 거리낌이 없고 마음이 넓었으며, 관료로서 청렴결백하였습니다. 가족들에게는 특권을 누리려 하지 말고 더 많이 희생하고 봉사할 것을 항상 당부하였습니다. 그래서 랴오쥔버는 당원 간부들의 마음속에 좋은 본보기로 인식되었습니다. 더 많은 인민들이 더 많은 당원 간부들이 지금도 랴오쥔버에 대해 이야기하고 그를 그리워합니다.

인재활용의 정확한 방향 속에서 당대의 중국 사회에는 랴오쥔버와 같은 더 많은 지도자 간부들이 나타날 것이라고 생각합니다.

둘째는 인재를 중용함에 그 사람의 단점은 숨기고 장점을 최대한 드러내게 해야 한다는 점입니다. 한 자의 길이도 짧을 때가 있고 한 치의 길이도 길 때가 있습니다. 황금도 빛이 바랠 때가 있으며, 사람이라도 완전무결한 사람은 없습니다. 총서기는 어떤 사람을 중용할 것이며, 어떤 자리에 중용할 것인지는 반드시 업무의 필요에서 출발해야 하며, 일에 맞추어 사람을 선택해야지 단순하게 자리를 가지고 간부들을 격려하는 수단으로 삼아서는 안 된다고 말했습니다. 총서기는 청나라 때 시인인 고사협(顧嗣協)의 "준마는 능히 험한 길도 갈 수 있지만, 힘들여 밭을 가는 일은 소만 못하고, 견고한 수레는 무거운 짐을 실을 수 있으나 강을 건너는 일은 배만 못하다.(駿馬能歷險, 力田不如牛, 堅車能載重, 渡河不如舟.)"는 시구를 인용한 적이 있습니다. 모든 사람은 자신의 장점도 있고 단점도 있기 마련이며, 잘하는 일도 있지만 약한 부분도 있기 마련입니다. 그 사람의 장점을 잘 발휘할 수 있게 해 주어야 자신의 재능을 다할 수 있고, 그래야 그 쓰임을 다할 수 있다는 말입니다. 그렇지 않으면 아주 심각한 결과를 초래할 수도 있습니다.

셋째는 인재활용에 있어서 격식에 얽매여서는 안 된다는 것입니다. 옛날부터 뜻 있는 선비는 모두 사람을 씀에 격식에 얽매이지 말 것을 주장했습니다. 오늘날 인재를 중용하는데 있어서 학식이나 신분, 이력에만 기대어서는 안 되며, 전국 방방곡곡에서 어질고 재능 있는 인재를 두루 선발해야 합니다.

예를 하나 들어 보겠습니다. 시창(西昌)의 위성발사센터에 장룬홍(張潤紅)이라는 여성 과학자 한 분이 계십니다. 그녀는 시창 위성발사센터에서 이미 수십 차례 위성발사 임무를 수행한 경험이 있으며, 센터에서 이미 십년이 넘게 일해 오고 있고, 10여 차례 부서를 옮기기도 했습니다. 그녀는 이론적 기초도 매우 탄탄하고 업무 경험도 매우 풍부합니다. 위성 발사장은 일반적으로 대부분 남성들의 세상으로 알고 있습니다만, 남성 동료들 사이에서 그녀의 이름을 이야기하면 모두들 대단하다고 엄지를 치켜세우고 감탄합니다.

장룬홍은 자신의 가장 큰 목표이자 꿈이 바로 중국의 위성발사 영역에서 최초의 01번 지휘관이 되는 것이라고 했습니다. 새로운 시대를 맞이하여 오늘날의 격식에 얽매이지 않고 인재를 중용하는 환경 속에서 장룬홍은 자신의 꿈에, 자신의 목표에 더욱 다가가고 있습니다.

총서기의 인재관에 대한 이야기는 여기까지 하도록 하겠습니다.

사회자 캉훼이:

오늘 사상 해설과 경전 해설을 맡아주신 두 분 교수님의 깊이 있고 생동감 넘치는 해설 감사드립니다.

오늘날, 이 위대한 시대에 우리는 "하늘이 나의 재주 낳았으니 반드시 쓸모가 있을 것(天生我才必有用)"임을 우리는 믿습니다. 우리 한 사람 한 사람이 모두 국가의 필요와 민족의 필요, 시대의 요구에 맞는 인재가 되고자 노력해나가야 할 것입니다.

그럼 이번 프로그램의 마지막 부분으로 인재에 대해 이야기하고 있는 고전 구문을 복습함으로써 "공은 재주로 이루고, 사업은 재주로 말미암아 넓어진다.(功以才成, 業由才廣.)"는 의미가 무엇인지 느껴보고 깨우쳐 보는 시간을 갖도록 하겠습니다.

-경전 낭독 : 위팡-

『자치통감(資治通鑑)』 중에서

—사마광(司馬光)

才者, 德之資也. 德者, 才之帥也. …是故才德全盡謂之聖人, 才德兼亡謂之愚人, 德勝才謂之君子, 才勝德謂之小人.

재주라고 하는 것은 덕의 밑천이요, 덕은 재주의 통솔자이다. …그런 까닭에 재주와 덕이 모두 완전한 사람을 성인이라 하며, 재주와 덕이 둘 다 없는 사람을 어리석은 사람이라고 하고, 덕이 재주를 이기는 사람을 군자라 하며, 재주가 덕을 이기는 사람을 소인배라고 한다.

『관자(管子)』중에서

一年之計, 莫如樹穀. 十年之計, 莫如樹木. 終身之計, 莫如樹人. 一樹一獲者, 穀也. 一樹十獲者, 木也. 一樹百獲者, 人也.

일 년의 계획으로는 곡식을 심는 것보다 좋은 것이 없으며, 십년의 계획으로는 나무를 심는 것보다 좋은 것이 없고, 한 평생의 계획으로는 사람을 기르는 것보다 좋은 것이 없다. 한 번 심어서 한 번 거두는 것이 곡식이요, 한 번 심어서 열배를 거두는 것이 나무이며, 한 번 키워서 백배를 거두는 것이 사람이다.

제11회

"청산이 소나무를 꽉 물고는 놓아주지를 않네."
(咬定靑山下放松)

제11회
주제

1. 왜 이상과 신념을 가져야 하는가?
2. 어떠한 이상과 신념을 확립해야 하는가?
3. 어떻게 이상과 신념을 견지해 나갈 것인가?

　이상과 신념에 대한 교육은 시종일관 중국공산당이 아주 중요하게 생각하고 있는 업무이며, 또한 시진핑 총서기의 새로운 시대 중국적 특색의 사회주의 사상의 중요한 구성 요소이기도 하다.

　이번 회의 "청산이 소나무를 꽉 물고는 놓아주지를 않네." 편에서는 시진핑 총서기의 이상과 신념사상에 관해서 주로 이야기하고 있다. 총서기의 일련의 중요 담화와 보고서 등에서 인용한 고전 구절, 예를 들어 "뜻이 가는 곳은 멀어서 가지 못하는 곳이 없고, 첩첩한 산과 머나먼 바다도 막을 수가 없다. 뜻이 향하는 바는 아무리 단단하여도 뚫지 못하는 것이 없으며, 날카로운 무기와 견고한 갑옷이라도 막을 수가 없다.(志之所趨, 無遠勿屆, 窮山距海, 不能限也. 志之所向, 無堅不入, 銳兵精甲, 不能禦也.)"는 구절이나 "자리는 미천하지만 나라에 대한 걱정은 잊지를 못하네.(位卑未敢忘憂國)", "청산이 소나무를 꽉 물고는 놓아주지를 않으니 본디 바위 갈라진 곳에 뿌리를 내렸다. 천 번을 갈고 만 번을 쳐도 더욱 단단히 버티니, 동서남북 사방의 바람에게 맡겨둘 뿐.(咬定青山不放松, 立根原在破巖中. 千磨萬擊還堅勁, 任爾東西南北風.)"등의 고전을 통해 "왜 이상과 신념이 있어야 하는가?", "어떤 이상과 신념을 수립해야 하는가?" "어떻게 이상과 신념을 지켜나갈 것인가?" 이 세 가지 문제에서 출발하여 사회주의 현대화 건설 과정의 생생한 사례들을 통해 사실적이고 이치를 설명하는 방식으로 사람들의 숭고한 이상과 신념을 격려하고, 가슴 가득한 국가와 가족에 대한 정감으로 초심을 잃지 않고서 부단히 나아가는 중화민족의 위대한 부흥을 위한 분투를 이야기 하였다.

사회: 캉훼이
사상 해설: 쉬촨(徐川: 난징항공항천대학 마르크스주의학원 공산당지부 서기)
경전 해설: 멍만(蒙曼: 중앙민족대학 교수)
초대 손님: 장진란(張錦嵐: 중국 선박중공업그룹유한공사 수석기술고문, 719연구소 당위원회 위원)
경전 낭동: 리단단(李丹丹)

−사회자 캉훼이−

여러분 안녕하십니까? 『백가강단(百家講壇)』 스페셜 시리즈 『시진핑, 고전으로 인민에게 다가가다−시진핑 총서기의 고전 인용』 프로그램을 시청해 주셔서 감사합니다. 저는 사회자 캉훼이입니다.

먼저 오늘 스튜디오를 찾아주신 베이징공상(工商)대학과 대외경제무역대학 학생 여러분 반갑습니다.

청나라 때 정판교(鄭板橋)가 대나무를 노래한 제화시(題畵詩)에 이런 구절이 있습니다.

청산을 꽉 물어 놓아주지 않으니,
본디 바위 갈라진 곳에 뿌리를 내렸다.
천 번을 갈고 만 번을 쳐도 더욱 단단히 버티니
동서남북 사방의 바람에게 맡겨둘 뿐.
咬定靑山不放松, 立根原在破巖中.
千磨萬擊還堅勁, 任爾東西南北風.

이 시에서는 대나무의 완강한 생명력을 통해 확고한 신념을 노래하고 있습니다.

시진핑 총서기는 이 시를 매우 좋아했는데, 일찍이 량쟈허에서 생산대로 있을 당시부터 이 시에 깊은 인상을 받았고, 또 그 의미들을 깊이 이해했다고 합니다. 그 후 이 시의 앞의 두 구절을 "기층으로 깊이 들어가 놓치를 않으니, 원래 대중들 속에 깊이 뿌리를 내렸어라.(深入基層不放松, 立根原在群衆中)"라고 변화시켜 대중에 뿌리를 내리고서 전심전력으로 인민들을 위해 복무하겠다는 의지와 신념을 노래하기도 했습니다.

오늘 이 프로그램의 주제가 바로 "신념"입니다. 총서기는 이상과 신념에 대해 고전을 인용하여 언급하기도 했습니다. 오늘 이에 대한 깊이 있는 해설을 통해 그 심후한 사상적 의미를 느껴 보시기 바랍니다.

그럼 이번 회에 사상 해설을 맡아주신 난징항천항공대학 맑스주의 학원 공산당 총지부 서기 쉬촨 교수님을 큰 박수로 환영해 주시기 바랍니다.

－사상 해설자 쉬촨－

여러분 반갑습니다. 본격적인 이야기를 하기 전에 여러분에게 일화 하나를 소개해 드리겠습니다.

홍군(紅軍)의 대장정(大長征) 승리 80주년 기념식에서 시진핑 총서기 는 한 사건에 대해 말했습니다. 후난(湖南)성 루청(汝城)현 사저우(沙洲)촌에 세 명의 여성 홍군이 대장정 도중에 어느 노인의 집에 하루 밤을 쉬어가게 되었습니다. 이 노인은 쉬제시우(徐解秀)라는 이름의 노인이었습니다. 하룻밤을 묵고 막 떠나려 할 때 이 세 명의 여성 홍군은 그 노인의 가정 형편이 어려운 것을 보고서 감사의 마음으로 자신들에게 유일하게 남아있던 이불을 가위로 반을 잘라서 노인에게 주었습니다. 훗날 노인은 "뭐가 공산당이냐구요? 공산당은 바로 자신의 이불을 반으로 잘라 인민에게 나주어 주는 것입니다."라고 반복해서 이야기를 하곤 했다고 합니다.

확고부동한 신념으로 정신적 추구를 견지해 나가는 것, 이것이 중국 공산당원이 갖는 정신적 의지처입니다. 바로 이와 같은 이상과 신념을 지니고 있었기 때문에 우리는 혁명의 시대에 서로 밀어주고 끌어주면서 수많은 우여곡절을 겪으면서도 후회하지 않을 수 있었던 것입니다. 또 건설의 시대에는 고난을 견디며 분투노력하며 격정을 불살랐습니다. 개혁개방의 시대에는 용감하게 앞장서서 나아갈 수 있었습니다. 바로 이 같은 이상과 신념이 있었기 때문에 우리는 승리에서 승리로 나아 갈 수 있었고, 수많은 인민들의 지지를 얻을 수 있었던 것입니다. 이상과 신념은 매우 중요합니다. 그렇다면 왜 중요할까요? 많은 사람들은 이에 대해 명확하게 설명하지 못할 것입니다. 이상과 신념에는 우리가 해결해야 할 세 가지 문제가 있습니다.

첫째는 "왜 이상과 신념이 중요한가?"입니다. 둘째는 "어떤 이상과 신념을 확립해야 하는가?"입니다. 셋째는 "어떻게 이상과 신념을 견지해 나가야 하는가?"입니다.

총서기는 어떤 일을 실현하기 위해서는 못을 박듯이 해야 한다고 말했습니다. 만약에 못의 위치 선정이 잘못되었다면 못은 비뚤어지게 박히고 말겠지만, 못이 정확한 위치를 찾았다면 두세 번만 치면 못은 자기 자리에 박혀 빠지지 않을 것입니다. 만약 우리가 이상과 신념에 관한 이 세 가지 문제를 세 개의 못에 비유한다면, 어떻게 해야 이 못을 제대로 박을 수 있을까요?

먼저 첫 번째 못, 즉 "왜 이상과 신념이 중요한가? 이상과 신념의 중요성은 어디에 있는가?"에 대해 이야기해 보도록 하겠습니다.

총서기가 이 문제에 대해 언급한 내용을 보도록 하겠습니다.

1. 왜 이상과 신념을 가져야 하는가?

시진핑

이상과 신념은 바로 사람의 의지입니다. 옛 사람들이 "뜻이 가는 곳은 멀어서 가지 못하는 곳이 없고, 첩첩의 산과 머나먼 바다도 막을 수가 없다. 뜻이 향하는 바는 아무리 단단해도 뚫지 못하는 것이 없으며, 날카로운 무기와 견고한 갑옷이라도 막을 수가 없다.(志之所趨, 無遠勿屆, 窮山距海, 不能限也. 志之所向, 無堅不入, 銳兵精甲, 不能禦也.)"라고 했습니다. 그 뜻은 높고 원대한 뜻을 지닌 사람은 아무리 먼 곳이라고 하더라도 도착할 수 있고, 아무리 딱딱한 물건이라도 뚫을 수 있다는 말입니다.

혁명과 건설과 개혁이라는 이 각각의 역사시기에 무수히 많은 공산당원들이 당과 인민을 위한 사업에서 용감하게 희생하면서 우리를 지탱해 왔던 것은 바로 "혁명의 이상이 하늘 보다 높다"는 정신의 힘이었습니다.

사회자 캉훼이:

방금 들으신 이 말씀은 총서기가 2013년 6월 28일 전국 조직업무회의에서 한 연설입니다. 이 회의에 참여한 사람들은 조직 시스템의 간부들입니다. 조직 시스템은 뭐하는 것일까요? 인재를 선발하고 중용하는 것을 말합니다. 이 연설에서 총서기는 특히 이상과 신념의 중요성에 대해 강조하였습니다.

이 연설에서 총서기는 고전 구절을 인용하였습니다. 바로 "뜻이 가는 곳은 멀어서 가지 못하는 곳이 없고, 첩첩한 산과 머나먼 바다도 막을 수가 없다. 뜻이 향하는 바는 아무리 단단해도 뚫지 못하는 것이 없으며, 날카로운 무기와 견고한 갑옷이라도 막을 수가 없다."는 구절입니다. 이 말은 어떤 사람이 했던 말일까요? 오늘날의 우리에게는 또 어떤 깨우침과 교훈을 주는 것일까요? 이제 오늘 경전 해설을 해주실 중앙민족대학의 명만 교수님을 모시고 말씀을 들어보도록 하겠습니다.

-경전 해설자 멍만-

이 격언은 청나라 때의 학자인 김영(金纓)이 편찬한 격언집 『격언연벽(格言聯璧)』이란 책에 나오는 구절로, 오늘날로 치면 "명언경구대전(名言警句大全)"같은 책입니다. 총서기가 왜 이 격언을 인용하였을까요? 사실 총서기는 "입지(立志)"에 대해 말하고자 했던 것입니다.

우리는 종종 높고 원대한 포부를 말하곤 하지요? 사람의 포부는 얼마나 멀 수 있을까요? 『격언연벽』의 내용에 따르면 "무원물계(無遠勿屆: 아무리 멀어도 도착하지 못할 곳이 없다-역자 주)"라고 합니다. 이 말은 고사성어로 일반적으로는 "무원불계(無遠弗屆)"라고 하기도 하는데, 『상서(尙書)』에 나옵니다. 『상서』의 원문은 "유덕동천, 무원불계(惟德動

天, 無遠弗屆.)"입니다. 그 의미는 "오직 덕행만이 천지를 움직일 수 있으며, 아무리 멀다 해도 덕행으로 감동시키지 못할 곳이 없다"는 뜻입니다. 사실 덕행뿐만이 아닙니다. 포부 또한 마찬가지로 그런 힘을 가지고 있습니다.

포부는 도대체 얼마나 원대할 수 있을까요? 『격언연벽』에서는 두 가지 구체적인 이미지를 제시하고 있습니다. 첫 번째는 "첩첩산중(窮山)"이고 두 번째는 "머나먼 바다(距海)"입니다. 이것은 바로 우리가 말하는 산의 끝자락, 바다의 끝을 말합니다. 우리의 포부가 저 멀리 산의 끝자락, 바다 끝까지라도 갈 수 있다는 말입니다. 우리가 포부를 가지고 앞으로 나아간다면 산이나 바다라도 우리를 막을 수 없다는 말입니다. 이것이 여기서 말하고 있는 원대함입니다.

다시 두 번째 구절을 보면 강도(强度)를 말하고 있습니다. "뜻이 향해 가는 바는 아무리 단단한 것이라도 깨트리지 못하는 것이 없다."라고 하였습니다. "무견불입(無堅不入)" 역시도 성어로, 우리는 이 성어를 일반적으로는 "무견불최(無堅不摧)"라고 하는데, 그 뜻은 "아무리 단단한 것이라도 깨트리지 못할 것이 없다는 말입니다. 그렇다면 그 단단한 물건이란 것이 어떤 것일까요?

『격언연벽』의 작가는 역시 두 가지 구체적인 이미지를 제시하고 있는데, 하나는 예병(銳兵)이고, 다른 하나는 정갑(精甲)입니다. 예병이란 날카로운 병기를 말하고, 정갑이란 정교하게 만든 갑옷을 말합니다. 다시 말해서 당신이 이러한 병장기의 시대에 직면하게 된다면 포부는 어떤 것일까요? 포부는 갑옷이겠죠. 아무리 날카로운 병기로도 제 갑옷은 뚫을 수가 없을 것입니다. 그렇다면 갑옷과 마주하게 될 때의 포부는 어떤 것일까요? 당연히 날카로운 병기일 것입니다. 아무리 단단한 갑옷이라도 나의 병기는 반드시 뚫을 것이니까요. 다시 말하면 아무리 단단한 것이라도 우리의 포부를 막을 수 있을 정도의 힘을 가진 단단함은 없다는 말입니다.

그러면 포부는 어떻게 이 같은 위대한 힘을 가지고 있는 것일까요? 사실은 아주 간단합니다. 왜냐하면 포부는 크게 말하면 바로 이상이고, 작게 말하면 목표이기 때문입니다. 한 사람에게 이상이 있고 목표가 있으면 결심이 서게 되고 용기가 있게 되며, 그리하여 일반인이 생각지도 못하는 일을 하게 되는 것입니다.

예를 하나 들어보죠. 『후한서·경엄전(後漢書·耿弇傳)』에는 경엄이라는 대장군의 이야기가 실려 있습니다. 이 대장군에겐 무슨 일이 있던 것일까요? 당시는 서한 말기로 세상이 혼란에 빠져 있을 때였습니다. 경엄은 아직 애송이로 겨우 21살이었습니다. 그 후 그는 남양의 유수(劉秀)를 찾아가 유수와 함께 거병하였습니다. 당시 그는 유수에게 하북(河北) 지역을 수복하고 그런 후에 하북에서 산동(山東)을 평정하길 권했습니다. 그 때 유수 역시도 아직은 세력이 크지 않았고, 경엄도 아직은 이름이 알려지지 않은 애송이였기 때문에 모두들 경엄의 생각이 너무 과장되어 실현할 수 없을 것이라고 생각했습니다. 그러나 경엄은 그 같은 포부를 가지고 있기 때문에 죽음을 두려워하지 않고 싸우는 수호지의 삼랑(三郎)과 같은 용기를 낼 수가 있었던 것입니다.

예를 들면, 한 번은 산동을 공격할 때 그의 다리가 적이 쏜 화살에 맞았습니다. 어떻게 했을까요? 그는 허리에 차고 있던 칼을 꺼내더니 곧 바로 화살을 부러트리고는 싸움을 계속하였습니다. 이처럼 목숨을 아끼지 않고 싸울 수 있었던 용기가 있었기 때문에 경엄은 백전백승의 대장군이 될 수 있었던 것입니다. 그가 원래 생각했던 목표는 하북을 수복하는 일이었으나 후에는 산동을 평정하는 일, 심지어는 유수를 도와서 천하를 평정하는 일이든 모든 것을 실현하였습니다. 그래서 유수는 경엄을 보고 감격해 하면서 "뜻(포부)이 있으면 반드시 이루어진다.(有志者事竟成也)"라고 말했던 것입니다. 지금 우리가 너무나 잘 알고 있는 "뜻이 있으면 반드시 이루어진다."는 이 말이 여기서 나온 것입니다. 사실 경엄 뿐만이 아닙니다. 우리가 잘 알고 있는 구천(勾踐)의 와신상담(臥薪嘗膽)이나 사마천(司馬遷)의 발분저서(發憤著書)나 조적(祖逖)의 격집중류(擊輯中流) 등처럼 이러한 사람들은 다른 사람들이 이룰 수 없는 일들을 성취할 수 있었던 것은 바로 원대한 포부가 이들을 뒤에서부터 밀어주고 격려해 주었기 때문이 아니었을까요?

총서기가 『격언연벽』의 이 구절을 인용한 것은 사실 원대한 포부를 확립하라는 말이었습니다. 혁명과 전쟁의 시대든 개혁과 건설의 시대든 사람에겐 이상이 있어야 하고 신념이 있어야 합니다. 이상과 신념은 사람의 투지를 이끌어 내주고, 우리의 인생은 아무리 먼 곳이라도 갈 수 있고, 아무리 단단한 것이라도 뚫을 수가 있는 것입니다.

사회자 캉훼이:

멍만 교수님의 해설 감사합니다.

이어서 쉬촨 교수님을 모시고 이 "첫 번째 못"을 견고하게 박아 보도록 하겠습니다.

사상 해설자 쉬촨:

이어서 제가 "가이드"가 되어서 여러분을 모시고 어느 곳을 가 볼까 합니다. 그곳은 매우 아름다운 곳으로, 푸르른 하늘에 흰 구름이 귓

가를 스쳐 지나가는 곳입니다. 때로는 하늘과 땅이 너무나도 맑지만 때로는 구름과 안개로 뒤덮이기도 합니다. 여러분은 마음껏 셀카를 찍고 위치를 전송하고, 친구들의 SNS를 돌려보기만 하면 됩니다. 그곳은 또 너무나도 황량하여 하늘에서는 새 한 마리 날아가는 흔적을 찾아볼 수도 없습니다. 여러분은 그저 하늘을 올려다보며 인생에 대해 사색을 하면 됩니다. 그곳은 또한 너무나도 위험합니다. 해발고도가 5000미터나 되기 때문에 몇 걸음만 옮겨도 공기가 부족해서 다리가 풀리고 눈 앞이 깜깜해지고 마음이 불안해 질 것입니다. 그렇기 때문에 여러분은 산소탱크를 가지고 가야 할 것이고, 오리털파카를 입어야 할 것이고 초콜릿을 먹으면서 기능성 음료수를 마치면서 풍성한 아침을 먹어야 할 것입니다. 그런 후에 케이블카에 올라 구름을 뚫고서 산꼭대기까지 올라가 마지막 몇 백 미터를 정복하게 될 것입니다.

어떤 친구는 아마 이미 생각하셨을 것입니다. 이곳은 바로 설산입니다. 너무나 아름답지 않나요? 물론 아름답습니다. 그러나 만약에 아무것도 없다면 어떨까요? 만약 오리털 파카도 없고, 산소탱크도 없고 초콜릿도 없고 아침식사도 없고 케이블카도 없다면, 당신은 아무것도 먹지 못했고 아무것도 마시지 못했다면 어떨까요? 너무 지쳤지만 어디에서 휴식을 취해야 할까요? 산소 부족은 어떻게 해야 할까요? 이러한 것은 현대인이 보기에는 아무런 문제가 없습니다.

그러나 80여 년 전에 남루한 옷차림에 장작처럼 비쩍 마른 전사들은 등에는 무거운 장비를 지고서 어떻게 한 걸음 한 걸음씩 산기슭에서부터 사람의 흔적은 찾아 볼 수도 없는 설산에서 측량을 시작했을까요? 무엇이 그들로 하여금 부족한 산소와 추위와 배고픔을 견디면서 용감하게 앞으로 나아가도록 했을까요? 무엇이 그들로 하여금 저

앞에 희망이 있다고 믿게 했으며, 승리가 앞에 놓여 있다고 믿게 했을까요?

어떤 사람은 말합니다. 적의 추격과 배후의 대포 때문이 아니냐고 …아닙니다. 우리는 알고 있습니다. 그들에겐 다른 선택지가 있었고, 또 방황하고 주저하고 물러날 수도 있었습니다. 심지어는 도망을 갈 수도 있었지요.

저 앞에 높은 벼슬과 녹봉이 있다는 약속과 풍성한 군량 때문이었을까요? 물론 그것도 아닙니다. 그들 중 많은 사람들은 자기가 설산에서 살아서 돌아갈 수 있을지 몰랐습니다. 실제로 그들 중 많은 사람들은 미래의 아름다움을 구경하지 못했습니다.

그렇다면 무엇이었을까요? 우리는 한 단어 바로 신념이라는 것 말고는 다른 답을 찾을 수가 없습니다. 총서기는 "대장정의 승리는 우리에게 마음속에 신념이 있으면 발끝에서 힘이 생겨난다는 사실을 일깨워주고 있습니다. 그 무엇으로도 깨트릴 수 없는 신념, 숭고한 이상과 신념이 지탱해주지 않았다면 대장정의 승리는 상상도 할 수 없었을 것입니다."라고 했습니다.

바로 이러한 이상과 신념 때문에 홍군은 설산과 초원을 건널수 있었고 동북의 항일연합군은 장백산과 흑룡강을 넘을 수 있었으며, 우리는 저 망망한 황무지에서 항톈청(航天城)을 건설할 수 있었으며, 사람이 다닐 수 없었던 칭장고원(靑藏高原)에 길을 닦을 수 있었습니다. 불과 짧은 몇 십 년 만에 폐허 속에서 태평성대를 이루었습니다.

그래서 신념이 무슨 소용이 있다는 말인가요? 신념이 바로 희망이고, 신념이 바로 힘입니다. 신념은 우리로 하여금 다른 모습으로 바꾸어 주고, 중국을 현재의 모습으로 바꾸어 주었습니다.

2. 어떤 이상과 신념을 확립해야 하는가?

시진핑

　　중국의 전통문화는 너무나 방대하고 심오해서 그 속에 들어 있는 여러 사상의 정수를 배우고 익히게 되면 정확한 세계관과 인생관, 가치관을 확립하는 데 많은 도움이 될 것입니다. 옛날 사람들이 했던 "세상 사람들이 근심하기 전에 먼저 근심하고, 세상 사람들이 즐거워하고 난 후에 즐거워한다.(先天下之憂而憂, 後天下之樂而樂.)"라는 정치적 포부를, "자리가 아무리 미천하다 하더라도 나라에 대한 걱정을 잊지 않는다.(位卑未敢忘憂國)"나 "진실로 나라와 가문을 위해서는 목숨이라도 바쳐야 하니, 어찌 개인의 화복을 위해 그것을 피하는가?(苟利國家生死以, 豈因禍福避趨之.)"와 같은 보국(報國)의 정서를, "부귀하여도 음탕하지 않고, 가난하여도 뜻을 함부로 바꾸지 않으며, 권위와 무력에도 굴복하지 않는다.(富貴不能淫, 貧賤不能移, 威武不能屈.)"는 호연지기를, "자고로 사람으로 태어나 죽지 않는 사람이 있겠는가, 한 가닥 붉은 마음 남겨 역사에 비추리라(人生自古誰無死, 留取丹心照汗靑)", "온 몸을 다해 최선을 다하고 죽은 후에야 그만 둔다.(鞠躬盡瘁, 死而後已.)"와 같은 희생정신 등의 말들은 모두가 중화민족의 우수한 전통문화와 민족정신을 잘 보여주고 있습니다. 우리는 이러한 것을 더욱 잘 계승하고 발전시켜 나가야 할 것입니다.

사상 해설자 쉬촨:

앞에서 이상과 신념의 중요성에 대해 말씀해 주셨는데, 이어서 '두 번째 못', 즉 우리는 어떠한 이상과 신념을 가져야 하느냐는 것입니다. 이 문제에 대해 총서기는 어떤 말씀을 했는지 먼저 보도록 하겠습니다.

사회자 캉휘이:

이 내용은 시진핑 총서기가 2013년 3월 1일 중공중앙당교 건립 80주년 기념식 겸 2013학년도 봄 학기 개학식에서 중공중앙당교에서 공부하는 당원과 지도자급 간부들에게 했던 연설 내용입니다. 총서기는 전체 당원들이 이상과 신념을 굳건하게 확립할 것을 호소하면서 특히 당원의 지도자급 간부들이 이상과 신념을 확립해야 한다고 강조하였습니다. 그리고 이 연설에서는 어떤 이상과 신념을 확립해야 할 것인지를 언급할 때 여러 차례 고전을 인용하여 예를 들었는데, 그 중에 많은 고전 구절들은 우리가 익히 들어왔던 익숙한 구절들이었습니다.

그럼 멍만 교수님을 모시고 남송시대 시인인 육유(陸游)의 "자리가 아무리 미천하다 하더라도 나라에 대한 걱정을 잊지 않는다."는 구절에 대한 해설을 들어보도록 하겠습니다.

경전 해설자 멍망:

"자리가 아무리 미천하다 하더라도 나라에 대한 걱정을 잊지 않는다."는 이 구절은 남송시대의 시인인 육유의 시에 나오는 유명한 구절입니다. 육유의 시는 『병을 털고 일어나 심사를 적다(病起書懷)』라는 작품으로, 이 시 자체는 그렇게 유행하지는 않았습니다. 그러나 "자리가 아무리 미천하다 하더라도 나라에 대한 걱정을 잊지 않는다."는 이 구절은 이 작품 전체의 가장 핵심으로, 모르는 사람이 없는, 매우 감동을 주는 명구로 전해지고 있습니다.

모두 잘 아시겠지만, 육유는 애국시인으로 그가 살았던 시대는 송나라와 금나라가 서로 싸우고 있던 시대로, 그는 일생동안 빼앗긴 땅을 수복하고 강산을 되찾을 날만을 갈망했습니다. 그러나 당시의 남송 정권은 북벌을 할 용기도 실력도 없었기 때문에 육유는 줄곧 종군을 지원하였지만, 남송의 조정과 관계가 좋지 않았기 때문에 육유는 줄곧 폄적(貶謫, 벼슬자리에서 내치고 귀양을 보냄-역자 주)을 당할 수밖에 없었습니다. 이 『병을 털고 일어나 심사를 적다』는 작품도 폄적을 당한 후에 쓴 작품입니다.

폄적을 당했을 뿐만 아니라 큰 병에까지 걸렸습니다. 일반인이 이러한 상황이라고 한다면 슬픔에 잠기지 않았을까요? 분명히 슬픔에 잠겼을 것입니다. 육유 또한 마찬가지로 상심에 빠졌습니다. 그러나 그가 마음 아파했던 것은 개인의 앞날이나 운명이 아니었습니다. 오히려 "경성의 백성들은 황제의 수레만 바라보네.(京華父老望和鑾)"나 "몸이 죽으면 만사가 그만인 줄 알았더니, 구주가 하나 되는 것을 보지 못함이 슬프구나.(死去元知万事空, 但悲不见九州同.)"와 같은 심정이었습니다. 그 때 육유는 아직 살아 있기는 했지만, 그가 너무나도 비분강개했던 것은 구주(중국)가 언제 하나로 통일될 수 있을 것인가 하는 것이었습니다. 이것은 봄날을 슬퍼하고 가을을 슬퍼하는 그런 감상(感傷)이 아니라 국가와 민족의 운명에 대한 보다 큰 관심이었습니다. 육유가 이렇게 깊은 근심에 빠진 것이 그가 황제였기 때문이었을까요? 당연히 아닙니다. 그럼 그가 재상이어서 그랬던 것일까요? 그는 재상도 아니었습니다. 그는 죄를 짓고 유배당해있던 신하였으며, 아무런 힘도 없고 아무런 권세도 없는 사람이었습니다. 그러나 그는 여전히 안 된다는 것을 알면서도 그렇게 하고 있었던 것입니다. 이것이 바로 "자리가 아무리 미천하다 하더라도 나라에 대한 걱정을 잊지 않는다."는 일종의 위대한 정신적 힘인 것입니다. 명말 청초의 위대한 사상가인 고염무(顧炎武)는 "천하를 지키는 일은 미천한 필부(보통 사람)도 함께 책임이 있다.(保天下者, 匹夫之賤與有責焉耳矣.)"라고 했습니다. 이 말은 후일에 양계초(梁啓超)에 의해 "천하의 흥망성쇠는 필부에게도 책임이 있다.(天下興亡, 匹夫有責)"는 말로 다듬어졌습니다. 그러므로 "자리가 아무리 미천하다 하더라도 나라에 대한 걱정을 잊지 않는다."는 말이든, 아니면 "천하의 흥망성쇠는 필부에게도 책임이 있다."는 말이든 모두 바로 이러한 세상에 알려지지 않은 보통사람들의 책임감과 감당이 중화민족의 중추를 지탱해 왔던 힘이었던 것입니다. 따라서 이는 우리가 반드시 영원히 계승 발전시켜 나가야 할 점입니다.

사회자 캉훼이:

멍만 교수님의 해설 감사합니다.

"자리가 아무리 미천하다 하더라도 나라에 대한 걱정을 잊지 않는다." "천하의 흥망성쇠는 필부에게도 책임이 있다."와 같은 조국에 보답하고자 하는 마음과 포부, 이러한 신념은 시공을 초월하는 것으로 오늘날까지도 이어져 오고 있을 뿐만 아니라 미래에까지도 이어져 갈 것이며, 이 속에는 사람을 감동시키는 정신적인 힘이 있습니다. 사실 오늘날의 우리에게는 "비천한 지위"니 하는 말이 필요 없습니다. 새로운 시대를 맞이하여 모든 사람들의 자리는 다 나름대로의 가치를 지니고 있으며, 모든 사람들은 자신의 자리에서 가치를 창출하고 있기 때문입니다. 그렇기 때문에 오늘 우리가 이야기하고 있는 "어떤 이상과 신념을 확립해야 하는가?"에 대한 정답은 간단하게 한 마디로 정리한다면, 가장 훌륭한 자신이 되는 것이라 하겠습니다.

쉬촨 교수님께서는 교수님의 마음속에서 가장 훌륭한 자신의 모습은 어떤 모습인지가 궁금해지는 데요.

사상 해설자 쉬촨:

제가 종사하고 있는 우주 항공분야에서 유행하는 말이 두 가지가 있습니다. 하나는 "하늘의 별들을 올려다본다"라는 말이고, 다른 하나는 "단단한 땅을 디디고 서 있다."는 말입니다. 사실은 이렇게 함으로써 큰 포부와 작은 목표가 하나로 통일되어집니다. 업무 과정에서 이것을 어떻게 실천해야 할까요? 우리의 평범한 직장에서 주어진 일 하나 하나를 열심히 해 나가는 것이 이 문제에 대한 가장 좋은 해답이 아닌가 생각합니다. 저에게 있어서는 수업을 잘 해 나가는 것, 학생들의 질문에 진지하게 답변하는 것, 그리고 좋은 논문을 쓰는 것, 모든 젊은 청춘남녀들과 소통해 나가는 것, 이것이 저의 해답입니다.

사회자 캉훼이:

멍만 교수님 마음속의 가장 훌륭한 자신의 모습은 중화의 우수한 전통문화를 계승 발전시켜나가는 전승자가 아닐까 싶은데요?

경전 해설자 멍만:

너무나 정확한 답입니다. 당시 저는 역사적 지식은 사람들의 상식을 변화시킬 수 있어야만 가장 큰 효과를 발휘하는 것이고, 그래야만 사람들이 옛 것을 거울로 삼고 역사를 본보기로 삼을 수 있다고 생각했기 때문에, 『백가강단(百家講壇)』에서 저에게 강연 섭외가 들어왔을 때, 저에게 "학자와 대중 사이의 다리"를 만들자는 한 마디에 저는 하겠다고 동의를 하게 되었습니다. 그래서 지금도 계속해서 이 일을 하고 있는 것입니다.

사회자 캉훼이:

감사합니다.

사실 모든 사람들이 자신의 독특한 방식으로 이상과 신념을 수립해 가고 있으며, 국가에 대해서도 그런 포부를 만들어가고 있습니다. 어떤 이상과 신념을 가지고 있느냐 하는 것은 그 사람의 인생에서의 높이와 깊이, 그리고 폭을 결정해 주게 됩니다. 중국공산당, 중국 공산당원에게 있어서 "어떤 이상과 신념을 가지고 있느냐?" 하는 것은 인민을 위한 복무의 높이와 깊이, 그리고 폭을 결정해 주는 것이기 때문에 총서기는 많은 당원들에 대한 이상과 신념교육을 매우 중요하게 생각했던 것이라고 봅니다.

그렇다면 쉬찬 교수님을 모시고 이상과 신념의 이 "두 번째 못"에 대해 해설을 들어보도록 하겠습니다.

사상 해설가 쉬찬:

이어서 우리는 연세가 94세이신 어르신 한 분에 대해 이야기해 보도록 하겠습니다. 이 분의 성함은 여러분 모두가 그렇게 낯설지 않으리라 믿습니다. 이 분은 중국공정원(中國工程院)의 원사(院士: 중국 공학

분야의 최고 학술 칭호)이시자 중국의 1세대 잠수함 총 설계사로, "중국 잠수함의 아버지"라고 불리시는 황쉬화(黃旭華) 님이십니다. 황쉬화 원사님은 우리들이 배워야할 모범으로서, 일생동안 공산당원으로서의 이상과 신념을 실천해 오고 계십니다. 공산당원의 이상과 신념은 어떠해야 할까요? 바로 공산주의 사업을 위해 분투노력하는 것입니다. 황쉬화 원사의 심해 잠수 실험에서부터 이야기를 해보도록 하겠습니다.

1988년 중국의 핵잠수함이 남해에서 첫 심층 잠수 실험이 거행되었습니다. 이 실험의 위험성은 어느 정도였을까요? 여러분에게 예를 들어드리겠습니다. 예를 들어서, 이 잠수함의 윗면에 포커 카드 크기의 작은 강철판이 있다고 합시다. 수심 100미터로 잠수할 때 이 강판이 받게 되는 물의 압력이 1톤이 넘는다고 합니다. 전체 잠수함의 길이가 100미터 정도 되는데, 강철판 하나라도 문제가 생겨 작은 틈이라도 생기게 되거나 어느 밸브 하나라도 문제가 생기게 되면 잠수함 전체가 침몰하고 모든 사람들이 죽게 되는 결과를 초래하게 됩니다.

심해 잠수를 시험하던 당일 남해의 해수면은 바람도 파도도 없이 잠잠했지만 바다 속은 오히려 놀라울 정도로 다른 모습이었습니다.

잠수함이 프로그램의 설정 값대로 천천히 설정해 놓은 깊이까지 잠수해 갈 때 바다 속에는 아무 소리도 없이 적막했습니다. 들을 수 있는 소리라고는 거대한 수압이 끊임없이 잠수함 몸체를 누르는 "철커덕, 철커덕" 거리는 소리뿐이었습니다. 바다 속에서 이 소리를 들으면 더 사람의 마음을 쿵쾅거리게 합니다. 황쉬화 원사는 이러한 적막감 속에서, 극도의 긴장된 분위기 속에서도 아주 침착하게 각 부분에서 수집되어온 정보들에 따라 여러 가지 결정과 그에 따른 판단을 내려야 했습니다. 잠수함이 프로그램에 따라 이미 정해진 깊이까지 잠수했다가 다시 안전한 심도까지 부상하면서 심해 잠수 실험은 성공적으로 끝이 났습니다. 잠수함의 모든 승무원들은 기뻐하며 서로 끌어안고 악수하고 환호성을 질렀습니다.

당시 어떤 사람이 황쉬화 원사에게 "황 박사님, 조금 전 무섭지 않으셨나요?"라고 묻자, "왜 안 무섭겠습니까? 그러나 제가 총 설계사이기 때문에 첫 째는 이 실험에 자신이 있었고, 둘째는 어느 정도의 위험성이 있다하더라도 그 책임은 내가 져야한다는 책임감 때문에 극복할 수 있었지요."라고 대답했습니다.

황쉬화 원사는 사실 줄곧 묵묵히 국가를 위해 이처럼 큰일을 하고 있었음을 우리는 잘 알고 있습니다. 당시 그가 핵잠수함 연구 프로젝트에 참가할 때, 책임자는 "항상 국가 기밀을 지키고 절대로 주어진 임무와 소속을 누설해서는 안 된다. 평생 이름을 숨겨 무명의 영웅이 되어야 한다. 이 분야에 뛰어들었으면 평생을 바쳐야 하며, 잘못을 저질렀다 하더라도 소속 부서에 남아서 청소부일이라도 해야 한다."고 일러 주었습니다. 이러한 요구 조건에도 불구하고 황쉬화는 아무런 주저함 없이 동의했습니다. 그리하여 자신의 이름을 30년 동안 숨기고 집에도 가지 않았다고 합니다. 그렇게 하지 않은 것이 아니라, 실제로 그렇게 할 수도 없었습니다.

황쉬화 원사는 집안의 형제자매들로부터 집안도 필요 없고 길러주신 부모님도 잊어버린 불효자라는 원망을 듣기도 했답니다. 주변 사람들의 이런 오해에도 불구하고 황 원사는 가볍게, 그러나 확실한 어조로 국가를 위해 충성을 다하는 것이 바로 부모님에 대한 가장 큰 효도라고 대답했다고 합니다.

이것이 바로 "중국 핵잠수함의 아버지"라 불리는 공산당원 황쉬화 어르신의 감동 스토리입니다.

사회자 캉훼이:

쉬촨 교수님이 들려주신 노 선배 공산당원의 감동 스토리 잘 들었습니다.

오늘 원래는 황쉬화 어르신을 저희 스튜디오로 초청하려고 했지만, 94세의 고령이신데다 건강 상태가 염려되어서 모시질 못했습니다. 그래서 오늘은 특별히 황쉬화 어르신의 동료였으며, 중국선박중공업그룹 유한공사의 수석 엔지니어이시며, 179연구소의 당위원회 위원이시기도 한 장진란(張錦嵐) 선생님을 모셨습니다. 큰 박수로 환영해 주시기 바랍니다.

선생님께서는 황쉬화 어르신께서 계속해서 조국의 영광을 위해 분투해 주길 희망했던 젊은 세대였을 텐데요, 선생님의 눈에 비친 황쉬화 어르신은 어떤 분이셨나요?

초대 손님 장진란:

방금 사회자께서 황쉬화 어르신에 대한 인상을 물으셨는데, 저는 두 글자로 말씀드릴 수 있을 것 같습니다. 첫 번째 글자는 '치(痴)' 자이고, 다른 하나는 '낙(樂)' 자입니다.

이른바 '치'는 중국의 핵잠수함 사업에 대한 억척스러운 마음, 일편단심으로 일생동안 추구해 오신 것을 말합니다. 이른바 "낙"은 바로 고난 속에서 즐거움이 있다는 "즐김"입니다. 이 두 글자는 황쉬화 어르신이 1988년 중국 핵잠수함의 첫 번째 심해 잠수 실험 때 실험이 성공을 거두고 나서 지은 시 "환갑의 어리석은 노인, 용궁 찾는데 뜻을 두었지. 거칠고 사나운 파도, 그 속에 즐거움이 있었네.(花甲痴翁, 志探龍宮, 驚濤駭浪, 樂在其中.)"에 나오는 글자이기도 합니다. 이 두 글자는 모두 이 시에서 나온 것입니다.

그렇다면 무엇이 "치"이고, 무엇이 "낙"일까요?

이른바 "치"는 바로 황쉬화 어르신의 일생동안의 이상이자 신념이 핵잠수함 연구와 긴밀하게 연결되어 있다는 말입니다. 올해로 94세의 고령임에도 아직도 연구를 하고 계십니다. 이른바 "낙"은 고난을 두려워하지 않고 이겨내는 우리가 말하는 혁명의 낙관주의와 같은 그런 정신으로 이해하고 있습니다.

핵잠수함 연구의 정신은 "자력갱생(自力更生), 간고분투(艱苦奮鬪), 대력협동(大力協同), 무사봉헌(無私奉獻)."이라고 말할 수 있습니다. 여기에는 몇 가지 의미가 들어 있는데, "자력갱생, 간고분투"는 이용할 수 있는 외부 자원이 없는 상황 속에서 우리 스스로에게 의지해야 했고, 어려움을 참고 견디는 조건 속에서 자기 스스로에게 의지해야 했음을 말합니다. "대력협동"이 말하는 것은 중국 핵잠수함은 매우 복잡한 시스템공학으로 중국 전체가 하나의 바둑판이 되고 전국적인 힘이 있어야만 성공할 수 있는 일이었다는 것입니다. 이 중에서 가장 핵심은, 저는 "무사봉헌", 사사로움이 없는 봉사와 희생정신이라고 생각합니다. 앞 세대의 핵잠수함 연구자들은 제가 조금 전에 말씀드렸듯이 그들이 고난 속에서도 즐거움을 찾을 수 있었던 것이 바로 사사로움이 없는 봉사와 희생 속에 드러나 있음은 의심의 여지가 없습니다. 지금까지 몇 세대를 지나면서 지금의 핵잠수함 연구자들에 이르기까지 "무사봉헌"은 또한 중국 핵잠수함 연구 제작에 있어서 반드시 갖추어야 할 정신이었으며, 반드시 사사로움이 없이 봉사하고 희생을 해야 가능했던 일이었습니다.

사회자 캉훼이:

바로 이런 핵잠수함 정신이 있었기 때문에 오늘날 대국 중국의 무기들이 큰 발전을 이룰 수 있었으며, 더욱더 중국의 주권 안전과 발전을 지킬 수 있게 된 것이 아닌가 생각합니다.

초대 손님 장진란:

그렇습니다.

사회자 캉훼이:

마지막으로 하나 여쭙고 싶은데요, 지금의 중국 핵잠수함은 어느 단계까지 와 있는지 말씀해 주실 수 있을까요?

초대 손님 장진란:

중국의 1세대 핵잠수함은 철도에 비유하면 보통열차 "루피처(綠皮車)"의 수준이라고 할 수 있는데요, 유무 문제만 해결되면, 달릴 수 있고 일정 임무를 수행할 수 있는 수준입니다. 현재의 핵잠수함 수준은 오늘날의 "고속철 허시에(和諧)호" 수준으로 달릴 수 있을 뿐만 아니라 속도가 아주 빠르고 당과 국가가 부여한 신성한 사명을 완전히 집행할 수 있는 수준이라고 할 수 있습니다.

그럼 미래는 어떨까요? 중국 공산당 제19차 대회 보고에서 이번 세기 중엽이면 중국 인민군은 세계 일류의 인민군대로 발전할 것이고,

일류의 인민군대로서 일류의 장비를 갖추게 될 것이라고 했습니다. 그 때가 되면 중국의 핵잠수함은 최신 고속철 "푸싱(復興)호"의 수준으로, 더욱 빨리 더욱 멀리 달릴 수 있을 것이라고 저는 생각하고 있습니다.

사회자 캉훼이:

감사합니다. 진심으로 선생님과 선생님 동료들의 사업이 순조롭게 이루어져서 황쉬화 어르신께서 희망하신 것처럼 지속적으로 분투노력 해 주시고 끊임없는 혁신을 이어가 국가의 영광을 쟁취하시길 기원합니다. 감사드립니다. 그리고 황쉬화 어르신께도 충심으로 축복과 건강을 기원한다는 말씀 전해주시기 바랍니다. 감사합니다.

그러면 이어서 사상 해설자 쉬촨 교수님을 모시고 총서기가 이상과 신념에 대해 어떤 말을 했는지 들어보도록 하겠습니다.

사상 해설자 쉬촨:

이어서 "세 번째 못", 즉 어떻게 이상과 신념을 견지해 나갈 것인가에 대해 이야기 해 보도록 하겠습니다.

이상과 신념을 실천하는 것은 결코 쉽지 않습니다. 우리가 실패했을 때, 좌절했을 때, 뜻대로 안 될 때 어쩌면 의지가 흔들리기도 하고 술에 흠뻑 취하고 싶다는 생각도 하게 되고, 될 대로 되라 하고 포기하고픈 생각도 하게 되고, 하늘과 남 탓으로 돌려버리고 싶은 생각이 들기도 할 것입니다. 초심을 잃지 않고 초지일관으로 나가야 합니다. 이 때 우리에게 필요한 것이 "교정청산불방송(咬定青山不放松)"이라는 이 일곱 글자가 아닐까요?

3. 어떻게 이상과 신념을 견지해 나갈 것인가?

중국 공산당 전체 당원들은 더욱 자각적으로
노선의 자신감, 이론의 자신감, 제도의 자신감,
문화적 자신감을 강화해 나가야 하며, 또한 깃
발과 기치를 바꾸는 사악한 길로 가서는 안 될
것입니다. 정치적 정력(定力)을 견지해야 하고, 실질적 실천으로 국가
의 부흥을 일으켜야 합니다. 일관성 있게 중국적 특색의 사회주의를
견지하면서 발전시켜 나가야 합니다.
　진정으로 "천 번을 갈고 만 번을 쳐도 더욱 단단히 버티니 동서남
북 사방의 바람에게 맡겨둘 뿐.(千磨萬擊還堅勁, 任爾東西南北風.)"
의 경지를 실천해야만 합니다.

사회자 캉훼이:

　"네 가지 자신감"을 강화해 나가고 정치적 정력을 유지해 나가는 것,
이것이 이상과 신념을 견지해 나가는 것입니다. 위의 내용을 통해 총
서기는 우리에게 아주 익숙한 정판교(鄭板橋)의 시를 인용했다는 것을
들으셨죠? "천 번을 갈고 만 번을 쳐도 더욱 단단히 버티니 동서남북
사방의 바람에게 맡겨둘 뿐."이라는 이 구절의 앞 두 구절을 기억하십
니까? 바로 "청산을 꽉 물어 놓아주지 않으니 본디 바위 갈라진 곳에
다 뿌리를 내렸다.(咬定靑山不放松, 立根原在破巖中.)라는 구절입니다. 정
판교는 일생동안 여러 편의 바위틈에서 자라는 대나무를 노래한 시를

지었는데, 이 시는 어떤 특별한 점이 있는 것일까요? 이 시의 정수는 어디에 있는 것일까요? 경전 해설을 맡아주신 멍만 교수님을 모시고 해설을 들어보도록 하겠습니다.

경전 해설자 멍만:

"청산을 꽉 물어 놓아주지 않으니 본디 바위 갈라진 곳에 뿌리를 내렸다. 천 번을 갈고 만 번을 쳐도 더욱 단단히 버티니 동서남북 사방의 바람에게 맡겨둘 뿐."이라는 이 시는 청나라 때의 유명한 서예가이자 화가이며, 또한 저명한 시인인 정판교의 『죽석(竹石)』이라는 작품입니다. 그러나 그가 묘사한 것은 진짜 대나무와 바위가 아니라 『죽석도(竹石圖)』라는 그림에 지은 시, 다시 말하면 제화시(題畫詩)입니다.

정판교는 "양주팔괴(揚州八怪)"의 대표적 인물로, 일생동안 많은 괴상한 점이 많았던 인물입니다. 예를 들어, 스스로 일생동안 난초, 대나무, 바위 세 종류만 그렸다고 말하기도 했는데, 왜일까요? 그는 스스로 자신이 그린 것이 일반적인 난초나 대나무, 바위가 아니라 "사시사철 지지 않는 난초, 백 마디로 자란 푸른 대나무, 만고불패(萬古不敗)의 바위"라고 했습니다. 그리고 자신의 "천추에도 변하지 않는 사람"이라고 했습니다. 이 네 구절을 듣고 나면 이것이 유럽의 사생화가 아니라 중국적 기개를 표현한 사의(寫意: 사물의 형식보다 그 속에 깃든 정신에 치중해서 묘사하는 것-역자 주)라는 것을 알 수 있을 것입니다. 바꿔 말해서 시든 그림이든 그가 묘사하고 있는 것은 대나무일 뿐만 아니라 대나무 뒤에 숨겨져 있는 정신이라는 말입니다.

무슨 정신일까요? 사실 가장 핵심은 완강하면서도 소탈함입니다. 완강함은 어느 부분일까요? 바로 "교정청산부방송(咬定青山不放松)"라는 구절의 "교(咬)"자입니다. 이 대나무의 뿌리는 상태가 좋은가요? 뿌리의 상태는 조금도 좋지 못합니다. 비옥한 땅 위에서 자라고 있는 것이 아니라 쩍쩍 갈라져 알몸을 드러내고 있는 산의 바위에 뿌리를 내리고 바위의 틈새를 뚫고 나왔습니다. 그러나 이 대나무는 청산을 꽉 물고서 놓아주질 않습니다. 끝까지 이 바위 위에서 생존해 나갈 것이고, 우뚝 자라나갈 것입니다. 이것이 강인함과 완강함이 아니고 무엇이겠습니까?

두 번째 특징인 소탈함을 살펴보도록 하죠. 소탈함은 어디에 있나요? 바로 "임이동서남북풍(任爾東西南北風)"이라는 마지막 구절의 "임(任)"자에 있습니다. 모두 잘 아시겠지만, 산의 바위 위에서 자라난 대나무는 사람이 온 정성으로 키운 대나무와는 다릅니다. 바람이 불면 우뚝 솟고, 비가 와도 우뚝 섭니다. 그러나 바로 바람과 비를 맞으며 온갖 고난을 견뎠기 때문에 소오강호(笑敖江湖: 강호를 조롱하며 거만하게 비웃다—역자주)의 기질을 가지게 되었고, 소오강호의 밑천을 가지게 된 것입니다. 어떤 소오강호일까요? 그것은 바로 "동서남북 사방에서 불어오는 바람에 맡겨 두는 것"입니다. 사방에서 불어오는 그 어떤 비바람에도 우뚝 서서 흔들리지 않는 것, 이것이 바로 소탈함입니다. 이것이야 말로 중국인의 기개인 독립성과 강인함입니다.

사회자 캉훼이:

멍만 교수님의 해설 감사합니다. 어떤 어려움이 닥치더라도 고개를 떨구지 않는 것, 이것이 정판교가 들려주는 마음의 소리이며, 이것이 이 『죽석』이라는 그림 속에 숨겨진 참 정신입니다.

오늘날과 같은 험난한 시대에 사는 우리는 언제든지 각양각색의 고난을 맞이할 준비를 해야만 합니다. 우리는 개혁의 어려움에 직면하게 될 것이고, 각양각색의 이익의 유혹에 직면하게 될 것입니다. 그렇다면 우리 공산당원, 공산당 간부는 이러한 겹겹의 시험과 고난을 견딜 수 있을까요? 우리는 자신들의 이상과 신념을 견지해 나갈 수 있을까요? 이에 대해 쉬촨 교수님을 모시고 총서기는 어떤 말을 했는지 알아보도록 하겠습니다.

사상 해설자 쉬촨:

방금 멍만 교수님의 해설을 통해서 대나무가 어떻게 온갖 고난 속에서도 의연히 강인함을 보여주고 있는지, 사방에서 불어오는 바람 속에서 의연하게 우뚝 서 있는지를 알 수 있었습니다. 우리의 해답은 바로 이 시의 첫 번째 구절에 있는 일곱 글자 "교정청산불방송(咬定青山不放松)"에 있습니다. 사실 대나무의 품격은 인품과 같습니다. 청산 위에, 바위 가운데에 깊이 뿌리를 내리고 있어야 온갖 비바람과 고난에도 강인함을 의연히 지켜나갈 수 있기 때문입니다. 사람도 마찬가지입니다. 굳건한 신념과 신앙이 있으면 우리는 "아홉 번 죽는다 해도 후회하지 않고" "온갖 고난을 겪고도 여전히 동쪽을 바라볼 수 있을 것"입니다. 그렇다면 우리의 신념은 어디에서 나오는 것일까요? 그 해답은 바로 이론에서 나오고 실천에서 나온다는 것입니다.

첫째, 우리의 신념은 이론에서 나오는 것입니다. 10월 혁명의 함성은 중국에 마르크스주의를 선물해 주었습니다. 방황하고 있던 중국인들은 원래 제왕장상(帝王將相)에 의지해서는 안 되며, 군벌세력에 기대서는 안 된다는 것을 알게 되었습니다. 인민이야말로 가장 믿을 수 있는 힘이라는 것을 알게 되었습니다. 바로 여러분 모두가 알고 있는 것처럼, 인민이야말로 역사의 진정한 창조자라는 사실은 일찍이 마르크스의 『신성가족』[18]에서 싹트기 시작한 이론이며, 중국의 현실과 완벽하게 부합하는 것이었습니다.

둘째, 신념은 또한 실천 속에서 나오는 것입니다. 중국 공산당원은 마르크스주의의 기본원리를 중국혁명과 건설의 구체적 실제와 결합시켰고, 우리는 일어나서 사회주의만이 중국을 구원할 수 있음을 증명하였습니다. 중국 공상당원은 마르크스주의의 기본 원리를 중국 개혁 개방의 실제와 결합시켰고, 우리는 부유해 졌으며, 중국적 특색의 사회주의만이 중국을 발전시킬 수 있음을 증명하였습니다. 중국 공산당원은 마르크스주의의 기본 원리를 새 시대 중국의 실제와 결합시켰고, 우리는 부유한 국가에서 강한 국가로의 위대한 도약을 실현하였고, 중국적 특색의 사회주의를 견지하고 발전시켜나가는 것만이 중화민족의 위대한 부흥을 실현할 수 있음을 증명하였습니다.

우리 모두는 행복이 분투에서 나오는 것임을 믿습니다. 우리는 운명을 자신의 손에 장악하고 있어야 함을 믿습니다. 중국인 한 사람 한 사람이 강국의 꿈을 가지고 있어야 하고, 중국인 한 사람 한 사람이 오늘의 행복이 결코 쉽게 얻어진 것이 아님을 잊지 말아야 할 것입니다. 감사합니다.

사회자 캉훼이:

오늘 본 프로그램의 사상 해설과 경전 해설을 맡아주시고 우리들에게 깊이 있고 생동적인 해설을 해주 신 두 분께 감사드립니다.

---

18) 신성가옥 : 비판적 비판에 대한 비판

"청산을 꽉 물어 놓아주지 않는 것"처럼 이 땅을 굳건히 믿고서 높고 원대한 포부를 가지는 것, 이것이 우리 세대가 마땅히 갖추어야 할 포부이자 격식입니다. 본 프로그램의 끝자락에 총서기가 이상과 신념을 언급하면서 인용한 고전 구절을 되새기면서 굳건한 이상과 신념이라는 이 강대한 힘을 다시 한 번 느껴 보시기 바랍니다.

-경전 해독 리단단-

『격언벽련(格言聯璧)』 중에서

志之所趨, 無遠勿屆, 窮山距海, 不能限也.
志之所向, 無堅不入, 銳兵精甲, 不能禦也.

뜻이 가는 곳은 멀어서, 가지 못하는 곳이 없고,
첩첩의 산과 머나먼 바다도, 막을 수가 없다.
뜻이 향하는 바는, 아무리 단단하여도 뚫지 못하는 것이 없으며,
날카로운 무기와 견고한 갑옷이라도, 막을 수가 없다.

"천하는 공평함으로 큰 도를 실천해야 한다."

(天下爲公行大道)

제12회
주제

1. 다양한 국가와의 교류
2. "일대일로"
3. 인류 운명공동체 건설

중화민족의 위대한 부흥에 좋은 평화적 환경을 제공하기 위해, 새로운 인류사회의 통치체계를 구축하기 위해 시진핑 총서기가 중국공산당 제18차 대회 이후 "인류 운명공동체" 등 일련의 중요한 이념들을 제시하였다.

이번 회에서는 "천하(天下)"라는 주제를 가지고 "다양한 국가와의 교류", "일대일로", "인류 운명공동체 구축"이라는 세 부분으로 나누어 시진핑 총서기의 외교사상에 대해 설명한다.

첫 번째 부분은 다양한 국가와의 교류이다. 시진핑 총서기가 인용한 "벗이 먼 곳에서 찾아오니 이 또한 기쁘지 아니한가(有朋自遠方來, 不亦樂乎)]"라는 구절을 통해 중국의 "다양한 국가와의 교류 이념"을 설명한다. 교류 촉진의 무대를 통해 인류문명의 상호 학습을 촉진시킨다는 것이다.

두 번째 부분은 "일대일로(一帶一路)"이다. 총서기가 인용한 고전 "세상의 바른 자리에 서서 세상의 큰 도를 실천한다.(立天下之正位, 行天下之大道.)"라는 구절을 통해 중국의 "일대일로"가 지향하는 점에 대해 설명한다. "일대일로"는 세계의 다른 국가들과 함께 중국의 기회를 공유하고 인접 국가와 지역들이 중국과 함께 발전하고 번영을 공유하자는 취지의 세계화 정책이다.

세 번째 부분은 인류의 운명공동체 건설이다. 총서기가 인용한 "만물이 함께 길러져도 서로 해치지 않고, 도가 아울러 행해져도 서로 위배되지 않는다.(萬物幷育而不傷害, 道幷行而不傷悖.)"라는 구절을 가지고 중국의 세계 대동의 이상을 설명한다. "인류 운명공동체"는 시진핑 총서기의 외교사상의 중요한 내용으로 동방의 지혜를 잘 보여주고 있으며, 중국 고대의 천하관이 새 시대를 맞아 창조적으로 전환되고 혁신적으로 발전한 것이다.

사회: 캉훼이

사상 해설: 왕제(중공중앙당교 교수)

경전 해설: 캉쩐(베이징사범대학 교수)

초대 손님: 리링(李玲: 차이나유니콤 직원)

　　　　　　장루이핑(張瑞平: 외교학원 부원장, 교수)

경전 낭독: 위팡

−사회자 캉훼이−

여러분 안녕하십니까? 『백가강단[百家講壇]』 스페셜 시리즈 『시진핑, 고전으로 인민에게 다가가다 – 시진핑 총서기의 고전 인용』 프로그램을 시청해 주셔서 감사합니다. 저는 사회자 캉훼이입니다.

먼저 오늘 스튜디오를 찾아주신 중국인민대학과 베이징과학기술대학의 학우 여러분, 환영합니다.

2018년 6월 'SCO 칭다오정상회의'를 개최하였는데, 이 칭다오 정상회의에서 마지막에 발표된 『칭다오 선언』 중에는 인류의 운명공동체 구축이라는 공동 이념이 삽입되었습니다. 이것은 시진핑 주석이 제기했던 인류운명공동체 구축이 다시 한 번 국제적 결의사항에 삽입된 것입니다. 이 이전에 이미 UN회의의 관련 결의에도 삽입되었고, UN안전보장이사회, 사회발전위원회, 인권이사회 등의 결의와 국제노동자 대회에서도 모두 이 내용들이 포함되었습니다.

인류 운명공동체 구축은 중국이 세계에 공헌하고자 하는, 중국의 지혜를 보여주는 전 지구적 관리방안으로, 중화의 우수한 전통문화 중의 "천하사상"의 정수를 계승함과 동시에 이를 창조적으로 전환하고 혁신적으로 발전시킨 것입니다.

시진핑 주석이 국가 간의 교류에 있어서 전 지구적 관리에 대해 언급할 때, 어떤 고전을 인용하였는지를 살펴보고, 더 나아가 시진핑 총서기의 역사관과 국제관계에 대해 심화학습을 해 보도록 하겠습니다.

본 프로그램의 사상 해설자이신 중공중앙당교의 왕제 교수님을 큰 박수로 환영해 주시기 바랍니다.

－사상 해설자 왕제－

여러분 반갑습니다. 중국은 자고이래 세계의 각국들과 교류가 끊어진 적이 없었습니다. 중국 사람들은 일찍부터 자기만의 천하관(天下觀)과 세계관을 가지고 있었습니다. 『상서』에서 이야기하고 있는 "모든 나라들이 조화롭고 평화롭게 지낸다(協和萬邦)"는 말이나 『논어』에서 말하고 있는 "사해 안에는 모두가 형제이다(四海之內皆兄弟)"라는 말, 그리고 『예기』의 "천하를 공으로 삼는다.(天下爲公)"라는 이런 말들에서부터 리따자오(李大釗)와 마오쩌둥(毛澤東)이 이야기한 "대동세계"까지 이러한 말들은 주석이 제창한 "인류 운명공동체"와 일맥상통하는 말입니다. 고대의 대동(大同)이라는 이상의 가장 최신 내용이 바로 "중국의 꿈(中國夢)"이고 "세계의 꿈(世界夢)"입니다. 이처럼 "중국의 꿈"과 "세계의 꿈"은 서로 연결되어 있는 것입니다. 고대의 "모든 나라들이 조화롭고 평화롭게 지낸다."는 말이나 "사해 안에는 모두가 형제이다"라는 말, 그리고 "천하를 공(公)으로 삼는다."는 이런 말들은 오늘날 가장 최신의 말로 하면 바로 "인류 운명공동체"라고 할 수 있습니다.

시진핑 주석은 새로운 국제 외교관계의 건설을 매우 중요하게 생각하고 있습니다. 서로 다른 장소에서 여러 차례 인류 운명공동체 건설의 중요한 의미에 대해 강조하였습니다. 이번 회의에 대해서 저는 세 가지 문제로 종합하여 이야기 하고자 합니다. 첫째는 다양한 국가와의 교류이고, 둘째는 "일대일로"이며, 셋째는 인류의 운명공동체 건설입니다. 그럼 먼저 첫 번째 문제인 "다양한 국가와의 교류"에 대해 이야기 해보도록 하겠습니다. 우선 주석은 이 문제에 대해 어떻게 이야기하고 있는지 보도록 하겠습니다.

1. 다양한 국가와의 교류

시진핑

"벗이 있어 멀리서 찾아오니, 이 또한 즐겁지 아니한가!(有朋自遠方來, 不亦樂乎.)"라고 했습니다. 이는 2천여 년 전 중국의 위대한 철학자인 공자께서 하신 말씀으로, 중국 인민들이 친구가 찾아온 것을 기뻐함을 표현한 것입니다. 우리가 외국 친구들을 초청하여 중국과 외국의 우호사업에 쏟으신 많은 노력들에 감사하고, 공동의 목표를 위해 고군분투해온 험난했던 여정을 되돌아보며, 장기적인 협력관계를 통해 맺어온 깊은 우호관계에 대해 허심탄회하게 이야기를 나누고자 합니다.

사회자 캉훼이:

이 내용은 2014년 5월에 시진핑 주석이 중국 국제우호대회 겸 중국

인민대외우호협회 성립 60주년 기념식 때 했던 연설의 일부입니다. 이 연설에서 시진핑 주석은 우리가 너무나 잘 알고 있는 『논어(論語)』의 구절 "벗이 있어 멀리서 찾아오니, 이 또한 즐겁지 아니한가!"라는 구절을 인용하였습니다. 얼마 전에 거행된 'SCO 칭다오 정상회의'는 그 개최 장소가 공자와 맹자의 고향인 제나라 노나라의 옛 땅이었기 때문에, 이 "멀리서 벗이 찾아오니 이 또한 기쁘지 아니 한가!"라는 구절이 모두의 안부인사말이 되기도 하였습니다. 이 명언은 말은 단순해 보이지만, 깊은 의미가 숨겨져 있습니다. 이에 대해 오늘 프로그램에서 경전 해설을 맡아주신 베이징사범대학의 캉쩐 교수님을 모시고 이 명언의 깊은 의미를 자세히 들어보도록 하겠습니다.

경전 해설자 캉쩐:

이 구절의 원문은 이렇습니다. "배우고 또한 때로 익히면, 이 또한 기쁘지 아니한가! 벗이 있어 멀리서 찾아오니 이 또한 즐겁지 아니한가! 사람들이 알아주지 않아도 성내지 않으니, 이 또한 군자라 할 수 있지 않겠는가![學而時習之, 不亦說乎. 有朋自遠方來, 不亦樂乎. 人不知而不慍, 不亦君子乎.]" "벗이 있어 멀리서 찾아오니 이 또한 즐겁지 아니한가!"라는 말은 그 중의 한 구절입니다.

"유붕자원방래, 불역낙호"라는 이 구절에서 "붕(朋)"은 사실은 '사람들'이라는 의미입니다. 옛 속담에 "물건은 종류대로 모이고, 사람은 무리로 나뉘어진다.(物以类聚, 人以群分.)"라고 했습니다. 이 말의 본 뜻은 "뜻을 같이하는 사람들이 여러 방향에서, 여러 지역에서 찾아와 자신 주위에 모이면 이 또한 매우 기쁜 일이 아니겠는가"라는 의미입니다. 그러므로 공자시대에 이미 사람들은 이 문제를 인식하고 있었다는 말로, 어떤 일을 하기 위해서는, 특히 큰일을 하기 위해서는 반드시 뜻을 같이하는 사람들이 필요하다는 것을 말하고 있는 것입니다. 단지 뜻을 같이하는 사람이 자신과 함께 일을 도모할 때 더없이 행복할 것이고 또 하는 일도 더 가치가 있을 것입니다.

일설에 의하면 공자의 제자들은 3천 명이 넘었다고도 합니다. 이러한 제자들은 서로 다른 지역에서 온 사람들로, 성격도 다르고, 나이 차이도 꽤 많이 났습니다. 나이가 가장 많은 제자는 가장 어린 제자의 아버지뻘이 되기도 했습니다. 그렇다면 이렇게 많은 학생들의 사정도 제각각일 테고, 유형도 서로 달랐지만 공자는 그들을 가르칠 때 신분을 가리지 않았습니다. 이런 차별 없는 가르침은 "사해 안이 모두 한 동포"라는 기백을 통해 공자는 자신의 강단에 한데 모아놓음으로써 당시에 교육에 대한 열풍을 형성시켰고, 또한 많은 인재들을 길러냈습니다. 그러므로 "벗이 먼 곳에서 찾아오니 이 또한 즐겁지 아니한가!"라는 이 말은 친구들에 대한 환호, 벗에 대한 환영이기도 하지만, 또한 당시 사람들의 인기를 한 몸에 받았던 공자의 기백을 보여주는 것이기도 합니다.

공자는 "벗이 있어 멀리서 찾아오니 이 또한 즐겁지 아니한가!"라고 했을 뿐만 아니라 또한 구체적으로 어떤 친구를 사귀어야 하는가에 대해서도 자신의 견해를 밝혀놓고 있습니다. 예를 들어, 공자는 친구를 사귈 때 도움이 되는 친구를 많이 사귀고, 손해를 주는 친구를 사귀지 말라고 말했습니다. 진정으로 대해 주는 친구, 자신의 지식이나 도덕적 품성에 도움이 되는 친구들을 많이 사귀고, 사악한 길을 가는 친구나 마음이 바르지 못한 친구는 사귀지 말라고 했습니다. 공자는 또 친구를 사귐에 응당 서로 진실 되게 대하고 신용이 있어야 한다고 보았습니다. 그의 제자 중 자하(子夏)가 친구를 사귐에 믿음이 있어야 한다고 말하기도 했는데, 사실 오늘날 우리의 일상생활 속에서도 친구 사귀기에 대해 이야기를 할 때 사용하는 고사성어나 속어들은 대부분 공자와 그의 제자들이 했던 말들입니다. 공자는 또 친구를 사귈 때는 의(義)를 중요시하고 이익(利)를 가벼이 여겨야 하며, 벗으로 자신의 어짊을 보완해야 한다고 주장했습니다. 공자는 "군자는 의를 말하고, 소인배는 이익을 말한다.(君子喩於義, 小人喩於利.)"라고 했는데, 무슨 뜻일까요? 진정한 군자는 벗을 사귐에 도의(道義)와 공동의 이상과 신념에 의지하지만, 소인배는 벗을 사귈 때 이익만을 따지고 실리만을 따진다는 말입니다.

"벗이 있어 먼 곳에서 찾아오니, 이 또한 즐겁지 아니한가!"라는 이 같은 공자의 명언은 중화민족의 벗을, 우호적인 나라들을, 세계 각국과 여러 민족들 간의 우호 관계를 대하는 가치관을 보여주고 있는 말입니다. 시진핑 주석이 이 구절을 인용한 것은 사실은 세계 각국의 인민들에게 중국과 세계 인민의 교류에 대한 입장과 가치관을 분명히 한 것이라 할 수 있습니다. 세계 각국의 인민들이 중국을 찾아와 중국과 협력하고 교류하고 있고, 중국은 문을 활짝 열어놓고서 세계 각국의 인민들과 친구가 되길 희망하고 있습니다. 이러한 과정을 통해서만 세계인들이 진정으로 중국을 알게 되고, 또한 중국인들도 세계를 더욱 잘 이해할 수 있는 것입니다.

사상 해설자 왕제:
옛 사람들이 "나가고 들어오며 서로 벗하고, 지키고 바라봄에 서로 돕고, 질병에 대해 서로 의지해주며 보살펴 준다.(出入相友, 守望相

助, 疾病相扶持.)"라고 했습니다. 이 말은 벗을 사귐에 생사를 같이 할 수 있는 벗을 사귀어야 하고, 참된 벗을 사귀어야 하며, 서로 거스름이 없는 벗, 서로 목이라도 내어줄 수 있는 벗을 사귀어야 한다는 말입니다. 사실 국가와 국가 간에도 마찬가지입니다. 서로 성실하게 대해야지 나라가 크고 힘이 세다고 작고 약한 나라를 괴롭혀서는 안 되는 것입니다. 이러한 교류가 이익을 초월하고 지역을 초월하고 시공을 초월하는 교류이며, 그래야만 이러한 가치를 오랫동안 향유할 수 있고, 지속해 나갈 수 가 있는 것입니다.

사회자 캉훼이:

『논어』에는 또 다른 구절이 있는데, 모두들 잘 알고 계실 것입니다. 바로 "덕이 있으면 외롭지 않고 반드시 이웃이 있기 마련이다.(德不孤, 必有隣.)"라는 구절입니다. 캉쩐 교수님, 그렇다면 교수님이 보기에 국가도 역시 사람과 마찬가지로 덕이 있어서 이웃과 벗이 있을 수 있는 것이 아닐까요?

경전 해설자 캉쩐:

맞습니다. 그래서 옛 사람들은 "도를 얻으면 많은 사람들의 도움을 받게 되고, 도를 잃으면 도움도 적어진다.(得道多助, 失道寡助.)"라고 했던 것입니다. 국가와 국가 사이의 교류는 반드시 이익이 있어야 합니다. 그러나 이익이 있다는 전제하에 이 도의를 잃게 되면, 이 덕을 잃게 되고, 가치 판단이 없어지게 되며, 또한 가치의 준칙도 없어지고 말 것입니다. 국가와 국가 간의 관계를 완전히 적나라한 이익관계라고 한다면, 이 관계는 혼란에 빠지고 말 것입니다. 또한 진실을 잃어버리고 오래 지속해 나가기 어려울 것입니다.

사회자 캉훼이:

새로운 국제관계 구축을 추진하고 있는 지금, 상호 존중과 공평함과 정의, 협력과 윈-윈이 필요하며, 중국에게 유익한 친구, 잘못을 충고해 줄 수 있는 친구의 범위를 더욱 확대시켜 나가야 합니다. 이어서 왕제 교수님을 모시고 중국의 홈그라운드 외교에 대해, 그리고 교우(우호) 관계를 어떻게 하면 더욱 넓혀갈 수 있을 지에 대한 이야기를 들어보도록 하겠습니다.

사상 해설자 왕제:

"벗이 있어 먼 곳에서 찾아오니 이 또한 즐겁지 아니한가!"라는 이 말은 중국 인민의 넓은 가슴을 활짝 열고서 다양한 벗을 사귀고자 하는 좋은 바람을 잘 보여주고 있습니다. 당나라는 당시 세계에서 가장 부유하고 강하고 문명이 앞서 있던 나라였습니다. 당나라 때 중국에서는 과거시험을 시행하고 있었는데, 외국인의 과거시험 참여도 가능했습니다. 이로써 많은 외국인들이 중국으로 유학을 왔고 관리가 되기도 했습니다. 한국의 고대국가인 신라에는 최치원(崔致遠)이란 사람이 있었는데, 바로 그 중의 한 사람이었습니다.

최치원은 12살에 중국에 유학을 와서 과거시험을 치렀고, 진사(進士)과에 합격하였습니다. 한 번 생각해 보십시오. 당시 얼마나 많은 중국의 선비들이 과거 시험에 참가하고자 했으며, 진사과에 합격하는 것이 얼마나 어려운 일이었는지. 그런데 외국인이 당당히 합격을 했다는 것은 정말 쉽지 않은 일이었습니다. 그렇다면 최치원은 그들 중에서도 정말 뛰어난 사람이었습니다. 최치원은 28살에 귀국을 하게 됩니다. 그는 귀국 후에 매우 중요한 소명의식을 가지고 있었는데, 바로 중국의 문화를 지속적으로 전파하는 것이었습니다. 최치원은 당나라와 신라 두 나라 사이에 우호의 다리를 놓았으며, 당나라와 신라 사이의 우의를 위해 아주 큰 공헌을 했습니다.

중국의 역사를 돌아보면 최치원 같은 사람은 아주 많습니다. 이는 중국인이 손님을 좋아한다는 사실을 보여주는 것으로 "벗이 있어 먼 곳에서 찾아오니, 이 또한 즐겁지 아니한가!"라는 말은 일종의 중국인의 우정관을 보여주는 것이라고 할 수 있습니다. 또 하나의 일화가 있습니다. 2013년 시진핑 주석이 아프리카의 탄자니아를 방문했을 때의 일입니다. 시진핑 주석은 연설에서 한 쌍의 신혼부부의 일을 사례로 들었습니다. 이 신혼부부는 신혼여행을 유명한 관광지가 아니라 바로 중국에서 멀고 먼 아프리카의 탄자니아였던 것입니다.

사회자 캉훼이:

오늘 스튜디오에 이 감동적인 이야기의 여주인공을 초대하였습니다. 큰 박수로 환영해 주시기 바랍니다. 중국 차이나유니콤의 사원이신 리링(李玲) 씨입니다. 시진핑 주석께서 그 때 강연에서 두 내외분의 이야기를 하셨을 때, 마지막에는 두 분께서 정말로 아프리카를 좋아하게 되었다고 말했습니다. 리링 씨는 정말로 아프리카를 사랑하십니까?

-초대 손님 리링-

아프리카에 가기 전에는 야생동물 때문에 가게 되었는데, 아프리카에 간 후에는 그곳의 자연풍경, 순수한 자연을 좋아하게 되었고, 그 뒤에는 그 곳의 풀 한포기와 나무 한 그루, 그리고 그 순박하고 사랑스러운 사람들 때문에 좋아하게 되었습니다.

사회자 캉훼이:

재미있는 일화 같은 것이 있으시면 소개해주실 수 있나요?

초대 손님 리링:

당시 제가 처음 아프리카에 갔을 때는 탄자니아의 다르에스살람(Da res Salaam)이란 지역을 담당하게 되었습니다. 비행기에서 내려서 택시를 타고 호텔로 갔습니다. 호텔로 가는 길에 택시 기사분이 제가 중국에서 온 것을 알아보고는 아주 흥분해서 그 길이 중국에서 놓아준 길이라고 알려주었습니다. 그리고 주변의 건물들도 중국에서 지은 것이라고 이야기해 주었습니다. 저는 당시에 이국타향에서 오래된 친구를 만난 듯한 느낌이 들었고, 그런 자연스러운 친근감과 느낌이 너무나 좋았습니다. 또 한 번은 에티오피아에 있었는데, 2014년 2월이었습니다. 저와 제 남편이 에티오피아를 여행하고 있었는데, 공항에서 우리는 현지의 전화카드를 구매하고 있었습니다. 인터넷 수속을 다 마치고 나서 에티오피아 전신업무 담당자가 카드를 건네주면서 조금은 미안한 듯이 죄송하다면서 현지의 3G 인터넷의 용량이 포화상태여서 인터넷이 조금 느릴 것이라고 말해 주었습니다. 그렇게 말하고서는 제가 대답을 하기도 전에 함박웃음을 짓더니, 그러나 이제는 화웨이 (HUAWEI)가 왔기 때문에 금방 좋아질 것이라고 말하더군요.

저는 그 때 중국 기업이 아프리카 사람들에게 모바일 인터넷을 통해 세계와 연결시켜주는 희망이 되었다는 사실에 통신관련 종사자로서 민족적 자부심이 생겨났습니다. 시진핑 주석께서 저희의 이야기를 말씀하시기 전에 중국과 아프리카의 관계에는 그 기초가 되는 혈맥이 인민에게 있기 때문에 중국과 아프리카의 관계 발전은 더더욱 발전해 나갈 것이라고 말했습니다. 저는 아프리카를 사랑하는 청년 중 운 좋은 대표자로서 그런 사명과 책임을 가지고 진정으로 중국과 아프리카 사람들 사이의 교류를 증진시키고, 중국과 아프리카의 우호를 위해 조그마한 보탬이 되고자 합니다. 그래서 그 일이 있고난 후 잡지나 인터넷에 제가 직접 아프리카에서 찍은 사진 작품들을 자주 올렸고, 아프리카 여행의 견문들을 소개하고 있습니다. 당시 중국의 첫 번째 탄자니아 여행서인 『내 생애 단 한 번의 휴가』라는 책을 쓰기도 했습니다. 이러한 것들을 통해 더 많은 중국인들이 아프리카를 알게 되고, 이해하고 아프리카로 가서 저와 마찬가지로 아프리카를 사랑하게 되어서 중국과 아프리카의 우호가 정말로 무성한 나무처럼 성장해 가길 바랍니다.

사회자 캉훼이:

감사합니다. 리링 씨 일가족의 아프리카 이야기를 듣고 나서, 사실은 저희들도 많은 감동을 받았습니다. 나라와 나라 간의 관계는 사실 사람과 사람 사이의 관계와 마찬가지가 아닌가 생각합니다. 사람들 사이의 교류는 국가 간 교류의 한 단면이라고 할 수 있을 것입니다. 그러면 오늘 프로그램의 사상 해설자이신 왕제 교수님을 모시고 이에 대한 해설을 들어보도록 하겠습니다.

사상 해설자 왕제:

중국 공산당 제18차 대회 이후 중국의 홈그라운드 외교가 계속되고 있고, 멋진 일들이 지속되고 있습니다. APEC 베이징정상회의, 항저우 G20 정상회의, 세계인터넷대회, "일대일로"국제협력 정상포럼, 샤먼 브릭스 정상회의, 보아 아시아 포럼, 그리고 2018년 6월에 끝난 SCO 칭다오 정상회의, 이러한 회의들은 모두 우리 중국이 가슴을 열고 세계 여러 국가들과 폭넓은 교류를 하고 있음을 보여주는 가장 좋은 증거들입니다. 시진핑 주석께서는 "문명은 다채로운 것이며, 인류문명은 다양함으로 인해 서로 교류하고 배워야 하는 가치가 있다"고 지적하셨습니다.

오늘날의 세계에서 중국이 제창하고 있는 "일대일로"는 바로 중국의 방안을 보여주는 것입니다. 그렇다면 중국과 세계의 교류 과정에서 우리는 어떤 이념을 가져야 할까요? 시진핑 주석께서는 어떤 말씀을 하셨을까요? 화면을 봐 주시기 바랍니다.

2. "일대일로"

시진핑

중국 고대의 성현인 맹자는 "세상의 바른 자리에 서서 세상의 큰 도를 실천한다.(立天下之正位, 行天下之大道.)"라고 했습니다. 모두가 함께 "일대일로"에 참여하도록 해야 합니다. "진공"을 메우려는 것이 아닌 원-원적 협력 파트너 망을 구축해 나가야 합니다.

사회자 캉훼이:

이는 2016년 1월 21일 시진핑 주석이 아랍연맹본부에서 했던 연설의 일부분입니다. 이 연설에서 시진핑 주석은 중국이 아랍 국가들과 함께 미래를 개척해 나가고자 하는 희망을 설명하였습니다. 이 연설에서 주석은 맹자의 "세상의 바른 자리에 서서 세상의 큰 도를 실천한다."라는 구절을 인용하였습니다. 그렇다면 "세상의 바른 자리"는 무엇이고, "세상의 큰 도"는 또 무엇일까요? 캉쩐 교수님을 모시고 해설을 들어보도록 하겠습니다.

경전 해설자 캉쩐:

"세상의 바른 자리에 서서 세상의 큰 도를 실천한다."는 구절은 『맹자·등문공하(孟子·滕文公下)』편에 나옵니다. 이 구절과 관련된 배경이 하나 있는데, 당시 맹자와 동일 시대의 인물로 경춘(景春)이라고 하는 사람이 있었습니다 그는 이른바 "종횡가(縱橫家)"의 신도였는데, 맹자와 대장부의 문제에 대해 토론을 한 적이 있습니다. 그렇다면 경춘이 보기에 당시 이른바 공손연(公孫衍)이나 장의(張議) 같은 사람들, 이런 종횡가들이 바로 대장부였습니다. 그는 어지러운 세상에 분노했고, 세상이 안정되길 바랐습니다. 그렇다면 맹자는 어떻게 대답했을까요? 맹자는 이런 사람들이 "어떻게 대장부가 될 수 있느냐?"고 생각했습니다. 그는 진정한 대장부라면 "세상이라는 넓은 집에 살고, 천하의 바른 자리에 서서 천하의 큰 도를 실천한다. 뜻을 얻으면 백성과 그 도를 행하고, 뜻을 얻지 못하면 홀로 그 도를 행하여 부귀하여도 음탕하지 않고 가난하여도 뜻이 바뀌지 않으며, 위엄과 무력에도 굽히지 않는 것, 이것을 대장부라고 한다.(居天下之廣居, 立天下之正位, 行天下之大道. 得志與民由之, 不得志獨行其道. 富貴不能淫, 貧賤不能移, 威武不能屈, 此之謂大丈夫.)"라고 했습니다. 맹자의 이 대장부에 대한 논술은 세상을 놀라게 하고 귀신을 울릴 만한 것으로, 정말로 중회민족의 역사에 있어서 광명정대한 도를 실천하는 대장부에 대한 가송(歌頌)이라고 할 만한 것입니다. 맹자의 대장부에 대한 이론, 대장무의 기개는 또한 오늘날 국제사회에서 대국의 이미지를 확립해 나가는데 매우 중요한 원칙이라고 할 수 있습니다. 주석이 말하고자 했던 것은 "중국은 대리인이 아니며, 또한 이른바 "공백"을 메우고자 하는 것도 아니다. 우리는 세계 각국의 인민들이 함께 서로 이익을 얻고 윈-윈하길 희망하는 것이다. 중국은 인류의 운명공동체를 함께 만들어나감으로써 모두가 상호 이익과 윈-윈, 피차간의 상호 신뢰라는 전제를 기초로 하여 세계를 아름답게 만들어나가길 바라는 것이다."라는 것이었습니다. 이것이 바로 중화 전통문화가 우리들에게 부여한 문화적 자신감이고, 제도적 자신감이며, 이론적 자신감이자 노선의 자신감이라고 생각합니다.

사회자 캉훼이:

캉쩐 교수님의 해설 감사합니다. 지금 전체 국가 간의 형세는 대 조정을 하는 형세이고, 세계는 백년 이래 최초의 대 변혁을 맞이하고 있습니다. 이러한 형세 속에서 우리는 새로운 국제관계를 만들어 나가기 위해 반드시 현재의 국제 정세를 정확하게 파악해야 합니다. 얼마 전 중앙 외교업무 회의에서 시진핑 주석은 정확한 국제형세 파악을 위해서는 정확한 역사관과 거국적 시각, 역할론을 확립해야 한다고 지적했습니다. 다시 말해 현재의 국제정세 속에서 우리는 세상의 바른 자리에 서서 세상의 큰 도를 실천해야 한다는 것입니다.

그럼 이어서 시간을 왕제 교수님께 넘겨서 사상해설을 부탁드리도록 하겠습니다.

사상 해설자 왕제:

이어서 두 번째 문제, "일대일로"에 대해 말씀 드리겠습니다. 우리의 중국 문화는 역사 속에서 아름다움과 아름다움이 공존하고, 이익을 꾀함에 있어서는 세상의 이익을 꾀하며, 협력으로 윈-윈하는 외교 목표를 추구해왔습니다. 각자의 아름다움으로 아름다움을 이해하고, 아름다움과 아름다움이 함께 어울리면 세상은 대동사회가 된다(各美其美, 美人之美, 美美與共, 天下大同)는 것입니다. 상호 이해 협력을 통해 윈-윈을 실현할 때 비로소 1+1이 2보다 커지는 효과를 얻을 수 있습니다. 자기가 서고자 함에 다른 사람을(먼저) 서게 하고, 자기가 통달하고자 함에 다른 사람을(먼저) 통달하게 한다(己欲立而立人, 己欲達而達人.)는 것입니다. 중국의 역사 속에서는 이런 사례들이 많습니다. 중국 역사에서 가장 위대한 항해가로 칭송되는 정화(鄭和)의 해양원정이 보여주고 있는 것이 바로 이러한 평화와 우호, 조화 공존의 문화정신입니다. 오늘날 태국에서 금으로 도금된 정화의 조각상을 볼 수 있고, 싱가포르의 해양박물관에서도 복제된 정화의 보물선이 전시되어 있습니다. 이러한 것들은 모두 중국과 외국의 우호적 교류를 보여주는 유력한 증거들입니다. 이익을 꾀함에 있어서는 자신의 이익만이 아니라 세상의 이익도 함께 도모해야 합니다. 정화의 대서양 항해는 바로 이익을 꾀함에 있어서 세상의 이익을 도모했던 가장 좋은 사례라 할 수 있습니다.

시진핑 주석은 하늘은 충분히 크고 땅도 충분히 크며, 세계 역시도 충분히 커서 각국의 공동의 발전과 번영을 충분히 수용할 수 있다고 했습니다. 오늘날 세계 각국은 독선기신(獨善其身)[19]해서는 안 되며, 그 어떤 국가라도 상호 교류를 벗어나서 독자적인 발전을 이룩할 수는 없습니다.

사회자 캉훼이:

중국은 현재 협력에 의한 윈-윈의 실천과 평화 공존의 실천을 위해 노력하고 있으며, 또한 인류의 운명공동체 건설을 위해 노력하고 있습니다. 그 가장 좋은 사례가 바로 "일대일로"를 통한 국제협력일 것입니다. 오늘 이 스튜디오에 국제경제 분야의 전문가 한 분을 초청했습니다. 외교학원 부원장이신 장루이핑 교수님께서 "일대일로" 국제협력에 대해 말씀을 해 주시겠습니다. 큰 박수로 환영해 주시기 바랍니다.

---

19) 독선기신 : 자기(自己) 한 몸의 선(善)만을 꾀한다는 의미로, 다시 말해 남을 돌보지 아니하고 자기 한 몸의 처신만을 온전하게 한다는 의미이다.

장 교수님 안녕하세요.

지금 중국은 세계 제2의 경제체인데요, 중국은 갈수록 더 많은 국제적 책임을 지고 있습니다. 시진핑 주석께서도 말씀하셨지만, 중국의 발전은 국제사회에 이득이 되는 것이고, 중국 역시도 국제사회에서 더 많은 공공 제품을 제공하길 희망하고 있습니다. 그렇다면 이러한 시각에서 "일대일로" 국제협력은 중국이 국제사회에서 매우 중요한 공공 제품을 제공하고 있다고 할 수 있지 않을까요?

초대 손님 장루이핑:

사회자님 말씀이 맞습니다. 우리가 잘 알고 있는 간단명료한 이치가 있습니다. 부유해지고 싶으면 먼저 길을 닦아야 하는 것입니다. "일대일로" 연선(沿線)에는 많은 국가들이 아직도 가난하고 낙후되어 있습니다. 그 원인은 많겠지만, 그중에서 가장 중요한 원인이 바로 기초시설의 건설이 엄중하게 정체되어 있고, 너무나도 낙후되어 있으며, 주변 국가의 발전을 심각하게 저해하고 있다는데 있습니다. 바로 이러한 점에 기초하여 시진핑 주석이 2013년에 국제사회에 "일대일로"를 제창함과 동시에 '아시아 인프라 투자은행(AIIB)'을 설립하여 "일대일로"를 따라 인프라 건설자금을 모금하자고 제기했던 것입니다. 2016년 1월 아시아 인프라 투자은행이 공식으로 출범한 후 중요한 투자 프로젝트 선정과 동시에 많은 자본이 투입되었습니다. "일대일로" 연선의 기초시설 건설은 이미 그물망을 구축하게 되었고, 체계적으로 추진되고 있습니다. 여기에는 고속도로와 고속철도가 포함되며, 공항과 항구, 그리고 통신시설도 포함되어 "일대일로" 연선국가의 공동발전을 위해 중요한 역할과 큰 공헌을 하고 있습니다.

사회자 캉훼이:

사실 지금 말씀하신 아시아 인프라 투자은행이 이처럼 중대한 역할을 하고 있는 것을 포함해서, 사실은 독립된 무대가 아니라 대합창 무대라는 것을 "일대일로" 국제협력의 특징이 가장 잘 보여주고 있다고 봅니다. 장루이핑 교수님, 오늘 이렇게 스튜디오까지 찾아주셔서 감사드립니다.

이어서 왕제 교수님을 모시고 해설을 부탁드리겠습니다.

사상 해설자 왕제:

시진핑 주석이 공동 비즈니스, 공동 건설, 함께 누리기라는 글로벌 관리관을 제창한 것은 시대적 상황의 요구에 정확한 것이고, 부합하는 것입니다. 또한 이는 전 세계가 직면한 도전을 해결하기 위한 협력을 통한 윈-윈이라는 밝은 길을 제시한 것이기도 합니다. 이어서 시진핑 주석의 연설 내용을 살펴보도록 하겠습니다.

사회자 캉훼이:

이 내용은 2018년 5월 4일 시진핑 총서기가 마르크스 탄생 200주년 기념식에서 했던 연설 내용입니다. 연설 내용 중에 다시 한 번 인류 운명공동체 건설을 추진하자라고 강조하였습니다. 또한 이 연설에서 총서기는 "만물이 함께 길러져도 서로 해치지 않고, 도가 아울러 행해져도 서로 위배되지 않는다."는 구절을 인용하였습니다. 이 구절이 어떤 문헌에서 나오는 구절이며, 어떤 의미를가지고 있을까요? 캉쩐 교수님을 모시고 해설을 들어보도록 하겠습니다.

3. 인류 운명공동체 건설

"만물이 함께 길러져도 서로 해치지 않고, 도가 아울러 행해져도 서로 위배되지 않는다.(萬物 并育而不傷害, 道并行而不傷悖.)"고 했습니다. 우리는 세계 역사의 높이에서 오늘날 세계의 발전

추세와 직면한 중대한 문제들을 직시하고 평화발전의 길을 견지해 나가야 하며, 독립적이고 자주적인 평화 외교정책을 견지해 나가야 합니다. 또한 상호 이익과 공동의 이익이라는 개방적 전략을 견지해 나가야 하며, 세계 각국과의 협력을 부단히 확대해 나감으로써 글로벌 관리에 적극적으로 참여하여 더 많은 분야에서 더 높은 수준에서 협력과 공동이익, 공동 발전을 실현해야 합니다. 다른 사람에게 의지하지 않고, 또한 다른 사람을 약탈하지 않고 각국의 인민들과 함께 노력하여 인류 운명공동체 건설을 완성함으로써 더욱 아름다운 세계를 건설해 나가야 할 것입니다.

경전 해설자 캉쩐:

"만물이 함께 길러져도 서로 해치지 않고, 도가 아울러 행해져도 서로 위배되지 않는다."는 이 구절은 유가 경전 『예기·중용[禮記·中庸]』편에 나오는 내용입니다. 무슨 의미일까요? 세상의 만물은 함께 성장하고 함께 발육하지만, 제각각의 존재로 성장해 갑니다. 그러나 똑같은 환경이지만 자신의 성장을 위해 다른 존재를 해지치 않습니다. 여러분도 여러분의 성장을 위해 다른 사람의 성장을 방해해서는 안 된

다는 말입니다. 우리는 함께하면서도 서로 위배되지 않아야 한다는 의미입니다. 『논어』에는 "예의 운용은 조화를 귀하게 여긴다.(禮之用, 和爲貴.)"는 구절도 있습니다. 무엇이 "예"일까요? 춘추전국 시대에 이 "예"가 가리키는 것은 도덕 규범이자 행위 준칙이었습니다. 이른바 "예의 운용은 조화를 귀하게 여긴다"는 구절의 의미는 바로 모두가 함께 어떤 규칙을 준수해 나가고 어떤 관념을 준수해 나가며, 어떤 질서를 지켜나간다면, 조화로운 공동의 이익, 조화로운 공존, 조화로운 공동발전이라는 형세를 이루어나갈 수 있다는 말입니다. 이것이 바로 중국의 선조들이 내린 치국이정(治國理政)의 결론이며, 인류 사회발전의 규율을 총결하여 얻은 결론입니다. 시진핑 주석은 인류 공동운명체를 건설하고 조화로운 사회, 조화로운 세계 건설을 제기하였습니다.

이 과정에서 지켜져야 하는 "조화를 귀하게 여긴다", "만물이 함께 길러져도 서로 해치지 않고, 도가 아울러 행해져도 서로 위배되지 않는다."와 같은 준칙들은 오늘날의 국제관계에서도 운용 적용되어야 하는 것입니다. 이것이야말로 진정한 중화의 우수한 문화전통의 창조적 전환과 혁신적 발전의 하나라고 하겠습니다.

사회자 캉훼이:

캉쩐 교수님의 해설 감사합니다. 특히 중국문화 속의 이 "조화"라는 이념을 말씀해 주셨습니다. 2008년 베이징올림픽 개막식에서 각양각색의 서로 다른 글자들로 "화(和)"자를 만들었던 것이 기억납니다. 사실 이것은 온 세계에 이처럼 매우 독특한 중국문화의 이념을 알린 것입니다. 방금 언급하셨듯이 세계는 지난 백 년 동안 한 번도 없었던 거대한 변화 속에 놓여 있으며, 국제형세는 복잡하고 다변적입니다.

그러므로 서로 다름은 유익한 다름을 의미하는 것이며, 유익한 다름은 논쟁을 피할 수 없을 것입니다. 그렇다면 오늘 우리가 이야기하고 있는 "조화"의 시대는 다툼이 없는 시대를 의미하는 것이 아닐까요? 이 문제에 대해 왕제 교수님은 어떻게 보십니까?

사상 해설자 왕제:

중국 역사 가운데 가정 간의 "조화"를 이야기 해주는 아주 좋은 사례가 있습니다. 바로 안훼이(安徽) 통청(桐城)에는 리우츠샹(六尺巷)이라는 골목이 있습니다. 청대 강희제(康熙帝) 때, 관리였던 장영(張英)과 장정옥(張廷玉) 부자가 있었는데, 어느 날 집안에 주택부지 문제로 이웃과 분쟁이 일어났습니다. 집안사람들이 장영, 장정옥 부자에게 편지를 보내 현지의 관리와 인사를 하거나 아니면 분쟁이 일어난 이웃에게 경고를 해 달라고 했습니다. 장영이 이 편지를 받은 후 집안사람에게 답장을 보냈는데, 이 편지에는 "한 장의 편지에 담 벼락 이야기만 써있구나. 세 자를 양보하면 어떨까. 만리장성은 지금도 남아 있지만, 당시의 진시황제는 볼 수가 없구려.(一紙書來隻爲墻, 讓他三尺又何妨. 長城萬里今猶在, 不見當年秦始皇.)"라고 적혀 있었습니다. 이 집안사람은 이 편지를 받은 후 세 자를 양보했고, 이웃도 이에 세 자를 양보하여, 마침내 여섯 자의 골목이 만들어지게 되었다는 아름다운 미담이 전해오고 있습니다. 사람과 사람 사이에도 조화가 필요하고, 가정과 가정 간에도 조화가 필요하며, 국가와 국가 간에도 조화가 필요합니다.

조화는 화목한 분위기를 말하는 것이 아닙니다. 조화란 차이를 인정하는 것이 그 기초가 됩니다. 그렇기 때문에 조화를 이루려면 서로 돕고 서로 소통하는 교류가 필요합니다.

그래야만 비로소 진정한 조화가 되는 것입니다.

경전 해설자 캉쩐:

방금 왕 교수님께서 말씀하셨듯이, 옛 사람들은 이 "조화"를 강조였을 뿐만 아니라 큰 관심을 가졌었습니다. 고대 중국의 많은 고전들은 화목에 대해, 성장에 대해, 조화에 대해 많이 언급하였습니다. 『중용』에서는 사람은 정서적으로나 욕망의 측면에서나 모두 절제가 필요할 뿐만 아니라, 일정한 정도에 도달해야 한다고 했습니다. 그렇기 때문에 일을 처리할 때는 항상 적당한 정도를 파악해야 하는 것입니다. 이 정도가 건강한 상태에 이른 상태가 바로 실제로 유가사상에서 말하는 중용의 상태인 것입니다. 사람과 사람 간의 교류나 국가와 국가 간의 교류는 방금 왕 교수님께서 말씀하신 것처럼, 조그마한 골목을 내가 모두 차지하겠다고 하는 것은 지나친 것입니다. 지나침은 건강한 상태가 아닙니다. 그러므로 건강한 상태일 때만 모두가 함께 협상할 수 있고, 함께 협상으로써 이 갈등으로 인해 발생될 문제를 해결할 수 있는 것입니다. 쌍방의 기준, 쌍방의 이익이 최대에 도달할 수 있는 접합점, 다시 말해서 도달 가능한 가장 건강하고 쌍방이 모두 받아들일 수 있는 상태에 도달해야만 하는 것입니다. 이 때가 바로 가장 좋은 상태인데, 바로 이 순간이 우리가 말하는 "조화"인 것입니다.

사회자 캉훼이:

두 분 교수님의 "조화"에 대한, 중국문화 속의 매우 중요한 이 글자에 대한 해설 감사드립니다. 그럼 이어서 왕제 교수님을 모시고 인류 운명공동체 건설의 심후한 의미에 대한 해설을 들어보도록 하겠습니다.

사상 해설자 왕제:

이어서 세 번째 문제, 인류 운명공동체 건설에 대해 이야기를 하도록 하겠습니다. 시진핑 주석은 "한 송이 꽃이 피었다고 봄이 온 것이 아니라 온갖 꽃들이 만발해야 비로소 봄이 온 것이다.(一花獨放不是春, 百花齊放春滿園.)"라고 했습니다. 서로 다른 국가나 민족의 사상과 문화는 오랜 세월을 통해 만들어진 것이고, 여러 종류의 아름다운 꽃처럼 서로 다를 수밖에 없고, 높거나 낮은 우열의 구별이 없습니다.

티엔안먼(天安門) 성루에는 이목을 끄는 표어가 두 개 있습니다. 그 두 개의 표어가 무엇인지 아시겠습니까? 바로 "중화인민공화국 만세(中華人民共和國萬歲), 세계인민 대단결 만세(世界人民大團結萬歲)"라는 표어입니다. 그렇다면 이 두 개의 표어가 왜 중국의 가장 핵심적인 공간에인 티엔안먼 성루에 걸려있는 것일까요? 그 배후에 감추어져 있는 의미는 무엇일까요? "세계인민대단결"은 중국 고대의 나라 간의 조화, 각 나라들의 안녕, 천하일가(天下一家) 사상의 연속이 아닐까 합니다. 중국 전통문화 속의 "만물이 함께 길러져도 서로 해치지 않고, 도가 아울러 행해져도 서로 위배되지 않는다."의 계속이 아니겠는지요? 다시 말해서 총서기가 제창한 인류 운명공동체란 바로 세계 인민의 대단결을 실현하고자 하는 이성적 사고인 것입니다. 중국은 자신의 노력으로 세계 인민의 대단결이라는 바람을 추구해 나감으로써 인류에 더 큰 새로운 공헌을 하자는 것입니다. 중국은 자신이 있을 뿐만 아니라 그럴 능력을 가지고 있다는 의지의 표현인 것입니다.

사회자 캉훼이:

오늘 본 프로그램의 사상 해설과 경전 해설을 통해 우리에게 깊이 있으면서도 쉽고 생동적인 해설을 해 주신 두 분 교수님께 감사드립니다. 중국문화는 자고이래로 줄곧 천하대동(天下大同)이라는 이상을 가지고 있었습니다. 이는 또한 중화문명의 세계문명에 대한 큰 공헌이기도 합니다. 오늘날 시진핑 주석이 제기한 인류 운명공동체 건설도 마찬가지로 위대한 역사적 시각에서, 그리고 또한 인류의 미래 발전에서 야기될 문제해결을 위해 중국의 지혜를, 중국문화의 자신감 넘치는 관리방안을 제공하는 것이기도 합니다. 역사와 현실과 미래는 역사라는 기나긴 강은 끊이지 않고 흘러가고 있지만, 큰 도의 실천은 천하를 공(公)으로 삼아야 하며, 이러한 세상의 큰 도는 고금이 다르지 않음을 말해주고 있습니다. 오늘 프로그램의 끝자락에 함께 고전문헌을 복습하면서 다시 한 번 시진핑 총서기가 인용한 경전 속에 감추어진 새로운 시대의 글로벌 관념의 심후한 뜻을 느껴 보시기 바랍니다.

-경전 낭독 위팡-

『신라로 돌아가는 박산인을 보내며[送朴山人歸新羅]』

浩渺行無極, 揚帆但信風,
雲山過海半, 村樹入舟中.
波定遙天出, 沙平遠岸窮,

離心寄何處, 日斷曙霞東.

망망한 바다 길은 끝이 없는데,
돛배는 바람타고 일렁이며 떠간다.
구름 덮인 산을 지나 바다 한 가운데로 나가니,
저 멀리 마을의 나무들 배안으로 들어오네.
잠잠한 파도 너머 하늘이 나타나고,
평평한 백사장은 멀고 해안은 아득하기만 할 뿐.
떠나보내는 아쉬운 마음 어디에 부칠 거나,
아침노을 떠오르는 동쪽만을 바라볼 뿐.

『맹자·등문공하[孟子·滕文公下]』[20] 편 중에서

居天下之廣居, 立天下之正位, 行天下之大道. 得志與民由之, 不得志獨行其道.
富貴不能淫, 貧賤不能移, 威武不能屈. 此之謂大丈夫."

　세상이라는 넓은 집에 살고, 천하의 바른 자리에 서서, 천하의 큰
도를 실천한다. 뜻을 얻으면 백성과 그 도를 행하고, 뜻을 얻지 못하
면 홀로 그 도를 행한다. 부귀하여도 음탕하지 않고, 가난하여도 뜻
이 바뀌지 않으며, 위엄과 무력에도 굽히지 않는 것, 이것을 대장부라
고 한다.

---

20) 박산인(朴山人) : 정확한 인물이 누구인지는 알 수 없고, 문학사적 연구성과에 의하면, 신라시
　　대 박 씨 계열 왕족과 관계있는 인물로 추정하고 있다.